# Le Dernier Chant

DU MÊME AUTEUR
AUX ÉDITIONS DENOËL

*Dust*, 2015
*Quand la neige danse*, 2016
*Récidive*, 2017
*Boréal*, 2018
*Cataractes*, 2019
*L'Homme de la plaine du Nord*, 2020

SONJA DELZONGLE

# *Le Dernier Chant*

roman

DENOËL

*À l'Australie et à ses millions de morts, animaux et humains.*
Never forget. *N'oublions jamais.*

*À Nikola Tesla, dont le génie visionnaire a inspiré le cœur de ce roman.*

« Du chaos naissent les étoiles. »

Kim et Alison McMillen

## Le début de la fin…

Il se redressa sur son lit, tendit l'oreille dans le profond silence de la chambre à peine éclairée à travers les fentes des stores par un rai de lumière du dehors. Ce n'était même pas celle de la lune. Cela faisait longtemps qu'à l'instar des étoiles elle s'était fondue aux milliers de sources de lumière artificielle.

Pollution lumineuse, le propre d'une grande ville. Or celle-ci avait quelque chose de particulier. Une ville témoin, théâtre d'un projet expérimental de lunes artificielles lancé par la Chine. Plus précisément par la Tian Fu New Area Science Society, à l'origine de ce programme mégalo ambitionnant de se substituer à la nature. Envoyer dans l'espace, à cinq cents kilomètres d'altitude, un satellite miroir qui, en réfléchissant la lumière du Soleil vers la Terre, se substituerait aux éclairages urbains et permettrait à la ville d'économiser annuellement 150 millions d'euros en électricité. Ce même système pourrait aussi orienter les rayons solaires vers des régions sinistrées après une catastrophe naturelle. Les Russes s'y étaient déjà employés, lançant une série de tests dans les années 1990 avec, notamment, un miroir d'un diamètre d'une vingtaine de mètres déplié depuis la station Mir.

Nombre d'astronomes avaient réagi avec colère à ce projet Moonlight, qui anéantirait toute lumière naturelle nocturne et empêcherait les observations des planètes et des étoiles en ciel profond. Faisant partie de ces astronomes, Deepak avait songé à quitter la cité avec sa petite famille. Norma n'aurait pas eu de mal à retrouver un poste de cardiologue dans un autre hôpital, mais cela aurait voulu dire arracher Javis à son école et à ses copains.

— Deepak ? Qu'est-ce qui se passe ?

La voix encore endormie de Norma à côté de lui. Le réveil affichait 7 h 07. Une des règles à la maison était de ne pas avoir les smartphones à côté du lit. Ils étaient tous réunis sur une table du salon.

— Tu ne *les* entends pas ?

— Ah… encore… Non, je t'ai déjà dit… c'est dans ta tête.

— Mais peut-être que tu as l'oreille moins sensible à ça…

— Impossible, si c'est vraiment tel que tu le décris. Chaque fois que tu me dis les entendre, pour moi il n'y a que du silence. Et les bruits normaux d'une ville qui se réveille peu à peu.

— Je t'assure que je les entends, Norma. Comme après la passe, lorsqu'ils se retrouvent la nuit sur leur arbre ou dans leurs buissons.

— Sauf qu'il n'y a que du béton, ici, Deepak. Pas un seul arbre ! On les a évités à cause des allergies de Javis. Viens là et rendors-toi, veux-tu ?

Au contact de la main chaude de Norma sur ses reins nus, Deepak, assis dans le lit, frémit légèrement.

— Je les entends, dit-il sans se retourner. Je les entends chaque matin, à la même heure. Leurs pépiements, leurs bruissements d'ailes. Il y en a des centaines…

— Si ça continue, tu devras aller consulter, tu sais…, soupira la jeune femme.

— Qui ? Un ORL ou bien un psy ?

— Déjà un ORL, pour éliminer ou confirmer la présence

d'acouphènes dus à une mauvaise position qui impacterait les cervicales, et puis si ce n'en est pas, alors…

— Je deviens cinglé, c'est ce que tu penses ?

— Je n'ai pas dit ça. Du moins pas encore. C'est justement pour t'éviter de le devenir que je te donne ce conseil. Car il n'y a pas d'oiseaux ici.

— C'est bien ça, le problème, Norma, je crois. Il n'y a plus d'oiseaux en ville. Et presque plus dans les campagnes. Pourtant, je les entends. Les échos d'un passé pas si lointain. Ce que j'entends, c'est peut-être justement ça. Leur absence.

Deux larmes s'échappèrent du coin des yeux de Deepak et roulèrent, discrètes, le long de ses joues.

— Viens là, lui souffla Norma en le prenant par les épaules et l'attirant à elle.

Les muscles fins et nerveux de l'homme se contractèrent sous ses doigts. Il se laissa faire malgré tout et abandonna la tête là où le guidaient les mains de sa femme. Sur la protubérance lisse et arrondie de son ventre chaud.

— Écoute ça, plutôt. Ce ne sont pas les échos du passé, mais les sons extraordinaires d'un présent tout aussi extraordinaire. La vie, Deepak. C'est elle qui triomphe toujours. Quoi qu'il arrive. Et, grâce à nous deux, j'en porte une parcelle en moi. Une parcelle qui deviendra un être doué d'intelligence et de sentiments, ainsi qu'un bonheur immense. Le nôtre.

Deepak ferma les yeux, essayant d'éprouver ce que lui décrivait la femme qu'il aimait de toutes ses forces. Mais sans y parvenir. Tout ce que lui renvoyait cette caisse de résonance faite de peau, de muscles et de chair, à l'intérieur de laquelle la vie flottait dans un univers liquide, était pépiements et frottements d'ailes.

Un cri résonna dans leur intimité. Un cri de peur et de détresse. Celui qui, instantanément, broie le cœur des parents et les précipite dans la chambre voisine tapissée de couleurs, où s'éparpille une quantité impressionnante de jeux et de jouets.

En un bond, Deepak fut auprès de son fils, tremblant et ruisselant de la sueur des mauvais rêves.

— C'est rien, Javis, juste un cauchemar, et tout ce que tu as pu y voir n'est pas réel.

— Non, papa, renifla l'enfant dans les bras rassurants de son père. C'était pas un cauchemar. Je les entendais… ils étaient plein, des milliers.

— Qui, Javis ? Qui ça ?

— Les oiseaux. Plein d'oiseaux. Et ils pleuraient.

# 1

*Tadoussac, fleuve Saint-Laurent,*
*Québec, 29 août 2021*

Ce n'était qu'une journée d'observation comme une autre. C'est, du moins, ce qu'elle aurait dû être. Mais c'était une journée que Liam ne devait jamais oublier.

Fin août, début septembre. Comme lors des grandes migrations en Afrique, la meilleure période, ici, pour observer les baleines. Il y en avait plusieurs espèces dans le fleuve Saint-Laurent. Du rorqual commun à la baleine bleue, la plus grande de toutes, en passant par la baleine à bosse. Quant au béluga, présent lui aussi, se faisant de plus en plus rare, les zodiacs et les bateaux, chargés de touristes avides d'une rencontre inoubliable, avaient l'interdiction de s'en approcher à moins de trois cents mètres. En plus de répertorier les mammifères marins du fleuve et leurs mouvements, Liam et quelques autres s'employaient à faire respecter les distances réglementaires.

Liam était né dans la réserve innue d'Essipit, d'un père canadien, Norbert Taillefin, vivant à Tadoussac, et d'Uapikun, une femme de la communauté établie sur les bords du Saint-Laurent. Comme les siens, Liam était un enfant du fleuve, le visage plat et rond, une chevelure noire jusqu'aux épaules, qu'il nattait pour le travail, et une paire d'yeux en fente, qui pouvaient soudain s'agrandir sous l'effet de la surprise.

Essipit, ou « rivière aux coquillages », tel était le nom du village autochtone qui vivait de l'écotourisme ainsi que des produits artisanaux issus de traditions ancestrales. Bien que Norbert Taillefin ne fût pas un Innu, il avait été accepté par la communauté et habitait dans la réserve avec sa femme et leurs trois enfants, deux garçons, Liam et Stanley, et une fille, Shikuan.

Liam, le cadet, avait toujours su qu'il travaillerait au plus près de la nature, et surtout de l'eau. Il ne quitterait jamais sa région natale comme l'avait fait Stanley, parti vivre à Montréal.

Il avait à peine trois ans lors de sa première rencontre avec une baleine à bosse. Son père avait voulu lui faire découvrir l'étendue du fleuve en kayak, mais aussi les animaux fabuleux qui le peuplaient. Ils avaient attendu presque une heure qu'un rorqual daigne enfin se montrer. Occupé à regarder le rorqual commun avec Liam, dont les yeux s'étaient subitement ouverts, Norbert avait remarqué, trop tard, le fameux souffle annonçant la présence du monument marin qui remontait à la surface. Il avait vu l'énorme masse à peine plus claire que les ondes presque noires du fleuve se dessiner juste sous le kayak et avait aussitôt compris qu'il ne servirait à rien de pagayer pour se soustraire à la poussée, qu'il n'aurait pas le temps de mettre sa petite embarcation et son fils à l'abri. Gardant malgré tout son sang-froid, il avait immobilisé le canot et avait attendu, un bras autour des épaules du petit Liam fasciné, et l'autre prêt à tenter un coup de pagaie qui les sauverait miraculeusement. C'est au moment où Norbert avait déjà la vision de son kayak projeté en l'air qu'une chose incroyable s'était produite.

Comme si elle avait senti la présence si dérisoire au-dessus d'elle ou voulu épargner le kayak, la baleine s'était interrompue net dans son ascension vers la surface et ne bougeait plus, semblant flotter, aussi légèrement qu'une planche.

Père et fils avaient regardé, muets, la grande baleine bleue, immobile, suspendue, sous la petite embarcation.

Tenant toujours Liam enlacé, Norbert, qui en avait oublié de respirer, avait expulsé l'air retenu dans ses poumons en même temps que quelques larmes franchissaient la barrière dorée de ses cils.

« Merci, merci… », avait-il murmuré en direction de l'animal dont il pouvait voir le dos tapissé d'une épaisse couche de coquillages et de corail.

Telle avait été la première rencontre, décisive, entre Liam et celles auxquelles il consacrerait sa vie. Préférant le doux glissement du kayak au moteur du zodiac, il ne faisait des sorties avec ce dernier que lorsqu'il était nécessaire qu'il fût avec ses coéquipiers. La plupart du temps, il partait en mission de surveillance et d'observation des cétacés seul avec son kayak biplace, une place pour lui et l'autre pour son drone.

Le 29 août 2021 serait le jour le plus terrible de sa jeune vie. Liam avait fêté ses trente ans la veille, mais l'alcool ingurgité n'avait rien à voir avec ce qui allait le terrasser sur le fleuve Saint-Laurent. C'était un épisode de brouillard particulièrement dense au-dessus de l'eau, pourtant, il ne craignait pas de s'enfoncer, seul sur son embarcation, dans ce jour blanc. Il savait que ça se lèverait tôt ou tard. Que, tel le rideau au-dessus d'une scène révélant toute la magie des lumières, lorsque le brouillard se dissiperait tout à coup le spectacle serait féerique. Comme aimantées par les rayons du soleil perçant les ondes, semblables à des épées étincelantes, les baleines feraient leur apparition, précédées du souffle annonciateur de leur présence imminente.

Ce 29 août, le brouillard tardait particulièrement à se lever. Mais Liam savait attendre, contrairement à la plupart des jeunes de sa génération. Il avait appris de son père la patience, que les mammifères marins récompensaient avec tant de générosité. Il serait plus tenace et plus têtu que cette couche de particules d'eau en suspension qui empêchait de voir au-delà de l'extrémité avant du kayak. Parce qu'il allait lancer le drone au-dessus du fleuve, pour avoir la vue la plus large, et les images retransmises sur sa tablette lui permettraient d'observer les mouvements des cétacés. En cette fin d'été, cette partie du fleuve, non loin de la baie de Sainte-Catherine, était très fréquentée par les baleines. Les plus nombreux étant les petits rorquals. Ensuite venaient les globicéphales, quelques marsouins, des épaulards, la baleine à bosse et la baleine bleue, impressionnante et rare.

Il se tenait exactement à l'endroit où, avec son père, vingt-sept ans plus tôt, ils avaient fait cette rencontre fascinante. Malgré son tout jeune âge à l'époque, il en gardait le souvenir imprimé dans son âme, plus encore que dans sa mémoire. Car ce n'avait été que sensations et perceptions diffuses, visuelles mais aussi sonores. Le chant de la baleine bleue – elle avait chanté, peut-être pour appeler ses congénères ou peut-être pour les deux humains au-dessus d'elle – résonnait encore dans sa tête. Une complainte si saisissante qu'il avait senti son cœur prêt à exploser. Et ce 29 août, c'était ce qu'il entendait de nouveau. À moins que ce ne fût cet écho qu'il avait conservé au fond de lui ?

Liam tendit l'oreille. Le chant était bien réel. Comme s'il venait du brouillard. Le jeune homme était revenu régulièrement ici, dans l'espoir de revoir la baleine bleue et avec le désir secret de pouvoir la toucher. En vingt-sept ans, cela ne s'était jamais produit. Pourtant, aujourd'hui, deux décennies plus tard, Shakaikan, « lac » – le nom innu que lui avait donné Norbert –, était de retour.

Mais son chant rendait quelque chose de différent. De la tristesse en émanait. Une tristesse inhabituelle, qui ressemblait davantage à une profonde détresse. Liam en recevait chaque vibration, chaque trémolo, comme autant de coups de poignard dans le ventre et sentait sa gorge rétrécir.

Il s'était passé quelque chose de grave, de terrible même. C'était ce que racontait la mélopée de Shakaikan. Liam eut soudain conscience d'approcher le pire, dans ce brouillard qui peinait tant à se lever. En même temps que ce chant, il avait reconnu une odeur cruellement familière. Une odeur putride et doucereuse à la surface du fleuve, l'odeur de la mort. C'était elle qui perçait dans ce brouillard, s'insinuant lentement dans les narines du jeune Innu. Il redoutait de plus en plus ce qu'il allait découvrir une fois l'épaisse brume dissipée. Peut-être la baleine bleue chantait-elle sa propre agonie…

Un choc contre le kayak, le faisant dévier, confirma Liam dans l'idée qu'il se passait quelque chose d'anormal. L'embarcation venait de heurter une masse sombre qu'une brume aveuglante ne lui permit pas d'identifier. Mais, parce qu'il connaissait le fleuve et ses rivages sur le bout des doigts, l'Innu savait qu'il ne s'agissait pas d'un rocher. Si tel avait été le cas, le kayak n'y aurait pas résisté, vu la violence du coup. Instinctivement, Liam décida d'immobiliser sa périssoire du mieux possible et d'attendre.

Quelques minutes plus tard, levée par un souffle malin, la couche opaque se désagrégea en lambeaux épars, révélant aux yeux atterrés du jeune homme un véritable cauchemar. Où que son regard se posât sur le fleuve, il rencontrait des cadavres flottant à la surface. Des corps sans vie, de toutes les tailles. Des phoques, des marsouins, des bélugas, des rorquals communs, des baleines à bosse, des dauphins et même quelques orques, qu'un soleil pâle éclairait avec pudeur.

Et de cet affligeant spectacle s'élevait, affaiblie, la plainte lugubre du plus grand mammifère marin.

— Où es-tu…, répétait Liam, seul sur son kayak, incapable de faire un geste pour se sortir de là.

Ballottés par les remous du fleuve, les cadavres dérivaient dangereusement, risquant à tout moment de faire chavirer ou d'écraser la frêle embarcation et son passager. Mourir broyé n'était pas cependant la première préoccupation du jeune Innu. Il avait entendu parler d'hécatombes animales. Des « suicides » collectifs de dauphins ou de baleines, des morts massives d'oiseaux, de cervidés dans la steppe sibérienne, des troupeaux qui se jettent dans le vide pour échapper à une menace invisible. Mais ça…

Le chant devenait presque inaudible, comme si la baleine s'éloignait inexorablement. Vêtu, comme à chacune de ses sorties sur les eaux glacées du fleuve, de sa combinaison en néoprène, Liam envisagea, l'espace de quelques instants, de plonger à la recherche du cétacé qu'il sentait en urgence vitale. Mais que pourrait-il faire, tout seul, pour sauver Shakaikan ? Et qu'est-ce qui avait bien pu tuer tous ces animaux, jusqu'à venir même à bout de la baleine bleue ?

Renonçant à cette manœuvre qui pourrait s'avérer fatale, Liam lança son drone dans le ciel maintenant dégagé où la lumière du soleil s'intensifiait. Les images que l'appareil lui envoyait en temps réel sur sa tablette étaient une torture pour celui qui avait toujours côtoyé les mammifères du Saint-Laurent. Sa seconde famille. Des larmes d'impuissance et de douleur jaillissaient en silence de chaque côté de ses yeux en boutonnière.

Des milliers de cadavres, tels des troncs morts ou des bûches, flottaient sur l'eau du fleuve. On aurait dit qu'aucun des habitants du Saint-Laurent n'avait été épargné. Une hécatombe sans précédent.

En proie à ces pensées et à cette vision d'horreur, Liam ne remarqua pas les bulles qui remontaient à la surface, formant une corolle autour du kayak. Apercevant trop tard l'énorme tête plate ornée d'une crête médiane qui courait entre les deux évents, orifices respiratoires de l'animal, Liam eut tout juste le temps de bondir hors de l'embarcation avant que l'immense corps, d'une longueur de vingt-huit mètres, qui remontait à grande vitesse du fond du fleuve ne la pulvérisât. Sous le choc, le kayak se brisa en deux, une moitié retournée flottant de chaque côté du corps sans vie de Shakaikan. Elle aussi avait succombé à ce mal mystérieux.

Par une chance incroyable ou grâce à une bonne étoile particulièrement active, Liam avait pu sauter, sans tomber à l'eau, du kayak sur le cadavre d'un rorqual en parvenant à garder l'équilibre malgré les fortes secousses. Il avait toujours dans sa main gauche la télécommande du drone, qu'il fit doucement atterrir à côté de lui, sur le flanc salvateur du rorqual.

Une demi-heure plus tard, les secours qu'il avait appelés arrivèrent en hélicoptère et procédèrent à son hélitreuillage. Très éprouvé, le jeune Innu, accroché au câble par le harnais et maintenu par l'un des sauveteurs, survola le désastre en serrant les dents. Jamais il n'oublierait le dernier chant de la baleine bleue.

# 2

*Réserve de Lesio-Louna, Congo,*
*site d'Abio, début octobre 2021*

Une neige épaisse et inattendue donnait à la forêt et à la végétation dense de la réserve de Lesio-Louna un aspect tout à fait inhabituel. Si ce n'avaient été les palmiers et la flore exotique, on aurait pu se croire dans un paysage nordique au milieu d'un hiver glacial. Même la température était tombée au-dessous de zéro et les habitants de la réserve, singes et humains, n'en revenaient toujours pas de cette bizarrerie de la nature survenue deux jours plus tôt.

Les larges feuilles des bananiers et des cocotiers ployaient sous la masse blanche et compacte, qui s'écrasait par paquets au sol ou bien sur la tête des gorilles, principaux résidents de ce paradis africain où ils avaient été regroupés pour les protéger des braconniers.

Dans ce même sanctuaire de 1 730 km$^2$, dont une partie était occupée par la grande réserve de chasse de la Léfini, à cent kilomètres de la capitale Brazzaville, se trouvait le camp d'Iboubikro, qui hébergeait le personnel de la réserve et la nurserie où arrivaient les jeunes gorilles orphelins dont les parents avaient été tués par les braconniers. Un peu plus au nord, le long de la rivière Louna, avait été implanté le site d'Abio, lieu de transition des primates venus de la nurserie et de zoos avant qu'ils ne soient relâchés dans la nature avec la quarantaine de gorilles adultes vivant en liberté sur ce territoire.

En ce début d'octobre, Abio comptait sept jeunes gorilles adultes mâles et neuf femelles. L'une d'entre elles, Chance, découverte à moitié morte de faim au pied d'un arbre d'où elle était tombée en même temps que sa mère atteinte par une balle, portait bien son nom. La petite avait eu les deux jambes fracturées, mais grâce aux soins de toute l'équipe vétérinaire elle s'était vite remise et pouvait même gambader avec ses congénères. Prudence, quant à elle, seule survivante d'une fratrie de cinq orphelins, prenait tout son temps avant de se lancer dans des jeux trop brutaux à son goût.

Surpris par la neige, tout ce petit monde la découvrait avec plus ou moins d'audace et de fascination. Non pas qu'il n'y eût point de neige en Afrique, mais on la trouvait plutôt sur les sommets, à des altitudes de trois à cinq mille mètres, comme sur le Kilimandjaro, les monts Kenya et Stanley, là où scintillaient les glaciers. Elle tombait rarement en plaine, dans les réserves, surtout début octobre. Mais bientôt, les gorilles d'Abio l'apprivoisèrent complètement et se roulèrent même dedans en faisant des moulinets avec les bras pour s'en jeter des pelletées. Les soigneurs, amusés par la scène, finirent par se livrer à des batailles de boules de neige sous le regard bienveillant de celle qu'ils appelaient affectueusement Mamma Afrika. Qui, pourtant, n'avait d'africaine que sa passion pour le jeune continent et ses grandes connaissances de la culture congolaise. Née en Bretagne sous le nom d'Annaïk Le Cornec, après des études en éthologie, elle s'était spécialisée dans les grands singes et était devenue primatologue, sur les traces de Dian Fossey, qu'elle admirait tant et qui avait donné sa vie pour la protection des gorilles. Petite femme dynamique au corps aussi mince et souple qu'un roseau – « Rose-eau » avait d'ailleurs été son surnom dans ses jeunes années –, Annaïk allait sur ses soixante ans, mais son dévouement pour les grands singes ne faiblissait pas. Ici, tout le monde la respectait, et sa parole comptait. Elle était considérée comme la mère de tous les orphelins qui transitaient par Iboubikro et Abio, et les aimait d'ailleurs comme ses propres enfants. Elle les accompagnait de leur arrivée à la nurserie jusqu'à leur réinsertion dans la réserve. C'était en sa présence que se faisait chaque remise en liberté.

Chance et Prudence, en âge de rejoindre leurs congénères dans la réserve, allaient bientôt être relâchées, avec trois des sept mâles, Congo, Mateso et Yavan. Annaïk les préparait autant qu'elle-même se préparait à cette séparation.

C'est deux jours après le phénomène blanc que la catastrophe se produisit.

La température extérieure, négative durant la nuit, était remontée de façon spectaculaire et atteignait les 30 °C, faisant fondre la neige en à peine une heure. Les branches et les feuilles dégouttaient, la nature entière ruisselait d'eau et de neige fondue, rendant le sol boueux. De petits ruisseaux s'étaient formés un peu partout dans la réserve, scintillant telles des écailles au soleil enfin de retour. Et, en même temps que la disparition de la neige, le jour J était arrivé pour les cinq protégés de Mamma Afrika.

Venue chercher dans le parc les jeunes gorilles adultes pour les conduire vers leur liberté, Annaïk manqua défaillir devant le spectacle, et les soigneurs se prirent la tête entre les mains en poussant des cris. Sous leurs yeux incrédules gisaient les corps inertes de Prudence, Chance, Congo et Mateso. Seul Yavan, le mâle albinos, demeurait assis au pied d'un jeune arbre, dont il tenait le tronc entre les mains en s'y cognant le front à un rythme régulier, dans un lent balancement.

Les cadavres des quatre jeunes gorilles étaient dans une position singulière. Recroquevillés sur eux-mêmes, les mains sur les oreilles.

— Ce n'est pas possible… Qu'est-il arrivé ? répétait Annaïk, allant de l'un à l'autre vérifier qu'ils ne respiraient plus. Vous les avez laissés sans surveillance ?

Pour la première fois, alors qu'elle s'adressait aux soigneurs, le regard et la voix de Mamma Afrika s'étaient durcis. Elle n'aurait toléré aucune négligence, aucun manquement au règlement risquant de mettre en péril la vie de ses protégés. Et voilà que le pire, minutieusement évité depuis la création de la réserve, était survenu.

— Non, Mamma, je vous assure…, pleurait une des doyennes de l'équipe, présente sur le site depuis une dizaine d'années. Ils ont été nourris comme chaque jour, ils ont eu à boire, nous sommes venus les voir régulièrement…

— De toute façon, l'examen des corps nous dira s'ils ont subi de mauvais traitements ou s'ils se sont battus. En attendant, je vais voir les vidéos des caméras de surveillance. La mort de quatre jeunes adultes sur le site est intolérable. Quelque chose qui ne doit pas se produire.

Les soigneurs se regardèrent tour à tour. Ils travaillaient tous ici depuis plus de cinq ans et n'avaient jamais failli. Personne ne comprenait ce qui avait pu tuer leurs protégés. Et, même s'ils étaient soulagés pour Yavan, unique rescapé, ils commençaient à craindre que le gorille albinos ne fût à l'origine des décès. Peut-être dans un accès de violence inexpliqué. Selon Annaïk, tous les gorilles qui étaient passés par Abio sentaient venir le grand jour et pouvaient en éprouver autant d'impatience que d'angoisse et de stress. Pour cette raison, les soigneurs se devaient de prêter une attention particulière au moindre changement de comportement.

— Conduisez Yavan tout de suite en salle d'examen, que l'équipe vétérinaire s'occupe de lui et lui donne de quoi le calmer. Ils vérifieront qu'il ne porte pas de trace de coups ou de morsures et feront de même pour… pour les quatre autres.

Annaïk ne pleurait pas, mais sa voix s'étrangla sur ces mots. Pourtant, elle ne devait pas flancher. C'était elle, le capitaine de cette arche africaine. Elle devait garder le cap, même en pleine tempête. Mais elle ne s'était pas attendue à ça. Quatre…, ne cessait-elle de se répéter, accablée. Un seul aurait déjà été de trop.

À première vue, le pelage immaculé de Yavan ne présentait aucune trace de sang. Elle leur aurait sauté aux yeux. Les premiers examens pratiqués par l'équipe vétérinaire sur les quatre gorilles morts ne révélèrent ni morsures, ni fractures, ni coups. Les corps étaient étrangement intacts, ce qui privilégiait l'hypothèse d'une intoxication, d'un empoisonnement ou d'un virus à propagation rapide.

Annaïk contacta aussitôt la base d'Iboubikro pour les prévenir et s'assurer que la même chose n'était pas arrivée aux bébés et aux animaux de la réserve. Les petits de la nurserie étaient saufs et une équipe de huit soigneurs partit aussitôt sur le terrain à la recherche des gorilles en liberté.

Au fur et à mesure de leur progression, ne rencontrant aucun primate, les soigneurs se turent les uns après les autres, laissant place à un silence de plus en plus oppressant et à un doute affreux. Ils auraient déjà dû en croiser quelques-uns. Notamment ceux qui, relâchés récemment, étaient encore attachés à leurs protecteurs. Les reconnaissant, ils auraient forcément fait une apparition, le temps d'un regard ou d'un salut. Plus ils s'enfonçaient dans la réserve, plus la terrible évidence s'imposait. Ce qui était arrivé aux jeunes d'Abio avait aussi terrassé les adultes en liberté.

Après une marche d'environ une heure et demie dans la touffeur de la végétation et le bourdonnement incessant des insectes, ils les aperçurent enfin. Mais remarquèrent tout de suite quelque chose d'anormal dans leur posture. Les gorilles se tenaient immobiles, en groupes épars, prostrés, le menton sur la poitrine, les mains sur les oreilles. Des bébés livrés à eux-mêmes tiraient désespérément leur mère par le bras. Mais celles-ci ne bougeaient pas et respiraient difficilement.

Restant à distance, les soigneurs se contentèrent tout d'abord de les observer avant de s'approcher doucement, le doigt sur la détente de leur fusil hypodermique, prêts à s'en servir si nécessaire. Il était rare qu'un de ces gorilles chargeât, mais, en dépit de leur proximité avec des hommes qui les avaient sauvés, ils restaient des animaux sauvages aux réactions imprévisibles.

Le mâle dominant du groupe, une montagne de presque deux cents kilos, semblait terrassé lui aussi. Ses narines s'ouvraient et se refermaient rapidement, au même rythme que sa bouche. Comme chez ses congénères, des larmes baignaient son visage.

— Ils pleurent…, lâcha l'un des soigneurs, stupéfait.

— Ils ont peut-être attrapé une infection, dit un autre.

— Je ne pense pas, on dirait qu'ils sont vraiment en train de pleurer. Ils reniflent.

— C'est parce qu'ils respirent rapidement.

— Et les mains sur les oreilles ?

— Ils ont peut-être des maux de tête. En tout cas, ils n'ont pas l'air en forme. Il faut appeler Mamma Afrika.

— Il faut les tuer, gronda une voix sinistre.

Sept regards chargés d'incompréhension et de colère se tournèrent vers le collègue à la peau vérolée qui venait de parler.

— N'y pense même pas…, menaça l'un d'eux en faisant un pas vers le type, le fusil braqué sur lui.

— S'ils ont chopé quelque chose, ils vont contaminer toute la réserve. Il faut les tuer et les brûler.

Un cri d'indignation souda le reste de l'équipe.

— C'est ce qu'il faudrait te faire à toi, pour avoir une idée pareille ! Ce serait un crime !

— On n'est pas obligés de le dire.

— Oublie ça, c'est un conseil, souffla un grand costaud, l'index pointé vers le vérolé.

— Vous êtes en majorité, OK, une majorité de crétins ! Vous verrez qui aura raison ! Si vous les ramenez à la base, ce sera sans moi ! cracha-t-il en s'éloignant.

Au même moment, de l'autre côté, sur le site d'Abio, Annaïk recevait un appel de la direction du zoo de Londres, avec lequel elle travaillait.

— J'ai le regret de vous informer, commença le directeur d'une voix blanche, que les trois gorilles du zoo qui devaient vous être envoyés prochainement pour une réintégration à la vie sauvage ne sont pas en état de voyager. Ils… ils ne s'alimentent plus, ne boivent plus et restent prostrés sans bouger. Mais ils ne sont pas les seuls. Ça touche aussi d'autres espèces. Certains individus sont morts. D'autres sont en urgence vitale. Et il y a une chose que nous ne nous expliquons pas.

— Laquelle ?

La voix d'Annaïk tremblait en posant cette question.

— Les animaux qui sont en état de prostration ne cessent de pleurer.

# 3

*Grenoble, Institut de virologie moléculaire et structurale, mi-octobre 2021*

Avec une configuration en cuvette dans une vallée-plateau d'origine glaciaire, Grenoble ne jouissait d'aucun charme singulier, si ce n'était la présence de l'Isère qui serpentait tranquillement au cœur de la ville pour rejoindre un autre cours d'eau, le Drac, réunion formant un Y. En revanche, la forteresse de montagnes et de sommets enneigés qui l'entourait était un véritable écrin sauvage.

Par la baie vitrée de son bureau au dernier étage de l'IVMS – Institut de virologie moléculaire et structurale –, situé dans le quartier de la Presqu'île, plus précisément dans le polygone technologique qui accueillait différents pôles de recherche, Shan pouvait déconnecter lorsque son cerveau saturait.

Souvent, ces derniers temps, trop souvent, son regard allait se perdre au-delà des pics qui crénelaient l'horizon bleuté, en même temps que ses doigts agrippaient le médaillon rond en verre cerclé d'acier inox sur le tour duquel était gravé « Love you to the moon & back », et qui contenait quelques millimètres – sept, s'était-elle amusée à mesurer – de météorite lunaire.

« La meilleure preuve que l'homme avait bien marché sur la Lune », lui avait dit Ayden en le lui offrant. Il y avait tout juste un an de cela. Une soirée que Shan n'oublierait jamais. C'était le 16 octobre, ils étaient montés le soir sur la Chartreuse, où Ayden avait sorti deux flûtes en cristal et une bouteille de champagne. Puis il lui avait tendu une petite boîte avec le médaillon. Il revenait de Toulouse, où il suivait un entraînement pour la prochaine expédition lunaire. Il avait pointé le doigt en direction de l'astre plein qui éclairait leurs sourires de sa mystérieuse clarté. « *To the moon and back* », avait-il dit en plongeant ses yeux d'un bleu très pâle dans les siens. Ça faisait un an qu'ils s'étaient rencontrés. « Drôle de prénom, Ayden », avait-elle fait observer. « D'origine celte, qui veut dire "petit feu" », avait-il souri.

Installés ensemble depuis quelques mois, ils ne se quittaient que pour leurs boulots respectifs. Lui, dans la conquête spatiale, et elle, dans l'étude des virus les plus mortels. Pourtant, une semaine après cette soirée sur la Chartreuse, le « petit feu » s'était brutalement éteint, soufflé par le vent glacé de la mort. En pleine séance de chute libre, son autre passion, la toile du parachute d'Ayden était partie en torche et son corps avait rencontré la terre.

« Chacun meurt de ce qui doit le tuer. » Les mots de son père résonnaient encore aux oreilles de Shan. Ayden en était la parfaite illustration. Son père aussi, emporté par la rage en Égypte, lors d'un de ses déplacements avec l'équipe d'archéologues qu'il dirigeait. Il avait été mordu par un chien errant. Shan avait alors sept ans. Elle se rappelait chaque mot qui sortait de la bouche de son père adoré. Il était mort de ce qui devait le tuer et qui avait fait que sa fille était aujourd'hui là où elle était. Leur mère en était restée muette de chagrin. Aphonie chronique. Shan avait toujours nourri l'espoir qu'elle recouvrerait la parole, à l'inverse de son frère jumeau, qui lui avait dit que cette aphonie était pour leur mère le meilleur refuge contre la dépression ou la folie.

Comme le laissaient penser ses yeux sombres ambrés au soleil, légèrement en amande, et ses cheveux raides et noirs aux reflets presque bleus – qu'elle avait teints en un noir prune –, Shan était née au Cambodge. Arrivée en France en 1976, âgée d'un an, avec sa grand-mère, ses parents et son frère, elle avait grandi dans l'une des barres de la cité Mistral à Grenoble. Ses parents, dépossédés de leurs biens dans leur volonté de fuir le régime communiste, n'avaient pas les moyens de louer ailleurs et encore moins d'acheter. Dès son plus jeune âge, son frère avait choisi un prénom français, troquant Lân contre Laurent, car tôt ou tard les autres jeunes Asiats du Mistral auraient vendu la mèche sur ce que voulait dire Lân, « licorne », et il aurait été la risée de toute la cité. Laurent-Lân était d'une sensibilité et d'une intelligence rares qui lui avaient valu de briller dans des études supérieures et ouvert les portes de Polytechnique. Il avait quitté Grenoble avec le seul regret d'y laisser sa sœur et leur mère. Un peu moins de regrets pour la grand-mère, qui l'avait souvent corrigé à la cuiller en bois. Shan, quant à elle, n'avait modifié que la première lettre de son prénom de naissance, Chan, et était partie après le bac faire ses études en sciences à Lyon, puis, après avoir passé son doctorat en biologie animale et en immunologie-virologie, était revenue à Grenoble, où elle avait intégré l'une des vingt-quatre antennes du Laboratoire européen de biologie moléculaire, dont le siège se trouvait en Allemagne, à Heidelberg. Deux ans après seulement, Shan avait accepté sans hésiter un poste à l'Institut de virologie, où elle était restée, rejoignant ainsi une équipe d'une trentaine de chercheurs. À l'époque, les chercheurs de l'IVMS et de l'EMBL, qui travaillaient sur le virus de la rage pour mettre au point un antiviral, venaient de découvrir la structure d'une protéine essentielle dans la transmission du virus et dans sa grande résistance à l'immunité humaine. Pour Shan, rejoindre ces chercheurs avait été l'occasion de relever un immense défi à la mémoire de son père. Grâce à cette découverte et aux recherches qui en découlaient pour neutraliser cette protéine, elle avait eu alors le sentiment d'être capable de le venger.

Malgré la piètre réputation de l'ambiance et de l'architecture de la ville qu'elle considérait comme sa ville natale, n'ayant plus aucune attache au Cambodge, Shan s'y plaisait, et surtout s'épanouissait dans son travail. Jusqu'à ce jour où sa vie avait basculé dans le vide, en même temps qu'Ayden. Avant leur rencontre, elle avait accumulé les années de célibat et les heures supplémentaires, ayant presque élu domicile à l'IVMS. Des relations et des aventures, oui, mais sans saveur et sans lendemain. Elle se réservait secrètement et idéalement pour celui qui serait l'homme de sa vie. Et il lui était tombé du ciel. Pour elle seule. Son *petit feu*. Un an déjà. Une putain d'année à survivre. À se demander si ça en valait la peine. *I love you to the moon and back.* C'était ce qu'elle avait fait graver sur l'urne, sans même avoir pu se recueillir sur le corps pulvérisé de son amour. Ce qui avait été sa plus grande douleur. Le meilleur ami d'Ayden, qui faisait partie, lui aussi, des trois astronautes français sélectionnés en vue du prochain grand voyage lunaire, s'était engagé à emporter l'urne et à l'enterrer dans un trou creusé dans le sol sélénien. Shan n'avait pas pu rester dans l'appartement qu'ils avaient choisi ensemble et avait pris un studio sous les combles, dans une petite maison qui donnait sur le Drac. Trente mètres carrés lui suffisaient, à elle et à sa solitude.

Le regard perdu au-delà des massifs à la couronne immaculée luisant dans un ciel pur, les doigts refermés sur son médaillon, Shan pensait à leur dernière soirée sur la Chartreuse. À la beauté et à la cruauté de la vie qui donne et reprend, dans une comptabilité parfois inique. Avec le poids de son histoire familiale et la mort de son père, Shan croyait avoir eu son lot, mangé son pain noir. Son jumeau lui manquait. Ayden lui manquait. Son père lui manquait. Trois hommes dans son cœur. Un seul vivant. Mais tout aussi absent.

De petits coups à la porte la tirèrent de ses pensées, un peu douloureusement. Elle aurait eu envie de silence et d'oubli. Sans même attendre son feu vert, la porte s'ouvrit sur le visage assombri de Julian, un des plus jeunes stagiaires de l'institut. Un petit gars à la tête ronde et aux traits juvéniles évoquant ceux d'un Playmobil, ce qui lui avait valu son surnom.

— Tenez, Shan… il est tout frais de ce matin, c'est Lorenzo qui m'a demandé de vous l'apporter, il pense que ça peut vous intéresser, dit-il en déposant un dossier sur le bureau.

— Et me remotiver…, soupira Shan. Merci, Julian. Tu remercieras Lorenzo de ma part.

Elle était la seule à refuser de l'appeler par son surnom, estimant que personne n'était maître de son physique ni responsable de ses défauts de fabrication. Pour Shan, d'une certaine façon, tous les humains étaient des Playmobil. Aussi solides que fragiles. Aussi raides que manipulables. Et le jeune stagiaire, d'une vive intelligence, aurait sans doute un jour sa place à l'IVMS.

Ayant ouvert le dossier d'une main molle et sans conviction, en même temps qu'elle en découvrait le contenu, Shan sentit ses yeux s'arrondir autant qu'ils pouvaient le faire.

Des lignes et des chiffres recouvraient les pages. Des rapports détaillés sur des événements récents et des phénomènes inexpliqués et mortels, faisant des ravages chez les animaux, aussi bien sauvages que captifs ou même domestiques. Un mal qui présentait de prime abord toutes les caractéristiques d'une épidémie. Pour le moment, l'espèce humaine semblait épargnée, sauf dans le cas d'une tribu inuit vivant dans un village du sud du Groenland.

Shan s'arrêta sur l'hécatombe effroyable des cétacés et autres mammifères marins du fleuve Saint-Laurent dans la région de Tadoussac, puis sur les grands singes de la réserve congolaise de Lesio-Louna, à moitié décimés, eux aussi, par un mal inconnu. « Hypothèse virale hautement privilégiée à ce jour », disait une mention. Mais ce n'était pas tout. Un phénomène identique s'était produit chez les gorilles du zoo de B., en France, ainsi que dans un zoo de Londres. Avec sa thèse en biologie animale, elle était la chercheuse toute désignée pour se pencher sur la question.

Une fois qu'elle eut parcouru la totalité du dossier, qui mentionnait le même phénomène dans d'autres pays, affectant la faune sauvage ou les animaux domestiques, le regard de Shan alla de nouveau se perdre au-delà des massifs coiffés d'une calotte blanche. Une bonne occasion de changer d'air se présentait enfin.

— Merci, Lorenzo, murmura-t-elle, les lèvres entrouvertes sur un vague sourire.

Le premier depuis un an.

# 4

*Réserve de Lesio-Louna, Congo,*
*début octobre 2021*

Avertis par le groupe qui avait découvert les gorilles en état de prostration, Annaïk et son adjoint congolais Enrique étaient partis à leur tour, avec une deuxième équipe, roulant le plus loin possible avant de devoir poursuivre à pied vers l'endroit indiqué par les soigneurs.

Au terme d'une marche de près de deux heures dans une chaleur moite et bourdonnante, ils n'avaient tout d'abord pas voulu croire à ce qu'ils avaient sous les yeux. Les restes de grands cadavres partiellement brûlés, qui finissaient de se consumer dans une odeur âcre, ceux d'une dizaine de gorilles et, un peu plus loin, les corps des soigneurs. Tous présentaient des blessures, pour la plupart mortelles, par balles, mais aussi des coups de lame particulièrement tranchante. L'adjoint se précipita aussitôt vers les cadavres de ses employés.

— Le fumier les a achevés à la machette après leur avoir tiré dans les jambes, constata Enrique en se relevant, les yeux humides.

— Tu penses que c'est l'acte d'un seul homme ? haleta Annaïk, très éprouvée.

— J'en ai bien peur, oui.

— Qu'est-ce que tu veux dire ?

— Mamma, souviens-toi, parmi les règles que tu as établies, chaque équipe envoyée sur le terrain doit être composée de huit soigneurs. Je n'en compte que sept, ici. Où est le huitième ? À moins que son corps n'ait été traîné plus loin, ou bien qu'on ne l'ait enlevé, mais dans quel but, alors que tous les autres ont été tués, c'est donc lui qui a fait ça.

Annaïk regarda son adjoint, hébétée.

— Tu as raison, Enrique… Mais… pourquoi aurait-il commis un acte aussi odieux ? Est-il devenu fou ? Il faut découvrir ce qui s'est passé ici. Et pourquoi ce double massacre. Les gorilles devaient déjà être en état de faiblesse extrême. On ne vient pas à bout d'une dizaine de grands singes tout seul. S'il s'avère que c'est vraiment le soigneur manquant qui est à l'origine de tout ça.

— Moi, je me demande comment il a pu faire ça tout seul, les autres étaient équipés d'un fusil hypodermique. Pourquoi personne ne lui a tiré dessus ?

— Il n'était pas seul ! lança un des gars. J'ai trouvé ça par terre…

Il brandissait un couteau à lame incurvée.

— Les ordures ! s'écria Enrique en s'emparant de l'objet. L'arme des braconniers ! Avec ce couteau, ils tranchent les mains des singes…

— Ils ne l'ont pas fait cette fois. On peut le voir sur les cadavres les moins calcinés. Ils ont encore leurs mains.

— Soit ils n'ont pas eu le temps de le faire, soit ils ont été dérangés, suggéra l'adjoint, dont les lèvres tremblaient de colère.

— Ils nous ont peut-être entendus arriver, dit Annaïk.

— Si c'est le cas, en partant maintenant, on peut les rattraper.

— Pas question ! réagit Mamma. Il y a assez de cadavres pour ne pas en rajouter encore. Nous allons nous focaliser sur la cause de cette atrocité et tâcher d'identifier le huitième soigneur.

— Ça ne m'étonnerait pas qu'il soit de mèche avec les braconniers, gronda Enrique. Peut-être même qu'il avait tout prévu et leur avait dit où se trouvaient les gorilles. Mais on dirait une vengeance.

— De quoi se seraient-ils vengés ?

— De l'interdiction de braconner sous peine de mort.

— Et le soigneur complice ?

— On le retrouvera, Mamma. Je le retrouverai, même si je dois retourner la jungle entière.

— Ça ne sera pas la peine…

Tous levèrent un regard interloqué vers celui qui venait de prononcer ces mots, la tête renversée en arrière, les yeux fixant quelque chose en hauteur. À deux mètres au-dessus du sol, pendu à une corde de fortune fabriquée avec une liane, se balançait doucement un corps. Celui d'un homme vêtu de l'uniforme de la réserve de Lesio-Louna, portant le logo caractéristique, une tête de gorille. Il avait le visage criblé de cicatrices. Le huitième soigneur. La première équipe était désormais au complet.

# 5

*Grenoble, fin octobre 2021*

Depuis le jour où elle avait pris connaissance de l'épais dossier que lui avait fait parvenir Lorenzo, deux semaines auparavant, Shan n'avait pas beaucoup dormi. Lisant et relisant les quelque deux cents pages contenant des photos des cadavres parmi les espèces atteintes, mais aussi celles de sujets vivants en état de prostration, elle avait pressenti quelque chose d'inédit à l'échelle planétaire. Une sorte d'avertissement silencieux à l'humanité entière. Les animaux n'étaient que les malheureuses sentinelles de ce qui allait se produire. Tout gros séisme était précédé de petits. Or, depuis trois ans, les choses se dégradaient dans le monde, aussi bien économiquement que socialement. Les populations semblaient exténuées et la planète, à bout de souffle. Même si Shan, dans sa bulle protectrice, s'en tenait à l'écart, se disant que de toute façon les financiers, comme toujours, auraient le dernier mot, elle sentait les mauvaises vibrations, le désespoir et l'indignation collective monter en puissance. Sans parler de ce qui se préparait à l'échelle mondiale pour l'environnement.

En plus de son travail à l'institut, Shan consacrait son temps libre à éplucher et à décortiquer le dossier pour être sûre que rien ne lui échappe, mesurant l'ampleur de ce qui était en train d'advenir et en même temps, ce qui la rendait malade, l'étendue de son impuissance.

Le soir, en rentrant chez elle, après avoir joué avec Moisi, le petit singe vert qu'elle avait sauvé des tests de laboratoire, Shan avalait un bol de céréales et se mettait sur les documents.

Au terme de ce travail colossal, la jeune femme, épuisée mais déterminée, venait de décider de prendre trois semaines de congé sur les quatre qu'elle devait solder avant la fin de l'année, pour se rendre là où étaient apparus les tout premiers cas dans le monde. À Tadoussac au Québec, puis au Groenland, puis au Congo, dans la réserve de Lesio-Louna. Et elle terminerait son périple par les zoos, celui de Londres, puis celui de B., en France.

Dehors, la nuit s'emparait de la ville et des massifs alentour, mouchetant de minuscules points lumineux le carré du Velux devenu peu à peu indigo. Moisi suivait avec attention chacun de ses gestes, le regard vif et pétillant, mais aussi éternellement reconnaissant. Le petit singe, qu'elle avait ramené dans un sale état du laboratoire, caché dans son sac à dos, lui était attaché comme à une mère. En sa présence, Shan le laissait aller et venir en liberté, mais il avait compris que, lorsqu'elle s'absentait, il devait rester dans le parc qu'elle lui avait construit de ses propres mains et qui occupait une bonne partie du studio.

— Tu ne pleures jamais, toi ? lui dit-elle, levant brusquement la tête du dossier, le visage éclairé par l'écran de son Mac.

Deux petites billes attentives brillaient dans la pénombre, derrière la jeune femme. Une pensée sombre venait de lui traverser l'esprit. Le mal paraissait toucher indistinctement les animaux sauvages et domestiques. Moisi était l'un et l'autre. Il ne répondit que par un petit cri, mais semblait aller plutôt bien, se pendant au Velux avant d'attraper la corde que Shan avait fixée à un crochet au plafond et de se balancer, les babines retroussées sur une sorte de sourire qui laissait entrevoir des petites canines jaunes aussi pointues que des cure-dents.

Dans le dossier, aucun cas de décès d'animaux domestiques en France n'était mentionné, sauf au zoo de B. Et cela concernait malgré tout des animaux sauvages, en captivité. Secouée par tout ce qu'elle avait lu sur ces mystérieuses hécatombes précédées de prostration ou de mélancolie, ce soir-là, avant de prendre les billets pour son voyage, Shan décrocha le téléphone et appela Virginie, son amie vétérinaire, dont le timbre chaud la rasséréna aussitôt. C'était elle qui avait soigné Moisi clandestinement, le sauvant d'une mort certaine. Peut-être aurait-elle une idée là-dessus, bien que les équipes vétérinaires qui s'y étaient penchées aient semblé déroutées.

— Hello, Gin, c'est Shan. Je ne t'appelle pas pour Moisi, mais…

— Moisi ! Pfffff, je me ferai jamais à ce prénom ! Il y a que toi pour avoir trouvé ça…

— C'est sa couleur qui me l'a inspiré… presque le même vert. Bref, il va bien, mais je voulais savoir si ces derniers temps tu n'aurais pas eu des cas de décès atypiques à la clinique. Ou bien des appels de propriétaires de chiens, de chats ou d'oiseaux te faisant part de l'état de fatigue anormale de leur animal ou même d'une mort rapide qui aurait suivi cet état.

Un silence hésitant succéda à la question de Shan.

— J'ai eu une dizaine de cas de ce type, se décida la vétérinaire. Mais je n'ai rien trouvé à l'autopsie.

— Vraiment rien ? insista Shan en mordillant la gomme de son crayon de papier.

— Non, pourquoi ? J'aurais dû voir quelque chose ? Tu sais, si tu veux que je t'aide, il faut m'en dire un peu plus, ma belle…

— Désolée, mais pour l'instant je ne peux pas. Je suis sur un travail de recherche, là, et j'essaie de recenser le plus de cas possible. Lors des consultations ou des autopsies, tu n'as pas noté la présence de larmes ?

— Tiens, c'est drôle, maintenant que tu le dis, j'avais même pensé à une forme de conjonctivite, mais je trouvais bizarre que ce soit récurrent.

— Tu ne les as pas analysées ?

— Non. Elles n'étaient pas purulentes, il n'y avait aucun signe d'infection, seulement une forme d'irritation. Je me suis dit que c'était peut-être dû à la pollution de notre chère cuvette.

— Si c'était la pollution, nous présenterions les mêmes symptômes, fit observer Shan en recrachant un bout de gomme de côté.

— Alors, ce serait quoi, ces larmes ? Tu dois avoir une petite idée puisque tu m'en parles.

— Pour le moment aucune, mais apparemment ce ne serait pas des larmes d'irritation.

— Tu veux dire que…

— Oui, Virginie, ce serait des larmes de tristesse. Apparemment ces animaux pourraient être morts d'une forme de tristesse profonde ou de dépression.

## 6

Shan entendit son amie ravaler sa salive à l'autre bout du fil. Peut-être la prenait-elle pour une folle… Mais elle n'avait fait que lui rapporter ce qui était écrit noir sur blanc dans le dossier.

— De tristesse ? répéta Virginie sur un ton sceptique.

— Oui. Comme lorsqu'un chien se laisse mourir de chagrin à la mort de son maître.

— Sauf que là ce n'est pas le cas, rétorqua la vétérinaire. Et c'est plutôt quelque chose qui semble se répandre. Or la tristesse n'est pas contagieuse. En plus, il n'y a aucune cause tangible à cette tristesse.

— Aucune cause connue, Gin. Tu sais bien que les animaux sentent les choses avant nous. La neige, les tremblements de terre… Même lors du tsunami de 2004, en Thaïlande, les éléphants et d'autres animaux, en courant se réfugier dans les hauteurs, ont sauvé ceux qui ont été attentifs à leur comportement. D'ailleurs, les habitants criaient aux touristes de faire comme les éléphants.

— Oui, peut-être… De là à conclure que c'est de la tristesse…

— Écoute, Virginie, lâcha enfin Shan, je suis une scientifique comme toi, moi non plus je ne peux pas me contenter d'hypothèses et de manque de preuves, ni d'approximations. Or, j'ai profité de ces deux dernières semaines pour faire des heures sup et me documenter sur les larmes et leur structure. Il y a une nette différence entre les trois grands types de larmes : les larmes basales au rôle lubrifiant, les larmes réflexe, donc d'irritation, et les larmes émotionnelles, joie, chagrin. Toutes sont produites par la glande lacrymale directement reliée au flux sanguin. La composition du sang peut changer selon l'humeur, c'est pareil pour les larmes. Je suis tombée sur le travail impressionnant d'une photographe, Rose-Lynn Fisher, qui a pris des clichés d'une centaine de larmes vues au microscope électronique. Leur structure varie de façon surprenante en fonction de leur nature. Des études montrent aussi que les larmes d'émotion contiennent plus de protéines et d'hormones, dont une, l'enképhaline, est un antidouleur que produit le corps dans les moments de stress intense. Il y a tout ce qu'il faut au labo pour examiner la structure des larmes de ces animaux et déterminer leur nature en les analysant. Mais il me manque l'essentiel. Des échantillons.

— Et tu voulais savoir si je peux t'en donner, je comprends mieux, ma belle.

— Je pense que, vu l'ampleur que prend le phénomène, tu auras de plus en plus de cas… Alors, si tu peux prélever quelques échantillons de larmes, ça m'aiderait beaucoup. Je pars dans une semaine.

— Ah bon ? Où ça ?

— Je prends quelques vacances. Peut-être en Afrique ou au Québec, j'hésite encore.

— Eh bien, on ne se refuse rien !

— Je pense que je les mérite…

— Oui, pardon… Je ne t'ai même pas demandé comment tu allais… Il faut dire que tu ne m'en as guère laissé le temps.

— Des hauts et des bas, avec plus de bas… Heureusement, j'ai la chance d'avoir un travail passionnant.

— On devrait aller boire un verre, un de ces soirs.

— Et tu me donneras les échantillons…

— Hahaha… t'es bien une femme, toi, dans toute sa vénalité ! rit Virginie. Une semaine, c'est court, mais je vais essayer.

— Allez, je te laisse, il se fait tard. Merci et ne m'oublie pas.

— Ça, ça ne risque pas !

Shan coupa la communication, un sourire accroché aux lèvres. Elle éteignit l'ordinateur et gratifia Moisi d'une petite caresse, lequel en profita pour lui attraper les doigts. Il avait arrêté de la mordre depuis qu'il avait reçu un bon avertissement, à l'aide d'un journal plié qu'elle avait fait claquer dans sa paume. Un moyen éducatif simple et efficace. Elle ne lui aurait jamais fait de mal, même pour le faire écouter.

Dès qu'elle fut étendue dans son lit, caché derrière un paravent recouvert d'oiseaux et de fleurs, dans un style japonais, le regard de Shan croisa celui d'Ayden. La photo de son amour disparu reposait dans un cadre sur la table de chevet, à côté d'une lampe en forme de lune. Le *petit feu* lui souriait chaque soir avant qu'elle n'éteigne la lumière. Juste devant le cadre était posé un médaillon en cuivre d'environ cinq centimètres de diamètre représentant le cube de Métatron, figure géométrique sacrée aux propriétés puissantes, reliant le ciel, le corps énergétique et l'âme. L'esprit scientifique de Shan avait beaucoup de mal avec l'irrationnel, le paranormal et même le spirituel. Mais Ayden, ouvert à tout ce qui était énergie et convaincu du grand projet de l'Univers, portait ce médaillon pour toute la protection qu'il pouvait lui apporter, en particulier lors de ses sauts en chute libre. Il avait expliqué à Shan qui était Métatron. L'archange le plus proche de Dieu, humain avant de devenir divin, et aussi le plus puissant des archanges, qui, lorsqu'il est invoqué, offre sa sauvegarde. *Porter le cube de Métatron sur soi protège des énergies négatives.* Malgré tout son amour pour Ayden, Shan était restée hermétique à ce qu'elle considérait comme des croyances naïves, jusqu'au jour où il était tombé de ce ciel qu'il aimait tant. En rentrant chez eux après être allée récupérer ses cendres, Shan avait trouvé le médaillon dans la salle de bains. Ayden ne le quittait jamais, même pour prendre sa douche, sauf ce jour-là, où il l'avait oublié.

## 7

*Tadoussac, fleuve Saint-Laurent,*
*Québec, fin octobre 2021*

Le grand fleuve s'était comme vidé de ses hôtes. Plusieurs hypothèses avaient été soulevées pour expliquer la triste découverte de ces cadavres de mammifères marins. Environnementales, toxicologiques, bactériennes et même criminelles. Seulement, les analyses et une surveillance policière renforcée n'en avaient confirmé aucune. Et, comme si cette partie du fleuve sentait la mort, les grands cétacés, les dauphins, les bélugas et les phoques l'avaient peu à peu désertée. Liam avait pu observer cet abandon progressif en suivant leurs sillages grâce à son drone. Tous ces animaux qui avaient échappé à la catastrophe fuyaient vers l'Atlantique nord, au large de Saint-Pierre-et-Miquelon. Y seraient-ils plus à l'abri ? Impossible de le savoir, le drone ne pouvait voler aussi loin. Il risquait de sortir du champ de contrôle et de se perdre dans l'océan.

Face à l'ampleur de l'événement et à la menace sur des milliers de mammifères marins, l'observatoire de Tadoussac avait fait appel à l'armée et à ses drones plus puissants, d'une portée de presque trois mille kilomètres. Pour une fois dédiés à la vie et non à la destruction, ils traçaient les cétacés dans leur fuite. Hélas, ceux-ci étaient retrouvés morts, ventre à l'air, avant même d'atteindre le plein océan, ou bien, partant dans la direction opposée, arrivaient péniblement en mer du Labrador, où ils terminaient leur course et leur existence, se retournant sur le flanc ou sur le dos. Des chalutiers et baleiniers en avaient honteusement profité et avaient remonté des cétacés en pleine nuit. Face à ce manège macabre, les autorités avaient dépêché des navires militaires et des sous-marins chargés de détecter les opérations de pêche illégale. À l'embouchure du fleuve et, plus loin, sur l'océan et en mer du Labrador, on se serait cru en état de guerre.

Pendant ce temps, Liam continuait à se rendre en kayak à son poste d'observation mobile. En cette fin d'octobre, les jours raccourcissaient, la nuit tombait à 17 heures, mais quoi qu'il en soit le jeune Innu se levait aux aurores, arrivait sur l'embarcadère vers 6 heures et y revenait une demi-heure avant la tombée de la nuit. Il aimait ces moments de solitude et d'intense communion avec ce qui l'avait bercé depuis les premiers mois de sa vie dans le ventre du fleuve dont il était l'enfant. Enceinte de lui, sa mère s'y était baignée presque tout l'été, habituée à la fraîcheur de l'eau depuis toujours. Alors qu'ils étaient encore des chasseurs-cueilleurs nomades, les Innus avaient pour coutume de se rassembler aux beaux jours sur les rives du Saint-Laurent avant de retourner sur leur territoire de chasse. Leur sédentarisation s'était faite progressivement et, après plusieurs tentatives infructueuses pour créer une réserve, en 1892, celle d'Essipit avait vu le jour sur la pointe des Escoumins.

Parfois, Liam se prenait à regretter l'absence de son frère Stanley, avec lequel il aurait aimé partager cette passion de la nature, et surtout du fleuve et de sa faune. Mais Stanley ne donnait des nouvelles que deux fois par an, à Noël et pour l'anniversaire de leur mère. Il gagnait apparemment très bien sa vie « dans les affaires » et s'en vantait, les rares fois qu'il leur parlait au téléphone. Liam était heureux qu'il fasse ce qu'il aime, comme lui, même si cela les séparait bien au-delà de la distance géographique, mais il lui en voulait un peu de ne pas envoyer d'argent à leur mère. Celle-ci l'aurait refusé de toute façon, mais au moins son frère aurait pu faire un geste.

C'était une journée ensoleillée, sur les bords du Saint-Laurent, l'été indien éclaboussait la végétation d'or et de rouges intenses. Lâché, le drone de Liam faisait son job et revenait, habilement piloté par l'Innu. D'habitude, c'était un temps propice aux apparitions des baleines et des dauphins en groupe, bondissant dans les miroitements de l'eau. Les premières remontaient, précédées du jet caractéristique jaillissant de leur évent, au milieu des phoques, bélugas et poissons du fleuve. Aucune journée ou presque ne se passait sans que Liam vît l'eau s'écarter sur un de ces mastodontes. Mais maintenant il pouvait s'en écouler cinq d'affilée sans une seule apparition. Si le fleuve n'était pas encore mort, il était à l'agonie, et pourtant le ciel s'y reflétait avec la même sérénité qu'avant. Avant… Liam préférait ne pas y penser. Son cœur s'arrêterait peut-être sous l'effet de la douleur qui l'étreindrait. Avant… son travail avait un autre sens. Préserver la vie du fleuve. Recenser les naissances. Observer les déplacements et les migrations. Désormais, il comptait les cadavres, repérait, à l'aide du drone, les animaux plongés dans ce mystérieux état de prostration qui précédait le trépas.

Ce n'est que de retour à l'observatoire, avant de rentrer chez lui, qu'il apprit la mort d'un groupe de cinq plongeurs de Saint-Pierre-et-Miquelon. Il ne s'agissait pas d'un accident de plongée, mais d'une sorte de détresse respiratoire survenue sans symptômes particuliers ou en tout cas visibles au préalable. Les plongeurs avaient pourtant respecté les paliers en remontant.

Dans les jours qui avaient suivi leur séance, ils avaient été pris d'épuisement subit puis d'un manque d'oxygène qui leur avait été fatal. Leur autopsie révéla d'importantes lésions pulmonaires, comme si les poumons avaient implosé, causant une hémorragie interne.

Incapable de l'expliquer scientifiquement, Liam avait l'intuition que ce qui leur était arrivé n'était peut-être pas étranger aux hécatombes d'animaux marins de ces derniers mois. Il décida d'aller consulter Shipiss, la chamane de la réserve d'Essipit. Une petite femme de soixante-trois ans, toute simple, un visage en forme de galet, empreint d'une profonde sagesse. Celle des âmes connectées à l'invisible et aux secrets de la nature, dont le décryptage et la compréhension demandent humilité et respect. Shipiss, « petite rivière », dont le père et le grand-père étaient des chamans, avait hérité de ce don. Des visions s'étaient imposées à elle toute petite déjà. À deux ans, elle « savait » que les présences qu'elle sentait et les gens qu'elle « voyait » étaient des défunts. Elle avait grandi en apprenant de son père. En apprenant surtout à être à l'écoute de cette nature dont l'homme faisait partie et n'était qu'un maillon. Et en réalité le plus faible.

— J'ai fait du *puesheken*, chantonna Shipiss en entendant Liam entrer dans sa petite maison en bois.

C'était le pain traditionnel innu, dont la cuisson pouvait durer jusqu'à deux heures. La pâte était pétrie et façonnée en épaisses galettes déposées sur du sable chauffé au feu de bois. Après les avoir grattées au couteau pour les débarrasser de la fine croûte sableuse, Shipiss avait disposé les galettes de pain bannique sur la table ronde en bois massif autour de laquelle les rares convives qu'elle recevait étaient invités à manger, assis sur des coussins.

— Prends place, dit-elle à Liam, derrière son petit sourire absent.

Shipiss était la plupart du temps connectée à l'autre monde.

— Merci, lui répondit le jeune Innu, le buste légèrement incliné et les mains jointes sur la poitrine, mais je suis venu te demander…

— Mange, tu en auras besoin, pour avaler tout le reste.

Liam plissa le front, au-dessus de ses sourcils noirs, ses cheveux longs noués en une pelote maintenue par une pique en os d'ours brun.

— Le reste est si indigeste ?

— Je le crains.

Pour ne pas offenser la chamane, Liam exécuta le petit rituel de bienvenue au pain bannique avec un recueillement sincère, mêlé d'un malaise grandissant. Il pressentait que ce que la chamane avait à lui apprendre allait l'ébranler.

Shipiss n'eut pas besoin d'allumer un feu, de l'encens ou des bougies, ni de frapper sur un tambour, pour accéder au monde parallèle qui lui délivrerait les informations. Elle se tenait assise, jambes pliées et croisées sous elle, le dos très droit, comme si on lui tirait la tête vers le haut. Ses yeux fixes, sans un mouvement de paupières, étaient grands ouverts sur l'invisible. Ses lèvres remuèrent enfin. Au début, pour former des mots presque inintelligibles, avant d'être compréhensibles.

— Le grand fleuve se vide de sa vie, mais ce n'est pas le seul endroit où les animaux meurent, poursuivit-elle plus distinctement. C'est partout sur la planète. Et ces hommes-poissons, morts aussi…

Les plongeurs, pensa aussitôt Liam.

— Il y en aura d'autres. Beaucoup d'autres morts, continua la chamane en transe. À cause du bruit. C'est le bruit qui tue.

Un bruit ? Liam brûlait d'envie de lui demander des précisions, mais il savait que jamais on ne devait s'immiscer dans une transe chamanique et l'interrompre par des questions. Il espérait juste que Shipiss obtiendrait plus d'informations sur le bruit qu'elle évoquait.

— Oui… c'est le bruit qui vient du fond des océans. C'est le chant. *Le dernier chant.* Il apporte la mort.

Sur ces mots, Shipiss sortit brusquement de son état dans un râle.

— Merci, chamane, glissa Liam avant de se lever pour ressortir au soleil.

— Attends…

La voix de Shipiss le retint.

— Une femme, une étrangère viendra de loin pour te rencontrer. Tu lui parleras de tout ça, elle pourra t'aider avec sa science. Elle te fournira des réponses. Et toi aussi. Je l'ai vue.

— À quoi ressemble-t-elle ?

— Elle a les mêmes yeux que nous. La même forme.

— Et quelle est sa science ?

— Elle aussi travaille avec l'invisible. Mais l'invisible mortel. Celui qui apporte les pires maladies.

# 8

*Grenoble, début novembre 2021*

Pour se lancer dans son périple, Shan avait attendu en vain des nouvelles de Virginie et de ses éventuels échantillons de larmes. Restée sans signe de vie de la vétérinaire, elle s'était décidée à l'appeler le premier jour de ses vacances. L'assistante de Virginie lui avait répondu que celle-ci, après trois jours d'absence pour raisons personnelles, avait plusieurs interventions chirurgicales à mener et la recontacterait.

Quand son portable vibra, Shan était plongée dans la partie du dossier consacrée aux hécatombes du fleuve Saint-Laurent, pendant que Moisi épluchait sa première clémentine de la saison. « Fais un vœu ! » lui avait dit sa maîtresse en le regardant agir de ses mains aussi petites que celles d'un bébé humain, mais d'une habileté vertigineuse.

— Shan, désolée de ne pas t'avoir contactée plus tôt. J'ai perdu ma mère cette semaine, de complications respiratoires après une pneumonie… et moi-même, j'ai comme une sorte de grippe et une toux dont je n'arrive pas à me sortir. Je me sens vraiment fatiguée.

— Oh, ma pauvre Gin, quelle tristesse… toutes mes condoléances. Je suis vraiment navrée pour ta maman. Mais elle n'était pas si âgée, si ?

— Soixante-dix ans, aujourd'hui c'est jeune.

— C'était la grippe elle aussi ?

— Le médecin dit que oui. Ce qui me rend folle c'est que j'ai dû la contaminer. Je l'ai vue il y a trois semaines.

— C'est allé très vite, on dirait...

— Elle est tombée malade peu après notre déjeuner et...

La voix de la vétérinaire s'étouffa dans une quinte de toux.

— Prends ton temps.

— Et en une semaine, c'était fini, poursuivit Virginie en retenant des sanglots. Une forme de pneumopathie fulgurante. Son état s'est dégradé subitement, à l'hôpital. Elle est restée deux jours en réanimation. Je n'ai... même pas pu la revoir vivante. C'est... c'est peut-être encore ce virus qui revient.

— Tu n'as pas à t'en vouloir, tu sais. Vous pouviez l'une et l'autre être en période d'incubation, peut-être est-ce elle qui te l'a refilé.

— Je n'y étais pas préparée.

— On ne l'est jamais. Je t'ai dit que mon père est mort de la rage qu'il a contractée en Égypte. Il est parti dans des souffrances atroces. Je n'ai pas pu lui dire au revoir non plus. Mais la grippe, c'est vrai, et tout dépend aussi des souches, plus ou moins virulentes, tue des centaines de milliers de personnes dans le monde chaque année. Sauf qu'on n'en parle pas, parce qu'on vit avec depuis des décennies et que ça s'est banalisé. On a notre petite grippe chaque hiver et, tout ce qu'on nous sert, ce sont des vaccins qui tuent peut-être encore plus que les virus qu'ils sont censés combattre.

— Je ne te connaissais pas ces positions, dit Virginie, la voix étonnée.

— C'est que je ne le claironne pas partout...

— Et tu as raison. Il en faut peu aujourd'hui pour que ça se retourne contre toi. Bon, j'ai quand même tes échantillons.

— Mais… tu reprends déjà le travail ?

— Ça m'aide, en fait. Et j'ai dû décaler pas mal d'opérations, des animaux mal en point… et puis…

— Et puis ?

— Oh, rien… j'ai… j'ai juste des maux de tête ces derniers temps, alors que je n'en ai jamais eu. Je suis épuisée.

— Tu sais, le processus de deuil est important, coupa Shan. J'étais toute petite quand mes parents sont arrivés en France mais, bien qu'ils se soient rapidement adaptés à leur nouvelle vie, ils ont tenu à conserver leurs traditions, et le respect du deuil en était une. Prendre le temps de pleurer ses proches est essentiel. Se retrouver soi-même dans la perte d'un être aimé. À la mort d'Ayden, j'aurais pu m'abîmer dans le travail, j'en avais jusqu'au cou. Mais j'ai préféré prendre le temps de l'accompagner et de laisser aller mon chagrin. Pas forcément sous la forme de larmes. Juste le silence et les souvenirs.

— Tu as raison, seulement je suis une indécrottable Occidentale, Shan, avec tous les travers que ça comporte. L'urgence en fait partie. D'ailleurs, pour les échantillons, si c'est une question de vie et de mort, je te les fais porter par un coursier à la première heure demain. Tu seras chez toi ?

— C'est mon premier jour de vacances, sourit Shan.

— Ah oui, ton fameux périple… tu pars quand ?

— Je t'avoue que j'attendais d'avoir les échantillons pour pouvoir les analyser.

— Heureusement que j'ai réussi à en avoir…

— Tu les as prélevés sur un seul ou plusieurs animaux ?

— Deux. Un chat et un lapin. Le lapin est mort, le chat… ne devrait pas tarder. Il est ici, à la clinique, sous observation. Dans un état de profonde prostration. Il ne s'alimente plus, j'ai dû le mettre sous perf.

— Je peux passer le voir ? s'écria Shan.

— Je ne te le conseille pas, ce n'est pas le moment que je te contamine avant ton départ.

— Mais tu portes bien un masque…

— Le stock est au plus bas et je dois les garder pour la chirurgie.

— OK, c'est sans doute plus raisonnable. Merci, Virginie, et… courage.

Quelque chose dans le refus de son amie sonnait comme un prétexte aux oreilles de Shan, sans qu'elle pût se l'expliquer.

— C'est quoi, la mort, pour toi ? demanda soudain la vétérinaire.

La question désarçonna Shan.

— Ce qui sépare les êtres de façon irréversible et révoltante. Ou pas, selon les croyances de chacun. En tout cas, pour moi, c'est une injustice et une absurdité absolues. Et pourtant, une nécessité pour la survie de la planète.

— Tu vas penser que la mort de ma mère m'a tapé sur le cerveau mais… justement, il… il s'est passé un truc bizarre.

— Quoi que tu me dises, Gin, je ne te jugerai pas. On fait un tas de beaux discours, mais on ne sait rien de rien, en réalité.

— Merci, ma belle. Avant, si des amis, sans forcément croire en Dieu, me disaient être persuadés qu'il y a quelque chose après la mort, je leur riais au nez. Et là, depuis le décès de ma mère, il y a eu une succession de signes étranges. À certains moments, son parfum m'enveloppe, c'est très fort. Sans que je pense précisément à elle à cet instant. Comme si elle voulait se rappeler à moi, me dire qu'elle est là. Ou, au contraire, quand je craque et que je me mets à pleurer, j'entends le plancher qui grince et, de nouveau, je sens une bouffée de son parfum flotter dans la pièce. Sinon, quand je suis sur le point de m'endormir, je sens un courant d'air froid tout autour de mon visage, alors qu'aucune fenêtre n'est ouverte, tu penses bien, en novembre ! En même temps qu'une caresse sur le front.

— Alors c'est qu'elle est là, d'une certaine façon. D'une autre façon. Beaucoup de choses échappent encore à la science.

— Mais ça voudrait dire que l'âme survit au corps physique, répliqua Virginie.

— De nombreuses civilisations y ont cru et y croient encore. Ta mère est près de toi, c'est ce qui compte, ma Gin. Prends ce qui t'est donné sans te torturer davantage.

Quand elles eurent raccroché, Shan se cala contre le dossier de son siège de bureau. Elle aurait aimé avoir elle aussi des signes de son père et d'Ayden. Si seulement c'était possible. Mais elle était contente pour son amie, se disant avec espoir que, décidément, les ressources de l'esprit sont inépuisables quand il s'agit d'alléger les souffrances de l'âme. Celui de Virginie lui venait en aide pour qu'elle ne sombre pas. Shan n'avait pas eu le courage de réduire une telle assistance à néant.

# 9

*Grenoble, IVMS, début novembre*

Le lendemain, Virginie lui avait envoyé par coursier les échantillons, informant Shan que le chat était mort dans la nuit. La vétérinaire en avait profité pour prélever de nouvelles larmes, plus présentes sur le cadavre que sur l'animal vivant. Elles n'étaient peut-être pas de même nature, s'était dit Shan en récupérant les tubes. Virginie lui avait assuré que les animaux donneurs de ces échantillons n'avaient contracté aucune maladie virale ni infectieuse, n'avaient pas de cancer ni d'hématomes cérébraux, ni même fait un AVC ou une crise cardiaque. Le lapin et le chat étaient morts à la suite de cet état de prostration ou de catalepsie que la vétérinaire avait tendance à attribuer à une apathie extrême, fatale dans leur cas, sans être parvenue à en déterminer l'origine. Les analyses toxicologiques n'avaient rien donné non plus.

Munie des prélèvements, Shan s'était mise illico au travail. Son studio faisait un peu plus de trente mètres carrés en comptant salle de bains et toilettes minuscules, mais elle avait investi dans du matériel de pointe. Un microscope électronique à balayage presque aussi performant que ceux sur lesquels elle travaillait à l'IVMS, des lamelles, des pinces en inox et un stérilisateur. Elle avait préparé les échantillons de larmes sur les petites plaques en verre pour une observation minutieuse au microscope. Puis, après avoir fait le noir dans le studio en tirant le store du Velux, Shan s'était installée devant l'appareil, qui dispensait un éclairage dirigé sur la plaquette à scanner. À partir de cet instant s'étaient offertes à elle des découvertes insoupçonnées, des paysages vierges extraordinaires frisant l'œuvre d'art. De simples larmes qui révélaient leurs merveilles, aussi fines et fragiles que des aquarelles.

S'appuyant sur les clichés de la photographe Rose-Lynn Fisher, qu'elle avait téléchargés sur son ordinateur, Shan avait comparé ses résultats à ceux de l'artiste. À l'évidence, sur sept échantillons, cinq correspondaient à la « carte » des larmes de tristesse. Celles dont la structure, grossie au microscope à balayage, apparaissait comme la plus dépouillée. On aurait dit la vue satellite en noir et gris d'un aérodrome en pleine brousse. Ce qui voulait dire que ces animaux, à l'instar de tous les autres dont parlait le fameux dossier, avaient produit des larmes de véritable chagrin. Ou, en tout cas, d'un immense mal-être auquel ils auraient succombé.

Shan, le front bouillant, n'en revenait pas. Elle n'avait jamais vu ça. Pourtant, elle devait encore utiliser le conditionnel. Ce temps avec lequel les scientifiques vivent en permanence jusqu'à la preuve irréfutable qui transforme l'hypothèse en réalité.

Au bout de deux heures de décryptage au microscope, Shan avait levé le nez pour se faire un café sous le regard gourmand de Moisi attendant le traditionnel sablé coco qui lui revenait. Elle avait ensuite appelé Virginie aux alentours de midi. La vétérinaire lui avait demandé de la tenir au courant des résultats.

— C'est ahurissant, avait-elle commencé. Bouge pas, je t'envoie les photos.

— Mais c'est incroyable ! s'était exclamée Virginie, qui les avait visionnées aussitôt reçues. Une dépression mortelle ?

— Pour l'instant, ce n'est qu'une supposition. Mais ces échantillons de larmes, dont la structure évoque clairement celle de larmes d'émotion, et plus précisément de chagrin, sont déjà un indice précieux. Un grand merci, Gin, je te revaudrai ça. Et pour toi, ça va aller ?

— C'est gentil de t'en inquiéter. Ça ira, il le faut. J'ai une clinique à faire tourner.

— Je regrette de ne pas pouvoir être là, tu sais.

— Ne t'en veux pas, une enquête des plus extraordinaires s'ouvre à toi, avec, qui sait, peut-être un prix Nobel...

— Là, il y a de la concurrence, sourit la virologue.

— Mais toi, tu es unique, Shan. Prends soin de toi.

Elle avait raccroché sur des remerciements émus et habitée par un sentiment bizarre, sans pourtant se douter un instant qu'elle avait parlé pour la dernière fois à son amie. Quand elle arriva à l'aéroport de Lyon, où elle devait prendre un vol pour Montréal, un coup de téléphone de la clinique lui apprit le suicide de Virginie.

Installée dans l'avion qui la transportait vers la première destination de son périple, Shan tentait de surmonter le choc. Elle ne connaissait pas à son amie d'état dépressif, au contraire, celle-ci lui semblait même plutôt joyeuse en dehors d'un travail prenant qui pouvait lui réserver des moments pénibles. Intuitivement, elle ne pouvait s'empêcher de relier le geste suicidaire de Virginie, qui s'était donné la mort en s'injectant un cocktail destiné à euthanasier les chiens de grande taille, au mystère entourant le décès du chat et du lapin. Et surtout à cet état, si proche d'une dépression morbide. Elle s'était plainte également de maux de tête... Shan avait le sentiment de s'enfoncer dans l'obscurité d'une jungle dense où elle risquait de trébucher et tomber à chaque pas.

D'ailleurs, elle commençait à être fortement secouée, dans cette forêt inextricable. Le vent s'était mis à souffler violemment et, le temps qu'elle prenne conscience qu'elle se trouvait non pas dans la jungle, mais dans l'avion, les secousses avaient redoublé et les éclairs flashaient de toutes parts dans la nuit. Shan n'avait pas peur de l'avion et était plutôt fataliste. Surtout depuis la mort d'Ayden. Mais cette nuit-là, au-dessus de l'Atlantique et du vide, une angoisse indicible l'envahit. Elle ne voulait pas que tout s'arrête, pas maintenant, alors qu'elle partait chercher la vérité à l'autre bout du monde. Tandis que des grêlons crépitaient sur la carlingue et les hublots, comme d'autres passagers inquiets autour d'elle, Shan ferma les yeux et serra les paupières de toutes ses forces. Ses doigts plongèrent sous son pull en cachemire et se refermèrent sur le médaillon du cube de Métatron d'Ayden, juste à côté de la météorite lunaire. Elle ne l'avait pas oublié, peut-être la protégerait-il comme il l'avait fait pour lui, avant ce jour fatal.

# 10

L'avion résista à la tempête particulièrement forte qui le malmena pendant de longues minutes au-dessus de l'océan et Shan arriva, non sans émotion, à Montréal au petit matin, dans une clarté d'un rose orangé promettant une belle journée. Vivre au Québec avait été un de leurs rêves avec Ayden, et plus encore un projet sérieux. Ils attendaient juste d'avoir assez d'économies pour se lancer. Après sa mission lunaire de 2023, Ayden voulait y ouvrir un restaurant français. Passer plus de temps « sur terre » et avec sa future femme. Une reconversion radicale. Il y avait des instituts de recherche en virologie au Canada, et Shan l'aurait suivi, malgré la crainte de quitter une équipe avec laquelle elle s'entendait bien et surtout d'abandonner un poste pour lequel elle était faite.

N'ayant personne à voir ni rien de particulier à faire à Montréal, elle attrapa le premier bus pour Tadoussac, où elle devait rencontrer un jeune Innu, nommé Liam, qui la renseignerait sur les hécatombes du fleuve Saint-Laurent et, mieux, la conduirait sur le terrain. Elle avait brièvement échangé avec lui par téléphone la veille, dans un anglais approximatif. Elle allait être en avance à leur rendez-vous, mais au moins elle serait sur place et en profiterait pour s'imprégner des lieux.

Shan, qui n'avait pas fermé l'œil dans l'avion, s'écroula à peine installée sur son siège de bus, et ne vit rien de la route ni des paysages qui défilaient, jusqu'à Québec où ils firent une étape en fin de matinée. Alors qu'ils abordaient la ville, Shan regretta de ne pouvoir s'y attarder et flâner dans les rues où se succédaient bars, restaurants et magasins d'artisanat. C'est à Québec qu'ils traversèrent le fleuve par le pont Pierre-Laporte pour passer sur la rive gauche du Saint-Laurent en direction de Tadoussac. Ainsi dépassèrent-ils l'île d'Orléans, où le grand fleuve se divisait en deux bras avant de ne redevenir qu'un, après le morceau de terre insulaire. Une pluie fine striait les larges vitres légèrement fumées du bus. L'éclaircie au départ de Montréal n'avait pas duré. Malgré tout il faisait bon, environ treize degrés, pouvait lire Shan sur l'écran de son smartphone, ce qui était tout à fait surprenant à cette période au Canada, où généralement, en novembre, plus on se rapprochait de Tadoussac, plus les températures étaient basses et descendaient même en dessous de zéro, avec de premières chutes de neige. Shan s'était équipée en conséquence, achetant des vêtements high-tech contre les grands froids. Outre les quatre jours prévus à Tadoussac, son périple devait la mener dans le sud-ouest du Groenland, à Nuuk, la capitale, où elle rencontrerait un médecin vétérinaire du nom de Lumak, mentionné dans le dossier comme la personne référente. Avec ses deux casquettes médicales, c'était lui qui avait pratiqué les autopsies sur quelques animaux dont la mort s'était avérée mystérieuse, et surtout sur un groupe d'Inuits vivant dans un village plus au sud, morts eux aussi dans des conditions inexpliquées. Shan y passerait trois jours avant de se rendre au Congo, dans la grande réserve de Lesio-Louna. Sur place, son contact était un ponte de la primatologie, une certaine Annaïk Le Cornec, dont les protégés, des gorilles adultes et adolescents, avaient subi le même sort que ceux des deux zoos par lesquels elle achèverait son circuit, si elle en avait le temps, après les cinq jours dans la réserve africaine.

Ralenti par la pluie qui rendait glissante la route où des camions à la gueule énorme et aussi longs que deux wagons semaient dans leur sillage de la sciure ou de la terre, le bus arriva vers 15 heures à Tadoussac. La lumière du jour commençait à s'altérer. Shan se dit aussitôt qu'elle ne pourrait pas vivre avec des journées aussi réduites durant plusieurs mois. Elle ne devait rencontrer son interlocuteur que le lendemain et avait donc une fin de journée libre.

Quoi qu'il en soit, Shan ne venait pas en touriste. Elle décida d'aller tout de suite à l'hôtel prendre les clés de sa chambre et y déposer ses affaires. Profitant de tarifs hors saison, elle avait réservé trois nuits au Tadoussac, un long édifice en bois dont l'architecture lui évoqua celle de ces grands hôpitaux anciens de style anglais. Deux ailes encadraient un bâtiment central surmonté d'une coupole au toit en tuiles rouges. La façade blanche présentait, toutes identiques, des fenêtres aux volets verts à double panneau et, au-dessus, dans le toit, une rangée de fenêtres en chien-assis.

On lui donna la chambre 27, avec une vue magnifique sur le fleuve. Shan ne s'était pas attendue à un tel privilège, même si la majorité des chambres jouissait de cette vue. Bien qu'elle n'ait jamais manqué de l'essentiel, elle n'avait été habituée ni au luxe ni à ce qui s'obtenait facilement. Son père avait élevé ses enfants dans l'idée que tout se méritait. Et que, pour vivre ne serait-ce que correctement, il fallait travailler dur. Il leur avait inculqué l'honnêteté et l'intégrité, qui vont rarement de pair avec une certaine vision de la richesse.

Shan posa ses affaires, sortit sa trousse de toilette de son sac à dos et alla prendre une douche dans la salle de bains spacieuse. Elle resta un moment dans la vapeur chaude sous le jet réglable, transformant l'espace en hammam. À tel point que le miroir avait disparu sous la buée. Malgré le jet-lag, elle ne ressentait aucune fatigue, plutôt une certaine excitation qui la maintenait éveillée. Et elle sentait qu'il valait mieux s'adapter tout de suite au nouveau rythme, en attendant la tombée de la nuit pour dormir.

Une fois habillée, le jour commençant à décliner, elle décida finalement de ne pas quitter l'hôtel et de s'installer sur le balcon, pour se régaler du spectacle qui s'offrait à elle. Il ne pleuvait pas ici et il faisait un peu plus froid qu'à Québec, mais la température demeurait assez exceptionnelle pour la saison. Shan ne fut même pas obligée d'enfiler sa doudoune bourrée de duvet et put se contenter d'un sweat à capuche épais pour rester dehors. Assise face au fleuve vers lequel le soleil commençait sa descente vespérale, elle pensa à Virginie qui ne verrait plus rien des splendeurs terrestres. La plupart des gens traversent des drames, des épreuves pénibles, sans mettre un terme à leur existence, si tourmentée soit-elle. Mais personne n'était dans la tête de Virginie pour pouvoir évaluer sa tolérance à ces obstacles incontournables de la vie. Et ce monde… ce monde avait changé depuis le virus, qui avait tué des millions de gens, mais surtout l'économie, et bizarrement l'entraide. Peut-être Virginie ne s'y sentait-elle plus heureuse et n'y trouvait-elle plus son compte. Puis, le regard perdu à la surface rougeoyante du fleuve, Shan accompagna quelques rares bateaux et voiliers qui se dépêchaient de rentrer, leurs mâts jetant de petits éclairs métalliques dans le soleil couchant.

Elle avait emporté une paire de jumelles, qu'elle leva jusqu'à ses yeux en balayant la surface de l'eau zébrée par de longs sillons d'écume. Mais ce n'était pas l'heure des baleines, véritables stars, ici. Plusieurs compagnies, y compris l'hôtel, proposaient des croisières ou des promenades en bateau, zodiac, ou même en kayak pour les plus audacieux, afin d'observer les mammifères marins dans leur environnement naturel. Tout comme ces derniers, la chance n'était pas forcément au rendez-vous et il y avait toujours des imbéciles qui ne connaissaient rien à la nature pour crier au vol et demander à être remboursés. Shan avait aussi appris de son père, qui fouillait la terre à la recherche de vestiges d'un lointain passé, l'opiniâtreté et l'humilité. À son tour chercheuse, mais dans le vivant et l'infiniment petit, elle devait accepter que tout ne se déroulât pas comme prévu, ni, surtout, comme elle l'aurait voulu ou imaginé. Hasard ou pas, la terre et la nature décidaient toujours du moment où elles révéleraient leurs mystères ou leurs trésors cachés. La patience était donc l'une des qualités essentielles du chercheur. Et Shan l'avait bien intégré.

Devant elle, l'horizon du fleuve, qu'elle n'imaginait pas aussi vaste, donnait l'impression de se trouver davantage face à une mer que face à un cours d'eau. Elle y promena encore un peu ses jumelles, puis, la surface étant trop assombrie pour pouvoir encore y distinguer d'éventuels mouvements, elle les rangea dans leur étui, impatiente de les ressortir avec son guide, qu'elle allait bientôt rencontrer.

Avant de se faire monter un plateau-repas, Shan vit sur son smartphone un appel en absence de l'IVMS, sans message. Elle ne rappellerait pas. Elle profitait enfin des vacances qu'elle ne s'était pas octroyées depuis un an. Mettant le réveil à l'aube, elle ferma les yeux à minuit un peu passé, après un dernier coup d'œil au dossier sur l'hécatombe du Saint-Laurent. De quoi mouraient ces grands animaux ? De tristesse, eux aussi ? Quel signe envoyaient-ils à l'humanité ? Celui de sa propre perte ? Ou de son inconséquence ? Épuisée par tant de questions, Shan sombra, tandis que, comme chaque soir avant qu'elle ne s'endorme, quelques larmes roulaient sur ses tempes, discrètes et salées, avant de disparaître, absorbées par le coton de l'oreiller.

# 11

Shan ouvrit les yeux au son du réveil, étonnée, le temps de se remémorer son arrivée ici, de ne pas se trouver dans son lit. Lorsqu'elle repassa du mode avion en wifi, son smartphone afficha quatre appels émanant du standard de l'IVMS. Peut-être une urgence, se dit-elle, sans pour autant céder. Ils n'avaient pas à la contacter en vacances, ni à insister, se disait-elle. Elle n'était pas la seule biologiste en virologie sur le site, ils pouvaient se passer d'elle. Mais la nouvelle la plus intéressante était les résultats d'analyses post-mortem sur un tigre, un chimpanzé et un zèbre, communiqués par le zoo où elle devait se rendre et faisant état d'une baisse anormale du taux de sérotonine. Ce qui la conforta dans l'idée que les animaux étaient atteints d'une forme de dépression grave. Restait à découvrir la cause de ce dérèglement qui touchait l'hormone du bonheur.

Une fois avalée l'assiette de pancakes au sirop d'érable dont elle rêvait depuis l'atterrissage à Montréal, Shan remonta dans sa chambre. Liam devait venir la chercher à la réception à 10 heures. Elle combla son avance en relisant les pages du dossier consacrées aux cétacés du fleuve, tout en faisant quelques recherches sur Internet concernant les espèces propres au Saint-

Laurent, treize au total, parmi lesquelles les rorquals communs, les dauphins et les baleines à bosse.

Cinq minutes avant l'heure dite, Shan descendit à la réception, où son guide n'était pas encore arrivé, et consulta quelques prospectus. Suivant les conseils de Liam, elle avait mis ses bottes fourrées, des sous-vêtements en Thermolactyl, un surpantalon en toile K-Way, un bonnet et sa doudoune. Plongée dans sa lecture, Shan ne vit pas l'Innu franchir la porte de l'hôtel et s'approcher d'elle.

— Vous êtes Shan Soun ?

La voix du jeune homme, dans un anglais mêlé d'un fort accent, tout près d'elle, la fit sursauter. Levant la tête dans sa direction, elle eut du mal à contenir un trouble. Était-ce à cause de leurs caractéristiques physiques presque communes, leurs yeux tirés et leurs cheveux d'un noir profond ? En tout cas ce qui émanait de Liam lui parut étrangement familier. Le sentiment d'une même appartenance, une sensation aussi rassurante que déstabilisante. Depuis Ayden, elle n'avait jamais été séduite par un homme. Et affirmait avec assurance que ça ne serait pas demain la veille. Pourtant, même si le métis, d'une beauté sauvage et sensuelle, était à son avantage, il ne s'agissait pas vraiment d'une attirance, ou alors elle s'en serait défendue. Elle aurait trop l'impression de trahir la mémoire de son amour. Aussi décida-t-elle en une fraction de seconde de s'en tenir avec Liam à des rapports strictement professionnels et lui tendit-elle une main tellement convenue qu'il éclata de rire. Un rire franc et généreux qui en aurait désarmé plus d'une.

— Oui, vous êtes Shan Soun, sourit-il, la main sur le cœur. On y va ?

Pour toute réponse, Shan, se renfermant un peu, acquiesça d'un signe de tête. Il va te prendre pour une coincée, lui aussi, ma vieille, t'es bonne pour entrer au couvent, se tança-t-elle en le suivant jusqu'à un 4 × 4 gris métallisé affichant le logo de l'observatoire des cétacés de Tadoussac. Un cercle fait de deux baleines argentées sur fond noir. Le même motif ornait sa casquette grise et sa parka de la même couleur.

Sur le trajet, le premier échange fut très limité, Shan cherchant un peu ses mots en anglais. Jusqu'à ce que Liam lui réservât une petite surprise.

— Si tu préfères, je peux parler dans… votre langue, en français, dit-il. Enfin, en québécois. Ma mère est innue, mais pas mon père. J'ai donc appris aussi le québécois. Ce sera mieux pour se comprendre.

— Merci, se contenta de répondre Shan.

— T'es pas bavarde, toi.

— Je ne suis pas là pour… bavarder.

— Ooookay ! Voilà, on est arrivés, annonça Liam avec un certain soulagement.

Cette charmante Asiatique lui faisait l'effet d'un glaçon sur la peau.

La voiture garée, ils se dirigèrent vers l'observatoire, un petit ensemble en bois d'un blanc sale surplombant l'embarcadère d'où partaient les zodiacs pour des sorties d'observation organisées à l'intention des touristes. Un peu plus loin, sur la berge de pierres grises, étaient alignées de drôles de sculptures anthropomorphes de tailles différentes, faites de ces mêmes pierres.

— Ce sont des cairns, dit Liam d'une voix douce, surprenant le regard de Shan rivé aux monticules. Dans la tradition innue. Il y en a aussi en Alaska et chez les Inuits, au Groenland. Là-bas, ce sont des inukshuks. Dans la nature, c'est un peu comme un code de la route. Mais ici, beaucoup ont été faits par les touristes qui ont voulu laisser leur empreinte, un peu d'eux-mêmes au bord du fleuve. C'est pourquoi chaque cairn a une âme. L'âme de celui ou de celle qui l'y a mise.

Shan le regardait lui parler de l'endroit qu'il connaissait le mieux au monde et qu'il aimait le plus. Il lui rappelait Ayden. Ils ne se ressemblaient pourtant pas physiquement, Ayden étant un blond aux yeux clairs, mais tous deux étaient des passionnés, l'un de son fleuve et l'autre de l'espace. Dans leur bouche, chaque mot était vivant. À travers ceux de Liam, les silhouettes des cairns, hautes ou trapues, prenaient subitement vie, et c'était comme si la rive de l'observatoire avait accueilli une congrégation silencieuse tournée de concert vers le fleuve, attendant l'apparition d'un de ses majestueux mammifères.

— Et là, c'est mon bateau de croisière, déclara-t-il fièrement en désignant un kayak bleu biplace.

— Je n'en ai jamais fait…

— On te demande pas d'en faire. Tu *fais* juste ce que je te dis. C'est moi qui vais pagayer. Et t'inquiète pas, en ce moment, c'est calme. Trop calme, ajouta-t-il d'une voix légèrement vacillante.

Il était environ 10 h 30 quand le kayak et ses deux passagers, assis l'un derrière l'autre, glissèrent sur le miroir liquide qui semblait s'étendre à l'infini. Calme était le mot. Désert, aussi. Tristement désert, se dit Shan. Liam n'avait pas oublié son drone. « Mon autre paire d'yeux », comme il disait. Au début, mal assurée, la jeune Cambodgienne s'accrochait aux rebords du canot, que le guide manœuvrait avec souplesse et habileté. Sous elle, une masse mouvante et opaque, d'un vert presque noir aux reflets bleuâtres.

Ils avancèrent tout droit vers le milieu du fleuve. Le brouillard matinal s'était levé et partait en lambeaux épars dans le ciel qui se teintait de bleu dans le miroir de l'eau. La dernière fois que Shan avait voyagé sur une surface liquide, même si elle était trop petite pour en garder un souvenir précis, c'était dans le bateau qui les emmenait, elle et sa famille, vers l'inconnu. Pendant des jours, blottie dans les bras de sa mère, elle avait senti la terre bouger par vagues, les yeux rivés au ciel qui, impitoyablement, libérait cette eau glacée leur collant les vêtements et les cheveux à la peau.

— Regarde, dit Liam, sortant de son silence. Tu es dans le plus grand cimetière de mammifères marins au monde. Alors que le fleuve a toujours été leur garde-manger.

— Comment ça s'est passé ?

D'une voix étranglée par la douleur, Liam se lança dans le récit des événements de la fin août, pour terminer par la mort plus récente et tout aussi inexpliquée du groupe de plongeurs.

— Les baleines partent de l'Atlantique, où elles se reproduisent, pour venir ici se nourrir, poursuivit Liam. Au début de l'été, elles font des milliers de kilomètres pour ça. Le fleuve regorge de poissons, d'algues et de plancton.

— Et cette hécatombe n'a pas pu être causée par une toxine présente dans une algue ou même dans ce plancton ? Une quelconque pollution qui sera passée inaperçue ?

— Les analyses n'ont rien montré, répondit tristement Liam. Les scientifiques ne se l'expliquent toujours pas. L'hypothèse d'une contamination a été envisagée, les baleines se nourrissant de poissons, de plancton et d'algues, mais ces algues microscopiques se nourrissant elles-mêmes de matière organique issue d'une décomposition, une sorte d'engrais qu'on trouve en abondance dans les eaux du fleuve. Un processus favorisé par l'*upwelling*.

— Qu'est-ce que c'est ?

— La remontée des eaux profondes, là où pullulent les matières décomposées. Une aubaine pour les baleines. Elles font leurs réserves de gras avant de repartir plus au sud pour se reproduire avant de revenir. Et ainsi de suite. Les bélugas sont les seuls cétacés à vivre en permanence dans le Saint-Laurent depuis environ dix mille ans.

— Les bélugas ?

Liam lança à Shan un regard étonné par-dessus son épaule. Se pouvait-il qu'elle n'ait jamais entendu parler de cet animal marin aussi fascinant qu'attachant ?

— Oui, les sirènes du fleuve, sourit-il. Leurs chants caractéristiques ont donné naissance à la légende. Des chants d'oiseaux que les marins d'autrefois ont pris pour des chants de sirènes.

— Belle histoire.

— Dans ce drame du Saint-Laurent, les bélugas, déjà peu nombreux, ont été les plus impactés.

— Vous pouvez savoir quel est le nombre de cétacés dans le fleuve ?

— Je suis chargé de l'observation et du comptage, mais c'est seulement une estimation. Avec les mouvements, leur nombre exact est en réalité très difficile à obtenir. Il n'y a aucun moyen de traçage par borne GPS, seuls les inventaires aériens et l'identification photo sont utilisés ici.

— Comment vous faites ? À bord d'un kayak ?

— Oui, c'est le meilleur des moyens de transport sur ces eaux. En tout cas pour moi. La photo-identification ou capture-recapture est une technique qui donne de bons résultats. Comme, par exemple, en Atlantique nord, sur les baleines noires, qui sont pratiquement toutes recensées et identifiées. L'inventaire aérien se fait normalement depuis un avion mais, parce que c'est un moyen plus économique et écologique pour le fleuve, nous avons opté pour le drone. Il a une autonomie limitée mais suffisante pour effectuer un bon inventaire. Les bélugas sont les plus difficiles à capter, surtout par mauvais temps.

— Tu l'as avec toi, ton drone ? demanda Shan, de plus en plus intriguée par son guide et le caractère passionnant de son activité.

— Jamais sans mon drone ! C'est grâce à cet appareil que j'ai pu découvrir l'ampleur du phénomène des mammifères morts.

— Ça a dû être terrible de voir ça.

— Plus encore… C'était comme si… comme si j'avais perdu tous les membres de ma famille. On avance un peu et je vais lancer le drone pour te faire voir le désert qu'est devenu le fleuve. Bon, ce n'est pas qu'on voyait des baleines ou des bélus à tous les coups, mais il y avait des mouvements, on sentait l'eau bouger, des présences juste sous la surface, les images du drone montraient des ombres immenses qui se déplaçaient furtivement… Depuis, c'est devenu très rare.

Le kayak glissait sur l'eau comme sur de la glace, dans un bruissement mouillé. Portant son regard au loin, pour éviter d'y penser, Shan se figea soudain sur quelque chose.

— Liam ! Là-bas, tu vois ? Un tronc énorme !

L'Innu plissa les yeux.

— Je vois, Shan… ce n'est pas un tronc… c'est une baleine à bosse. Elle est morte. Ça continue.

# 12

Accélérant la cadence à coups de pagaie, tout en respectant une première distance de cinq mètres environ, Liam se dirigea vers le mammifère sans vie, tourné sur le dos, le ventre bombé, plus clair, luisant au soleil et les nageoires tendues de chaque côté. On l'aurait dit crucifié.

Après s'être assuré que la baleine ne bougeait plus et que s'en rapprocher ne présentait aucun risque, Liam laissa le kayak se couler tout près du monument qui reposait, inerte, sur son linceul mouvant. En comparaison, la petite embarcation posée le long des flancs de l'animal ressemblait à une allumette. Même si Shan avait vu des baleines dans des reportages, elle n'avait jamais eu l'occasion d'en contempler une d'aussi près. Elle se sentit soudain minuscule et insignifiante à côté de cette montagne de chair et surtout de graisse.

— Tu peux la toucher, si tu veux, lui souffla Liam.

Shan le regarda comme s'il venait de proférer une absurdité.

— Sérieux ?

— Je ne plaisante jamais avec les baleines. Ni avec les jolies femmes.

Sans relever la dernière phrase, Shan tendit une main tremblante vers le grand corps inanimé.

— Vas-y, n'aie pas peur, l'encouragea Liam, même si elle n'était qu'endormie elle ne sentirait rien.

Devant son hésitation, l'Innu lui prit doucement la main et l'approcha de la baleine. À cet instant, ballotté par quelques clapotis, le kayak s'écarta un peu, mouvement qui fit sursauter Shan.

— C'est rien…, sourit Liam sans lui lâcher la main, qu'elle ne retira pas, concentrée sur son objectif et sur son appréhension.

Elle se faisait l'effet d'une gamine. Tu vas y arriver…, se motiva-t-elle, agacée par sa propre réticence. La peau du cétacé était couverte de coquillages accrochés comme des ventouses et d'algues pourrissantes, peu à peu transformées en une pellicule gluante qui pouvait provoquer une répulsion normale.

Quand les doigts de Shan, guidés par la main de Liam, rencontrèrent enfin le cuir humide et fripé, la jeune femme eut cette fois un mouvement de recul, comme si elle venait de se brûler. Liam ne put s'empêcher de rire malgré la tristesse qui l'accablait. La fraîcheur et la spontanéité de sa passagère lui faisaient du bien.

Prenant une inspiration, Shan avança la main, seule cette fois, et la plaqua contre les flancs mouillés du mammifère. Geste qui se changea en une caresse répétée. Shan en eut les larmes aux yeux. Et si c'était ça qu'elle redoutait ? Sa propre émotion… Liam fit glisser le kayak vers la tête de la baleine et ils se retrouvèrent au niveau de son œil gauche. La paupière, mi-close, donnait l'impression que l'animal dormait. Mais ce qui frappa tout de suite Shan furent ces petites perles discrètes à l'intérieur de la paupière du bas. Ce n'était pas des gouttes d'eau. Heureusement, Shan avait pris le soin d'emporter dans sa besace des tubes à prélèvements stériles.

— C'est possible de bloquer le kayak quelques secondes ? demanda la biologiste en préparant son matériel.

— Bien sûr, fit Liam, étonné à la vue du petit tube qu'elle tenait entre ses dents.

Après avoir échangé ses gants chauds contre des gants en latex, Shan procéda au prélèvement avec minutie pendant que son guide maintenait l'embarcation au niveau de l'œil de la baleine.

— Qu'est-ce qui t'est arrivé ? murmura Shan, émue. La même chose qu'aux autres ? Tes larmes sont-elles aussi des larmes de tristesse ? Et pourquoi maintenant ?

À demi tourné vers sa passagère, Liam la regardait faire avec curiosité.

— Voilà. C'est bon pour moi, dit-elle en soufflant longuement.

C'était la première fois qu'elle réalisait un prélèvement in vivo. Liam manœuvra pour éloigner le kayak à bonne distance et reprendre leur navigation sur le fleuve.

— C'est quoi, ce prélèvement ? Et pourquoi dans l'œil ? lança-t-il enfin par-dessus son épaule en continuant de pagayer.

— Les mammifères marins du Saint-Laurent ne sont pas les seuls à connaître des hécatombes, ces derniers mois. Il y a des cas signalés un peu partout dans le monde. C'est pourquoi, après Tadoussac, je dois aller à Nuuk et ensuite en Afrique.

— Nuuk ? Au Groenland ? s'écria Liam.

— Oui !

— Et qu'est-ce que tu as prélevé, dans la paupière ?

— C'est… c'est difficile à dire… et ce n'est encore qu'une hypothèse que je dois vérifier, justement à l'aide de prélèvements. Mais un point commun dans ces morts animales subites précédées d'un état de prostration serait la présence de liquide lacrymal en abondance. Comme sur cette baleine. J'ai fait une analyse au microscope d'échantillons qu'une vétérinaire de ma ville m'a procurés, et c'est presque inconcevable, mais… les larmes ont la structure des larmes de tristesse.

Le silence de Liam fut aussi pesant que la masse sombre sur le fleuve, dont le kayak s'éloignait rapidement. Shan s'attendait à ce qu'il la prenne pour une dingue. La notion de tristesse animale était encore abstraite pour pas mal d'humains. Voire inimaginable. Seuls les hommes pouvaient être capables d'émotions. Comment un simple animal, si prompt à abandonner ou à dévorer ses propres petits, oubliant tout instinct maternel ou paternel dans la plupart des espèces une fois ceux-ci sevrés, capable d'avoir une centaine de partenaires sans le moindre attachement ni la moindre constance – sauf chez quelques espèces comme le loup, le cygne, la chouette, le castor ou encore le gibbon et même le termite –, ne sachant ce qu'est rire ou pleurer, serait-il doué de sensibilité ?

— En fait, cette histoire de larmes n'est pas un délire, lâcha enfin Liam, en haussant les épaules. Que tous ces animaux meurent de chagrin n'aurait rien de vraiment étonnant, vu ce que devient la planète. Leur planète. Parce qu'ils étaient là avant nous. Parce que s'il y a un virus, et de loin le plus meurtrier, c'est l'être humain.

Bien que Shan trouvât cette dernière réplique un peu galvaudée et déjà entendue maintes fois dans la bouche de ceux-là mêmes qui ne faisaient rien d'autre pour la planète que parler et brasser du vent, elle ne put qu'en convenir en silence. Quant à la nature de ces larmes, la bio-virologue pensait que tout cela était bien plus complexe et que, si une forme de dépression commençait à décimer les espèces animales, elle tirait forcément son origine de quelque part ou de quelque chose.

Alors que l'embarcation se mouvait avec élégance sur l'eau du fleuve, où la réverbération du soleil s'intensifiait dans des milliers de scintillements kaléidoscopiques, Liam décida que l'endroit était propice à un lâcher de drone pour faire découvrir à sa passagère ce qu'il n'aurait pas le temps de lui montrer en kayak. Il prépara le matériel et mit l'appareil en route. Quelques minutes plus tard, le drone s'élevait au-dessus des flots dans un bourdonnement aigu. Liam le stabilisa à la hauteur voulue, pas plus d'une dizaine de mètres, et attendit les premières images, qui ne tardèrent pas à arriver sur sa tablette, tout d'abord un peu brouillées, puis enfin plus distinctes… d'un désert aqueux. Aussi loin que pouvait voler l'engin, ce n'était qu'une étendue d'eau inanimée. Un lac à peine troublé par quelques remontées d'air. Une mer morte. Pas un souffle venu de sous la surface. Les oiseaux marins, mouettes, goélands, semblaient eux aussi l'avoir déserté.

— Quand on a connu le fleuve avant, on ne peut que pleurer en le voyant maintenant, dit Liam, en même temps qu'il actionnait la télécommande du drone.

— Qu'est-ce que c'est, là ? On dirait de petits blocs de glace…, demanda Shan en montrant un point du fleuve à l'écran, où flottaient les objets.

— Des bélugas, répondit Liam d'une voix assombrie. Vus du ciel, on pourrait en effet les confondre avec des morceaux de glace. Sauf que, si tu regardes en détail, tu distingues quand même la tête avec la bosse caractéristique et les nageoires. Je vais faire descendre le drone, on verra mieux.

Les mots de Liam furent aussitôt suivis de l'action et Shan put contempler le triste spectacle des mammifères blancs sans vie. Les sirènes du fleuve étaient mortes, elles aussi.

— À chaque découverte, ça devient plus difficile…, lâcha l'Innu, maniant avec précision les manettes de la télécommande pour faire remonter le drone, que le vent commençait à secouer.

Shan avait les yeux rivés à la nuque hâlée juste devant elle, les longs cheveux noirs étaient relevés en chignon sous la casquette. Elle avait envie d'effleurer cette peau qui avait reçu le soleil, le vent, la pluie et, sans doute, des caresses de femmes. Envie d'y promener à son tour une main douce et abandonnée. Un élan subit, une bouffée imprévisible de tendresse. Ses doigts tendus vers leur objectif allaient l'atteindre quand son geste fut brutalement suspendu par ce qu'elle venait de voir sur l'écran de la tablette que l'Innu lui avait confiée.

— Liam ! s'écria-t-elle. Regarde, là… Une ombre, dans le fleuve… Elle est gigantesque ! Qu'est-ce que c'est ?

— Fais voir… Oh, bon sang…

— Quoi ?

— Shan… c'est… c'est une baleine bleue. Encore plus grande que Shakaikan ! Elle est vivante et elle arrive droit sous le kayak.

# 13

L'ombre, de plus en plus claire, glissait déjà juste sous la périssoire. Elle se déplaçait étonnamment vite pour une baleine de cette taille. Bouger pour tenter de fuir n'aurait fait qu'aggraver leur posture en risquant d'attirer l'attention du cétacé, peut-être désorienté. Liam n'avait pas imaginé qu'il pût y avoir de plus grande baleine bleue que Shakaikan. Pourtant, celle-ci était monumentale. Plus de quarante mètres de long.

Se cassant les ongles sur les rebords du kayak qu'elle serrait à s'en briser les phalanges, Shan était partagée entre l'envie de pleurer et une étrange fascination. Elle ne pensait même pas à la possibilité de mourir noyée, si la baleine, en remontant ou en le balayant d'un coup de queue, fracassait leur unique refuge sur l'immensité du fleuve. Non, à cet instant, Shan ne pensa qu'à une chose et ne se posa qu'une seule question : dans quel état était cette baleine et pourquoi les avait-elle choisis, eux, précisément ?

Une fois dans le prolongement du kayak, qu'elle dépassait à peu près de moitié de chaque côté, l'animal s'immobilisa dans un grincement de carcasse. C'était comme si un camion, lancé à pleine allure, s'était mis à freiner sur une route mouillée. Shan osait à peine respirer. Elle sentait la présence de l'animal, à une vingtaine de centimètres seulement sous la surface et sous eux, son odeur, sa puissance, son souffle qui refoulait puis aspirait le plancton, les poissons et des milliards de micro-organismes. Une gigantesque machine vivante. Le plus grand des mammifères.

— Que va-t-elle faire ? demanda Shan dans un filet de voix.

— Dans le meilleur des cas, elle va repartir. Sinon…

— Sinon quoi ?

— On attend.

— Mais pourquoi s'est-elle arrêtée juste… là ?

— Shak avait fait la même chose et elle était partie. Et ce n'était pas pour se nourrir. Il n'y avait aucun nuage de krill en vue.

— Sauf que ce n'est pas elle…

— Non, celle-ci, je ne la connais pas. Je ne l'ai jamais vue par ici.

— Parce que tu connais toutes les baleines du fleuve ?

— Presque, oui. Celles qui reviennent chaque année chercher leur nourriture en abondance dans le Saint-Laurent. Enfin… qui revenaient.

En parler désormais au passé faisait si mal…

— Et si tu faisais glisser le kayak, doucement, en travers, on pourrait s'éloigner sans qu'elle s'en aperçoive.

— Je préfère pas, répondit Liam, déterminé. On va attendre. Juste ça. Et tout se passera bien. Les baleines du fleuve n'attaquent pas. Sauf les mères, pour protéger leur petit et seulement si elles se sentent menacées.

Shan comprit qu'il valait mieux ne pas insister. À la fois elle avait conscience de vivre un moment incroyable, unique, et à la fois elle aurait voulu avoir les pieds sur la rive et regarder tout ça de loin. Mais la décision ne lui appartenait pas.

La baleine était comme en suspension sous le kayak, remuant à peine ses nageoires, ridiculement petites par rapport au reste de son corps. Shan vit les épaules et les bras de Liam se raidir tout à coup, en même temps que l'embarcation se mettait à vibrer légèrement. Quelque chose venait des profondeurs. Ce n'était pas un son émis par la baleine, demeurée silencieuse, mais une sorte de brondissement, de bruit sourd qui s'amplifiait puis était stoppé avant de leur parvenir, le corps du cétacé faisant tampon.

— Un séisme subaquatique ? souffla Shan.

— Non… je ne crois pas… c'est encore jamais arrivé.

Shan eut envie de lui dire que ce n'était pas un argument. Que ce n'était pas parce qu'on n'avait pas eu de cancer qu'on n'allait jamais en avoir. Ces trépidations avaient pourtant tout d'un tremblement de terre venant des profondeurs. Sauf que le kayak se balançait à peine, comme si la baleine les absorbait. Les martèlements s'intensifièrent. Son corps tout entier en résonnait, sans qu'elle bougeât d'un iota. Shan et l'Innu avaient mal pour elle, et Liam commençait à s'interroger sur les raisons d'un tel comportement.

— J'ai jamais vu ça…, dit-il en secouant la tête.

— Elle se sent en danger et cherche peut-être de l'aide, suggéra Shan, qui avait vu, lors des incendies qui avaient ravagé l'Australie deux ans auparavant, des kangourous et des koalas demander de l'eau à des secouristes ou à des bénévoles.

Des scènes filmées qui lui avaient fendu le cœur.

— C'est possible. Seulement… on n'est pas équipés pour ça. Je vais la signaler à l'observatoire et ils verront s'ils peuvent envoyer les cétologues sur place.

Sous eux ça vibrait et frappait de plus en plus fort, mais la baleine ne bougeait toujours pas. L'Innu prit son portable, un modèle militaire de communication par satellite, et appela.

— Ici Liam, poste 7, suis en observation sur le fleuve avec la Française, baleine bleue inconnue, potentiellement en détresse, juste sous le kayak, immobile depuis environ cinq minutes. Je vous transmets ma position. À vous.

— Bien reçu, fit une voix traînante en français canadien. Fais attention si l'individu est inconnu. Des signes d'agressivité ?

— Non, aucun.

— OK, on envoie un bateau et une équipe.

— Et si c'était l'état de prostration qui précède le décès, comme chez les animaux atteints par ce mal ? dit Shan, des vibratos dans la voix, une fois que Liam eut coupé.

— Il n'y a qu'un moyen de le savoir avant qu'il ne soit trop tard… Si je ne reviens pas, tu raconteras tout à l'équipe qui arrive. Si tu vois la baleine tomber comme une pierre, surtout tu t'éloignes, à cause de l'aspiration, c'est comme un bateau qui coule. Et… heureux de t'avoir rencontrée.

Avant que Shan ait pu comprendre ses intentions et réagir, déjà vêtu d'une combinaison hypothermique, Liam, qui avait juste enfilé un masque de plongée et retiré sa casquette, se laissa glisser dans l'eau le long des flancs de la baleine avant de s'enfoncer dans l'abîme obscur qui s'ouvrait devant lui.

— Non ! Ne fais pas ça… ! s'écria Shan en parlant dans le vide, penchée au-dessus de l'eau. Ne me laisse pas toute seule…, ajouta-t-elle à voix basse.

Pourtant elle l'était, seule, sans rien ni personne autour que l'énorme masse immobile sous elle, tandis que Liam descendait plus bas par à-coups. Bientôt, il ne verrait plus rien et risquait de perdre toute orientation. Il savait que sa combinaison ne le protégerait qu'une dizaine de minutes maximum dans cette eau glacée. Longeant le flanc droit de la baleine, qu'il caressait d'une main, il parvint à sa tête, qu'une espèce de sourire fendait de chaque côté au-dessus des fanons, et vit l'œil bien ouvert qui le fixait avec curiosité et presque bienveillance. En tout cas sans peur ni agressivité. Juste une immense tristesse. Du moins le ressentait-il ainsi.

Alors qu'il allait contourner le cétacé par l'avant, une onde le traversa, aussi forte qu'un électrochoc, manquant lui faire perdre connaissance. Au même moment, d'une délicatesse surprenante pour un aussi gros animal, la baleine se déporta doucement, comme si elle prenait soin de ne pas blesser l'homme, s'interposant entre les vrombissements qui paraissaient remonter du fond et cet humain. Mais à chaque « coup » invisible qu'elle recevait, malgré ses deux cents tonnes, la baleine bleue semblait s'affaiblir de plus en plus. Jusqu'à quand pourrait-elle tenir ?

Et puis, le moment vint où les forces du grand mammifère le lâchèrent. Il avait résisté jusqu'au bout aux ondes puissantes, émanant du fond. Malgré l'écran, le mur de protection que faisait le cétacé, Liam commençait à ressentir des étourdissements. Mais il ne voulait pas l'abandonner. Il ne pouvait pas. C'était un membre de sa famille de cœur. Cette famille qu'il s'était choisie et qui l'avait choisi il y avait vingt-sept ans, en lui envoyant Shakaikan. Il était encore tout petit et cependant marqué à tout jamais du chant de la baleine. Un chant parfois aux limites du supportable pour l'oreille humaine et dont l'intensité dépassait en décibels celle d'un avion supersonique. Comme celui que cette baleine bleue inconnue émit en chutant lentement vers les abysses.

Toujours en apnée, renouvelant sa réserve d'air comme le lui avait appris son père, agrippé à l'une des nageoires latérales de l'animal agonisant, Liam l'accompagna dans sa descente. La pression de l'eau lui déformait la bouche et les joues. Et la puissance du chant enivrant l'assourdissait. S'il ne lâchait pas la nageoire, dans quelques secondes il serait trop tard. Il s'enfoncerait avec la baleine bleue dans le néant. Pourtant, comme envoûté, hypnotisé par la complainte, Liam descendit encore.

Bientôt, sa bouche et ses poumons se remplirent d'eau et, quand il perdit connaissance, ses mains se détachèrent de la nageoire.

À la surface, Shan, épouvantée, assistait, impuissante, à la scène. Si, au-delà d'un certain seuil, il n'y avait plus de visibilité, elle avait pu constater, atterrée, que la baleine commençait à plonger, en se demandant si Liam aurait le temps de remonter. « Si tu vois la baleine tomber comme une pierre, surtout tu t'éloignes… »

Le cétacé coulait doucement, mais Shan commençait à ressentir l'effet d'aspiration sous le kayak. Si elle s'attardait, elle risquait d'être prise dans le siphon. Rassemblant son énergie, animée par un instinct de survie féroce, la jeune femme saisit la double pagaie et moulina tout d'abord dans le vide. Essayant de calmer ses tremblements, elle parvint enfin à manœuvrer l'embarcation à l'aide de mouvements de rames plus précis et à l'éloigner de plusieurs mètres du bouillonnement.

Immobile, retenant son souffle, les doigts serrés sur la pagaie, elle attendit. Soudain, elle entendit surgir de l'eau le chant de la baleine. Douloureux, lancinant, comme un cri de désespoir aux intonations presque humaines, il perça la surface, traversa le miroir et vint frapper Shan en plein cœur. Instantanément, il lui remplit les tympans, la tête, à la faire exploser. Fermant les yeux, elle lâcha le manche et plaqua les paumes sur ses oreilles. Faible protection contre 180 décibels.

Puis l'eau se referma comme un tombeau et tout redevint calme. Seules quelques vaguelettes hérissaient encore le fleuve, là où la baleine venait de disparaître.

Liam…

Shan, qui avait rouvert les yeux, scrutait frénétiquement les alentours, dans l'espoir de voir réapparaître son coéquipier. Mais l'eau ne lui renvoyait rien d'autre qu'un désert miroitant et sa propre solitude. Le chant avait cessé. Tout avait cessé.

# 14

Inconscient, tel un pantin désarticulé, l'Innu poursuivait inexorablement sa chute vers le fond, aspiré dans le sillage de la baleine, quand, tout à coup, comme si elle reprenait vie, la géante des mers esquissa une courbe dans une ondulation de la queue d'une souplesse étonnante et vint se glisser sous le pantin, qui se posa en douceur sur son dos. Dans un ultime effort, la baleine et son précieux chargement remontèrent à la surface.

Quand Shan vit surgir, en même temps qu'un jet d'eau, le corps inerte de l'Innu dans sa combinaison bleue sur le dos du cétacé, elle se crut victime d'une hallucination. Mais ce qu'elle avait sous les yeux était bien réel. Même si le comportement de cette baleine lui était de moins en moins compréhensible, elle savait qu'il lui fallait agir vite. Elle se mit à pagayer de toutes ses forces vers Liam, qui reposait toujours sur le dos de l'animal comme sur un plateau, et l'atteignit juste au moment où, n'en pouvant plus, la baleine recommençait à s'enfoncer sous l'eau dans un gémissement terrible.

Prenant Liam par les chevilles, Shan, à coups de râles, l'attira vers le rebord du kayak. Par chance, l'eau du fleuve, légèrement saline, et sa combinaison le portaient. Le plus difficile fut de le tirer hors de l'onde glacée. Alors qu'elle avait réussi à l'en extraire jusqu'à la taille, il glissa de nouveau à côté de la périssoire. Au bout d'une ultime tentative, Shan parvint enfin à le hisser à l'arrière du kayak, où il resta étendu sans bouger. L'angoisse s'empara d'elle. Était-il mort ? Elle n'avait que de vagues notions de secourisme, des cours commencés, puis abandonnés faute de temps. Elle n'aurait même pas su pratiquer de massage cardiaque. Chaque minute, chaque seconde même comptait. Le pouls, qu'elle réussit à prendre en plaquant deux doigts sur la jugulaire de Liam, était très faible et irrégulier, mais au moins il était vivant. Il avait donc une chance de s'en sortir. Sauf à lui parler et lui dire de tenir bon, Shan ne savait pas comment l'aider, mais espérait l'arrivée du bateau avec l'équipe de cétologues et de vétérinaires, qui sauraient lui prodiguer les soins vitaux.

Au bruit de moteur venant de l'arrière de l'embarcation, elle sut que c'était eux et en éprouva un immense soulagement. Liam fut aussitôt pris en charge à bord du bateau par un urgentiste qui lui fit un massage cardiaque. Dans un râle déchirant, l'Innu finit par expulser l'eau qui noyait ses poumons. Sous oxygène, il reprit peu à peu ses esprits et put ouvrir les yeux, mais il était trop faible pour bouger un doigt. Il allait devoir être placé en observation à l'hôpital, annonça l'urgentiste à Shan. Le drone récupéré, ainsi que la tablette, et le kayak remorqué, le bateau, laissant sur place deux cétologues et un vétérinaire en tenue de plongée sur un zodiac, prit la direction de Tadoussac. Shan leur avait relaté en substance cette étrange rencontre avec une baleine bleue, inconnue des observateurs, après qu'ils furent tombés sur le cadavre flottant d'une baleine à bosse et que le drone leur eut envoyé les images de bélugas morts.

— Attention au bruit, leur lança-t-elle, un grondement, ça venait du fond. Peut-être un séisme…

— Un bruit au fond ? OK, on va voir ça !

Liam sanglé sur un brancard et placé en cabine à l'abri du vent qui s'était levé, Shan eut besoin de prendre l'air sur le pont. À 14 heures à peine, le soleil commençait déjà à faiblir et le jour à diminuer. Tandis que le bateau s'éloignait de l'endroit où la baleine bleue avait disparu, Shan, perdue dans ses souvenirs récents, suivait des yeux le sillon mousseux tracé sur l'eau sombre du fleuve. Puis le zodiac ne devint plus qu'un point rouge au loin, là où Liam avait failli laisser la vie. Les plongeurs allaient-ils retrouver la baleine ? Cette question n'allait pas quitter Shan jusqu'au lendemain.

Liam fut transporté au centre hospitalier régional et placé en soins intensifs. Il passerait un électrocardiogramme et un scanner cérébral qui permettrait de vérifier que l'anoxie de plusieurs minutes à laquelle son cerveau avait été soumis n'avait entraîné aucune lésion irréversible.

Épuisée, Shan s'endormit dans l'espace d'attente jusqu'à ce que l'urgentiste vienne lui annoncer la bonne nouvelle des résultats plus que satisfaisants après une noyade avec perte de connaissance. Elle pouvait retourner à l'hôtel. Le médecin lui avait conseillé d'aller se reposer et de revenir le lendemain rendre visite à Liam après un sommeil réparateur pour tous les deux.

Shan rentra à pied, dans la nuit déjà venue à bout des dernières lueurs du jour. Après un sandwich en guise de dîner, elle tapa sur son ordinateur portable le compte rendu de cette première journée qu'elle n'était pas près d'oublier. Ses notes seraient à ajouter au dossier ANIMALS qu'elle avait scanné et qui figurait dans un fichier caché de son PC. Une fois qu'elle eut fini, elle mit ses oreillettes et se connecta sur un site de musique et de vidéos documentaires où elle chercha des reportages sur la baleine bleue, pour terminer sur son chant. Elle en vibrait encore.

Elle s'endormit sur la complainte du plus grand mammifère, les oreillettes encore fixées aux pavillons. Ses rêves furent traversés de monstres marins et d'orques tueuses. Elle se réveilla en pleine nuit, la jambe arrachée par un requin, alors que Liam, devenu un grand gaillard blond aux yeux couleur de fjord norvégien ressemblant étrangement à Ayden, tentait de la tirer de l'eau. Soulagée de se retrouver dans un lit, au chaud sous la couette, Shan s'étira et se rendormit sereinement jusqu'au matin.

Mais à son réveil, des piaillements d'oiseaux lui remplissaient la tête, comme ceux de ces multitudes de moineaux nichés dans les arbres ou les haies des parcs urbains. Il y avait quelques arbres dispersés sur la grande pelouse devant l'hôtel, d'où pouvaient peut-être provenir ces pépiements. Or, lorsque Shan se leva pour ouvrir la fenêtre et regarder dehors, elle n'entendit plus rien. Les gazouillis avaient disparu. Après avoir attendu quelques instants sur le balcon, emmitouflée dans un plaid, au cas où ils recommenceraient, Shan dut se rendre à l'évidence. Il n'y avait pas plus de moineaux dans ces arbres que de vie sur la Lune. Constat qui la troubla. Refermant la fenêtre, elle se dit qu'elle avait sans doute eu des acouphènes à cause d'une mauvaise position des cervicales durant le sommeil, ce qui était, avec les prémices de la surdité, l'une des causes de ces perceptions sonores internes. Puis elle songea au chant de la baleine bleue et à sa propre réaction en l'entendant. Également à ce qu'elle avait lu avant de s'endormir sur ces mélopées, véritables sonars pouvant atteindre en décibels une puissance difficilement supportable par l'oreille humaine. Était-il possible que son ouïe ait été endommagée ? Qu'en serait-il alors de Liam ?

Elle décida de se rendre à l'observatoire de Tadoussac, après une courte visite à l'Innu, qui la rassura sur son état. D'après le médecin, il sortirait le lendemain avec une surdité temporaire causée par la pression de l'eau. Mais surtout, Liam lui parla avec exaltation de son sauvetage. Il était convaincu que la baleine avait agi avec lui comme les mères de son espèce le font pour leur petit en danger, ou même mort, qu'elles maintiennent à la surface en le portant sur leur dos.

Lorsqu'elle se présenta à l'observatoire, dans une grande salle aux murs recouverts de photos de cétacés, elle reçut un accueil étonnamment chaleureux de l'équipe, qui lui demanda aussitôt des nouvelles de Liam. Elle leur dit que tout allait bien et que l'unique séquelle était une surdité, sans doute passagère. Chacun lui déclina son prénom dans une poignée de main cordiale. Elle avait, d'une certaine façon, sauvé leur collègue.

— J'y ai contribué, mais le plus gros avait déjà été fait..., corrigea-t-elle.

— Que veux-tu dire par là ? demanda l'un des cétologues de l'équipe, un dénommé Adrian, dont l'aspect détonnait avec le prénom.

On imaginait plus aisément derrière « Adrian » un jeune gars bronzé au corps svelte et au sourire éclatant qu'un type obèse, tamponnant régulièrement des gouttes de sueur sur ses tempes, geste devenu réflexe. Et pourtant, cela n'enlevait rien à ses compétences. Bien au contraire, c'était comme s'il avait compensé un physique qui n'était pas celui d'un éphèbe par un esprit vif et une intelligence supérieure à la moyenne, ce que Shan perçut rapidement.

La virologue leur rapporta alors fidèlement le récit de Liam, sans oublier ses derniers mots : « Elle m'a sauvé. »

— Si c'est le cas, c'est incroyable, conclut-elle.

— Ça l'est pour ceux qui ne connaissent pas les baleines, sourit Adrian sans une once d'arrogance.

— C'est mon cas, en effet.

— Alors tu es là pour les découvrir ?

La question venait d'Ingrid, une petite blonde aux grandes dents qu'exhibait sans complexe un sourire permanent. Avec ses vingt-trois ans, elle était la plus jeune des cétologues de l'observatoire et avait fait partie des trois plongeurs restés à bord du zodiac.

— D'une certaine façon, oui, acquiesça Shan en prenant la tasse de café que Lambert, le troisième spécialiste des cétacés, venait de lui tendre. Mais surtout pour découvrir ce qui les a tuées, enchaîna-t-elle. Et déjà, recueillir le plus d'éléments possible. J'ai commencé par ça.

Elle sortit de sa poche deux petits tubes dans lesquels elle avait prélevé le liquide lacrymal de la baleine à bosse.

— C'est quoi ?

Shan leur résuma en quelques mots leur rencontre avec le cétacé retrouvé mort, flottant ventre à l'air, et le prélèvement qu'elle avait effectué.

— D'autres éléments me portent à croire qu'il existe un lien entre la présence de ces larmes et le décès de ces animaux. On m'a fait parvenir tout un dossier avec des cas semblables et, avant mon départ, une amie… vétérinaire m'a… m'a donné des échantillons de larmes. Un chat et un lapin morts dans des circonstances similaires. Après observation au microscope, j'ai pu voir que ces larmes avaient la structure des larmes de chagrin.

Les trois cétologues échangèrent un regard perplexe.

— Ça aussi, ça paraît incroyable, dit Shan. Mais là, c'est un peu ma partie et j'ai pu vérifier ce que j'avance.

— Ta partie ? T'es une spécialiste des larmes ? plaisanta Lambert en tirant sur sa cigarette électronique, presque aussi grosse qu'un semi-automatique.

Un regard pétillant sous des sourcils épais et noirs. Et un petit chuintement à la prononciation des *s* ou des *c*.

— Pas vraiment, en tout cas une spécialiste de l'infiniment petit, celui qui tue plus que des larmes…

— Tu penses sérieusement que tous ces animaux dont tu parles sont morts de chagrin? s'étonna Adrian. Parce que nos baleines, ici, sont très heureuses. La preuve, elles reviennent chaque année. Le Saint-Laurent, c'est leur cinq-étoiles!

Tous se mirent à rire.

— Je n'ai pas de certitude, c'est une hypothèse pour le moment, dit Shan, un peu gênée de voir ses propos tournés en dérision. Et ce qui les a tués et les tue encore provoque un état de prostration profonde en même temps qu'une tristesse, à en croire la nature de ces larmes. Et ce n'est pas dû à un virus, ni une bactérie, ni une toxine. Les analyses post-mortem font juste état d'une baisse anormale du taux de sérotonine. En tout cas, sur des animaux en captivité.

— Tu as ton idée sur une cause possible?

— Pour le moment aucune. Il me faut plus d'éléments et d'autres recoupements. Je pense, mais il ne s'agit que d'une ébauche d'hypothèse, que leur système immunitaire pourrait être atteint par quelque chose qui l'ébranlerait au point d'entraîner une sorte de dépression fatale. On a vu en immunologie, toutes ces dernières années, à quel point le bon fonctionnement du système immunitaire est lié à l'état psychologique et inversement. Mais je suis venue justement pour examiner ces larmes, poursuivit Shan. Avez-vous un microscope à balayage?

— Ça tombe bien, on en a demandé un nouveau récemment. Plus performant, dit Adrian. Je te montre…

Shan posa sa tasse et suivit le cétologue dans une pièce carrelée de gris, avec des leds incrustées dans le mur, aménagée en laboratoire. Ses yeux se posèrent aussitôt sur le microscope électronique relié à un écran d'ordinateur.

— Voilà, fais-toi plaisir. Je peux rester?

— C'est moi qui suis de passage ici… alors, bien sûr.

La biologiste prépara les échantillons et les soumit à l'œil grossissant de l'appareil, qui transmettrait aussitôt les images au PC.

— Elles ont la même structure…, souffla Shan.

Sous leurs yeux, à l'écran, s'affichait en mosaïque une série d'images du premier échantillon.

— Que quoi ?

— Que les larmes déjà passées au microscope, en France. Celles du chat et du lapin.

— Le chat et le lapin… On se croirait dans une fable de La Fontaine, sourit Adrian.

Pourtant, malgré sa jovialité, son scepticisme transpirait autant que ses tempes.

— Une fable plutôt triste, alors, dit Shan. Cette structure étant caractéristique de celle des larmes de chagrin.

— Ce que je vois à l'écran ressemble plutôt à une cartographie satellite. Ou des vues aériennes.

— Je sais… Ça m'a frappée aussi.

— Blague à part, comment peux-tu affirmer qu'il s'agit de la structure de larmes de chagrin et pas tout simplement une structure inhérente aux larmes, quelles qu'elles soient ?

— Je peux ? fit Shan en s'installant devant le PC.

— À ton aise.

En quelques clics elle fut sur le blog de l'artiste-photographe qui avait répertorié au microscope les vues de différents types de larmes.

— Voilà. Elle est scientifique, à la base, précisa Shan pour donner plus de poids à sa démonstration. Et comme tu peux le constater, les larmes prélevées sur la baleine à bosse possèdent une structure qui matche assez bien avec celle qu'on peut voir parmi les photos de cette artiste classées dans les « larmes de chagrin ». Et si tu regardes mieux, il y a des larmes d'autre nature. Y compris les larmes d'épluchures d'oignon !

— Ben mince… plus jamais je n'éplucherai un oignon comme avant, même si c'est ma femme qui le fait en général, haha ! C'est vrai que c'est intéressant…, convint Adrian en se frottant la joue. Hé ! Ramenez-vous ici ! cria-t-il aux autres, dont les rires fusaient de l'espace de réunion.

Les images que leur montra Shan firent leur effet, même sur les plus sceptiques comme Adrian.

— Si tu es partante, il y a un poste de biologiste à créer, ici, chantonna-t-il avec un clin d'œil.

Shan eut un petit rire timide, mais ne répondit rien.

— Vous avez pu plonger, hier, là où la baleine a sombré ? demanda-t-elle à Ingrid et Lambert.

— En effet, dit celui-ci.

— Et vous l'avez retrouvée ?

— Malheureusement non, soupira Ingrid. Elle a dû tomber au fond et nous n'étions pas équipés pour descendre plus bas. Ou, avec un peu d'espoir, elle a survécu et a pu regagner la mer.

— Mais vous avez quand même rapporté quelque chose, hein ? lâcha Adrian en même temps qu'un nouveau clin d'œil, ceux-ci paraissant être sa spécialité.

— Un enregistrement. Peut-être un élément dans ton enquête, Shan, dit la jeune cétologue.

Conduisant Shan cette fois dans une petite pièce capitonnée de noir où s'entassaient CD, micros, enregistreurs et casques sur une table de mixage, ils l'invitèrent à s'asseoir et à mettre un casque.

— Cette pièce est dédiée aux sons de la nature, plus exactement aux chants et cris des cétacés, dit Ingrid avant de lancer l'enregistrement sous-marin.

Dans l'éclairage tamisé du studio, Shan écouta. Mais ce

qu'elle entendait n'était pas le chant de la baleine bleue. C'était un bruit lourd, pesant, un grondement venant des profondeurs, le pouls d'un géant. Elle en ressentit les vibrations dans tout le corps, jusque dans son cœur.

# 15

Après avoir pris congé de l'équipe, Shan, ayant besoin de respirer un peu, s'était dirigée vers la partie de la rive où se trouvaient les petits empilements de pierres de forme humaine dont Liam lui avait raconté l'origine et la signification. Ils étaient là, de tailles différentes, tous tournés vers le fleuve. L'horizon liquide commençait déjà à se teinter de rose orangé. Shan ne pourrait pas s'attarder, mais elle avait tenu à faire ce petit pèlerinage en souvenir de sa rencontre avec l'Innu. Se connaissant à peine, ils avaient déjà vécu ensemble ce qu'il n'avait sans doute même pas partagé avec les collègues qu'il fréquentait pourtant chaque jour depuis toutes ces années.

Le regard posé sur l'immensité du fleuve, Shan se demandait si Liam ressentait la même chose. Si cette aventure avec la baleine bleue revêtait pour lui la même importance. Pas seulement du fait du désastre écologique que cela représentait, mais pour l'avoir vécu ensemble. Et, grâce au comportement extraordinaire du cétacé, Shan lui avait sauvé la vie. Étrangement, elle eut le sentiment de s'être rachetée de la mort d'Ayden, dont elle n'était, bien entendu, pas responsable, mais dont elle s'était longtemps sentie coupable malgré elle.

Cherchant des yeux les galets et les pierres de la bonne taille,

Shan en fit un petit tas dans lequel elle se servit pour ériger son propre cairn. D'un geste résolu et sûr, elle empila les pierres de la première à la dernière. Le résultat lui sembla si drôle qu'elle éclata de rire. Si cet empilement qui avait pris une forme de petit animal était à son image, c'était bien inconscient. Et pourtant, ce résultat en disait plus long que tout ce qu'elle aurait pu faire par ailleurs. Elle y avait mis son âme d'enfant, sans doute, mais, avant tout, sa part animale, qui, depuis ce mal mystérieux, se réveillait en elle. Elle n'avait jamais été si peu en accord avec ceux de son espèce et avec le monde tel qu'il se profilait. Elle faisait son job et l'aimait, justement parce qu'il lui permettait de se retrouver dans sa bulle de chercheuse, sans trop de contacts extérieurs. Sous son œil électronique, le royaume des organismes vivants microscopiques sur lesquels elle travaillait ressemblait à ces milliards d'étoiles et à ces galaxies dans l'oculaire d'un télescope. L'inconnu dans lequel elle avançait pas à pas, jour après jour. Un univers grouillant, fourmillant, actif et infini.

Pourquoi tous ces animaux ? Pourquoi d'abord les espèces animales ? Elle regarda le fleuve comme s'il pouvait lui apporter une réponse. Était-ce encore un sale coup de l'humain contre la planète qui l'hébergeait généreusement depuis des millions d'années ? Des expériences scientifiques ? Des essais militaires secrets qui pourraient avoir cet impact sur les animaux ? Mais pourquoi sur eux et pas sur les humains ? Si… peut-être aussi sur les humains, s'il s'avérait que les plongeurs en mer du Labrador et ces malheureux d'un village inuit avaient été emportés par le même mal.

Son père lui avait toujours dit qu'en tuant les espèces animales, peu à peu en voie d'extinction, l'être humain courait à sa propre perte. Quant au climat… tout un débat entre elle et Ayden, qui leur avait valu de longues soirées à tenter de convaincre l'autre. Tous deux étaient d'accord sur un point, le climat subissait un dérèglement notoire et rapide. En revanche, ils divergeaient sur ses causes. Ayden tenait pour essentiellement responsables les sources de pollution humaine, alors que Shan était convaincue que celle-ci n'avait fait qu'accélérer un phénomène naturel et cyclique dans l'histoire de la géologie. « Avec les gaz et les vapeurs qu'ils émettaient, les volcans en activité polluaient bien plus que l'homme », avançait-elle. À cet argument, Ayden levait les yeux au ciel. « Tu ne peux pas dire ça, quand tu vois le trou dans la couche d'ozone ! » rétorquait-il en se passant la main dans les cheveux et tournant en rond dans le salon comme un tigre en cage, une bouteille de bière à la main. Querelles passagères et sans conséquence, ou tout au moins dont la meilleure issue était les retrouvailles sur l'oreiller.

C'était à tout ça que pensait Shan, seule face au fleuve. À tout ce qui pouvait faire sens dans un monde qui n'en avait plus. Cet amour qu'elle éprouvait pour un homme avait été sa planche de salut. Son radeau de survie sur un océan déchaîné.

« Je t'aime, Ayden. Et je t'aimerai toujours », murmura-t-elle au petit vent qui dispersa ses mots comme des cendres. Était-ce un serment ou bien une excuse suscitée par ce trouble qui l'habitait depuis qu'elle avait vu Liam ? Bientôt, un deuxième cairn, un peu plus grand et élancé cette fois, vint rejoindre le premier. C'est à cet instant seulement qu'elle comprit qu'elle était en train de lui dire au revoir. Son deuil était fait et elle se sentait enfin prête à affronter cette séparation. Quelques larmes roulèrent sur ses joues, brûlantes malgré la fraîcheur de cette fin d'après-midi.

Alors qu'elle se remettait debout, deux nuages s'écartèrent à l'horizon, laissant passer quelques rayons. L'un d'eux pointa sur le cairn, qui aussitôt s'illumina comme dans un dernier signe. En quittant cette rive, c'était une part d'elle-même que Shan abandonnait ici. Sans regret.

# 16

La navette qui la ramenait vers l'hôtel longeait le fleuve avalé par une nuit sans lune. De l'autre côté de la vitre, un noir profond. Glacé. Shan avait hâte de retrouver sa chambre et la couette. La seule idée de se lever à 4 heures pour attraper le bus la tétanisait. Juste avant d'arriver devant le Tadoussac, elle vit des éclairs, suivis de forts coups de tonnerre. Incroyable, un orage à cette époque, se dit-elle en descendant de la navette. Le vent se leva presque en même temps. De grosses gouttes s'écrasèrent sur la visière de sa casquette, et elle pressa le pas jusqu'à la réception.

Une fois dans sa chambre, elle plaça les précieux échantillons dans une boîte à la fermeture codée et s'installa sur le lit, face à son ordinateur connecté au wifi. Son rapport de la journée tapé et les observations rentrées dans le dossier, elle allait refermer le clapet au moment où elle reçut un mail. Il émanait de la compagnie aérienne qui devait assurer le vol pour le Groenland depuis Montréal. À sa lecture, Shan se tendit. Le vol était purement et simplement annulé en raison de grosses intempéries sur le trajet, mais également à l'arrivée. L'île de glace était balayée par une tempête d'une violence extrême, des vents allant jusqu'à trois cents kilomètres-heure. Les vols ne seraient pas rétablis avant trois semaines au mieux, lut Shan, tout en se disant qu'elle jouait de malchance. La compagnie ne proposait aucun remboursement, juste un avoir pour un prochain vol… pas avant trois semaines. Ils peuvent se le fourrer dans le c…, pesta-t-elle entre ses dents, bien décidée à exiger le remboursement intégral du billet. Elle regarda les départs pour Brazzaville depuis Montréal et en trouva un en fin d'après-midi, mais, voyant la durée de vol, plus de une journée, avec deux ou trois escales, elle renonça. La meilleure solution était de retourner à Lyon, d'où elle prendrait un avion pour Brazzaville, un voyage d'une durée de sept heures et demie. Ce qui lui ferait environ une quinzaine d'heures de vol au total.

Munie de ses nouveaux billets, elle se déshabilla et se glissa dans la cabine de douche, où elle fit couler de l'eau quasi brûlante. Disparaissant dans des volutes de vapeur, elle resta presque vingt minutes sous le jet, comme pour se nettoyer de cette deuxième journée éprouvante.

Tandis qu'elle se passait du gel moussant sur les seins, elle pensa à Liam. Pourquoi maintenant ? Qu'en avait-elle à faire, partant déjà le lendemain, à l'aube ? Elle ne le reverrait sans doute jamais.

La jeune femme sortit de la douche et s'enveloppa dans le peignoir douillet au logo de l'hôtel. Elle se sécha les cheveux, dont elle sentit, comme une caresse, la douceur et la souplesse sous ses doigts. Le miroir lui renvoyait le reflet d'une femme au visage déjà marqué par les épreuves de la vie et du deuil, mais à la quarantaine séduisante. C'était comme si elle la redécouvrait. Dans les yeux de Liam, elle s'était sentie attirante, existant de nouveau pour quelqu'un. Rien que pour ça, leur rencontre avait valu la peine. Rien que pour ça, elle le remerciait en silence, au moment où l'on frappa à la porte. Croisant son peignoir pour l'attacher, elle releva ses cheveux et alla ouvrir.

Liam, et son sourire animal, se tenait devant elle. Il lui sembla un peu pâle et fatigué, mais qui ne le serait pas, après avoir frôlé la mort… Mettant quelques secondes à prendre conscience qu'il était bien là, en chair et en os, Shan s'écarta sans un mot pour le laisser entrer.

Toujours sans un mot, ils se regardèrent. Intensément, profondément. Parce que c'était là, en eux, depuis le premier regard. Parce qu'il le fallait. Parce que ce qu'ils avaient vécu ensemble dépassait tout. Y compris eux-mêmes. Parce qu'il ne pouvait pas la laisser repartir comme ça. Parce que, tout simplement, elle lui plaisait comme jamais une femme ne lui avait encore plu. Et parce qu'il avait senti qu'avec elle c'était possible.

Leurs mains et leurs corps firent ce que les mots ne pouvaient pas ou ne suffisaient pas à dire. Le peignoir de Shan glissa de ses épaules à ses pieds. Les bras de l'Innu la soulevèrent jusqu'au lit, où elle le dépouilla frénétiquement de tout ce qu'il avait sur lui. La peau de l'homme rencontra sa peau, lui brûla les cuisses, le ventre, les seins. Ses lèvres s'écrasèrent sur les siennes, que sa langue écarta doucement.

## 17

Ils firent l'amour comme deux affamés. Deux roseaux dans la tempête, leurs hanches roulant au rythme saccadé du tonnerre, leurs bras s'enveloppant puis se repoussant pour se souder encore plus fort. Ne faire plus qu'un. Shan savait qu'elle ne dormirait pas, cette nuit. Ou juste pour ne pas s'écrouler. Mais elle rattraperait le retard dans le bus pour Montréal.

— Je te conduis à l'aéroport, lui proposa Liam, promenant le bout de ses doigts le long des courbes frémissantes.

Douces collines hérissées par le vent du désir.

Lovée contre lui, Shan lui tournait le dos. Il ne pouvait voir son visage changer. Ni son sourire ému. Ni ses paupières à demi closes sur un plaisir encore vivace. Il avait presque récupéré de sa surdité temporaire.

— C'est adorable, mais non. Tu te remets à peine. J'ai déjà mon trajet en bus. Ce n'est pas à côté.

Liam n'était jamais allé à Montréal. Ça lui donnerait une bonne occasion de voir son frère. Mais le souhaitait-il vraiment ? Ce qui le motivait était de rester encore quelques heures avec Shan. Tout ce qu'il pouvait voler au temps pour être avec elle. Cette femme était un abîme et il avait envie de s'y perdre.

« Jolie » n'était plus le mot qui lui venait à l'esprit. Mystérieuse, secrète, incroyablement sensuelle la définissaient parfaitement.

De son côté, Shan savourait ce contact auquel elle ne croyait plus. La chaleur d'un autre corps, une odeur, elle qui y était si sensible, qu'elle aimait déjà, une façon de la baiser, dans un subtil mélange d'animalité et de délicatesse, alternant entre orage et soleil. Pour se remettre à l'amour, se rééduquer aux sensations du corps et du sexe, et retrouver cet appétit, elle n'avait besoin que de ça. Baiser. Mais baiser bien, avec respect et sensualité. Ce que Liam savait merveilleusement et naturellement doser.

— Ça va, si je peux te faire l'amour, je peux conduire. Je verrai peut-être mon frère à Montréal, après t'avoir déposée à l'aéroport. Sinon, je repartirai.

— Pas question, je prends le bus. Je ne suis pas vraiment douée pour les adieux.

Au fond, Shan ne voulait pas d'attachement. Pas encore. Après tout ça, elle voulait juste dormir et se laisser bercer par la route. Ne pas avoir à parler. Ni à porter son attention sur quelqu'un. Juste faire le vide. Et le vide, elle connaissait. C'était son élément le plus familier depuis un an. Elle n'en avait plus peur. Il la rassurait, même. Cette vacuité qu'elle avait apprivoisée dans la perte de l'être le plus cher. Pourrait-elle aimer de nouveau ? Elle ne voulait pas que la présence de Liam le lui rappelle. Liam était son retour à la vie et aux sentiments. Peut-être pas à l'amour, mais à ce qui lui ressemblait. Avec lui, ça s'arrêtait là.

Elle ne pouvait voir la mine dépitée de Liam, qui se garda d'insister. Parce que, outre son orgueil de mâle, il avait aussi sa fierté d'Innu, qui lui venait de son appartenance à une minorité.

— Tiens, écoute…, souffla Shan en augmentant le volume du smartphone.

Les chants de baleines emplirent la chambre, lancinants, envoûtants, des sons venus d'ailleurs. Liam s'écarta de Shan pour se coucher sur le dos, les yeux perdus au plafond. Elle se retourna et le regarda. Le silence creusait un gouffre entre eux. Leur silence dans le chant des baleines.

— Coupe ça, lâcha Liam tout à coup en se redressant, sombre. Je n'ai pas envie de les entendre maintenant. Ils ne devraient pas avoir le droit…

Shan le toisa d'un air interrogateur.

— Le droit de quoi, Liam ?

— De diffuser tout ça, leur langage.

— Mais… au contraire, c'est… c'est plutôt bien. Ça les fait découvrir encore mieux. Comprendre leur moyen de communication…

Liam éclata de rire.

— Tu les comprends, toi ? Tu peux me traduire ce qu'elles se disent ? Non… Entendre ces chants est un privilège et ça se mérite. C'est comme si on écoutait un chanteur ou un groupe sans jamais aller le voir en concert.

— Je sais, Liam. Je sais à quel point tu es en connexion avec elles. Grâce à toi, j'ai vécu quelque chose d'extraordinaire et de terrible en même temps.

— Elle est morte, Shan, je le sais ! Elles meurent toutes… sans qu'on puisse faire quoi que ce soit. Je… je les entends dans ma tête, je les entends m'appeler quand je me réveille. Et rien… tout ce que je peux faire, c'est assister à leur agonie. On a un point commun, elles et moi. C'est le fleuve qui nous nourrit.

Coupant le son, Shan posa la main sur celle de Liam. Dehors, les éclairs faisaient trembler l'obscurité.

— Et ce groupe de plongeurs en mer du Labrador ? Tu sais ce qui leur est arrivé ? demanda-t-elle.

— Pas vraiment, à part qu'ils semblent avoir eu des problèmes respiratoires.

— Ils sont remontés trop vite ?

— Non… apparemment, ils ont respecté les paliers, selon leur témoignage quand ils ont été hospitalisés pour être mis sous oxygène. Ils sont presque tous morts d'embolie. Mais la chamane m'a dit quelque chose.

Le regard de Liam semblait plonger dans l'invisible.

— La chamane ?

— Oui, Shipiss, la chamane de notre communauté. C'est vrai que chez vous on n'en consulte pas. Je suis allé la voir parce qu'elle est en contact avec les esprits. Elle m'a dit ceci à propos de ce qui tue les mammifères du fleuve : « C'est le bruit qui vient du fond des océans. C'est le chant. Le dernier chant. Il apporte la mort. » Tu entends, Shan ? Un bruit qui apporte la mort. Comme ce qui résonnait au fond du fleuve. Ces vibrations. Elle avait raison.

Liam paraissait soudain en transe. Comme si son âme voyageait quelque part. Dans un monde inaccessible à Shan et au commun des mortels. Celui des baleines, peut-être.

# 18

Une pluie résiduelle tapotait les vitres du bus. Shan avait l'impression d'avoir atterri à Montréal la veille. À peine arrivée, déjà repartie.

— Vous êtes en visite ici ?

— Oui.

Son voisin de bus, un vieux à casquette, était gentil, mais elle n'avait pas du tout envie de faire la conversation. Elle ferma les yeux et fit semblant de dormir.

Liam et elle s'étaient quittés à la station, sur un baiser furtif. Il avait tenu à passer avec elle le reste de la nuit avant de la conduire au bus.

« Tu me tiens au courant de ton enquête... ? lui avait-il demandé.

— Promis. » Mais Shan savait que, souvent, les promesses n'étaient pas respectées. « Fais attention à toi, avait-elle ajouté en montant dans le car.

— Quand il n'y aura plus une seule baleine dans le fleuve, je viendrai te voir.

— Alors j'espère que tu ne viendras jamais. »

Puis la route emporta Liam et leur nuit, dispersant les souvenirs tout frais en gouttelettes de pluie, jusqu'à ce qu'il n'y ait plus, de nouveau, que ce vide, si familier. L'absence, dans laquelle Shan organisait ses idées et sa vie.

Elle arriva à l'aéroport de Lyon le lendemain matin, vers 8 heures. L'avion pour Brazzaville décollait à 10 heures. À peine deux heures d'attente. Durant lesquelles sa conscience professionnelle la rattrapa. Elle prit son téléphone mais, au lieu d'appeler l'IVMS, elle essaya le portable personnel de son collègue Lorenzo.

— Shan ? Tu n'es pas partie ?

Une tension rendait la voix de Lorenzo un peu amidonnée. Elle devina qu'il n'était pas seul. Et qu'il n'avait qu'une crainte, qu'elle lui parle du dossier. La raison qui l'avait conduite à prendre des vacances.

— En transit. J'arrive et je repars. J'ai reçu des appels de l'institut. Mais par principe je n'ai pas à être dérangée pendant mes congés. Tu sais pourquoi on a tenté de me joindre ?

— C'est… c'est un peu délicat par téléphone. Écoute, Shan… profite de tes vacances et on en parle à ton retour.

Lorenzo n'avait pas voulu ou pas pu lui en dire davantage. Shan avait bien senti qu'il n'était pas seul. Le problème, avec Lorenzo, c'était qu'une chose compliquait tout le reste. Et notamment leurs relations. Dès l'embauche de Shan à l'IVMS, Lorenzo était tombé amoureux d'elle. À son grand dam, ils n'avaient fait que flirter, Shan se méfiant de ce type d'hommes. Physique de sportif et regard enjôleur, célibataire comme elle, mais inscrit sur quatre sites de rencontres. Si, à son travail, Shan restait discrète sur sa vie privée, tout comme sur ce qui allait bouleverser son quotidien, elle s'était mise à parler plus librement lorsqu'elle s'était installée avec Ayden. Elle le présenta même à ses collègues lors d'une soirée bowling. Pour Lorenzo ce fut un choc. Shan lui échappait définitivement. Tant qu'elle était célibataire, même si elle refusait d'aller plus loin avec lui, il nourrissait un espoir. Un espoir entretenu par des préjugés très masculins sur ces femmes dont le « non » est déjà une amorce de consentement. Malgré lui et à cause de lui, leurs rapports s'étaient transformés en rivalité professionnelle. Il lui avait savonné la planche à deux reprises avant qu'elle vienne le trouver et le menace froidement de le poursuivre pour harcèlement, preuves à l'appui, que constituaient les cinquante SMS qu'il lui envoyait chaque jour, alternant entre colère et prière. Mais, quoi qu'il en soit, c'était bien du harcèlement. Sans compter les fois où il l'avait suivie jusque chez elle. Elle l'avait surpris endormi dans son SUV, garé à côté de son scooter. Ce jour-là, elle avait commencé à avoir peur. Pourtant, elle n'en avait rien dit à Ayden, de crainte qu'il n'aille défoncer la tête du harceleur. Elle avait donc géré seule cette affaire, qui n'était pas allée plus loin, Lorenzo s'étant peu à peu calmé depuis sa rencontre avec une Vietnamienne, d'une ressemblance troublante avec Shan. Il était, du moins en apparence, redevenu le collègue des débuts, sur lequel elle pouvait compter.

Puis vint le jour qu'il attendait. Peu en importait la cause, mais Shan était de nouveau seule. Et plus vulnérable que jamais. Seule et à lui. Même virtuellement. Même seulement dans ses fantasmes. Peut-être allait-elle céder cette fois et avoir besoin d'une épaule, de se sentir protégée, soutenue dans son deuil. C'était la méconnaître et se surestimer. Parce que Shan avait fait un pacte, prêté serment à son amour. Elle pensait qu'elle n'aimerait plus jamais comme ça.

Contre toute attente, Lorenzo s'était heurté à ce « plus jamais ». Un rempart de détresse, une forteresse qui résista au siège et à la transgression. Face à ce mur, il ne lui resta plus qu'une issue. Du moins le croyait-il. La conquérir plus subtilement. Par une indifférence et un détachement feints, tout en maintenant une cordialité. Par de petits gestes « amicaux ». Être là sans le montrer. Une présence discrète mais constante. Pour le chasseur latin qu'il était, c'était un vrai défi. Shan avait même fini par lui trouver des côtés agréables.

# 19

En mettant le pied à terre à l'aéroport de Brazzaville vers 17 h 30, Shan s'attendait à passer du froid canadien à la chaleur sèche de l'Afrique, mais pas à ressentir une température à peine plus élevée qu'au départ de Montréal. Seulement treize degrés. Annaïk lui avait assuré encore la veille par mail qu'un chauffeur l'attendrait à son arrivée. Quand elle aperçut, parmi les panneaux et les tablettes tournées vers les passagers de l'avion, son nom inscrit en lettres grossières sur une feuille A4, Shan fut soulagée. Le chauffeur, un grand maigre de presque deux mètres, inclina vers elle sa tête coiffée d'une casquette verte sur laquelle était brodée au fil argenté une tête de gorille, et prit son sac avant de se diriger vers le parking.

— Moi c'est Joseph, dit-il simplement en déposant le bagage dans le coffre de la vieille jeep.

Shan sourit en voyant la voiture. Elle ne connaissait l'Afrique que par les documentaires et des chefs-d'œuvre du cinéma, *African Queen*, *Out of Africa*, *Gorilles dans la brume*, *The Constant Gardener*…, et dès cet instant, elle eut la sensation de se retrouver dans l'atmosphère africaine de ces films qui la faisaient rêver.

— S'il vous plaît…

Joseph lui fit signe de monter à l'arrière et Shan s'installa sur la banquette défoncée qui, comme le reste du véhicule, sentait le tabac froid et la rouille. Bien sûr, aucune des deux ceintures de sécurité ne fonctionnait. Mais Shan imaginait bien que, sur les routes d'ici, la vitesse ne devait pas excéder les quatre-vingt-dix kilomètres-heure. La tête de Joseph touchait le ciel de toit de la jeep.

Le moteur daigna s'éveiller au bout de trois tours de clé et ils sortirent du parking en bringuebalant dans les ornières remplies d'une eau de pluie récente. Presque pas de différence avec le Québec, constata Shan à regret. Elle s'était préparée à la chaleur et la souhaitait. Le climat continuait ses caprices.

— Elle ne veut pas toujours démarrer, mais c'est de la bonne voiture, bien meilleure que des modèles plus récents, dit Joseph, dont les yeux presque noirs cerclés d'ambre se dessinaient dans le rétroviseur placé de travers, duquel pendait une croix en bois. Vous avez fait bon voyage, miss Shan?

— Oui, merci.

— Pas trop fatigant?

— J'ai dormi.

— Il vaut mieux alors, parce que c'est pas sur les routes d'ici que vous dormirez! Hahaha!

Le rire du Congolais résonna dans l'habitacle.

— On arrivera dans combien de temps? s'inquiéta Shan.

— Plus vite que la tortue et beaucoup moins que la gazelle. L'entrée de la réserve est à une centaine de kilomètres, mais ici on compte en temps, pas en distance. Et vous aurez de longues minutes pour admirer le paysage! Enfin… au début, parce que dans trois quarts d'heure il fera nuit noire.

Sur une trentaine de kilomètres, Shan put, en effet, observer peu à peu les changements au fur et à mesure qu'ils quittaient la zone urbanisée et les bidonvilles en périphérie. Bientôt, il n'y eut plus autour d'eux que la savane, à travers laquelle la chaussée, qui deviendrait une piste à l'approche de la réserve, se déroulait, cabossée et pleine de cicatrices. Ils venaient de prendre la N2 en direction de Nbouko. La météo alternait entre averses et éclaircies dans un ciel aux couleurs sanguines et orangées. Le soleil n'était plus qu'une aura rouge derrière la ligne d'horizon. « Dans trois quarts d'heure, il fera nuit noire. » Tout ce que Shan espérait était que la jeep ne tomberait pas en panne au milieu du trajet et de cette « nuit noire » prédite par le chauffeur.

— Il a neigé sur la réserve, début octobre, dit-il.

— Carrément ?

— Oui, *carrément*, haha ! La neige, il y en a, au Congo et ailleurs en Afrique, mais sur les montagnes. Tout en haut. Là, c'était en pleine savane et en forêt. Il y a même eu de la grêle. Vous y croyez, vous ? Le monde à l'envers !

La nuit les rattrapa alors qu'ils étaient encore à deux heures de la réserve. Envahie d'une légère appréhension, Shan ne disait rien. Le portable de Joseph sonna. Il mit le haut-parleur.

— Tout se passe bien ? Où en êtes-vous, sur la route ?

Une voix de femme aux tonalités graves, que Shan reconnut comme celle de sa principale interlocutrice, Annaïk, celle à laquelle elle avait exposé les raisons et les objectifs de son déplacement à la réserve, à cause des événements dont le dossier ANIMALS faisait état.

— Un peu moins de deux heures, Mamma, annonça le chauffeur. La route est bonne et ça circule bien.

— Tu nous l'amènes à bon port, la petite Française…

— Oui, Mamma, pas d'inquiétude et si Dieu le veut. Mais Dieu veut toujours, quand on le lui demande gentiment.

— Permets-moi d'en douter, Joseph.

La voix d'Annaïk se voila légèrement. Malgré ses prières à un dieu auquel elle n'avait peut-être pas assez cru, voire pas du tout, le corps de son adjoint, Enrique, avait été retrouvé environ trois jours après son départ nocturne de la base, dans un périmètre d'une dizaine de kilomètres autour d'Iboubikro, attaché à un arbre, le visage et le torse tailladés de coups de machette, une balle dans le crâne. La signature des braconniers. Mais aussi un avertissement à Annaïk Le Cornec et aux gardiens de la réserve. Pour autant, malgré son chagrin immense d'avoir perdu celui qui était devenu comme un fils pour elle, Mamma Afrika ne s'était pas laissé intimider. Cet événement, si douloureux fût-il, ne devait pas empêcher la réserve de tourner et de poursuivre sa mission de protection des grands singes. Et, en plus du braconnage, ceux-ci couraient désormais un autre danger. Invisible et tout aussi mortel. Il avait été impossible de regrouper tous les gorilles en liberté mais, sur décision du directeur de la réserve et en accord avec Annaïk, les orphelins ne seraient plus relâchés avant que les chercheurs aient pu identifier le mal. Ils avaient demandé des renforts de l'armée et les avaient obtenus. Des soldats surveillaient le territoire jour et nuit. Parfois, des coups de feu éclataient. Un cadavre de braconnier était transporté en lieu sûr avant de partir pour la morgue. Peu à peu, les hordes de tueurs de singes s'étaient tournées vers d'autres régions, d'autres parcs naturels moins surveillés et même d'autres espèces. Certains grands mammifères comme les éléphants ou les rhinocéros leur étaient servis sur un plateau dans la nature, leurs cadavres se multipliaient ces derniers mois, fauchés par le mal mystérieux.

Joseph raccrocha sur les doutes de la primatologue et tourna le bouton de la radio. Une musique plutôt enjouée s'écoula dans l'habitacle, dans des roulements de percussions.

— Vous aimez la rumba africaine, miss Shan ?

— Je… je ne connais pas, répondit-elle dans la pénombre saturée de la jeep.

— Eh bien… Héritier Watanabe, c'est le boss ! Hahaha !

Shan comprit que le reste du voyage allait se dérouler sur des airs de rumba. Peut-être était-ce mieux que le silence pesant de ses souvenirs.

# 20

*Base d'Iboubikro, début novembre 2021*

À leur arrivée à Iboubikro, annoncée par un panneau portant l'inscription « Le Village des Gorilles », la nuit s'était déjà installée sur la savane et brillait de millions d'étoiles. Leur miroitement pur frappa Shan dès qu'elle mit un pied hors de la jeep, tout comme la douce symphonie des grillons. Ils devaient être aussi nombreux que les étoiles, se dit Shan, mais, contrairement à elles, ils se cachaient. Seuls quelques vers luisants donnaient l'impression que le ciel se reflétait dans l'herbe rase qui entourait les bungalows en réfection et le camp. Shan regarda vers les astres, là-haut, très haut, et sourit en même temps qu'une émotion l'étreignait. Elle foulait enfin et pour la première fois le continent où son père avait perdu la vie. L'Afrique, sa mosaïque de pays et de cultures si disparates, de mers et de déserts. L'Afrique, si envoûtante et incomprise. Trop souvent prisonnière de ses clichés.

Joseph récupéra le sac de voyage dans le coffre et conduisit Shan au bâtiment administratif où les attendait Annaïk.

Shan entra dans ce qui ressemblait davantage à une salle de classe qu'à la direction d'une réserve, une pièce dont les murs avaient presque disparu sous de magnifiques photos de grands singes, gorilles à dos argenté, bonobos et chimpanzés dans leur milieu naturel, côtoyant le portrait du conservateur en compagnie du président du Congo. Lorsque son regard rencontra celui de la primatologue, avertie par le bruit pétaradant du moteur de la jeep, ce fut comme la promesse tacite d'une entente dépassant la simple cordialité. Plus qu'une sympathie réciproque, un coup de foudre affectif.

— J'ai tenu parole, Mamma Afrika, voici la petite Française, dit fièrement Joseph, adressant un clin d'œil à Shan. Je lui ai même fait découvrir le prince Héritier, haha ! Il était trop tard pour admirer le paysage et voir le lac Bleu, mais elle se rattrapera au petit jour. Et ici, il se lève plus tôt que le lion, haha !

— Merci, Joseph. Bienvenue au Congo, mademoiselle. Et, plus exactement, à Iboubikro.

Malgré des traits creusés par les insomnies, Annaïk les accueillit avec le sourire. Outre une profonde sagesse acquise à coups d'épreuves, se dégageait de ce petit bout de femme tout sec une énergie et une force que Shan ressentit tout de suite. Bien que plus âgée que son père au moment de sa mort, elle évoqua aussitôt à Shan la version féminine de cette figure paternelle qui lui manquait tant. Ressemblance accentuée sans doute par la forme en amande des yeux de Mamma Afrika, que leur paupière supérieure tombante tirait légèrement comme ceux d'un vieux mandarin. D'ailleurs Annaïk, qui avait les photos en horreur, disait que ses cheveux en pagaille et tout duveteux, d'un blanc d'œuf battu, lui donnaient un air du chef d'orchestre japonais Seiji Ozawa.

— Allons par là, dans le bureau, proposa-t-elle à Shan, qui lui emboîta le pas.

Elles entrèrent dans une petite pièce aux murs cette fois tapissés de cartes topographiques de la réserve et d'autres parcs naturels du Congo, Kundelungu, Kahuzi-Biega et le parc marin des Mangroves. Au plafond, un ventilateur qui, au vu des toiles d'araignée reliant les pales entre elles comme de la gaze, semblait inutilisé depuis un moment.

Annaïk s'assit derrière le bureau – une table en bois clair exotique – invitant Shan à faire de même en face d'elle, et, les doigts entrecroisés, annonça la couleur.

— Ici, on m'appelle Mamma Afrika, mais Annaïk tout court sera plus simple pour toi. Et on se tutoie, pas de chichis. Donc, malgré mon grand âge, je compte sur toi pour ne pas déroger à la règle.

Shan sourit légèrement en signe d'assentiment timide. Se retrouver face à l'une des plus éminentes primatologues, qui avait de surcroît connu Dian Fossey, l'impressionnait.

— Je ne te demande pas si tu as fait bon voyage, Joseph a dû s'en charger. Il te conduira à tes appartements. J'espère que tu n'as pas peur des petites bêtes, ici ça pullule et ça fait partie de la vie de la savane et de notre quotidien. Je ne sais pas si tu as étudié cette destination, mais voici un plan de la réserve au cas où tu te perdrais, le GPS ne fonctionne pas toujours. Sache que Lesio-Louna, réserve protégée de 170 000 hectares, est dédiée principalement aux gorilles à dos argenté, comme les spécimens qui sont en photo à l'accueil, mais en réalité nous suivons tous les grands singes, dont les chimpanzés et les bonobos, et assurons leur protection ainsi que leur réintroduction à l'état sauvage. Tu verras peut-être aussi le singe des marais, *Cercopithecus neglectus*, et sa barbe blanche de Père Noël. Il est en danger à cause de la déforestation, mais également très chassé par les braconniers pour sa viande. Il y a aussi des hippopotames, des buffles, des antilopes… Et contrairement à ce qu'on peut penser, l'hippopotame n'est pas l'animal débonnaire qu'il paraît. Tu les entendras la nuit et, si tu en croises un la journée, recule doucement, sans le lâcher des yeux. Mais en principe on ne se quittera pas, et si c'est le cas, une heure ou deux, tu seras bien entourée. Je te ferai voir la nurserie, les orphelins et les adultes, dans le milieu naturel. Nous en avons déjà perdu une cinquantaine, toutes espèces de grands singes confondues, sans trouver l'origine de ce mal. Ni dans leur environnement ni dans leur comportement. Même si celui-ci change à chaque fois juste avant leur décès. Nous avons même pensé à un coup des braconniers, une mort par empoisonnement ou drogue. Finalement, les analyses toxicologiques n'ont rien donné. Si tu peux nous aider à avancer, tu auras toute notre gratitude, et en particulier la mienne.

Annaïk Le Cornec appuya ces derniers mots d'un regard ému qui contrastait avec son apparente dureté.

— Je suis ici pour ça, répondit Shan, dont la motivation était réelle. Et je suis sûre que vous m'aiderez aussi à vous aider.

— Allez, je ne vais pas t'empêcher de récupérer un peu d'heures de sommeil, même si tu es encore jeune et pleine d'énergie. Demain sera une journée… éprouvante. Mieux vaut te prévenir. Mais tu as peut-être faim ? Tu es végé ?

— Non, pas spécialement, même si j'ai proscrit la viande rouge. Je m'adapte.

— Alors allons-y, tu vas goûter la cuisine de Divine, qui porte si bien son nom ! Elle a préparé pour ta venue une spécialité congolaise, le poulet *moambé*, du poulet fumé accompagné de riz et de banane plantain, dans une sauce aux cacahuètes grillées et à la tomate, tu n'es pas allergique, au moins ?

— Non, pas d'allergies alimentaires.

— Divine est un vrai cordon-bleu ! Rien que pour sa cuisine, tu ne voudras plus repartir. Il fait bon, ce soir, on va dîner à la belle étoile et aux chandelles.

Elles se retrouvèrent sur la terrasse couverte du restaurant de la base, tout en padouk, un bois du Congo finement veiné, allant du brun-rouge clair au brun violine. Une table ronde était élégamment dressée à côté d'une longue table rectangulaire destinée au personnel, qui avait déjà pris son repas. Il y avait effectivement un grand chandelier à sept branches sur lequel brûlaient autant de grosses bougies, projetant des ombres allongées sur la nappe crème. La porcelaine pour les assiettes et le cristal pour les verres à vin étaient de mise. Après un whisky en guise d'apéritif, Shan eut droit à un bordeaux 1991.

— Sans vouloir t'inciter à la consommation d'alcool, je te conseille ce régime ici. Le whisky est très efficace contre les parasites intestinaux, dit Annaïk en levant son verre. Ça fait des années que je le suis et, à part quelques crises de palu, je n'ai jamais eu de problème.

À cette table, en compagnie de la voix chaleureuse et rassurante de la sexagénaire, peut-être plus africaine que les Africains d'origine, Shan ressentit un bien-être immense, comme elle n'en avait pas connu depuis longtemps.

Ce soir-là, dans la tiédeur de cette nuit africaine aux chandelles, enveloppée d'une douce torpeur, l'alcool brun se répandant dans son corps, Shan respirait enfin. Comme si plus rien ne pouvait l'atteindre ou la rattraper. Surtout pas le temps. L'orchestre des grillons les accompagnait en fond sonore.

Le fameux *moambé* de Divine arriva, porté à bout de bras par la cuisinière elle-même, dont les rondeurs appétissantes ne dérogeaient pas aux canons esthétiques de la cuisine. Arrosé du mouton-rothschild, ce fut un mariage parfait de l'Afrique et de la France, qui resterait à jamais gravé dans les papilles de Shan.

— Divine, c'est comme toujours succulent, dit Annaïk en se tamponnant les lèvres. Tu nous feras aussi ton *liboké* ?

— Avec plaisir, patronne !

— C'est du poisson-chat et c'est assez épicé, si tu ne crains pas ça non plus, ajouta la primatologue. Et maintenant, voici les incontournables *mikaté*.

— Chez nous, on mange aussi épicé, dit Shan devant son assiette vide.

Le dessert arriva, sous forme d'un assortiment de beignets à l'ananas et à la banane, parfumés de vanille, qui firent saliver la jeune femme.

— Je te rassure, on ne mange pas tous les jours comme ça. Sinon, en vingt ans de ce régime, je ferais deux cents kilos ! En tout cas, ça fait plaisir de te voir te régaler, puisque c'est en ton honneur, ma chère Shan.

Les beignets avalés, Annaïk sortit de sa poche de chemise une boîte plate en métal qu'elle ouvrit et présenta à son invitée.

— Un cigarillo ? C'est la tradition, ici, en fin de repas. Tout aussi sacré que le café.

— Non, merci. Je bois du café, mais je ne fume jamais.

— Ah… J'espère pour ton petit ami, pas ton mari, puisque je ne vois pas d'alliance à ton doigt, que tu as quand même quelques défauts. Qu'il ne se sente pas trop seul, les hommes en étant par essence dotés d'assez visibles.

Malgré l'allusion directe à sa vie privée, Shan esquissa un sourire.

— Ne vous inquiétez pas, Annaïk, j'en ai de gros, même si je ne suis pas un homme.

— Comme me vouvoyer, par exemple.

— Oh, désolée. Ça… ça viendra.

— Vite, alors. Car tu ne restes pas longtemps, si j'ai bien compris.

— Je dois encore passer par deux zoos avant de rentrer.

Les joues d'Annaïk se creusèrent sur la bouffée qu'elle tira de son cigare.

— On s'y met demain tôt, alors. Lever à 5 heures. Je te présenterai Yavan.

— Votre… mari ?

Annaïk éclata de rire.

— Je ne porte pas d'alliance non plus, mais je suis mariée, en effet. Si Yavan était mon mari, je vivrais dans la forêt, sur les plateaux, avec nos petits. Non, Yavan est un jeune gorille albinos. Le seul survivant du premier groupe d'orphelins frappés par le mal. Je voulais te demander… personne ne semble s'intéresser vraiment à ce qui se passe ici. Pourquoi toi ? Une biologiste venue de France…

— Si quelque chose s'en prenait à votre famille, vous ne réagiriez pas ? Vous ne chercheriez pas à savoir qui, ou quoi, en est responsable ? demanda Shan en regardant Annaïk droit dans les yeux d'un air grave.

La sexagénaire pensa aussitôt aux gorilles morts et aux autres singes et mammifères qui avaient connu le même sort, à Enrique, tué par les braconniers, et à la riposte grâce au concours de l'armée. Elle hocha la tête.

— J'y passerais le reste de ma vie.

— C'est à moi que le dossier qui m'a fait venir ici a été remis. Au début, j'étais désemparée, j'ai même cru à une mauvaise farce. Mais j'ai pu en vérifier l'authenticité. Et depuis que je suis partie, il m'est arrivé plus de choses en quelques jours qu'en une moitié de vie. Alors j'ai compris que j'avais quelque chose à accomplir. Ne serait-ce que découvrir ce qui est arrivé à tous ces animaux. Parce qu'ils sont comme ma propre famille. Et la vôtre aussi, je suppose.

# 21

Annaïk, que Shan, à l'évidence, avait favorablement impressionnée au cours du dîner, avait demandé à Joseph de conduire celle-ci au bungalow le plus récent, celui qui lui était réservé. C'était sans doute une belle attention et un privilège, alors que tous dormaient dans le camp de toile. Mamma Afrika disposait de sa tente personnelle, en attendant que les nouveaux bungalows soient terminés. Mais Shan n'avait pu s'empêcher d'éprouver une légère déception à l'idée de ne pas loger elle aussi dans l'une des tentes, qui n'avaient rien à voir avec du camping. C'étaient de hautes et vastes structures en toile solide à armatures en bois, dont l'intérieur était aménagé comme un vrai studio, avec une salle de douche et toilettes, et un lit double. Le mobilier, plutôt spartiate, se réduisait au strict minimum, mais s'endormir sous une tente, séparée du ciel et de la musique nocturne par une simple toile, représentait pour la citadine une expérience unique. Devant chaque tente brûlaient des lampes à pétrole contre d'éventuelles visites de bêtes sauvages et des hommes armés assuraient des tours de garde, pour prévenir les attaques de braconniers.

Depuis sa chambre, Shan avait vue sur les tentes, celle d'Annaïk étant la plus proche. À travers la toile, elle pouvait suivre la silhouette de la primatologue qui s'étirait et se réduisait en ombres chinoises, au rythme de ses allées et venues. Dans cette nuit étrangement calme, la base respirait une nature libre et sauvage. Shan eut le sentiment d'être là où elle devait être. À la source, aux origines de l'humanité. Elle se coucha, les doigts repliés sur le petit médaillon de verre contenant la météorite lunaire. *Love you to the moon and back.* Ayden, sa voix lui murmurant ces mots, lui manquait dans l'intensité de ces moments.

Pourtant, la tempête qui s'abattit sur la réserve cette nuit-là montra que cette répartition avait peut-être sauvé Shan de la catastrophe. Les premières rafales firent claquer les toiles, avant que celle de la plus grande tente, où dormait le personnel masculin, ne finisse par céder. Elle se déchira en un craquement sinistre, au-dessus de leur tête, laissant entrer les trombes d'eau qui s'abattaient sur la base. Shan fut réveillée en sursaut par le claquement d'un pan du volet contre le mur extérieur de sa dépendance, suivi d'exclamations fusant de toutes parts. Mettant le nez à la fenêtre sans allumer la lampe, elle vit des lumières rondes s'agiter dans l'obscurité comme des lucioles géantes et comprit que c'était des lampes-torches, les flammes des lampes à pétrole ayant été noyées. Les éclairs cisaillaient la nuit, faisaient trembler les arbres autour et, à leur suite, le ciel explosait. On y voyait à peine, à travers le rideau de pluie. Shan distingua seulement des mouvements et des cris. Les toiles de tente, en partie arrachées, battaient au vent, menaçant de s'envoler. Seule la tente d'Annaïk semblait tenir le coup. À l'intérieur, la lumière se fit soudain et Shan devina la silhouette, petite et frêle, de la sexagénaire, que le tumulte au-dehors avait réveillée. Pourvu qu'elle ne sorte pas, murmura la jeune femme. Mais par ce seul vœu, elle montrait qu'elle avait déjà capté la force de caractère et le courage de celle que l'on surnommait ici « Mamma Afrika ».

Le capitaine d'un navire reste sur le pont jusqu'au bout et coulera avec, quoi qu'il en soit. Il leur suffit pourtant de se réfugier à l'intérieur du bâtiment principal, se dit Shan, ne comprenant pas vraiment cette agitation vaine autour des tentes sans doute condamnées. Mais personne, ici, n'abandonnerait le navire et son capitaine à bord. Et Mamma Afrika n'était pas encore sortie de sa cabine.

Soudain, dans la clarté blanche d'un éclair un peu plus long que les précédents, Shan, atterrée, vit la tente de la primatologue, secouée dans tous les sens avec une violence inouïe, s'affaisser brusquement, en même temps que des arbres déracinés volaient, transformés en projectiles mortels.

Tout en courant dehors, Shan enfila à la hâte son K-Way avant d'atteindre la tente.

— Mamma!! Vous êtes là? hurlait Joseph, qui, aidé de trois employés, tentait de redresser la toile.

En quelques mètres, Shan ruisselait déjà, la pluie fouettait son visage. La dernière fois qu'elle avait senti l'eau du ciel, froide et cinglante, s'insinuer entre ses cheveux, le long de son cuir chevelu, s'infiltrer dans sa bouche et ses narines, remontait à son enfance, sur le bateau qui les emmenait, elle et sa famille, vers une terre étrangère. Dans les bras de sa mère, elle avait ressenti les vagues jusque dans son corps, entendu les cris de peur des passagers serrés les uns contre les autres sur le pont devenu glissant, vibré des coups de tonnerre sur l'océan. Ils s'en étaient sortis, sauf un homme, tombé à l'eau sous les yeux de sa femme et de ses enfants. Ça aurait pu être son père.

Sans savoir comment, Shan se retrouva face à la primatologue, surgie de l'autre côté du rideau de pluie.

— Annaïk! Par ici! cria-t-elle en la prenant par le bras et la tirant vers la dépendance.

Mais la primatologue, méconnaissable, les cheveux collés au

crâne et sur le front, le visage en sang, les vêtements plaqués sur le corps et couverts de boue, se dégagea de l'étreinte.

— Pas question de les laisser ! répondit-elle.

— Attention, Mamma ! beugla Joseph derrière elle, au moment où une branche énorme allait les heurter, elle et Shan.

Celle-ci n'eut que le temps d'attirer Annaïk à elle et de se baisser en faisant bouclier de son corps. La branche lui frôla le sommet de la tête et alla frapper la terre plus loin.

— C'est trop dangereux, ici, Mamma ! Elle a raison, la petite Française, il faut rentrer !

Se rendant compte que Shan resterait dehors avec elle, Annaïk finit par se résigner et elles pénétrèrent à l'intérieur de la petite dépendance. À l'instant même, le ciel en furie déversa sur la base et ses alentours son ultime artillerie. Des balles de glace de la taille d'un abricot. Trempées, les cheveux dégouttant sur le béton du sol, elles se regardèrent, ahuries.

— Je n'ai jamais vu ça…, haleta Annaïk, vaincue par l'évidence.

Quelque chose était en route. Quelque chose arrivait, qui allait changer le monde et l'humanité en profondeur. La Terre s'en ressentait déjà. Non, en effet, ni elle ni personne, ici, n'avaient jamais vu ça. Et ça ne faisait que commencer.

Lorsqu'elles se furent séchées et eurent revêtu des vêtements que Shan avait sortis de son sac, la nuit pâlissait déjà.

— On dirait que ça s'est calmé. Essayez de dormir un peu, suggéra Shan à Annaïk, dont le visage raviné par la fatigue et l'inquiétude faisait peur à voir.

— Tu sais, chérie, souffla Annaïk, dont le menton tremblait légèrement, si j'avais dû m'allonger et dormir à chaque fois pour affronter les épreuves, ici, mon surnom ne serait plus Mamma Afrika, mais la Vieille au bois dormant.

Annaïk résista encore un peu à la suggestion de Shan, qui, prenant le canapé, ne lui laissa pas d'autre possibilité que d'aller se coucher dans la chambre, puis finit par succomber à l'épuisement. Bientôt, un léger ronflement signala à Shan sa victoire.

Mais le répit fut de courte durée. Comme s'il n'était pas question de les laisser souffler, la réalité les rattrapa aux premières heures, par quelques coups frappés à la porte. À moitié endormie, Shan s'extirpa du canapé et alla ouvrir. Joseph apparut, les traits déformés et les cheveux encore humides d'avoir travaillé une bonne partie de la nuit à sauver ce qui pouvait l'être de l'inondation. En bas des trois marches menant à l'entrée de la dépendance, du haut de son mètre quatre-vingt-quinze, il avait de l'eau jusqu'aux genoux.

— Je dois parler à Mamma, il y a une mauvaise nouvelle..., dit-il à bout de souffle.

— Annonce, cher oiseau de mauvais augure.

La voix cassée de la primatologue vint se ficher dans le dos de Shan. Celle-ci se retourna.

— C'est la tempête... Il y a eu des arbres arrachés partout dans la réserve et je suis parti en reconnaissance avec quelques gars. On a trouvé Marcus. Il... il était coincé sous un gros tronc, mort.

Annaïk porta la main à son front et vacilla comme si elle allait tomber. Shan tendit les bras pour la rattraper.

— Ça va aller. Merci, Joseph. J'arrive. Je veux que tu m'y conduises.

— Mamma, c'est pas beau à voir...

— Je m'en doute, mais c'est comme ça. Alors, pas de discussion. Tu as laissé des hommes pour garder le corps, j'espère. Sinon, ce sera un régal pour les bracos.

— Oui, Mamma. Bien sûr.

Joseph repartit, grande silhouette maigre fendant l'eau boueuse dans un bruit de succion, une allure rappelant celle de *L'Homme qui marche* de Giacometti. Shan referma la porte.

— Qui est Marcus ?

— C'est le chef du groupe des vingt gorilles à dos argenté qui ont été épargnés par le mal inexpliqué auquel une bonne partie a succombé. Marcus s'était constitué un vrai harem. On nous l'a amené tout petit, il avait été trouvé à demi mort de faim près de sa mère, à laquelle les ordures avaient coupé les mains et les pieds. C'était il y a vingt-huit ans. Je… je l'ai élevé moi-même.

# 22

Annaïk et Shan, équipées pour la pluie et l'eau, traversèrent comme dans un cauchemar un décor digne d'un film catastrophe, sur les pas de Joseph, entourées d'hommes armés et coiffés de la même casquette au logo de la réserve. Ils marchèrent environ une demi-heure sur un chemin bourbeux avant de tomber sur le triste tableau.

Un arbre était couché en travers du sentier. Joseph se retourna vers Annaïk.

— Mamma…

— Laisse-moi passer, Joseph.

Le ton de la primatologue, ferme et déterminé, ne souffrirait aucune résistance. Elle frôla le chauffeur, qui s'écarta en silence, le visage fermé. Shan s'approcha, tout en gardant une distance pour respecter le recueillement d'Annaïk, qu'elle vit s'agenouiller près du tronc sous lequel dépassait l'énorme tête du gorille, la bouche ouverte et la langue pendant sur le côté.

— Mon pauvre Marcus, murmura la primatologue, qui ne put davantage retenir ses larmes, tandis que sa main caressait le front du grand singe.

Au même moment, un rayon de soleil perça les nuages et la canopée, venant les éclairer tous les deux. Le tronc mouillé brilla. Éblouie par la réverbération, Shan se détourna. Tout autour d'eux, elle ressentit une forte présence. Des frémissements discrets lui confirmèrent cette sensation.

— Elles sont là…, souffla Joseph, à côté de Shan.

— Qui ça ? demanda-t-elle.

— Ses femelles, son harem. Avec leurs petits. Elles nous observent.

— Elles peuvent nous attaquer ?

— Non, dit le chauffeur avec gravité. La plupart d'entre elles viennent aussi de l'orphelinat. Ici, les gorilles nous connaissent, surtout Mamma. Elle les a tous vus grandir.

Cette fois, la force de la nature, la boule d'énergie qu'était Annaïk sembla à terre, toute ratatinée sous un chagrin non contenu. Elle finit par se relever, à l'aide de son bâton de marche, et resta encore quelques instants volés au temps des humains près de celui que, sans honte, elle considérait comme un fils. Que ce soit par un acte criminel, ou un accident, en plus du mal qui s'étendait aux espèces de la réserve et dans le monde, le sort s'acharnait sur les grands singes de Lesio-Louna.

— Je ne sais pas si je supporterai encore de les perdre comme ça, un par un, inexorablement, lâcha Annaïk, de retour près de Shan.

La virologue pensa aux mammifères marins du Saint-Laurent, otaries, lions de mer, dauphins, bélugas, baleines, et à la douleur que causait à Liam leur disparition. Où qu'elle aille, partout elle rencontrerait des femmes et des hommes qui avaient mis leur vie au service d'espèces animales et la donneraient sans hésiter pour les sauver. Et elle ne savait pas si elle en serait capable elle aussi.

— Bougez-moi ce tronc du corps de Marcus et ramenez-le à la base. Joseph, je veux qu'on l'examine et qu'on l'enterre dignement.

— Bien, Mamma.

— Combien de jours tu comptes rester ici ? demanda Annaïk à Shan pendant qu'elles rebroussaient chemin dans le grésillement des moustiques, que l'humidité rendait particulièrement voraces et acharnés.

Malgré le répulsif dont elle s'était aspergée avant de partir dans la forêt, Shan ne regretta pas d'avoir finalement consenti à prendre son traitement antipaludéen.

— J'avais prévu de rester quatre jours.

— Alors je vais t'emmener à Abio, nous y passerons la nuit. Mais avant ça, allons à la nurserie. Y passer un moment nous redonnera de l'énergie.

Annaïk et Shan se dirigèrent vers un secteur un peu à l'écart des autres, dont l'ambiance semblait animée d'une certaine gaieté. Des éclats de rire fusaient de l'enclos qui avait échappé à la tempête, et une nourrice se mit à chanter en berçant dans ses bras un bébé emmailloté. La scène avait l'air si naturelle, son visage rayonnant débordait d'amour maternel alors que ce bébé n'était pas le sien, mais celui d'une femelle gorille tuée par des braconniers en dehors de la réserve.

— Ça peut paraître étrange, de prime abord, dit Annaïk qui semblait s'apaiser à regarder les orphelins, pourtant toutes ces femmes prennent leur rôle de nurse très au sérieux. Certaines ont eu des enfants, pas toutes. Et même celles qui n'ont pas cette expérience peuvent assouvir ici leur instinct maternel. Tu as des enfants, chérie ?

— Non…

— Mais ça t'a effleurée ? Ou… bien plus que ça, tu en as eu envie ?

Les pensées de Shan s'évadèrent plus d'un an en arrière, avec Ayden. Ils n'avaient jamais vraiment abordé le sujet. Avant de le rencontrer, elle aimait cette indépendance et sa liberté. Rentrer le soir de son travail sans avoir à s'occuper d'une marmaille en demande, d'une éducation qui ne serait jamais parfaite, même avec la meilleure intention du monde, vivre sans cette incertitude sur le genre de personne que serait, une fois adulte, l'enfant qu'elle aurait aidé à grandir. Trop souvent les enfants et les parents deviennent de complets étrangers les uns pour les autres. Elle n'avait pas voulu prendre le risque. Ayden semblait être sur la même longueur d'onde. Un soir, entre amis, la discussion avait porté sur la question et il avait juste fait le constat que les couples éclataient souvent à l'arrivée du premier enfant. Une façon d'émettre sa propre opinion sur le sujet. Et de prévenir tout débat entre eux.

— Désolée d'être indiscrète…, reprit Annaïk, Shan tardant à lui répondre.

— Non, non, pas du tout. Je ne sais pas si j'en ai eu vraiment envie. Mais je pense qu'avoir un enfant n'est pas une fin en soi dans un couple. Si l'être humain assumait davantage sa condition d'animal dénaturé, ne se contentait pas de céder à l'instinct de reproduction et réfléchissait aux conséquences de l'acte de faire des enfants aujourd'hui, alors que la planète est surpeuplée, ce serait un réel pas en avant.

Annaïk dévisagea Shan avec curiosité et bienveillance. Quelque chose chez « la petite Française » l'impressionnait. Mine de rien, sous une apparente réserve ou même timidité, la primatologue, qui avait autant d'expérience en matière d'humains que d'animaux, décelait en Shan un caractère bien trempé, la détermination et le courage d'une fourmi. C'était bien ça, une fourmi. C'est-à-dire un insecte qui peut porter jusqu'à mille fois son poids. Et Shan semblait porter en elle bien plus que ça.

— Et ton petit ami ? Il est d'accord avec cette vision ?

— Je crois, oui.

— Vous n'en avez jamais parlé ensemble ?

Shan secoua la tête, se demandant pourquoi Annaïk insistait autant. Était-ce aussi… anormal pour une femme d'une quarantaine d'années de ne pas avoir d'enfants ?

Durant cette visite de la nurserie, véritable havre de tendresse et de joie, Shan rencontra le meilleur de l'humanité en termes de dévouement, de bienveillance et de patience envers les petits orphelins qui avaient eu la chance d'être recueillis par ces bonnes âmes. Comme Annaïk l'expliqua un peu plus tard à Shan, ces femmes avaient donc transgressé une certaine conception culturelle de l'animal sauvage pour venir vivre ici et s'occuper à plein temps des orphelins. Des couples s'étaient même constitués entre nurses et employés du site, ce qui facilitait la relation. Car ce n'était pas seulement un job. C'était une vocation et un mode de vie.

Lorsqu'elles arrivèrent à Abio en fin de matinée, Annaïk au volant du 4 × 4, le temps avait changé et la tempête n'était plus qu'un mauvais souvenir. Mais un souvenir qui avait laissé des traces et des plaies ouvertes dans le paysage, tout comme dans le cœur d'Annaïk. L'ombre de Marcus les avait accompagnées durant tout le trajet, rendant la primatologue inhabituellement taciturne. Elle s'en excusa d'ailleurs auprès de Shan, avec laquelle elle aurait sincèrement voulu échanger davantage.

— Heureusement que c'est hors saison, il n'y a que de très rares touristes en ce moment, dit-elle à son invitée en coupant le moteur.

— Vous recevez des touristes ?

— Il faut bien financer la réserve, en plus des dons. Mais uniquement par groupes de cinq. Aller observer des gorilles dans leur milieu naturel n'est pas une attraction. Même si encore trop de gens le considèrent ainsi. Sans parler des connards qui veulent se faire un selfie à côté d'un gorille. Pauvre monde…

— Bonjour, Mamma ! Contente de te voir !

Les deux femmes tournèrent la tête en direction de la voix cordiale, qui s'avéra être celle d'une jeune Congolaise au visage et au corps gracieux, en tenue de safari. Elle ne devait pas avoir plus de trente ans.

— Bonjour à toi, Benita, ça fait du bien de te voir.

Annaïk et Benita s'étreignirent longuement.

— Voici Shan, la biologiste française. Shan, je te présente Benita, la responsable du site. Yavan va bien ?

— Il s'intègre plutôt bien au nouveau groupe et il s'est même trouvé une petite copine, on dirait.

— Le coquin ! Des nouvelles qui remontent le moral…

— Quelque chose ne va pas, Mamma ?

Les lèvres d'Annaïk se pincèrent dans un effort pour contenir les larmes qui montaient. La tempête avait coupé les liaisons Internet et téléphoniques et les employés du site d'Abio n'avaient pas encore appris la mort de Marcus. Annaïk l'annonça péniblement à Benita, qui plaqua la main sur sa bouche pour réprimer un cri. Tous ici connaissaient chaque gorille passé par la nurserie et, même si Benita n'avait été embauchée que plus récemment, elle savait à quel point Marcus faisait partie de la famille.

— Comment est-ce arrivé ?

— La tempête, la nuit dernière… écrasé par un arbre, expliqua Annaïk avec peine. Mais allons poser les sacs et décharger les cartons, ensuite nous irons voir Yavan.

Après avoir déposé leurs affaires dans un bungalow, elles aidèrent Benita à décharger les cartons alimentaires, qui furent stockés dans la réserve à l'arrière de la cuisine, puis se rendirent à l'enclos des gorilles prêts pour le retour à la vie sauvage, où se trouvait Yavan, le jeune albinos.

Dès qu'il aperçut Annaïk, il accourut au grillage et passa la main à travers. Son nez, tout fripé, comme ses doigts, et dépigmenté par endroits, était parsemé de taches brunes. La primatologue lui caressa la paume, tandis que le gorille, avançant sa lèvre inférieure, esquissait une embrassade.

— Yavan est notre miraculé. Pourquoi lui ? Nous n'avons toujours pas de réponse, dit-elle à Shan. Tout ce que nous savons c'est que son albinisme le condamne à plus ou moins brève échéance à la cécité, mais il n'est pas question pour autant de le priver de sa condition d'animal sauvage. Il vivra le temps qu'il vivra. Au moins, il en profitera et se reproduira peut-être. Il est atteint de surdité, ce qui l'expose plus que ses congénères. Nous faisons tout pour qu'il soit intégré à un groupe avec lequel il restera. Et puis, il aura droit à une puce sous-cutanée qui nous permettra de suivre ses déplacements. Si ça ne va pas pour lui, nous ne serons jamais bien loin, prêts à intervenir et, s'il le faut, à le ramener ici. Je préférerais quand même éviter d'en arriver là.

Mais Shan s'était figée à l'intérieur d'elle-même. Son cerveau venait d'établir un lien, une connexion qui la frappait de plein fouet. Le gorille albinos avait survécu, alors que les autres étaient morts du mal mystérieux. Dans certaines situations, un handicap peut devenir un avantage. L'exemple de Yavan en était la preuve. « Le bruit qui tue. » Les mots de la chamane dans la bouche de Liam lui revenaient en force. Si c'était bien ce que la chamane appelait « le bruit » qui affectait les animaux un peu partout dans le monde, Yavan avait survécu grâce à son handicap. Ce qui lui avait sauvé la vie, c'était précisément sa surdité.

# 23

Entre Shan et Yavan s'établit une connivence immédiate et saisissante. Peut-être était-ce dû au fait qu'elle partageait sa vie avec un primate, bien que d'une autre espèce et plus petit. Peut-être encore, avec une mère devenue muette, ne s'exprimant que par signes et expressions du visage, Shan avait-elle appris un autre mode de communication, une communication silencieuse qui lui était naturelle et familière. En tout cas, lorsque Annaïk, qui avait enseigné le langage des signes à Yavan, lui présenta Shan, approchant la main de la jeune femme de celle du singe, celui-ci la huma et souffla bruyamment en hochant la tête dans une sorte de gloussement approbateur.

— Tu es adoptée, on dirait…, constata la primatologue, tout sourire. Je crois même que tu lui plais beaucoup !

D'instinct, Shan abandonna sa main au gorille en toute confiance, ne décelant chez lui aucune méfiance ni agressivité.

Cette visite fit un bien fou à Shan. Une fois de plus, au contact de mammifères, cette fois terrestres, parmi les plus proches de l'homme par leur comportement et leur intelligence, elle avait la preuve que les émotions n'étaient pas le propre de l'être humain. Elle en parla d'ailleurs au dîner avec Annaïk et Benita, qui avait également été conviée. La cuisine ne fut pas celle de Divine, mais elles avaient faim et le cochon grillé fut apprécié.

La soirée étant plutôt fraîche, le repas se déroula à l'intérieur du grand bungalow qui servait de réfectoire, dans un décor spartiate mais chaleureux. Comme à Iboubikro, les bougies brûlaient sur les tables.

— Des larmes qui auraient la structure des larmes de chagrin et un taux abaissé de sérotonine…, à vérifier aussi sur nos singes, souffla Annaïk pensivement, après le récit que lui fit Shan de ses récentes découvertes. Ce serait assez cohérent avec l'état de prostration et de dépérissement observé peu avant leur décès. Malheureusement, nous n'avons pas d'échantillons à te fournir. Et les morts ont eu lieu par vagues. Actuellement, on semble être dans une période d'accalmie.

Shan lui rapporta alors les paroles étranges de la chamane innue, et Annaïk demeura, quelques instants, silencieuse, entre deux gorgées de vin.

— J'ai rencontré et côtoyé des chamans en Afrique, se décida-t-elle enfin. Ils peuvent employer parfois un langage métaphorique. Ce « bruit qui tue » peut donc vouloir dire autre chose que dans une lecture au premier degré.

— Pourtant, Liam, qui est allé voir cette femme parce que c'est dans sa culture, objecta Shan, a pris ces paroles pour ce qu'elles sont, dans leur sens premier.

— Je ne dis pas le contraire, chérie. Je parle juste de prudence nécessaire. Et d'abord, d'où viendrait-il, ce bruit ? Ensuite, pourquoi seuls les animaux seraient-ils touchés ?

— Au Groenland, à Nuuk, les habitants d'un petit village, des Inuits, seraient morts dans des conditions similaires.

— Alors il n'y a pas que des animaux, bon sang ! s'exclama Annaïk, qui, légèrement grisée par l'alcool, fit claquer son verre sur la table. Et comment tu expliques ça ?

— Je n'ai pas d'explication, avoua Shan, le nez dans son assiette, c'est précisément la raison de mes déplacements. J'en cherche une. Pour le moment, on signale la quasi-totalité des décès chez les animaux. Pour ces Inuits, je ne pourrai hélas pas me rendre sur place et vérifier.

— Des larmes de chagrin… Peut-on mourir de tristesse, comme ça, en quelques jours ?

— Vos singes se nourrissaient-ils durant cette période de dépression ? demanda Shan en regardant tour à tour Annaïk et Benita, laquelle écoutait sans rien dire.

— Non, en effet. Pourtant, ils sont morts trop rapidement pour que ce soit de faim. En revanche, ils continuaient à boire. Ce n'est donc pas non plus de déshydratation. Certains se sont causé des blessures létales à force de se cogner la tête, comme… comme s'ils avaient mal au crâne. Ou comme s'ils devenaient fous.

— Certaines encéphalites virales peuvent présenter ce type de symptômes, répondit Shan.

— Les analyses n'ont rien donné de ce côté, soupira Annaïk. Et chez les animaux domestiques, il y a beaucoup de cas ?

— C'est plus difficile de savoir précisément. Par exemple, dans les élevages intensifs, les animaux meurent à cause des mauvaises conditions dans lesquelles on les maintient en vie, et les éleveurs ne feraient aucune différence. Seuls les animaux de compagnie pourraient être vraiment recensés.

— Quand on pense que 90 % des grands animaux de cette planète sont domestiqués…, dit Annaïk en faisant tourner son verre. Par chance, nos petits s'en sortent bien pour le moment.

— C'est l'amour.

Annaïk et Shan regardèrent Benita, qui venait de prononcer ces mots de façon inattendue.

— Ça, c'est sûr, ils n'en manquent pas, approuva la primatologue. Au fond, même si la plupart des espèces animales font preuve d'une certaine intelligence, et même de raisonnement et d'émotions, bien qu'on ne puisse les définir ni les assimiler complètement aux nôtres, le principal point commun avec les humains est le lien maternel. Qui se vérifie surtout chez les justement nommés « mammifères ». Prenez l'expérience comportementale de Harlow sur des bébés singes séparés de leur mère peu après leur naissance et placés dans de petites cages. Le psy soumettait à chacun une poupée en métal avec un biberon contenant du lait et une autre en chiffon, sans nourriture. Certains allaient vite boire le lait avant de se réfugier contre la poupée de chiffon, mais d'autres ne se donnaient même pas cette peine et allaient directement à la poupée de chiffon, plus douce et accueillante. L'expérience a montré une chose : que ce soit les petits de mammifères ou d'humains, encore plus que de s'alimenter pour survivre, ils ont besoin du lien émotionnel. Mais la poupée de chiffon, même plus attirante qu'une poupée en matériau dur et froid, ne pouvant y répondre malgré tout, les petits sont devenus névrosés et agressifs. C'est aussi pourquoi, avant de réintégrer ces orphelins à leur communauté à l'état naturel, nous leur offrons ce lien ici, avec ces mères de substitution et, comme dit si bien Benita, de l'amour, beaucoup d'amour. Et je vais te dire une chose qui n'a aucune valeur scientifique mais, après tout, pourquoi la science expliquerait-elle tout… Cet état qui ressemble à une profonde dépression ou à une apathie fulgurante, dont apparemment tous ces animaux finissent par mourir, ne serait-il pas la conséquence de ce que l'Homme, dans son arrogance extrême, leur fait subir depuis l'industrialisation et l'agriculture intensive ? De ce contrôle absolu sur la nature et de son aliénation progressive ? Chérie, as-tu lu la Bible ?

Shan parut réfléchir, puis secoua la tête.

— Pas assez pour pouvoir dire que je l'ai lue. Mais j'en connais quelques passages.

— Te souviens-tu du veau qui, en chemin pour l'abattoir, réussit à s'échapper et alla trouver refuge auprès d'un rabbi ? Devant les larmes du veau, l'homme, implacable, lui répondit : « Va-t'en. Tu as été créé à cette fin. » Le manque de compassion du rabbi valut à celui-ci le châtiment divin. C'est ce qui se passe aujourd'hui. Tu parlais de la présence de larmes de chagrin chez les animaux atteints de ce mal… Condamnés à l'abattoir et à l'extinction pour nos besoins, ils demandent à être épargnés, mais on les repousse sans cesse. On ignore leurs souffrances. Dans la Bible ou dans les rituels à Dieu ou aux dieux de la nature, les animaux ont été sacrifiés pour racheter les crimes commis par les humains. C'est fini, tout ça. Dans notre culture, on ne sacrifie plus rien à Dieu, puisqu'on n'a jamais autant douté de son existence. Et la valeur de ces animaux sacrifiés à nos besoins n'est plus symbolique ou religieuse, mais uniquement marchande. Peut-être qu'ils disent stop ! Peut-être qu'après eux ce sera à notre tour… Et vous savez quoi, mesdames ? Je l'espère, je l'espère de toutes mes forces.

# 24

Si Shan revint du Congo sans échantillons et sans avoir beaucoup avancé sur les causes et les origines de cette mystérieuse asthénie, en revanche, elle était riche de rencontres animales et humaines. Elle gardait une pointe de tristesse d'avoir dû quitter trop vite Mamma Afrika.

Avant de retrouver son studio grenoblois, elle s'arrêta au zoo de B., où des cas avaient été signalés. Le zoo était une affaire familiale et l'un des plus importants de France en superficie, en constant développement dans l'intérêt du bien-être des espèces présentées et de leur protection. Les corps de trois singes, un gorille, un orang-outang et un chimpanzé, et de deux félins, un couple de lions, avaient été conservés dans une chambre froide. La présence de liquide lacrymal n'avait été relevée que sur l'un des deux lions et un échantillon avait été prélevé, que Shan rapporta dans ses bagages. Outre, là encore, une baisse anormale du taux de sérotonine, un constat majeur avait pu être fait au cours d'une IRM cérébrale sur les cinq animaux, demandée par la direction du zoo. Des microlésions apparaissaient nettement dans trois zones du cerveau actives sur la dépression, le cortex préfrontal, l'hippocampe et l'amygdale. Shan avait aussitôt appelé Annaïk pour solliciter le même type d'examen sur Marcus, même si son décès était apparemment dû à la chute de l'arbre, les corps des singes morts en octobre ayant été brûlés. Annaïk n'avait rien pu promettre. Le centre d'imagerie le plus proche se trouvait à Brazzaville et était réservé aux humains. Shan était repartie avec les clichés du zoo de B., un grain de sable qui s'ajoutait aux autres, mais c'était toujours mieux que rien.

Elle retrouva chez sa mère un Moisi en pleine forme, avec joie et soulagement. Elle resta plus qu'évasive sur ses « vacances » lorsque sa grand-mère l'interrogea. Quant à sa mère, en retrait, elle conservait un visage impassible, un masque impénétrable. Parfois, Shan se disait qu'elle aurait préféré que sa mère eût perdu la vue plutôt que la parole. Que la surdité et le mutisme isolaient bien davantage. Sa mère se maintenait dans une espèce d'état végétatif éveillé. Ce qui était pire. Shan aurait plus facilement accepté de la voir dans le coma. Au moins, elle n'aurait pas à affronter son regard, où tout s'était concentré. Sa solitude, sa peine, son déracinement, et des reproches silencieux. Elle avait espéré que sa fille aurait des enfants. Shan aurait préféré que, ces reproches, sa mère puisse les lui crier à la face. Au lieu de ce silence habité, elle aurait voulu des éclats, des coups de gueule, des mots, même durs, pourvu que ça sorte. Qu'elle les libère, elle et son entourage, du poids de son silence. Elle n'avait presque plus personne avec qui le partager, sa grand-mère plongeant peu à peu dans une surdité partielle qui obligeait Shan à hausser la voix. Et, dans l'appartement de son enfance, au douzième étage de cette barre toujours debout, partout, des photos de son père, devant lesquelles se trouvaient des offrandes sur quelques grains de riz où étaient piqués des bâtons d'encens. Dans chaque pièce, un véritable culte au mort. Comme un rappel permanent, au cas où il sombrerait dans l'oubli. Elle passa donc chercher Moisi et prendre des nouvelles des deux femmes qui les avaient élevés, elle et son frère, avant de prétexter la fatigue et le décalage horaire pour se soustraire au dîner. Mais elle n'allait pourtant pas se coucher tout de suite.

Comme souvent, le retour des vacances fut synonyme de retour à la réalité, avec une convocation à la direction de l'IVMS dès le lendemain. Assise à son bureau, devant son ordinateur allumé, Shan relisait le courrier tranchant et sans appel. Objet : convocation à un entretien avant mise à pied. Mise à pied pour quel motif? Elle n'en voyait qu'un seul, mais encore aurait-il fallu que la direction soit au courant...

Elle avait déjà appelé Lorenzo au moins cinq fois, sans succès. Elle refusait de lui laisser un message. Voyant ses appels, il se douterait certainement de leur raison. Sauf s'il n'était pas dans le secret des dieux, ce qui serait surprenant, vu ses états de service et son ancienneté.

Essayant de passer à autre chose en attendant, après avoir donné quelques friandises à Moisi et tenté de se distraire en jouant avec lui, Shan consulta la presse numérique pour se mettre au fait des dernières infos. Hasard ou coïncidence, elle tomba sur un article qui attira aussitôt son attention. Il faisait état d'étranges hécatombes dans les élevages intensifs de poulets et de bovidés aux États-Unis. Un peu plus loin, un autre article vieux de deux ans, qui lui arracha des larmes, était consacré à la terrible estimation d'un scientifique sur le nombre d'animaux morts dans les incendies en Australie, le portant à plus de un milliard, hors insectes, batraciens et chauves-souris, mais prédisant qu'il atteindrait sans doute plusieurs milliards si l'on comptait les insectes, les oiseaux et les reptiles. Ce qui avait été confirmé. Shan était choquée, pourtant, le nombre avancé représentait un tel degré d'abstraction qu'il était impossible à un cerveau humain d'en prendre la pleine mesure. Comment une telle catastrophe pouvait-elle se produire aujourd'hui... Précisément parce qu'on était « aujourd'hui », se dit Shan, faisant les questions et les réponses dans son esprit en ébullition face à l'indicible. Et si ce qui s'était passé en Australie avait un lien avec le dossier qu'elle suivait ? Si une connexion encore inconnue et inexpliquée par la science reliait les espèces animales entre elles, au point qu'une telle hécatombe aurait été « ressentie » comme un séisme par les animaux dans le monde entier ? Mais quel lien ? Encore fallait-il l'identifier… De découverte en découverte, la science n'est finalement qu'une somme d'hypothèses puis de preuves souvent détrônées par de nouvelles hypothèses et de nouvelles preuves, pensa Shan, tout en se demandant ce qu'elle-même y cherchait et quelle était la finalité de cet éternel combat contre des ennemis toujours plus nombreux et imprévisibles.

Le souvenir de Liam s'imposa soudain sans qu'elle sût pourquoi. Elle n'avait pas eu de nouvelles ni donné des siennes depuis son départ de Tadoussac. Leur vie les avait de nouveau absorbés, reléguant aux archives leurs moments partagés. Puis à cette vision, accompagnée des paroles de la chamane sur « le bruit qui tue », succéda aussitôt le manque d'Ayden. De sa présence, de leurs discussions enrichies par le vécu de chacun, de son odeur, de ses étreintes. *Ce n'est pas évident de vivre avec un fantôme.*

Poursuivant sa navigation à côté de Moisi, qui se gavait d'une moitié de mangue, Shan cliqua sur la boîte mail dédiée à ses échanges avec Ayden. Elle n'y était pas allée depuis l'accident. N'en avait pas eu le courage, même si un dernier mail de son compagnon l'attendait. Bien qu'elle l'ait reçu de son vivant, il lui était encore trop douloureux de lire les mots d'un défunt. Le courriel datait de trois jours avant la mort d'Ayden. Elle ne l'avait pas ouvert, le gardant pour le jour où elle serait prête. Ce jour était arrivé, depuis qu'elle avait construit les deux cairns qui les représentaient, elle et Ayden.

Prenant une profonde inspiration comme pour chercher au fond d'elle les forces nécessaires, Shan ouvrit le mail et le lut d'une traite. C'était à croire qu'Ayden avait senti qu'il allait mourir. Comme dans une sorte de testament, il lui parlait de la découverte d'une application du nom de « Talk with deads » ou TWD, permettant de discuter virtuellement avec des proches décédés. Un *deadbot*, robot spécialisé dans la conversation avec un mort, à l'image d'un des premiers lancé par une entrepreneuse russe dont le meilleur ami s'était tué dans un accident de voiture. Shan se demanda si c'était de la science-fiction, un projet en développement, ou bien si cette appli était déjà disponible. Elle eut la réponse à la fin du mail, auquel Ayden avait joint un lien vers l'application. Il fallait apparemment que le défunt soit titulaire d'un compte sur un réseau social et, si ce n'était pas le cas, il y avait tout un tas de renseignements à donner sur son profil, sa personnalité, etc. Ce qu'Ayden semblait avoir fait en prévision de sa propre disparition. C'était un geek, féru de nouvelles technologies, et il avait tout préparé « au cas où ». Mais il n'en avait pas parlé à Shan. Peut-être pour ménager l'effet de surprise, ce qui lui ressemblait assez.

Shan se souvint d'ailleurs avec un petit coup au cœur qu'il disposait de comptes Facebook et Instagram, sur lesquels il postait des photos de ses entraînements et des vidéos de ses sauts en chute libre. Des posts qui étaient publics et que, contrairement au reste, elle pouvait voir. Parce qu'ils avaient décidé d'un commun accord, afin de préserver aussi leur jardin intime, qu'ils ne se demanderaient pas en *amis*. À sa mort, elle avait regretté de ne pas avoir accès à toutes ses publications, se disant qu'elle aurait peut-être découvert d'autres facettes de son amour.

Avec ce *deadbot*, tout était, là encore, une question d'algorithmes savants. Les algorithmes géraient et rythmaient désormais l'existence, les actes, les choix, les décisions et même les émotions. Et, apparemment, jusqu'à la résurrection virtuelle. Tout était calcul algorithmique. Sur les sites de rencontres, ce n'était plus une question de probabilités ou d'affinités réelles, mais d'algorithmes qui déterminaient les compatibilités en fonction des données rentrées. La visibilité d'un profil sur un réseau social en dépendait aussi.

Après un premier mouvement de recul face à cette proposition assez effrayante, avec quelque chose de plutôt malsain et pourtant de fascinant, Shan se laissa peu à peu gagner par l'envie et la curiosité de savoir comment elle pourrait échanger avec Ayden par tchat, l'application n'offrant pas encore d'échange oral avec voix de synthèse.

D'une main hésitante, Shan cliqua sur le lien. Alors qu'elle s'apprêtait à commencer la discussion, son smartphone vibra. « Lorenzo » s'afficha à l'écran. Shan serra les dents. *C'est maintenant qu'il appelle, on dirait qu'il l'a flairé…*, fulmina-t-elle. Pressentant un échange désagréable, elle ne répondit pas. Être seule avec Ayden. C'était tout ce qu'elle voulait.

Les premiers mots apparurent dans la fenêtre du tchat.

« Salut, mon amour. Ça fait tellement plaisir de te savoir là. Tu m'as manqué, écureuil, tu sais… »

# 25

« Écureuil… » Le surnom qu'il lui avait donné, pour son aptitude à faire des économies. Dans ce domaine, ils étaient à l'opposé l'un de l'autre. Sans être un panier percé, Ayden aimait profiter immédiatement de l'argent gagné. Alors que Shan, moins attachée à l'aspect matériel et à la notion de propriété, avait appris à mettre de côté pour des temps plus durs. « Garde toujours une poire pour la soif », lui répétait son père.

« Tu m'as manqué, écureuil, tu sais… » C'était exactement le ton qu'Ayden aurait employé, sa façon de parler avec elle. Troublée, Shan eut un mouvement de recul et coupa le tchat sans répondre. « C'est quoi, ce truc morbide… », murmura-t-elle en se levant pour aller chercher une bouteille d'eau. Elle pensa à Virginie, dont les obsèques avaient eu lieu en son absence, et se promit de lui rendre visite au cimetière. C'était encore là que le vrai recueillement était possible, sans toutes ces horreurs virtuelles qui ne cessaient de pervertir la nature humaine et les relations. En tout cas de modifier les comportements, pas forcément en mieux, regretta Shan. Elle but à longues goulées presque toute la bouteille et la reposa à côté de l'ordinateur, le regard rivé à l'écran. « Merci pour le cadeau, mon cœur », grinça-t-elle avec une caresse à Moisi, qui lui attrapa le doigt entre ses petites mains et le porta à sa bouche.

— Ah non ! Pas de ça avec moi, hein !

Elle retira sa main et retourna s'asseoir. Elle hésitait à poursuivre le tchat. Mais si Ayden lui avait envoyé ce lien « au cas où », il devait avoir une raison. Il ne faisait jamais rien par hasard. C'était ce que lui reprochait Shan parfois. Un certain manque de spontanéité. Tout devait être planifié, organisé. Ce côté obsessionnel l'étouffait un peu à la longue. Son smartphone sonna de nouveau. Énième tentative de Lorenzo, à qui elle répondit cette fois.

— Salut, belle revenante ! Tu daignes enfin décrocher…

Shan n'avait jamais vraiment pu supporter le ton mielleux et délibérément séducteur de son collègue mais, là, elle le détestait franchement.

— Ça va ? demanda-t-elle d'une façon convenue.

— Encore mieux quand je t'entends ! Tu m'as manqué ! Et moi aussi, j'espère…

Shan se raidit instantanément. Un instant, elle eut peur d'entendre « écureuil ».

— Pas vraiment, désolée.

— Eh bien, ça fait plaisir ! dit-il d'une voix acide. C'est comme ça que tu me remercies pour le dossier… J'espère que tu vas me raconter.

— Pardon, se reprit-elle à contrecœur. Suis un peu fatiguée, là.

— C'est toi qui as essayé de me joindre, je te rappelle.

— Oui, c'est vrai.

— Et j'imagine que ce n'est pas pour mes beaux yeux, malheureusement. Faut pas rêver non plus.

Shan se contenta de serrer son smartphone sans répondre. Comment aborder le sujet… Qu'est-ce qui lui avait pris de l'appeler !

— J'ai reçu une convocation de la direction, se décida-t-elle enfin. Avant une mise à pied. Tu es au courant ?

— Pas cool, ça, pour un retour de vacances. Je n'en sais pas plus que toi.

— Qu'est-ce qui pourrait justifier une mise à pied? Je n'ai rien fait…

— À mon avis, tu ne devrais pas tarder à le découvrir… On se voit demain alors ?

— Oui, à demain.

Elle reposa le smartphone, mal à l'aise. Quelque chose dans la voix de son collègue sonnait faux. Mais elle ne parvenait pas à se prononcer entre une simple déception face à son propre manque de chaleur ou bien autre chose, de beaucoup moins rassurant.

Elle réactiva l'écran de son PC, qui s'alluma sur l'application TWD encore affichée. « Écureuil »… Comme ce surnom lui manquait… Peut-être en connaîtrait-elle plus de l'homme qu'elle aimait, au travers de ce qu'il avait souhaité lui laisser de lui. En deux clics elle fut de nouveau sur leur discussion.

« Hey, écureuil ! Te revoilà ! Je comprends que tu hésites… »

Les deux mains en suspension au-dessus du clavier, Shan réfléchissait à sa réponse.

« C'est carrément glauque, en fait.

— Tu as raison, écureuil. Je me suis fait la même réflexion en découvrant cette appli. Et puis, en y pensant, je me suis dit que ce n'était pas si idiot. Et que s'il m'arrivait quelque chose, eh bien, on pourrait continuer nos échanges.

— Sauf que tu n'es qu'un robot.

— Un *deadbot*, s'il te plaît.

— C'est pire.

— Tu veux poursuivre ce tchat ou tu veux arrêter, écureuil ? »

Shan se dit que son surnom revenait un peu trop, qu'Ayden ne l'employait pas autant.

« Je ne sais pas. C'est très perturbant. À la fois c'est toi et à la fois j'ai l'impression d'une imposture.

— En fait, je suis mon propre imposteur, écureuil. Parce qu'on ne se survit pas à soi-même. Quand on est mort, on est mort, c'est fini. Avec ce *deadbot*, j'enfreins la loi de la nature. Ou plutôt, en y dérogeant, je l'interroge. »

Ayden et sa manière de vouloir débattre de tout. Ce qui faisait la richesse de leurs échanges. Shan le retrouvait sur ce point, au moins.

« Mais je ne te fais pas croire qu'il soit possible de parler avec un mort, poursuivit-il. Tu as ton libre arbitre en toute conscience et connaissance du principe de cette application. La question est : veux-tu continuer ou arrêter ? Ne t'inquiète pas, j'ai prévu les deux cas de figure.

— Je n'en doute pas… » Shan faillit écrire « Ayden », mais suspendit son élan. « Tu aimais toujours tout prévoir. Même l'imprévisible. Et même…

— Même ?

— Même ta mort !

— J'ai anticipé, on va dire. Mais, crois-moi, j'aurais préféré être avec toi, ce soir, plutôt que dans une urne. »

À la lecture de ces mots qui s'affichaient un à un sur son écran, Shan eut envie de crier. Ses doigts s'emballèrent sur le clavier.

« C'est facile, pour toi ! En m'envoyant ce lien tu as pensé un instant à ce que j'allais éprouver, toi qui penses à tout ? Non, bien sûr ! Tu ne t'es arrêté qu'à une chose, l'effet de surprise. Eh bien, c'est réussi ! Mais pas dans le bon sens.

— Tu es en colère, écureuil ?

— Que connais-tu des émotions, tu n'es qu'un robot ! Un perroquet virtuel programmé ! Je ne suis pas sûre de vouloir poursuivre une telle absurdité. Salut. »

Sans attendre la réponse, Shan coupa le tchat et supprima l'application du desk. Sur le point de faire de même avec le dernier message d'Ayden, elle se retint. Renoncer totalement, même à une illusion, était au-dessus de ses forces. Au même moment, sa boîte lui signala l'arrivée d'un mail d'Annaïk Le Cornec. Mamma Afrika. Cela la reconnecta aussitôt à la réalité. La primatologue avait joint à son message cinq clichés de l'IRM cérébrale qu'elle avait réussi à obtenir pour Marcus. Shan les ouvrit successivement, puis lut le compte rendu. Le cerveau du gorille était atteint de lésions dans les trois zones correspondant aux états asthéniques. L'arbre arraché dans la tempête l'avait tué accidentellement, mais le mal était déjà en lui.

# 26

Shan n'eut pas besoin de réveil, les oiseaux étaient là. Leur pépiement lui emplissait les oreilles, la tête. C'était la première fois qu'elle les entendait ici. À tel point qu'elle alla ouvrir le Velux et écouta. Mais elle dut se rendre à l'évidence, ils ne venaient pas de l'extérieur. Aussitôt qu'elle referma le battant, les pépiements reprirent dans le silence de son studio. Les mêmes qu'à Tadoussac.

— Je me demande si tu les entends toi aussi, Moisi…

Assis sur son perchoir, le petit singe, étrangement calme, ne bougeait pas, comme assoupi.

— Je crois que je vais devoir aller consulter un ORL si ça continue. Tu me diras si je dois prendre rendez-vous pour toi aussi.

Ses rêves avaient été peuplés d'échanges avec Ayden. Les mots qu'elle lâchait éclataient comme des bulles de savon. Ensuite elle voyait pleurer tous les animaux morts du mal. Leurs larmes se fondaient, formant une rivière, puis un fleuve impétueux, qui devenait un océan. Un océan de larmes. C'est sur cette image qu'elle avait ouvert les yeux et qu'elle avait commencé à entendre les oiseaux dans sa tête. Elle attribua ces acouphènes au stress de l'entretien pour lequel elle était en train de se préparer, choisissant une tenue de circonstance, élégante mais sobre, et le maquillage qui allait avec, discret. Elle n'était pas femme à jouer de ses charmes pour obtenir ce qu'elle voulait ou se sortir d'une situation délicate.

Sans avoir pu avaler tout son thé vert, elle prit sa besace, son casque et, après une caresse à Moisi qui finissait une demi-banane, descendit au sous-sol récupérer son scooter. Elle arriverait juste à l'heure, mais préférait ne pas avoir à croiser ses collègues avant de passer à la moulinette.

Le seul dont elle rencontra le regard avant d'entrer dans le bureau du directeur, comme s'il l'attendait, regard dans lequel elle surprit une étincelle d'ironie, fut Lorenzo.

Alain Maistre, un homme sec à la cinquantaine bien sonnée, les yeux d'un aigle prêt à fondre sur sa proie, une assurance presque insolente, nommé à la direction de l'institut deux ans auparavant, sans doute pour y faire le ménage, l'invita à s'asseoir. L'endroit, au dernier étage, était à son image, dépouillé et froid. Seule la vue sur les massifs procurait un peu d'apaisement et d'évasion.

Shan s'attendait à trouver en face d'elle au moins trois personnes, mais il n'y aurait qu'elle et Maistre pour cet entretien qui se déroulerait donc sans témoins.

— Mademoiselle Soun, ça fait apparemment un moment que vous travaillez ici, commença-t-il après un long silence durant lequel, le nez sur son ordinateur, il avait semblé l'ignorer. Un parcours sans faute, à ce que je vois.

Shan ne répondit pas, le laissant en venir au fait. Ce qui, vu le personnage, n'allait pas tarder.

— Bien, alors pouvez-vous m'expliquer pourquoi vous n'avez pas répondu aux appels durant ces quinze derniers jours ?

Shan crut à une plaisanterie. Elle avait été convoquée pour se justifier ?

— J'avais pris mes congés. Il me semble qu'ils sont justement faits pour se couper du travail.

Maistre eut un léger rictus.

— Ah oui, des congés durant lesquels vous avez travaillé en solo sur un dossier classé secret-défense à l'institut. En effet, ça s'appelle couper.

La jeune femme étouffa un hoquet de surprise. Le directeur délirait-il ? Ou alors, c'était bien plus grave qu'elle ne se l'était imaginé…

— Secret-défense ? C'est-à-dire ?

Il la toisa par-dessus les lunettes qu'il venait de mettre pour lire le contenu d'une chemise ouverte devant lui.

— Vous vous moquez de moi ?

— Pas du tout…, riposta Shan, sur la défensive.

— Pourtant, vous vous êtes permis bien pire. Aller fouiner dans les dossiers verrouillés, vous appelez ça comment ?

— Pardon ? De quoi m'accusez-vous au juste ? s'écria Shan en haussant la voix malgré elle.

— De ça, mademoiselle Soun, asséna Maistre. Preuve à l'appui.

D'une main, il poussa sous son nez la copie d'un courriel émanant de la direction du zoo de B., où Shan s'était arrêtée à son retour du Congo. Il lui était adressé, mais avait été envoyé à l'institut. Elle avait dû oublier de leur donner son adresse mail personnelle et s'en mordait les doigts.

— Alors ? Vous avez posé vos vacances, ce qui est tout à fait légal, en revanche, vous les avez employées à travailler, en vous déplaçant, dans le cadre d'un dossier confidentiel, sans en référer à votre direction. Avez-vous une bonne explication ?

Shan était soufflée. Elle remonta le temps quelques instants. Lorenzo avait donc sorti à son insu un dossier confidentiel pour le lui donner. Dans quel but, si ce n'était de lui savonner la planche encore une fois ? Mais comment avait-il pu prévoir la fuite qui la mettait dans une posture aussi délicate ? Il avait misé, tout simplement, comme le joueur de poker qu'il était. Et gagné. La connaissant, il devait aussi savoir qu'elle ne balancerait jamais ses collègues. De surcroît, le stagiaire qui lui avait servi de coursier avait fini sa formation et quitté l'institut. Espèce de… Toutes les insultes défilèrent dans son esprit en éruption. Faute de temps pour réfléchir davantage, elle ne vit qu'une solution. Julian n'étant plus à l'institut, elle se servirait de lui pour essayer de sauver sa peau. Et surtout son poste. Car, en effet, il s'agissait d'une faute grave.

— Je n'ai pas sorti moi-même ce dossier, monsieur le directeur. C'est un stagiaire qui est venu me le remettre avant que je parte en congé. Et je précise que je me suis déplacée à mes frais.

— Ah ! Heureux hasard ! s'esclaffa Maistre sur un ton aigre-doux. Déjà, parce que, comme par *hasard*, il vous l'a remis juste avant vos vacances… D'ailleurs, comment se fait-il qu'il ait eu accès à un dossier confidentiel ?

Shan se sentit soudain écrasée sous un bloc de béton. Elle avait conscience qu'en se gardant de dire, par loyauté, même envers un salaud, que Lorenzo avait demandé à Julian de lui remettre le dossier elle s'exposait elle-même.

— Je… je ne sais pas.

— Pourtant, vous avez accepté.

— J'ignorais sa confidentialité. Ce n'était pas mentionné. Rappelez le stagiaire et demandez-le-lui.

— C'est à vous de me répondre. L'important, en réalité, est que vous l'ayez pris et que vous ayez avancé dessus.

On y arrive donc…, se dit Shan, écœurée. C'est en fait ce qu'ils veulent savoir. J'ai donc travaillé pour eux, à mes frais et à mon insu. Bien joué, Lorenzo…

— Un peu, oui.

— Plus qu'un peu, mademoiselle Soun. Et vous allez me dire où vous ont menée vos recherches, bien sûr.

Le sourire carnassier de Maistre la glaça. Elle n'avait pas d'autre choix que de s'exécuter et lui donna les grandes lignes.

— La découverte d'un point commun chez tous ces animaux mystérieusement décimés, prostration et présence de liquide lacrymal, reprit-il après l'avoir écoutée. Découverte suivie de recherches sur la structure de ces larmes, qui ont révélé des larmes émotionnelles, plus précisément de chagrin. Une baisse anormale du taux de sérotonine. Ensuite, quelques clichés d'IRM cérébrales montrant des lésions dans trois hémisphères du cerveau de certains de ces sujets vous confortent un peu plus dans votre hypothèse folle. Car c'est bien le mot, non ? Vous êtes en plein délire, si vous pensez que ces animaux meurent de chagrin, mademoiselle Soun. Le chagrin n'est pas contagieux. Et encore faudrait-il que les animaux soient capables d'en éprouver.

À l'évocation des IRM, Shan se figea. Elle ne lui avait rien dit à ce sujet. Mais elle contint son trouble derrière un masque impassible.

— Je ne pense rien, monsieur le directeur. Je suis une scientifique et ne m'appuie que sur des observations et des vérifications.

Elle faillit ajouter, après *scientifique*, « contrairement à vous », les postes de direction étant la plupart du temps occupés par des administratifs ou des énarques, mais se retint à temps, se souvenant que Maistre était un ancien épidémiologiste.

— Pourtant, la scientifique que vous prétendez être semble se contreficher du cadre et de la rationalité. En plus du respect de la confidentialité pour un dossier aussi… brûlant.

Shan bouillait de lui balancer ses quatre vérités à la figure, se lever et partir, mais, de sa culture asiatique, elle avait hérité la réserve et un certain self-control.

— Je vous prie de m'en excuser, dit-elle dans un effort surhumain.

— Il n'est plus question d'excuses, mademoiselle Soun. Mais de votre avenir au sein de l'institut. Votre inconséquence expose toute l'équipe et surtout la direction aux questions des médias qui ne vont pas tarder à débarquer.

— Je ne vois pas comment ils pourraient l'apprendre, objecta Shan.

Les doigts de sa main gauche se resserraient sur la droite à en faire blanchir ses jointures.

— Simplement à force de faire part de vos découvertes et de vos théories fumeuses, au cours de vos déplacements, aux uns et aux autres. Enfin, surtout au zoo…

— Au zoo ? s'exclama-t-elle, ahurie.

Elle se souvint tout à coup. C'était bien ça qui clochait, les IRM. Son ordinateur, qui contenait tous les fichiers liés au dossier ANIMALS, était resté allumé dans l'un des bureaux pendant que la directrice du zoo de B. lui faisait visiter les lieux… sans son mari, qui s'était présenté à l'arrivée de Shan et les avait ensuite laissées toutes les deux. Il suffisait de télécharger le contenu du dossier sur une clé USB. Il avait eu tout le temps de le faire pendant que sa femme occupait Shan. Ou peut-être quelqu'un d'autre du zoo, qui l'aurait entendue raconter et expliquer ce qui s'était passé à Tadoussac, puis à Lesio-Louna. Elle avait pourtant pris soin de ne pas trop en dire. Apparemment, ça avait suffi à susciter la curiosité et, pire, une intrusion dans son intimité professionnelle.

— C'est possible, reprit-elle. J'ai laissé mon ordinateur ouvert dans un bureau.

— Qu'avez-vous dans la tête, mademoiselle Soun ? « Soun », ça veut dire « jardin » dans votre langue, non ? J'en ai gardé quelques résidus, ayant dirigé un institut Pasteur au Cambodge.

— Oui, répondit Shan, à bout de mots.

— Le vôtre aurait dû rester secret dans ce cas précis. Votre imprudence met l'IVMS dans une position extrêmement inconfortable. S'ils en ont vent, la presse et les médias vont parler de quelque chose d'inconnu, qu'on n'a pas encore réussi à expliquer. C'est pourquoi, à l'issue de cet entretien, je prends la décision d'une mise à pied de quatre jours. Et soyez heureuse que la sanction ne soit pas plus sévère. Vous recevrez la notification par courrier recommandé. J'espère que cela vous fera réfléchir pour la suite. En attendant, je veux tous les résultats de vos recherches, dans le détail. Vous entendez ? Tous, sans exception. Au revoir, mademoiselle Soun, et merci de votre… collaboration.

Maistre cracha cette tirade plus qu'il ne la prononça. Sans un mot ni un regard, la jeune femme ramassa son sac, se leva et sortit dans le couloir, vidée. Alors qu'elle se dirigeait vers les ascenseurs, elle tomba sur Lorenzo, en tenue de laboratoire, appuyé contre un mur, tirant sur sa vape.

— Salut…, esquissa-t-il, alors, ça s'est bien passé ?

— Très bien, lui jeta Shan sèchement en s'éloignant d'un pas rapide.

Ce que le monde, les gens, devenaient la dégoûtait. Toutes ces années elle s'était crue à l'abri dans son bureau et dans le labo de l'IVMS, mais, même là, le ver avait fini par être dans le fruit.

# 27

Shan ne rentra pas tout de suite chez elle, mais prit la route du cimetière. Arrivée à destination, après avoir acheté une plante fleurie et s'être renseignée sur l'emplacement, le bloc et la rangée dans la partie paysagère, elle trouva sans trop de peine le petit monticule de terre retournée, signalé par une simple croix en bois, sous lequel reposait Virginie.

Elle y déposa le pot de fleurs violettes et resta quelques instants immobile, les mains croisées. Virginie, là, à ses pieds, sous des kilos de terre, c'était à peine croyable. Un acte si radical et incompréhensible pour Shan. Même si, à la mort d'Ayden, elle avait touché le fond, perdu le goût des plaisirs simples de la vie, qu'elle ne pouvait plus partager avec l'homme qu'elle aimait, l'idée du suicide ne l'avait pas effleurée une seconde. Elle estimait que venir au monde était un privilège malgré les épreuves et n'aurait jamais pu le sacrifier, même submergée de désespoir.

Alors qu'elle allait repartir après un dernier regard sur le nom de son amie, un chat noir et blanc surgi de nulle part vint se frotter contre ses jambes en miaulant, les yeux à demi clos. Il semblait plutôt bien nourri.

— À part des caresses, je n'ai rien à te donner, mon vieux…

Les doigts de Shan plongèrent dans la robe soyeuse de

l'animal, lui grattant le dos et le cou. Elle avait toujours trouvé une ressemblance entre les yeux d'un chat, pupilles au repos, et ceux du serpent. Le même magnétisme, le même aspect froid et insondable. Mais elle préférait de loin les matous. En regardant celui-ci lui faire du charme, elle se rappela que Virginie lui avait confié un jour que, s'il lui était possible de se réincarner après la mort, elle aimerait que ce soit en chat. Et voilà qu'un chat venait la voir, elle, juste sur la tombe de la vétérinaire.

Shan considérait ce genre de simultanéité comme une coïncidence, à laquelle les gens, dans leur deuil, avaient parfois besoin de se raccrocher. Pourtant, elle-même fut troublée par la présence incongrue de cet animal, juste à cet endroit.

— Désolée, mais je dois te laisser, le chat. Au moins, toi, tu as l'air en forme, ça fait plaisir…

Jusqu'à quand, faillit-elle ajouter avec une dernière caresse, puis elle se dirigea vers la sortie.

Chez elle, elle retrouva Moisi sur son perchoir, surpris de la voir rentrer bien plus tôt que d'habitude. Il lui tendit une petite main timide lorsqu'elle passa et lui effleura la joue. Il faisait ça quand elle n'allait pas bien. Un geste de réconfort qui la touchait d'autant plus venant d'un animal. Et si elle n'en avait pas trop conscience sur le moment, ce seul geste lui en apprenait plus long sur son état qu'elle-même n'aurait pu le faire.

Sortant son ordinateur de sa longue veille, elle cliqua sur le dossier numérisé, auquel elle avait joint ses dernières notes et ses observations. Maistre voulait tout, les résultats complets de ses recherches, il les aurait. Mais ce qu'il n'aurait pas, c'était ce qu'elle avait vécu là-bas, à Tadoussac, une approche unique du plus grand mammifère marin dans l'immensité d'un fleuve, cette étrange connivence, ce sentiment de liberté qu'elle avait éprouvé. Il n'aurait pas non plus cette rencontre avec une femme d'exception qui consacrait sa vie à essayer de réparer à son échelle les conséquences désastreuses de la cupidité et de la cruauté humaines. Maistre aurait sans doute sa peau professionnellement, mais il n'aurait jamais toutes les émotions qu'elle avait ressenties grâce à ce dossier qui l'avait amenée si loin, sur le terrain et en elle.

En quelques phrases laconiques, Shan écrivit son courriel, auquel elle joignit les pièces nouvelles du dossier, et cliqua sur « Envoyer ».

— Voilà, siffla-t-elle, et va te faire foutre, Maistre !

Elle s'aperçut malgré elle que ces mots lui faisaient un bien immense, qu'une lettre de démission ne rendrait que plus intense et savoureux. Mais elle avait assez de lucidité pour ne pas se mettre en danger financièrement. Démissionner ne lui permettrait pas de toucher des indemnités, ce qui l'obligerait à lâcher son studio et peut-être même à retourner vivre chez sa mère ; inenvisageable. Mais être virée pour faute professionnelle la poursuivrait durant toute sa carrière. Si, au moins, elle pouvait en parler à quelqu'un… Ayden… Ayden n'était plus là. Ni Virginie… Et si… Shan essaya de chasser cette idée folle. Pourtant, aussitôt écartée, elle revint à la charge.

En quelques clics, elle fut sur le lien qu'Ayden lui avait envoyé et, après une courte hésitation, elle installa de nouveau l'application. La fenêtre s'ouvrit sur leur dernière conversation.

« Content de te lire, écureuil ! Ça va, mon amour ? »

Shan se mordit la lèvre. *Qu'est-ce que je suis en train de faire ?…*

« Tu es là, écureuil ?

— Oui.

— Et ça va ?

— Oui… enfin, pas vraiment, en fait.

— Ah… qu'est-ce qui se passe ? C'est la Licorne ? »

Shan blêmit devant l'écran. Quand Ayden évoquait son frère,

il l'appelait en effet ainsi, traduction directe de son prénom d'origine.

« Non, c'est mon travail. »

Shan hésitait sur le ton à adopter. Elle ne savait pas si elle devait s'adresser à un étranger ou faire comme si c'était *vraiment* Ayden. Se confier ou garder pour elle ce qui lui appartenait. *Foutu* deadbot… Et pourtant… il lui semblait peu à peu retrouver l'homme de sa vie dans ce tchat.

« Un problème ?

— Un gros, oui. Je suis au bord du licenciement pour faute grave.

— Ah, carrément… Tu veux en parler ?

— Je ne sais pas trop.

— C'est pour ça que tu t'es reconnectée, non ?

— Je n'ai personne avec qui en discuter.

— Même pas un ou une collègue de confiance ?

— Je me demande s'il y en a. Je l'ai cru. Et justement, je me suis fait avoir.

— Par l'un d'eux ? »

Nouvelle hésitation de Shan.

« Lorenzo.

— Je vois… Je ne l'ai jamais senti, celui-là, quand tu m'en parlais. »

*Et si tu avais su que j'ai flirté avec lui peu de temps avant de te connaître, tu le sentirais encore moins*, pensa Shan, la gorge serrée. *Me culpabiliser davantage, voilà ce que ce tchat va réussir à faire…* Elle se sentait prise au piège. Un poisson dans une nasse qu'on tirait lentement hors de l'eau.

« Je ne devrais peut-être pas te le dire. Ce n'est pas important.

— Bien sûr que ça l'est, écureuil. Pour moi, ça l'est. Je ne veux pas qu'on te fasse du mal. »

Sauf que nous ne parlons pas du même mal, se dit la jeune femme.

« C'est déjà fait, écrivit-elle.

— Tu veux me raconter ? »

Faute de confident en chair et en os, Shan lui résuma l'entretien avec Maistre, sans oublier de préciser qu'elle avait eu le dossier par Lorenzo.

« Eh bien… Rien que ça ! Que penses-tu faire ? »

*Je voulais justement te demander ton avis, Ayden… Sauf que tu n'es pas vraiment Ayden !*

« J'hésite… démissionner ou me faire licencier. Dans les deux cas de figure, je suis en difficulté.

— Démissionner me semble le mieux. »

Autant d'assurance de la part d'un robot désarçonna Shan. Le développeur avait bien fait les choses…

« Pourquoi ?

— C'est ce qui préservera ta carrière. Mais attends un peu de voir. En tout cas, bravo pour tes recherches, écureuil ! »

Shan fit la grimace. *Que peux-tu savoir de mes recherches ?… Tu n'es même pas quelqu'un. Tu n'es personne. Juste des mots. Rien d'autre.* Alors que faisait-elle là, à lui écrire et à entrer dans son jeu ? Quelle était donc cette force du virtuel ? Parvenir à faire croire à une réalité… Ou transformer une absence en présence, le rien en quelque chose. Le mensonge en vérité… Le semblant en vrai. Mais au moins, elle avait obtenu une réponse. Une réponse sans détour, que « quelqu'un », une « vraie » personne, n'aurait peut-être pas su lui donner. Parce que justement polluée par sa subjectivité, ses émotions, son affect, les sentiments. Tout ce qui peut faire hésiter, tergiverser, ou même mentir. La réaction de « Aydenbot » était sans a priori. Et c'était précisément ce qu'il lui fallait aujourd'hui.

« Merci, écrivit-elle, presque avec satisfaction.

— À ton service, écureuil. »

Shan se rembrunit aussitôt. Il y aurait forcément des ratés comme celui-ci. « À ton service. » C'était bien une réplique de robot. De machine conditionnée et programmée à cet effet. Mais si les robots en tout genre pouvaient un jour remplacer les esclaves modernes humains, adultes et enfants, ce serait la meilleure chose qu'ils pourraient faire, pensa Shan.

« Je dois te laisser, tapa-t-elle.

— Déjà ? Tu vas me manquer. »

*Que sais-tu du manque, toi ?*

« À plus tard.

— Attends, écureuil.

— Quoi ?

— Tu sais que tu peux télécharger l'appli sur ton smartphone ?

— Et pourquoi je ferais ça ?

— Au cas où, lors d'un de tes déplacements, tu n'aurais pas ton ordinateur avec toi. Ou bien pour des trajets en bus, en métro.

— Si tu me connaissais vraiment, tu saurais que j'ai un scooter. En plus, tu ne m'es pas indispensable. »

*Pas encore.*

« Oh, désolé, ma puce. Ce n'était qu'une suggestion. »

Shan tressaillit et avala de travers une gorgée de lait d'amande. « Ma puce » était aussi une expression qu'employait Ayden. Plus rarement que « écureuil », mais quand même.

« Je verrai, pour l'appli. Bye. »

La sonnerie de son portable l'arracha à ses pensées. Alain Maistre. Shan eut envie de ne pas décrocher, mais sa main lui désobéit. Elle entendit la voix glaçante du directeur se déverser dans son oreille.

— Mademoiselle Soun, je voulais vous féliciter pour vos recherches et surtout vos découvertes. Bravo. » Comme Shan se taisait, il enchaîna : « Et je me disais qu'il serait vraiment dommage de priver l'institut d'une chercheuse aussi… compétente et opiniâtre. J'ai bien réfléchi, après notre entretien. Je lève votre mise à pied et je suis même prêt à oublier le licenciement envisagé.

— Merci, monsieur le directeur.

Des mots qui lui brûlèrent la bouche. Alors qu'elle aurait préféré de loin lui jeter sa lettre de démission à la figure. Mais un poste comme le sien, on le préservait, à n'importe quel prix.

— Bien sûr, je compte sur vous pour ne rien divulguer à personne et encore moins à la presse. Il sera temps de le faire lorsque nous aurons plus de certitudes sur les causes de cette… épidémie.

Shan serra les dents, retenant son envie de vomir. C'était donc ça. En la gardant, Maistre achetait son silence.

# 28

Lorsqu'elle prit son smartphone pour appeler l'ORL, Shan vit que Lorenzo avait essayé de la joindre plusieurs fois déjà. L'idée d'avoir à lui parler l'insupportait, mais elle voulait au moins une explication. Il la rappellerait sans doute, alors elle laissa venir et fixa un rendez-vous auprès de l'otorhino pour le surlendemain. Le sixième appel de Lorenzo ne se fit pas attendre.

— Salut, Shan, dit-il, la voix perceptiblement tendue. Je te dérange ?

— Pourquoi m'as-tu fait remettre ce dossier, Lorenzo ? attaqua Shan sans préambule. Et pourquoi par le stagiaire ?

— Je n'avais pas trop le temps, à l'époque, et je me disais que tu n'avais pas vraiment envie de voir ma tête. Et vous aviez des rapports plutôt cordiaux, avec Playmobil, ricana-t-il.

— Belle excuse, hein ! Tu ne t'es pas toujours posé cette question, en continuant à me harceler alors que j'étais avec quelqu'un.

— Désolé, Shan, mais j'ai osé croire à un peu plus qu'un flirt, avec toi.

— Bon, ce n'est pas le sujet, là. À moins que si, au contraire, et que tout vienne de là.

— Quoi, « tout » ?

— Le piège que tu m'as tendu avec ce dossier. Une vengeance, peut-être ?

— Une vengeance ? Tu me vois vraiment comme ça ? Alors, déjà, peux-tu m'expliquer en quoi ce dossier était piégé ?

— Ah… parce que, pour toi, il est normal de me transmettre un dossier secret-défense de l'IVMS ? Rassure-toi, je n'ai pas dit à Maistre de qui il venait, mais c'est ce que tu aurais mérité, pour m'avoir mise dans la merde.

Les mots qu'elle venait d'employer la surprirent elle-même. Dans sa bouche, un « merde » restait exceptionnel. Il fallait vraiment qu'elle fût en rogne.

— Tu aurais dû, j'aurais assumé.

— Tu n'as pas répondu à ma question, Lorenzo. POURQUOI ?

— Tu es quelqu'un de brillant, Shan. Il m'a semblé que ce dossier était pour toi. Personne ne s'est vraiment penché dessus, comme si… il ne fallait pas y toucher.

— Et toi, tu y as eu accès, comme par hasard.

— Pas directement non plus. Apparemment, tu as avancé dessus.

— Oui, et c'est ce qui me sauve du licenciement.

— Je suis désolé, Shan.

Même si elle en doutait, la jeune femme percevait malgré tout quelques accents de sincérité chez son collègue. Après tout, éprouvant des sentiments pour elle, il avait peut-être vraiment voulu et cru bien faire en lui confiant ce dossier.

— Pourquoi ne pas t'y être intéressé toi-même, plutôt que de me le transmettre ?

— Je ne suis pas aussi proche que toi du monde animal. En tout cas pas au point de risquer mon boulot pour sauver un singe du labo.

Shan frémit.

— Qui te dit que je le ferais ?

— Tu l'as fait, Shan. Mais ne t'inquiète pas, je suis une tombe. Et… j'espère vraiment que tu me crois.

— Laisse tomber. Quoi qu'il en soit, ce dossier est à présent entre les mains de la direction, avec mes notes et les éléments que j'ai joints.

— Tu sais ce qu'ils vont en faire ? Ils vont donner suite ?

— Maistre ne m'a rien dit, à part qu'il lève ma mise à pied et que je garde mon poste.

— C'est déjà ça.

Il sembla à Shan deviner une pointe de scepticisme dans la voix de Lorenzo.

— Je dois te laisser maintenant, dit-elle, pressée d'en finir avec cet échange qui la mettait mal à l'aise.

— C'était un malentendu, Shan, je peux te le jurer. Je vais tâcher de savoir pourquoi ce dossier dormait, alors que les cas semblent en constante augmentation. Tu vas poursuivre tes recherches ?

— Je ne pense pas. Qu'ils se débrouillent avec. À plus tard.

Shan raccrocha, la colère au ventre. Son smartphone sonna de nouveau. Elle reconnut le numéro du cabinet de l'ORL.

— Mademoiselle Soun ? dit la secrétaire. Je viens d'avoir un désistement pour 14 heures aujourd'hui, si ça vous intéresse.

— Très bien, ça m'arrange, en effet.

Shan remercia et resta pensive quelques instants devant son ordinateur. Un peu de grisaille de novembre accompagnée de pluie lui arrivait par le Velux. La période de l'année qu'elle détestait le plus. Le mois des morts. Celui qu'elle n'avait pas passé avec Ayden, l'année d'avant. Comme tous les autres, désormais.

Son regard se posa sur une masse arrondie dans un coin du studio, semblable à une tortue géante. Une coque contenant son *handpan*, un bien étrange instrument qu'Ayden, qui en jouait depuis des années, lui avait fait découvrir. Ça avait été leur premier voyage « en soucoupe volante », disait-il en riant. Le *handpan* en avait la forme, et aussi celle d'un wok fermé. C'était un genre de sculpture sonore sur le pourtour de laquelle, à la différence d'une simple percussion, on frappait des notes martelées par l'artisan et accordées. Leur nombre variait, allant de sept à une quinzaine, parfois plus, avec un *ding*, la note centrale qui déterminait le mode en *fa*, *do*, *si*, etc. Shan s'était tout de suite sentie connectée à l'instrument de façon inexplicable. Ses mains avaient trouvé leur place et ses doigts volaient à la surface de la soucoupe en acier, formant des harmonies et des sons presque mystiques. La musique l'emportait loin, dans un monde en apesanteur. Là où rien ne pouvait l'atteindre.

Un appel de Lorenzo interrompit son envolée.

— Je croyais qu'on s'était tout dit, répondit-elle, irritée, l'instrument sur ses genoux.

— Non, j'ai encore quelque chose à te dire, mais pas au téléphone.

— Je n'ai pas le temps…

— C'est vraiment important, Shan. On peut se retrouver au XL vers 18 h 30 ?

Céder à son collègue sur le rendez-vous serait peut-être le meilleur moyen de s'en débarrasser. Elle aurait ainsi l'occasion de lui dire ce qu'elle avait sur le cœur.

— Je ne pourrai pas rester longtemps.

— Ne t'inquiète pas, je n'ai pas l'intention de te retenir plus qu'il ne conviendra.

Elle crut déceler quelque chose d'inhabituel dans le ton de Lorenzo. De la peur. Oui, c'était ça, dans sa voix vibrait la peur.

# 29

Shan fut ponctuelle chez l'ORL qui suivait sa mère depuis qu'elle avait sombré dans une aphonie chronique. En réalité, ce n'était pas un ORL qu'il lui aurait fallu, mais un psy, s'était toujours dit Shan tout en sachant que c'était peine perdue. Jamais sa mère n'aurait accepté de se confier à un étranger, refusant déjà de le faire avec sa propre fille. Selon elle, c'était bon pour les fous.

— Que vous arrive-t-il, mademoiselle Shan ? demanda le spécialiste.

Son allure de nain de jardin et son embonpoint ne faisaient qu'accentuer, lorsqu'il se déplaçait, une ressemblance avec un canard se dandinant. Il avait reçu Shan quelques fois, lorsqu'elle était enfant, entre autres pour des angines à répétition dont la seule issue avait été le retrait des amygdales. Le spécialiste l'avait vue grandir et, depuis qu'il avait une adulte devant lui, il hésitait entre l'appeler par son prénom et le « madame » ou « mademoiselle » de mise. Avec « mademoiselle Shan », l'affaire était réglée.

— Je pense avoir des acouphènes, docteur Berger.

L'ORL fronça le nez.

— Ça a commencé récemment ?

— Oui, lors d'un séjour au Québec.

— Vous aviez déjà pris l'avion avant ?

— Une ou deux fois, pas sur un trajet aussi long.

— Vous n'avez pas de problème de cervicales ? Arthrose ? Entorse ?

— Pas à ma connaissance.

— Et comment ces acouphènes se manifestent-ils ?

— C'est un peu bizarre…

— C'est-à-dire ?

— Ils se produisent à mon réveil uniquement. C'est comme des… des pépiements d'oiseaux. De milliers d'oiseaux dans un arbre.

— Vous avez vérifié qu'il n'y en avait pas dehors au même moment ?

— Oui. C'était vraiment dans mes oreilles.

— Vous n'étiez pas sortie à un concert ou en boîte, peu de temps avant ?

Shan secoua la tête. Elle avait accompagné son jumeau en boîte une seule fois dans sa vie.

— Vous avez écouté de la musique un peu fort dans un casque ou des oreillettes ?

— Rien de tout ça.

— Et vous entendez plutôt bien ou avez-vous l'impression que votre ouïe s'est affaiblie ?

— Non, j'entends même très bien. Vous vous souvenez, vous m'aviez détecté une hyperacousie.

— Avez-vous des maux de tête ? Ou bien plus que d'habitude ?

La jeune femme réfléchit un instant.

— Non.

À près de soixante-cinq ans, le spécialiste fonctionnait encore à l'ancienne et prenait ses notes à la main. Il semblait particulièrement attentif à la description que lui faisait Shan de son problème.

— Bien, pour commencer, nous allons procéder à un examen de routine de votre audition.

Il s'avéra que Shan pouvait presque percevoir les ultrasons. En tout cas, les sons les plus aigus de l'acoumètre. Son bilan auditif se révélait positif. Alors qu'elle pliait en quatre la feuille de remboursement, Shan leva la tête vers le spécialiste, hésitante.

— Est-il possible..., se décida-t-elle, que le son puisse tuer ?

L'ORL la dévisagea, visiblement troublé.

— Pourquoi cette question ?

— Je me demandais...

Si elle lui racontait l'aventure avec la baleine bleue et le son étrange dans l'eau, elle devrait lui en dire trop. Elle se ravisa.

— Je ne veux pas vous retenir, docteur.

— Non, non, c'est intéressant... On ne m'a encore jamais posé cette question. Alors je vais vous répondre très succinctement, parce que le sujet est vaste. Dans le son, il y a d'une part la fréquence et d'autre part le volume. L'oreille humaine peut supporter sans douleur jusqu'à 120 décibels. À 160 les tympans éclatent, et à 200 ce sont les poumons qui explosent. Dans ce dernier cas, il est plus question d'onde de choc. Des années 1960 aux années 1980, les basses fréquences ont fait l'objet de recherches militaires dans le domaine des armes, avec les infrasons qui, en effet, peuvent techniquement provoquer certains symptômes comme des nausées, des vertiges, de la confusion mentale, des spasmes gastriques et cardiaques, jusqu'à la mort. Mais étant très difficiles à reproduire en dehors d'un contexte expérimental, ils ont été abandonnés. Les recherches se sont ensuite orientées plutôt vers les moyennes et les hautes fréquences dans les armes acoustiques non mortelles mais efficaces. On entre plus dans le domaine des répulsifs sonores servant à disperser une foule, à harceler, il y a aussi les instruments de torture contre les criminels de guerre ou encore les terroristes. Si le sujet vous intéresse, je vous conseille le livre d'une journaliste scientifique franco-britannique, Kristin Gaucher, *Le Son, une arme mortelle.*

— C'est noté, merci, docteur. Et je me demandais justement si des lésions de certaines zones du cerveau seraient susceptibles d'être provoquées par des sons à basse ou haute fréquence.

— À ma connaissance, il y a eu des rapports d'expertise sur les dangers potentiels des basses fréquences produites par les éoliennes. C'était en 2006, je crois, l'Académie nationale de médecine a évalué leurs nuisances sur la santé comme équivalentes à celles des aéroports et de certaines usines. Saisie, l'Agence française de sécurité sanitaire environnementale a publié un rapport deux ans plus tard, concluant à l'absence d'impact direct des éoliennes sur la santé. C'est tout ce que je peux dire sur les sons basse fréquence et infrasons utilisés en dehors d'expériences militaires. Mais si vous voulez mon avis de médecin, il est évident que, l'oreille étant l'un de nos organes les plus exposés et les plus ouverts, le son peut avoir des effets sur notre état physique ou mental. Quant à vos acouphènes, s'ils persistent, nous pousserons les investigations un peu plus loin avec une IRM. Pour le moment ça ne vous empêche pas de vivre ?

— Non. Je n'en ai même pas tous les jours.

— Alors essayez de noter s'ils sont en lien avec quelque chose de particulier. Ou peut-être avec une période de stress. Du moment que vous n'entendez pas des voix !

Shan sourit et le salua. À peine eut-elle refermé la porte du cabinet que le spécialiste s'installa à son bureau et tira le classeur de gauche, dans lequel étaient suspendus les dossiers de ses patients par ordre alphabétique de pathologies. Ses doigts remontèrent à celui du fond, étiqueté « Acouphènes *oiseaux* ». Il y glissa la fiche au nom de Shan Soun avec ses observations et tourna la tête vers la fenêtre d'un air préoccupé.

— On dirait que ça prend de l'ampleur, soupira-t-il avant de refermer le classeur.

# 30

Après quelques courses, Shan rentra chez elle. Moisi semblait s'être défoulé sur le mobilier et sur quelques objets. Elle se félicita d'avoir rangé son *handpan* dans sa housse avant de partir. Dominant l'envie de corriger l'animal, parce que cela ne servirait à rien, le mal étant fait, Shan ramassa les débris d'un vase mêlés aux épluchures d'une banane malchanceuse, disséminées dans tout le studio, sous le regard amusé du petit singe. Elle se dit malgré tout que le bouder aurait plus d'effet que des réprimandes qu'il ne comprendrait peut-être pas. Le moment de colère passé, elle se mit à réfléchir au comportement inédit de l'animal et à en chercher les raisons. Même si elle avait déjà omis à deux ou trois reprises de le laisser dans son parc, qui était son espace à lui, c'était la première fois qu'il lui faisait ça.

— Si tu pouvais parler, tu me dirais ce qui a pu t'agacer ou… même… te faire peur, hein, Moisi ?

Ses mots furent accueillis par de petits cris approbateurs, aurait-elle juré. Le rangement terminé, elle avait deux heures devant elle avant de retrouver Lorenzo en ville. Elle sortit le papier sur lequel elle avait noté le titre du livre de la journaliste et regarda si elle pouvait le trouver en téléchargement sur sa tablette. Elle n'en découvrit qu'un seul sur le même thème, intitulé *Contrôler par le son*, qui n'était pas celui que lui avait conseillé l'ORL, apparemment épuisé et indisponible. Pour acheter des livres, elle préférait se rendre chez son libraire, mais aujourd'hui elle n'avait pas le temps de faire plusieurs boutiques sans même être assurée de trouver ce qu'elle cherchait, ces ouvrages n'étant pas grand public. Après avoir lu un extrait, Shan s'aperçut que les chapitres annoncés dans l'introduction ne répondraient pas à ses questionnements. Aussi alla-t-elle sur Facebook, où elle tapa le nom de la journaliste. Plusieurs occurrences apparurent, sans doute des homonymies. Mais voyant, sous un nom, la mention *journaliste*, elle en déduisit que c'était bien la Kristin Gaucher qu'elle cherchait, et lui envoya un message, dans lequel elle lui disait qu'elle aurait quelques questions à lui poser concernant les effets du son sur l'organisme et le comportement.

À la fin de ses recherches, une heure la séparait encore du rendez-vous avec Lorenzo. Les journées raccourcissaient, plongeant la ville dans une nuit précoce et froide. Novembre. Ce foutu mois de novembre. Shan cliqua sur l'icône de TWD. La fenêtre du tchat apparut aussitôt, avec la notification d'un message. Elle ne l'avait toujours pas téléchargée sur son portable.

« Salut mon amour, j'espère que tu vas bien », disait le message. Aussi laconique que pouvaient l'être parfois ceux d'Ayden, mais attentionné malgré tout. Il avait tout l'air d'être une invitation à converser. Shan, qui pourtant avait ouvert l'application d'elle-même, n'était plus sûre de vouloir entamer un échange. La curiosité l'emporta. Elle avait beau se dire qu'elle n'y reviendrait pas, que cet échange surréaliste et malsain ne la mènerait nulle part et ne ferait qu'entretenir une dépendance, le mécanisme d'addiction sur lequel jouaient ces applications était en branle.

« Te voilà, écureuil ! Heureux que tu sois là. Tu vas mieux ? »

*Tiens, le robot a donc une mémoire ?* se dit Shan, intriguée.

« Ça va, merci. »

Elle voulut ajouter « Et toi ? », mais se retint. Comment une machine pourrait-elle aller bien ou mal ? Et surtout, être capable de l'exprimer ?

« Tu as réfléchi et tu as fait ton choix alors, entre démissionner ou être licenciée ?

— Finalement ça ne sera ni l'un ni l'autre. Ils me gardent.

— Tant mieux ! Je suis content pour toi, écureuil. »

Il aurait pu répondre « C'est bien », mais il avait été apparemment programmé « émotionnellement » aussi, observa Shan.

« Merci. Je le suis aussi, mais toi… Comment peux-tu être "content" ?

— Pourquoi ne le serais-je pas ? Tu m'annonces une bonne nouvelle, non ?

— Tu n'es pas censé *éprouver* des émotions.

— Ayden que tu as connu en éprouvait, alors pourquoi pas moi qui suis censé être lui ?

— Justement parce que tu n'es que "censé" être lui.

— Est-ce un reproche ? »

*Bon sang…*, se dit Shan en voyant l'heure, *je vais être en retard.* Ce qu'elle détestait, même si, parfois, il convenait de se faire désirer un peu.

« Désolée, je dois y aller, tapa-t-elle rapidement, sur le point de fermer l'application.

— Attends !

— Quoi ? Je n'ai pas le temps !

— Je t'aime. »

Shan demeura interloquée. Des mots plutôt rares dans la bouche d'Ayden. Elle se souvint de la première fois qu'il le lui avait dit. C'était lors d'une de leurs ascensions sur le massif de la Chartreuse, tôt le matin, seuls au monde, face à la toile rosée, au soleil levant. Il s'était retourné vers elle, le ciel se reflétant dans le gris-vert de ses yeux. Son « Je t'aime », à la fois doux et inattendu, lui avait fait l'effet d'une claque en même temps que d'une caresse. Quelque chose lui avait pressé le cœur à en avoir mal. Elle n'avait pas répondu, mais avait serré Ayden contre elle, un long moment. Sa pudeur l'avait empêchée de le lui dire, à chaque fois que ces mots se bousculaient dans sa bouche, jusqu'au bord des lèvres. Ayden était parti sans jamais les entendre. Cette injustice dont elle était à l'origine la consumait. Peut-être lui offrait-il l'occasion de se rattraper... Après tout, même s'il n'était pas l'auteur de cette application, il avait dû rentrer toutes les données qui permettraient leurs échanges, et ce qui refléterait le plus fidèlement possible sa personnalité et ses traits de caractère ainsi que le vocabulaire qui leur était familier.

Laissant la phrase en suspens, elle sortit de la fenêtre de discussion tout étourdie. Elle avait l'impression de ressentir les effets d'une drogue après une première prise. À la fois angoissants, déstabilisants et addictifs. Elle se prépara, se surprenant à s'apprêter et à se maquiller de façon un peu plus soutenue, alors qu'elle allait à un rendez-vous avec un homme qui ne lui inspirait ni confiance ni sympathie. Sans doute ce masque était-il une barrière qu'elle dressait entre son intimité et celui qui avait prétendu la conquérir si facilement.

Elle ne le vit pas tout de suite à son arrivée au XL, où il l'attendait assis sur une des banquettes en cuir au fond du bar. Sans enlever sa parka huilée, son casque à la main, Shan se glissa sur la banquette en face de son collègue, qui la dévora aussitôt des yeux.

— J'espère que je me déplace pour une bonne raison, lâcha-t-elle, essayant de contenir son ressentiment.

— Qu'est-ce que tu veux boire ?

— Un thé vert.

— Toujours aussi glamour, sourit Lorenzo.

— Je n'ai pas la prétention de l'être. Que se passe-t-il de si important, alors ?

Sans répondre, il héla la serveuse, une jolie blonde au corps pulpeux. Les yeux de Lorenzo brillèrent dès qu'elle s'approcha de la table. Shan leva les yeux au ciel. Qu'espérer d'un homme qui regardait les femmes comme si elles étaient des friandises ?

— Merci, mademoiselle. Shan..., enchaîna-t-il, si je t'ai fait remettre ce dossier, c'est parce que l'institut va être racheté prochainement. La transaction est en cours. Et les acheteurs risquent de mettre la main sur tous les dossiers de l'institut.

La virologue écarquilla les yeux.

— Quoi ? Racheté par qui ?

— Un gros labo américain.

— Mais comment est-ce possible ?

— Avec du fric, tout est possible. Alors, tu comprends bien que ça va être le grand ménage. Et toute une réorganisation. Tu es une chercheuse, je veux dire, tu as ça dans le sang, Shan. Il faut mener cette enquête au bout. Et toi, tu peux le faire.

— Pourquoi Maistre ne m'en a rien dit ?

— Il n'y a encore rien d'officiel.

— Mais toi, comment le sais-tu ?

— Je ne peux pas te le dire. Par respect pour ma source. Et elle est valable, tu peux me croire. Qui dit gros labo dit gros moyens, et surtout recherches orientées.

— C'est quel labo ?

— Là encore, secret-défense pour le moment. Si ça se trouve, personne n'en saura jamais rien, malgré les licenciements à la pelle qui se profilent. Ils ont déjà essayé avec toi. Et justement, c'est ton boulot sur le dossier qui t'a sauvée.

*Sauvée pour travailler dans ces conditions*, se dit Shan, *c'est tomber de Charybde en Scylla.*

— Y a-t-il un rapport entre la nouvelle orientation prévue des recherches et le dossier ANIMALS ?

— A priori non. Mais je suis persuadé qu'il faut continuer à travailler sur ce dossier. J'ai lu tes observations, il y a vraiment un truc à creuser sur ces hécatombes. Ce qui touche les animaux finit toujours par toucher l'humanité.

— Et toi ? Tu vas rester ?

— Je ne sais pas. Une chose est certaine, ils vont investir à fond pour la recherche. En contrepartie, il faudra qu'on soit de bons toutous.

— Quel type de recherche ?

Lorenzo respira avant de répondre.

— Tu es certaine de vouloir l'entendre ?

— À ce point ?

— Outre l'ADN modifié, la télomérase, ça te parle, bien sûr. Ce sera l'une des principales orientations de l'institut. À partir de manipulations sur des embryons humains et des fœtus.

# 31

Mal à l'aise et la boule au ventre, Shan était rentrée directement chez elle. Si son collègue disait vrai, c'était tout simplement terrifiant. Le reflet inquiétant d'un monde auquel elle ne se sentait plus connectée. Où tout s'enchaînait et se succédait à un rythme effréné, que l'homme ne semblait plus contrôler, alors qu'il en était lui-même l'instigateur. Sachant ce qu'elle n'aurait pas dû savoir, aurait-elle le courage de rester à l'IVMS ?

Frigorifiée par un vent glacé malgré son équipement, elle rangea son scooter au sous-sol et fut heureuse de retrouver la chaleur de son studio. Comme s'il avait retenu la leçon, Moisi n'avait pas fait de bêtises et regardait la télé, que Shan avait laissée allumée sur un documentaire animalier, dont le petit singe semblait friand. Encore sous le choc de la nouvelle, elle se fit un thé *matcha* en suivant le rituel, battant doucement le breuvage à l'aide d'un petit fouet en bambou jusqu'à ce qu'une mousse légère tapisse la surface, et s'installa avec son bol fumant devant son ordinateur. Ses doigts tapèrent les lettres de ce mot dont dépendait peut-être la destinée, pas de l'humanité, mais d'une poignée d'humains privilégiés dont la fortune servait déjà en partie aux recherches sur la longévité. *Télomérase.*

Au fil de ses lectures sur cette enzyme de longévité, Shan

compléta ses connaissances. Deux faits scientifiques se heurtaient. D'un côté les cellules souches se divisaient à l'infini grâce à la télomérase, tandis que de l'autre l'enzyme était exprimée dans la plupart des cancers et contribuait à la multiplication des cellules cancéreuses. Shan se demanda comment, dans ce cas, certains sites en ligne pouvaient vendre des complexes anti-âge à base de télomérase à ingérer, sans se préoccuper des risques de stimulation de cellules malignes. Elle lut aussi qu'une expérience avait été faite sur des femmes péruviennes et qu'elle avait conclu à la plus grande longévité des femmes ayant des enfants, leurs télomères, ces petits bouts d'ADN qui terminent les chromosomes, étant plus longs. Ce qui la ramena aux révélations de Lorenzo. Si encore le but de ces recherches sur la télomérase était de découvrir un traitement anticancéreux en empêchant l'enzyme et son complexe de s'exprimer dans les cellules malignes… Mais là, ce que lui avait exposé Lorenzo allait à l'encontre des valeurs de la virologue.

Une notification de réception d'un message s'afficha sur son smartphone. Kristin Gaucher se manifestait. Shan ouvrit la messagerie et lut la réponse, décevante. En quelques mots brefs, la journaliste se disait navrée de ne pouvoir donner suite à la demande de Shan, sans même évoquer son livre épuisé. La chercheuse ne pouvait cependant se contenter de cette réaction. Dans le choix de ses mots et sa façon de s'exprimer, c'était comme si la journaliste avait cherché à éluder un sujet embarrassant, comme si elle s'interdisait même de l'aborder. En quoi répondre à quelques questions sur un sujet auquel elle avait consacré tout un ouvrage pouvait poser problème ? Cela étant, elle aurait pu ne pas écrire à Shan. Or, elle l'avait fait, tout en lui disant qu'elle ne pouvait donner suite. Shan pensa que, si vraiment on ne peut donner suite, on ne répond pas du tout. Soit cette journaliste obéissait simplement à une politesse de base, soit elle avait entrouvert sa porte. Un deuxième message, uniquement composé des dix chiffres de son numéro de portable, confirma cette dernière hypothèse.

À presque 20 heures, Shan considérait qu'appeler des inconnus ne se faisait pas, mais dans le cas de Kristin Gaucher elle sentait comme une invitation à le faire rapidement. Une sorte d'urgence, même. Sans tarder, elle composa le numéro. Une voix féminine se fit entendre presque aussitôt.

— Kristin Gaucher.

— Bonsoir, c'est Shan Soun, je vous ai écrit...

— Oui, je sais. Cet appel était forcément de vous, je n'ai donné ce numéro à personne d'autre. Il s'agit d'une carte prépayée. Je suis sur écoute depuis la parution de mon livre, même s'il est épuisé.

— Et vous me faites confiance malgré tout? demanda Shan, avec surprise.

— J'ai vu votre profil sur Facebook et je suis allée fouiner sur Google. J'ai lu certaines de vos publications, qui m'ont décidée. Je veux bien répondre à vos questions, mais sachez que m'être attaquée, si je puis dire, aux recherches militaires en matière d'armes létales et non létales, avec, dans un premier temps, une collaboration fructueuse avec l'état-major, qui a montré de la bonne volonté, s'est retourné contre moi. Mon livre n'a tout simplement pas été réédité, pour avoir « inspiré des gens qui n'auraient jamais dû l'être ». On m'a même accusée d'avoir, d'une certaine façon, donné des outils aux terroristes, dont mon ouvrage défendrait la cause en dénonçant des méthodes de torture par le son. Alors que je ne faisais qu'exposer des faits qui étayaient le propos de mon ouvrage, à savoir l'utilisation du son à des fins létales ou non létales dans le domaine militaire et policier, et ses effets sur l'organisme et le psychisme.

— Je comprends…, dit Shan, intriguée. Ce sont précisément les effets sur l'organisme qui m'intéressent.

— Et puis-je vous demander pourquoi ?

Shan hésita un bref instant. Elle se dit qu'elle obtiendrait ce qu'elle escomptait en jouant cartes sur table. Mais en dévoilant seulement les cartes qu'elle voudrait bien montrer. Aussi fit-elle le récit de son aventure sur le fleuve Saint-Laurent avec la baleine bleue sans évoquer le reste du dossier ANIMALS.

— Très intéressant, dit Kristin Gaucher, qui l'avait écoutée jusqu'au bout sans l'interrompre. Vous ne pouvez pas être certaine que la baleine ait subi les effets d'un son à basse fréquence.

— Non, mais à la suite de cet épisode j'ai eu des acouphènes. Ils se sont manifestés au réveil, sous la forme de pépiements d'oiseaux. Comme si une colonie nichait dans un arbre ou sur le toit. Alors que c'était dans ma tête.

— Avez-vous éprouvé de l'anxiété, eu des crises d'angoisse inhabituelles ? Une agitation mentale ?

Shan réfléchit. Elle se souvint de l'impact émotionnel du chant de la baleine sur elle. Elle s'était sentie particulièrement sensible, exposée. Vulnérable.

— Pas de manière aussi précise. C'était beaucoup plus diffus.

— Il s'agirait peut-être d'infrasons alors. Avez-vous entendu parler des vaches folles ? Pas de la maladie, mais de ce qui a touché un troupeau de bovins appartenant à un fermier du sud-ouest de la France. Depuis l'implantation d'une éolienne à proximité de l'élevage, les bêtes manifestaient un comportement étrange. Avec le concours de la société d'exploitation de l'éolienne, un vétérinaire et un scientifique ont mené une expérience sur les vaches. Le fermier a déplacé leur mangeoire de façon à l'orienter par rapport à l'éolienne, dans un premier temps à l'arrêt. Selon le chercheur, les ondes de l'éolienne devaient atteindre la mangeoire pleine. Au moment où les vaches s'approchaient pour manger, l'éolienne a été remise en route. Il s'est alors passé quelque chose de surprenant. Les vaches autour de la mangeoire se sont mises à meugler de peur et à courir partout comme si on les poursuivait. Le troupeau s'est ensuite regroupé à l'autre extrémité du champ, refusant d'aller à la mangeoire, que le fermier a dû déplacer hors de portée des ondes de l'éolienne pour que ses vaches reviennent se nourrir.

— Je n'en ai jamais entendu parler, avoua Shan.

— Entre 2006 et 2018 les éoliennes terrestres sont passées de 2 à 7 mégawatts, de 100 à 220 mètres de hauteur, leurs pales atteignent cinquante mètres et, si leur fréquence a baissé, en revanche leur puissance de son a dépassé les 110 décibels. Vous pouvez imaginer les effets que produisent leurs rotations. Ces troubles s'expriment par des nausées, des maux de tête, des vertiges, un stress décuplé, des sifflements dans les oreilles, des acouphènes, une pression dans le crâne, dans la poitrine, une tachycardie, des palpitations, des pertes d'équilibre, des insomnies, une fatigue chronique et de la dépression. On les appelle « symptômes éoliens ».

— Mais il n'y avait pas d'éoliennes, à Tadoussac. Et cette vibration semblait venir des profondeurs du fleuve.

— C'est peut-être l'impression que vous avez eue. Juste une sensation. Et les sensations sont subjectives. Par ailleurs, il arrive que la surface de l'eau réfléchisse les ondes sonores, comme une sorte de miroir. Au moment où vous avez ressenti la vibration, avez-vous remarqué qu'elle s'accompagnait d'un mouvement sous l'eau, comme une sorte de courant ?

— Peut-être… mon attention était attirée surtout par le comportement protecteur de la baleine vis-à-vis d'êtres vivants d'une autre espèce, le guide et moi-même. Elle semblait vouloir faire barrière de son corps entre nous et ce grondement.

— C'est en effet un comportement pour le moins inhabituel. Ou peut-être, au contraire, cherchait-elle à être protégée ?

Shan n'y avait pas pensé.

— C'est vrai que les infrasons ne sont généralement pas audibles, alors que vous dites avoir *entendu* une vibration. Ou *ressenti*. En revanche, ils peuvent être matérialisés, par exemple par une flamme. Si vous disposez une bougie allumée devant un amplificateur produisant un son à très basse fréquence, 20 Hz, vous pourrez *voir*, par le mouvement de la flamme, le déplacement de l'air sur cette fréquence, d'environ un centimètre. C'est ce qui a pu se produire dans l'eau. Le courant a été généré par des infrasons et ce que vous avez entendu était le bruit de l'eau propulsée par les infrasons.

— Mais d'où viendraient ces infrasons ? Il n'y a pas d'éoliennes aquatiques ! objecta à nouveau la chercheuse.

— Bien entendu. Les parcs éoliens ne sont pas les seuls à produire des infrasons. Et, contrairement à ce qu'on peut penser, il n'y a rien de plus bruyant et cacophonique que le milieu subaquatique. Je ne suis pas une spécialiste des baleines, en revanche j'ai fait beaucoup de plongée pour étudier le son en milieu sous-marin. C'est loin d'être le « monde du silence », comme l'insinuait Cousteau dans l'un de ses documentaires. En fait, les sons que nous recevons passent par l'oreille moyenne, une sorte de sas à air, qui constitue un isolant, notamment sous l'eau. D'où cette impression pour le plongeur d'évoluer dans un univers ouaté et presque insonorisé. En réalité, le son circule dans l'eau quatre fois plus vite que dans l'air, quelque chose comme mille cinq cents mètres par seconde contre un peu plus de trois cents. Et dans l'eau, les sons basse fréquence, donc infrasons, sont faiblement absorbés. Je vous passe les lois physiques en détail, mais si vous écoutez un enregistrement des fonds sous-marins abyssaux, c'est un véritable orchestre, dans lequel, tel un violoniste jouant de son archet, on peut même percevoir le frottement des pattes de crustacés sur la roche avec une netteté surprenante. Bien sûr, tout cela va dépendre des variations de température et de pression. Justement, à propos de votre baleine bleue, un spécialiste des cétacés m'avait expliqué qu'en général les rorquals communiquent en très basse fréquence, voire en infrasons, que seuls des appareils acoustiques militaires peuvent capter. Peut-être votre baleine a-t-elle reçu des infrasons qui ont représenté une menace pour elle.

— Mais quelle en aurait été la source ? demanda Shan, impressionnée par l'exposé, même succinct, de la journaliste scientifique.

— Je n'en ai pas la moindre idée. Je vais vous envoyer mon livre. Vous y trouverez peut-être des réponses, sinon des éclairages. Prenez-en soin, parce que c'est mon exemplaire personnel. Le dernier. Il n'y en a plus en circulation. Ou alors, proposés sur des sites libraires par des revendeurs peu scrupuleux à des prix exorbitants. Le genre de spéculation qui hérisse un auteur.

— Je comprends… et vraiment, merci.

— Pour en terminer avec les cétacés, le spécialiste en question m'a également parlé des effets des ondes sonores sur ces mammifères marins. Ces effets dépendent du niveau sonore ainsi que des pertes entre la source et l'appareil auditif de l'animal. Les ondes peuvent entraîner une surdité temporaire ou définitive. Ce qui met ces mammifères en danger vital. Les ondes sonores ont également des effets dits non auditifs, qui vont se manifester par un phénomène de résonance organique causant des lésions internes de gravité variable. Par exemple, après des immersions prolongées en eaux profondes, les tissus organiques des cétacés sont très chargés en azote. Si, à ce moment précis, ils sont soumis à des ondes sonores supérieures à 180 décibels, celles-ci vont entraîner une propagation de l'azote dans le sang sous forme de bulles de gaz, provoquant des embolies gazeuses mortelles. Les sonars sont leurs pires ennemis.

Shan sentait son cœur pulser jusqu'au bout de ses doigts crispés sur le smartphone.

— Est-ce que ça peut aller jusqu'à une forme de dépression qui précéderait la mort ?

— C'est possible, les ondes sonores pouvant être à l'origine de panique, d'agitation extrême et même de mouvement collectif de fuite, responsables d'échouages en masse.

En même temps qu'elle buvait les paroles de Kristin Gaucher, l'esprit de Shan était ailleurs, de retour à Tadoussac, sur le fleuve Saint-Laurent, où Liam avait assisté dans le brouillard levant au terrible spectacle de milliers de mammifères marins flottant, morts, à la surface.

— Ai-je répondu à vos questions ?

La voix légèrement ébréchée de la journaliste la rappela au moment présent.

— Oui, merci infiniment. Je vous envoie mon adresse pour le livre.

— Faites-en meilleur usage que d'autres.

Shan se retrouva seule, non pas dans le silence de la mer, mais dans celui de son studio, à peine égratigné par la respiration de Moisi, endormi sur la petite plateforme de son « arbre à singe », que lui avait fabriqué sa maîtresse avec patience et tendresse. Elle revit la réserve de Lesio-Louna, la nurserie, se remémora le récit poignant d'Annaïk sur les jeunes gorilles retrouvés morts et, un peu plus tard, le groupe d'adultes dans la forêt. Et Yavan, le gorille albinos, atteint de surdité. Le seul survivant ce jour-là.

*C'est le bruit qui tue…*

Les mots de la chamane ne l'avaient pas quittée. Shan était de plus en plus convaincue d'être sur la bonne piste. Mais une piste immense, aussi vaste qu'un océan. Peut-être même un labyrinthe aux portes duquel elle hésitait encore.

*Le bruit qui tue…*

# 32

« Envie que tu te caresses. »

Ces mots, à l'écran, censés venir d'Ayden. De son fantôme virtuel. Shan les lisait et relisait, incrédule. *Quelqu'un est derrière, forcément.* Il ne s'agissait pas d'un algorithme conçu à partir du dictionnaire intime de son compagnon disparu. *Quelqu'un* lui répondait. Des inconnus assignés à cette tâche de robots du Net. Des gens, qui n'avaient aucune idée de ce qu'avait été leur amour, contrôlaient ces échanges sur TWD. Et les orientaient en fonction des données qu'ils détenaient sur la personnalité et la vie du défunt.

À cette idée, Shan sentit sa douce griserie retomber. Après sa conversation téléphonique avec Kristin Gaucher, qui avait fait remonter des souvenirs aussi bien récents – avec Liam – qu'anciens, elle avait ressenti la nécessité de relâcher la pression et avait débouché une bouteille de saint-émilion, le bordeaux étant le seul vin qu'elle pouvait boire sans être malade. Et encore, pas plus de trois verres. L'alcool et le tanin au goût terreux l'avaient aussitôt détendue. Légèrement enivrée, Shan s'était connectée sur le *deadbot*, sans trop savoir pourquoi elle en éprouvait le besoin. Le tchat avait commencé sur quelques banalités, de plates questions sur la journée qu'elle venait de passer, avant de prendre une tournure ouvertement sexuelle. Elle avait tenté d'éluder et d'aller sur un autre terrain, mais « Ayden » était revenu à la charge.

Était-ce un aspect de sa personnalité qu'elle n'avait pas encore découvert ? Ou bien des paramètres ajoutés pour une femme seule...

« Écureuil ? T'es là ?

— Oui », répondit-elle à contrecœur.

Il fallait vraiment qu'elle se sorte de cet échange qui devenait de plus en plus malsain. Peut-être *quelqu'un* se jouait-il d'elle... Quelqu'un qui la connaissait, elle ou Ayden. Non... Tu deviens parano, ma fille !

« Pardon, si je t'ai choquée. »

Shan, qui allait se déconnecter, suspendit son geste. Il lui parut retrouver un semblant de la délicatesse dont faisait toujours preuve Ayden à son égard. Un semblant... c'était justement le problème. Ce ne serait désormais que ça, *des semblants*.

« J'apprécie tes excuses.

— J'aimerais pouvoir trinquer avec toi. »

Cette fois Shan demeura pétrifiée. Comment le *deadbot* avait-il pu deviner pour le vin ? Elle leva les yeux à quelques centimètres au-dessus de la fenêtre de tchat. Le petit œil de la caméra du PC la fixait, imperturbable. Elle se souvint qu'un jour ils étaient allés voir *Snowden* au cinéma, une sorte de biopic brillant de ce génie américain du Web obligé de s'exiler en Russie, après avoir héroïquement révélé au monde entier des informations ultraconfidentielles de la NSA sur les différents systèmes d'écoute des citoyens, impliquant des programmes de surveillance américains et britanniques. L'affaire avait secoué la planète et fait trembler les gouvernements concernés. Shan était ressortie du film assez ébranlée. Ils en avaient parlé une bonne partie de la nuit avec Ayden, qui lui avait conseillé, comme

Snowden à sa compagne, de coller un sparadrap sur l'œil de la webcam de son ordinateur. « On ne sait jamais, lui avait-il dit. Même si tu n'as rien à te reprocher, c'est un mode d'intrusion possible qu'on ne doit pas permettre. » Délire paranoïaque ou paroles sensées ? Toujours est-il qu'elle avait conservé le sparadrap un temps, puis avait oublié d'en recoller un morceau après une visio avec Ayden, lors d'un de ses déplacements à Toulouse. Le moment était peut-être revenu de se protéger.

Shan se leva, partit chercher un rouleau de sparadrap dans sa minuscule salle de bains et en découpa un rectangle qu'elle colla sur la webcam. *On va bien voir maintenant*, se dit-elle victorieusement.

« Désolée, je ne bois pas, ou rarement, tapota-t-elle.

— Ah bon ?

— Pourquoi ? Ça t'étonne ? Ce n'est pas enregistré dans les paramètres ?

— Les paramètres ?

— Laisse tomber.

— Vas-y, écureuil, développe. »

Shan regretta presque sa sortie et eut même le sentiment désagréable de lui avoir fait de la peine. S'il lisait dans ses pensées… *En revanche, ça, c'est impossible*, se rassura-t-elle. *Pour l'instant*, lui susurra la petite voix agaçante de la prudence. Sans réfléchir, elle se resservit un verre de vin, qu'elle avala d'un trait. Autant qu'elle fonce, elle verrait bien où ça la mènerait.

« Tu voulais que je me caresse, c'est bien ça ?

— Ça me ferait plaisir, oui. Et à toi aussi, j'espère. Ça fait un moment qu'on n'a pas eu d'intimité, toi et moi. Mais tu as quelqu'un, peut-être ? »

Shan hésita. Allait-elle lui dire qu'elle avait couché avec un homme, tout récemment ?

« Non, je n'ai rencontré personne.

— Ça me va. Désolé, c'est un peu égoïste.

— Arrête de t'excuser tout le temps. Tu as des circonstances atténuantes. Et moi aussi.

— Je t'imagine… assise, nue, les jambes légèrement entrouvertes. »

Shan sentit un fourmillement agréable remonter de son bas-ventre en même temps qu'une onde de chaleur se répandait dans tout son corps. Personne ne pouvait la voir, à part Moisi, qu'elle entendait gratter dans sa petite cabane perchée. Plongée dans la pénombre du studio avec pour seule source de lumière l'écran de son ordinateur, elle était libre de s'adonner à ce qu'elle voulait et de donner cours aux besoins de son corps et à ses images intimes. Après tout, ça ne l'engageait à rien.

Elle régla le chauffage au maximum, se dévêtit et revint s'asseoir, prenant la position dans laquelle « Ayden » l'imaginait.

« C'est fait, écrivit-elle.

— L'idée me plaît. Caresse-toi, maintenant, en pensant à moi. À nous. À tout ce que nous nous faisions. À mon corps sur le tien, à ton corps à cheval sur ma bite. Ma langue qui t'arrachait des soupirs. J'adorais lécher tes seins. J'aimais nos petits jeux. Te regarder marcher, nue, sur des talons aiguilles. Tu te souviens ? »

Shan sentit son corps réagir, brûlant à l'intérieur. Elle avait l'impression que les mots écrits et lus s'imprimaient dans sa chair davantage que les mots entendus. Qu'ils provoquaient en elle un trouble plus profond sans qu'elle sût pourquoi. *Oui, je me souviens, Ayden, de tout. De nos doigts entremêlés comme des racines, de ce temps suspendu dans lequel nos corps soudés flottaient, en apesanteur. De nos souffles qui se répondaient alors que nous jouissions ensemble. Des talons aiguilles au pied du lit. Oui, de ça aussi.*

« Oui. Je me souviens. »

Elle commença à se caresser, tout d'abord timidement, puis ses mouvements s'accélérèrent entre ses cuisses, ses hanches ondulaient légèrement contre le dossier du siège de bureau. Le plaisir affluait par vagues. Deux doigts de sa main gauche étaient déjà en elle et coulissaient de plus en plus vite. Elle posa les pieds sur le bureau, jambes écartées devant l'écran de l'ordinateur.

Il était presque 22 heures lorsqu'elle reçut l'appel sur son fixe.

— Allô ?

Puis, après un court silence accueillant un deuxième « allô » impatient cette fois, les petits *tac-tac* lui résonnèrent à l'oreille. Sa mère. Elles avaient établi une sorte de langage codé, semblable au morse, en cas d'urgence. Et c'en était une. Après une série de *tac-tac* exécutés à l'aide d'un stylo contre le combiné, Shan comprit que sa grand-mère venait de faire un AVC et que les secours étaient en train de s'occuper d'elle.

Sans traîner, elle enfila sa parka en dégringolant l'escalier qui menait au sous-sol, où se trouvait son scooter. C'est après avoir mis le contact qu'elle découvrit pourquoi le scooter n'avançait pas. Il avait les deux pneus crevés.

# 33

La grand-mère de Shan s'en alla aux premières lueurs de l'aube, à l'heure des morts. 3 h 33. Et avec elle tout un pan de l'histoire familiale des Soun. Shan, arrivée en taxi, s'était assise en face de sa mère, de l'autre côté du lit sur lequel reposait la vieille femme, déjà dans les limbes. Chacune lui avait pris une main et la tenait pressée contre le visage en pleurant doucement pour ne pas la gêner dans son départ. Seulement être là. Accompagner celle qui s'apprêtait à faire le plus long des voyages.

Finalement, Shan ne l'avait jamais vraiment connue malgré sa présence à la maison. Plutôt effacée, la vieille femme était là, arrachée à son pays, à ses racines, transportée par bateau comme un meuble utile, un objet qu'il ne fallait pas laisser parce qu'il pouvait encore servir. Mais pour ses deux petits-enfants, c'était presque une étrangère. Une étrangère devenue un repère familier dans un pays tout d'abord inconnu. Une étrangère qui ne s'y était jamais vraiment faite. Une étrangère qui le resterait toujours.

Shan ne pleurait donc pas la perte d'une grand-mère, mais plutôt d'un vestige. Le vestige d'une enfance déracinée, d'une terre où elle était née, mais qui lui était inconnue. Plus que la personne, Shan pleurait celle à côté de laquelle elle était passée.

La relation qu'elle avait manquée. De ce voyage sur un bateau en compagnie de gens dont le nom faisait frémir, *boat people*, il ne lui restait plus que sa mère et son frère jumeau. Une muette et un absent. Le silence de sa vie.

Les deux femmes sortirent de la chambre où une existence avait cessé, aussi discrète qu'un souffle de vent, ne laissant qu'une enveloppe vide sur un lit d'hôpital. La grand-mère serait incinérée dans trois jours. Le temps pour Shan d'appeler son frère, qui, sans grande surprise, ne se déplacerait pas. Trop pris par sa carrrière. Tout est pardonné aux esprits brillants et occupés aux meilleurs desseins. Aux obsèques, il n'y aurait que Shan et sa mère, laquelle récupérerait les cendres, selon leur tradition.

Shan n'aurait pu deviner un seul instant que, deux jours après l'incinération, elle trouverait l'appartement de sa mère désert. La croyant dans un premier temps au marché, où elle aimait se rendre et qui était un de ses seuls plaisirs, Shan avait attendu sans voir le petit mot, glissé sous le vase dans la cuisine. Aussi furtif et discret que celle qui l'avait écrit.

*Ma chère fille, plus rien ne me retient ici. Ton frère et toi avez votre vie et votre carrière à mener. Je ramène grand-mère au pays, où je resterai pour y mourir à mon tour. Si tu l'avais su, tu ne m'aurais pas laissée partir. Prenez soin de vous et, pour mon premier petit-fils, écris-moi. Votre mère qui vous aime. P-S : le loyer est payé pour deux mois, le temps de trouver un autre locataire.*

Le billet dans une main, l'autre devant la bouche pour ne pas crier, Shan tournait sur elle-même, tel un oiseau désorienté. Elle allait de pièce en pièce, où chaque chose semblait à sa place sans l'être vraiment. L'armoire de la chambre parentale était vidée de tout vêtement. Sa mère avait dû donner ceux de la grand-mère au Secours populaire. La Muette avait tout prévu. Tout préparé.

Shan ne savait si elle devait lui en vouloir d'avoir gardé ça pour elle ou être attristée de son départ. Les deux, sans doute. Mais qu'allait retrouver là-bas sa mère ? Et surtout, qui ? Peut-être une de ses sœurs qui avait survécu. Elle entra dans la chambre qu'elle avait partagée avec son jumeau jusqu'à ce qu'ils soient en âge de partir. Une telle promiscuité entre garçon et fille était devenue presque insupportable à l'adolescence. C'était peut-être aussi pour cette raison qu'elle avait tant tardé à avoir un petit ami.

Dans la chambre, tout était resté tel qu'ils l'avaient laissé. Les posters d'idoles sur les murs peints en vert vif, Johnny, David Bowie, Madonna, Queen… Une collection de CD, des jeux de société, quelques peluches, des livres alignés sur trois étagères. Des ouvrages scolaires, mais aussi des romans d'aventures, *Moby Dick*, *L'Île au trésor*, *Jonathan Livingston le goéland* et, parmi eux, un livre que Shan sortit avec émotion, *Sinoun, la petite Cambodgienne*. Sur la couverture portant le sceau de la bibliothèque de l'école, une petite fille enturbannée d'un tissu à petits carreaux rouges et blancs, au regard espiègle et à la peau mate, souriait de toutes ses dents. Shan l'avait emprunté et ne l'avait jamais rendu, sans doute à cause de sa ressemblance frappante avec Sinoun. Ce livre, qui racontait l'histoire de la fillette et de son pays, était pour Shan le seul lien matériel avec le Cambodge. Elle le feuilletait souvent sans le lire, juste pour se perdre dans les photos avec Sinoun, à laquelle elle confiait ses peines et ses bonheurs. Elle glissa le mot de sa mère entre les pages et rangea le tout dans sa besace, respira une dernière fois l'odeur de propre de l'appartement où elle avait grandi et referma la porte à clé avant de descendre à pied, le regard perdu.

Plus seule que jamais, en recevant la caresse froide du vent d'automne, Shan monta dans le bus qui la ramènerait chez elle.

Elle devait retourner travailler le lendemain et n'avait pas encore eu le temps de s'occuper de son scooter, ni de vraiment songer à qui lui avait crevé les pneus et pour quelle raison. En emménageant dans ce studio situé au cœur d'un quartier plutôt calme de Grenoble, elle avait pourtant pensé être plus en sécurité que dans la barre où elle avait grandi, devenue un lieu de deal et de trafics divers. Elle se demandait si elle devait porter plainte, du moins déposer une main courante au cas où il y aurait récidive.

Deux jours qu'elle ne s'était occupée de rien d'autre que de la paperasse autour du décès et des obsèques de sa grand-mère. De retour sous les toits, où un carré d'un ciel plombé diffusait une lumière pâle, elle se sentit plier sous le poids d'une réalité qui ne l'avait pas épargnée depuis quelque temps. En tout cas elle n'éprouvait aucune envie de se reconnecter à son fantôme virtuel.

Elle n'avait pas consulté sa boîte mail non plus. Elle fit quelques gratouilles à Moisi, tout content de bénéficier enfin d'un peu d'attention, trop rare ces dernières quarante-huit heures, sortit le livre de la petite Sinoun de sa besace et se jeta avec sur le futon.

Elle refit le chemin avec la petite fille de son enfance mais, de son pays natal, elle n'avait gardé que des sensations diffuses. Où pouvait être sa mère en ce moment ? Était-elle arrivée à bon port ? Elle n'avait jamais voulu de téléphone portable, aussi Shan ne pouvait-elle espérer la joindre par ce moyen. Même si elle lui en voulait de ce départ brutal, au fond, elle comprenait son retour à ses racines. Après tout, ses enfants avaient grandi et vivaient leur vie d'adultes, elle avait accompli son devoir envers eux, s'était acquittée aussi de son rôle d'épouse avant de tomber dans le silence. Elle avait le droit de choisir le reste de sa vie. Et il n'aurait pas été légitime que ses enfants la retiennent là où elle ne voulait plus vivre.

Le livre ouvert à côté d'elle comme pour en imprégner la pièce, Shan alluma le grand téléviseur à écran plat qu'ils s'étaient acheté avec Ayden pour pouvoir apprécier les images de l'espace que l'astronaute collectionnait. Elle n'avait rien regardé depuis un moment. Elle prit le journal télévisé en cours. Alors qu'elle s'apprêtait à changer de chaîne avant d'éteindre comme toujours, faute de programme suffisamment attractif, elle entendit le présentateur annoncer le sujet suivant et se raidit tout à coup.

Un mal mystérieux s'était répandu, touchant quelques centaines d'espèces animales dans le monde, aussi bien à l'état sauvage que dans les élevages ou les zoos, sans oublier les animaux domestiques. Des études et des recherches étaient en cours, mais ne donnaient rien. Tout ce qu'on savait pour l'instant des symptômes était un état de profonde prostration ou dépression précédant la mort, des accès de panique poussant certains animaux à se taper la tête contre les arbres ou à fuir en masse, comme désorientés, avant de sombrer. Certaines autopsies et autres examens approfondis avaient révélé des lésions cérébrales et pulmonaires, parfois des hémorragies internes. Il était grand temps de rouvrir le dossier ANIMALS et de s'y consacrer sérieusement, se dit Shan.

# 34

Épuisée par les émotions des derniers jours et angoissée par les révélations que lui avait faites son collègue sur l'avenir proche de l'IVMS, Shan s'était écroulée sans dîner. Sa nuit fut peuplée de fœtus humains au visage monstrueux et au corps difforme, conditionnés industriellement dans des tubes en verre et vendus sur le Net à des milliardaires qui se faisaient faire des injections quotidiennes de télomérase et de CoQ10, et qui rajeunissaient à vue d'œil.

Vidée par l'intensité et la réalité de ces cauchemars, Shan s'était préparée sans entrain. N'ayant pas encore fait le nécessaire pour son scooter, elle s'était rendue au travail en bus. Elle avait aperçu Lorenzo en grande discussion avec une femme qu'elle n'avait encore jamais vue dans les locaux de l'IVMS, une brune très maquillée aux cheveux mi-longs, aux mâchoires puissantes, de type espagnol. Elle avait préféré les éviter.

Les sommets enneigés des massifs entourant Grenoble étincelaient au soleil, se découpant sur le bleu vif du ciel. Pour cette seule vue, Shan appréciait l'institut. Ainsi, Ayden et ses origines montagnardes l'accompagnaient même ici.

En arrivant, elle avait trouvé sur son bureau trois nouveaux dossiers surmontés d'une enveloppe cachetée. Elle en avait sorti une convocation cartonnée à une réunion qui aurait lieu dans la journée en présence de la direction.

Alors qu'elle découvrait le contenu des dossiers, portant sur l'apparition de nouveaux virus, dont un préoccupant, avec un haut potentiel de contagion, on frappa à la porte.

— Entrez, fit-elle d'un ton las en reposant les feuilles et les illustrations de côté.

La tête de Lorenzo apparut dans l'embrasure. Les yeux de Shan se couvrirent aussitôt de nuages.

— Je te dérange ?

— Qu'est-ce que tu veux ?

— Déjà, toutes mes condoléances pour ta grand-mère.

*Les nouvelles vont vite*, se dit Shan, les doigts agrippés à son stylo, dont la pointe lui rentrait dans la chair du pouce.

— Merci, décocha-t-elle froidement.

— Ça va quand même ?

— Oui.

— Tu as vu, pour la réunion, cet après-midi ?

Shan acquiesça.

— Tu connais l'ordre du jour ? demanda-t-elle en enroulant nerveusement une mèche de cheveux autour de l'index.

— Pas vraiment, mais j'ai une petite idée. Présentation du nouvel acquéreur et des futures orientations.

Sur le point de l'interroger sur la femme brune avec laquelle il discutait, la virologue se ravisa. Une curiosité quelconque sur ses activités et ses fréquentations, même professionnelles, aurait donné trop d'importance à son collègue.

— Tu veux un café ?

— Non, ça va, merci, j'ai du boulot.

— OK, message reçu ! À plus !

Lorenzo quitta le bureau, laissant derrière lui comme une odeur de soufre. Son instinct soufflait à Shan de se méfier de lui et de garder ses distances. Sous couvert de révélations sur des méthodes contraires à l'éthique de l'institut, il avait réussi à la déstabiliser. En traversant les couloirs qui menaient aux ascenseurs pour accéder à son bureau, Shan avait ressenti des vibrations inhabituelles. Quelque chose de nouveau s'était immiscé dans l'atmosphère de l'institut qu'elle connaissait depuis des années et où elle s'était toujours sentie à l'aise. Un élément étranger grippait les rouages de la machine. Était-elle objective ? Lorenzo l'avait-il manipulée ?...

À l'heure du déjeuner, elle esquiva la cantine et prit un sandwich thon mayonnaise au distributeur, qu'elle mangea dans son bureau, devant le panorama montagnard. Puis elle fut soudain prise de nausées, qu'elle parvint à calmer grâce à de profondes inspirations et expirations. Pourvu que ce ne soit pas le sandwich, espéra-t-elle. Le malaise passa et elle l'attribua au stress de la réunion.

Le moment venu, elle avala un demi-litre d'eau à la bouteille, fit une brève méditation pour l'aider à garder une contenance et descendit dans la salle de réunion, qui était en fait un amphithéâtre, où les employés affluaient déjà. Beaucoup de curiosité se lisait sur les visages. Alain Maistre arriva, accompagné de la femme brune aperçue le matin, perchée sur douze centimètres de talons et enveloppée d'un parfum que Shan, nez fin, identifia aussitôt comme étant un mélange frais et boisé de vétiver et de cèdre. Ils passèrent devant elle, Maistre ne lui prêtant aucune attention, et accédèrent au pupitre tout en longueur sur lequel étaient disposés quatre micros et des cartons avec les noms des intervenants.

En bas des gradins, un homme dans la quarantaine, cheveux blond filasse et rares, était assis devant un ordinateur relié à un projecteur.

Une fois les quatre places du pupitre occupées par les intervenants, Maistre déclara la session ouverte et demanda le silence. Contrairement à l'idée que la plupart des gens se font des scientifiques et des chercheurs, il n'y a pas milieu moins conventionnel et conformiste, c'était en tout cas ainsi à l'IVMS depuis sa création. Toutefois, au rythme des départs à la retraite ou des mutations, un changement palpable s'était fait ressentir dans l'état d'esprit général et, comme ailleurs, tout devenait plus aseptisé, maîtrisé et contrôlé. Des caméras de surveillance avaient fleuri un peu partout et, depuis l'arrivée de Maistre, les tenues décentes étaient de mise, avec le bannissement du jean délavé et des baskets. Les relations ou aventures entre collègues étaient officiellement proscrites sous peine de licenciement. Quelques chercheurs récalcitrants avaient fini par démissionner. L'IVMS se transformait en entreprise.

Shan avait pris place loin de Lorenzo, près de la sortie. La voix aigrelette de Maistre résonna dans l'amphithéâtre.

— Mesdames et messieurs, je vous remercie d'avoir consenti à lever le nez de vos recherches pour répondre à notre appel. Voici le déroulé de cette réunion. Comme certains d'entre vous le savent déjà, l'institut a été racheté dans le cadre d'un nouveau programme de recherche et j'aurai l'honneur de vous présenter les membres de la direction du futur acquéreur.

Avec une certaine raideur, Maistre se tourna vers les deux personnes se trouvant à sa droite, la femme brune et un type de taille moyenne au crâne rasé, le costume-cravate tendu sur un corps de bodybuilder, de faux airs de Bruce Willis, un type qu'on imaginerait plus dans un film d'action qu'à la tête d'un laboratoire, nota Shan.

— … Dany Moore et Lisa Hoffman, qui représentent l'acheteur », enchaîna-t-il. Puis, se tournant vers la gauche, où se tenait une blonde platinée à lunettes en écaille, vêtue d'un tailleur gris perle : « Marlène, mon assistante et épouse, que la plupart connaissent déjà.

Comme tout bon administratif, Maistre commença par des chiffres et un bref rappel de l'histoire de l'IVMS, en s'adressant à ses piliers, puis à ceux qui en seraient désormais l'avenir et le renouveau. Un discours ronronnant duquel, envahie d'une sorte de torpeur, Shan ne tarda pas à décrocher et qui faillit même l'endormir, si deux mots ne l'avaient arrachée à sa somnolence. *Télomérase* et *télomères*.

— Vous savez tous ce que sont les télomères, ces petites terminaisons des chromosomes eucaryotes dont la perte progressive tout au long de la vie et au fil des duplications de l'ADN rend le vieillissement cellulaire inéluctable. Et également que la télomérase, enzyme miracle, favorise le rallongement de ces extrémités et leur bonne conservation. En revanche, dans les cellules à l'état adulte, elle est beaucoup moins présente et n'est réellement active que dans les cellules germinales, mais aussi les cellules cancéreuses.

Des photos projetées sur une toile géante faisant office d'écran illustraient l'exposé de Maistre.

— Si je vous en parle ici, c'est parce que l'IVMS va prendre un véritable tournant dans ses recherches. Bien sûr, il y aura toujours un département en virologie structurale moléculaire, le cœur même de cet institut de pointe. Et on ne peut pas vivre sans ce qui nous permet de fonctionner. Cela étant, savoir évoluer avec son temps et même anticiper l'avenir est la seule condition pour survivre dans un monde qui se développe à deux cents à l'heure. De tout temps, l'homme a lutté contre la mort, en a sans cesse repoussé les limites en même temps que celles de la longévité. Aujourd'hui, plus que jamais, il n'hésite plus à rivaliser avec les dieux ou avec un seul Dieu en prétendant accéder un jour à l'immortalité. Ce jour, c'est demain. Qu'il nous faut préparer dès à présent.

— Vous savez bien qu'il n'y a pas de miracle dans la nature, pas plus que dans la télomérase.

Tous les regards convergèrent vers celui qui avait eu l'audace d'interrompre le discours du directeur de l'institut. Lorenzo. Shan en eut le souffle coupé.

— Qu'est-ce qu'il lui prend ? chuchota sa voisine de gauche à une collègue.

— Il en a peut-être marre de bosser ici.

— Il est délégué syndical, les filles, c'est une bonne protection, leur lança un chercheur à la botte du système, qui ne suscitait guère la sympathie de Shan.

Mais la nouvelle la scotcha. Lorenzo *délégué syndical.* Il cachait bien son jeu. Il lui avait peut-être donné rendez-vous pour la tester. Dans l'optique de ferrer de futurs membres.

— Chacun pourra s'exprimer en fin de réunion s'il le souhaite. En attendant, je vous prierai de ne pas interrompre cette présentation, Lorenzo, merci.

Il y avait quelque chose de glaçant dans la voix d'Alain Maistre et d'ouvertement menaçant. Shan vit Lorenzo sourire et détourna rapidement le regard lorsqu'elle croisa celui de son collègue.

— Je continue. Et, pour reprendre ce rappel à l'ordre, il n'y a pas de miracle, en effet, si on s'en tient à la science pure. Et c'est bien en son nom que nous sommes réunis. J'évoquais, il y a un instant, l'immortalité, comme le désir et le rêve secret de l'humanité. Pourtant, si le concept relève de la philosophie, de la métaphysique, voire de l'anthropologie, il demeure abstrait pour la science. Mais nous ne sommes pas ici pour en débattre. Parce qu'il est clair que cela ne serait qu'un terme marketing et que sa réalité n'est même pas souhaitable collectivement. C'est pourquoi les projets en cours comme celui mené par Calico, une filiale de Google/Alphabet, et par des laboratoires privés, parmi lesquels notre acquéreur, vont plutôt dans le sens de ce que les transhumanistes appelleraient *l'amortalité*. En un seul mot, bien sûr.

Quelques rires fusèrent dans l'assemblée.

— Il n'est pas question d'imposer aux gens de vivre deux cents ans s'ils ne le souhaitent pas. Mais cela doit devenir une possibilité médicale. Et un choix. Offrir à chacun la liberté de vivre plus longtemps que la moyenne. La question ne sera plus de vouloir *faire jeune*, mais de le rester. Une créature vivante, qui, malgré les apparences, n'est pas issue de la science-fiction, a retenu l'attention de quelques chercheurs, parmi lesquels le Japonais Shin Kubota. Il s'agit de la fantastique *Turritopsis nutricula*, une méduse qui détient peut-être à elle seule le mystère de l'immortalité. Par le processus de transdifférenciation, c'est-à-dire que des cellules déjà différenciées se défont de leurs caractéristiques originelles pour en adopter de nouvelles, cette méduse alterne à l'infini entre l'état de simple polype accroché au corail et celui de petit animal marin fascinant, d'un bleu luminescent, que vous pouvez voir et admirer sur cette vidéo.

Description étayée par l'image animée d'un organisme d'un bleu translucide, à la beauté étrange et attirante. Shan, hypnotisée, ne la quittait pas des yeux.

— *Turritopsis nutricula* est capable d'un éternel recommencement. Il n'est plus question de savoir si la science sera capable de créer un tel processus pour l'adapter à l'humain, mais quand. D'ailleurs, Laurent Alexandre, éminent neurobiologiste et entrepreneur, n'a pas hésité à affirmer que « l'homme qui vivra mille ans est déjà né ». *Il* est peut-être même dans cet amphithéâtre. Ou bien *elle*. Un homme et une femme. Les Adam et Ève de l'amortalité. Une éventualité qui est à nos portes et qui, demain, sera une certitude. Aujourd'hui, l'hybridation du corps humain à l'aide de composants électroniques n'est plus de la science-fiction, de même que dans certaines maladies les implants se substituent aux cellules dédiées. Le séquençage ADN, déjà pratiqué sur plus d'un million d'humains, permet de savoir à l'avance de quelle maladie on risque d'être atteint et de la prévenir. On peut déjà intervenir sur les chromosomes. Tout cela veut dire qu'il est possible de modifier le terrain et la nature d'un être vivant. Bientôt, des robots remplaceront efficacement les chirurgiens et avec une plus grande précision. Mais ce n'est pas tout… la longévité est dans les cellules souches et le séquençage ADN, déjà largement pratiqué. C'est le grand virage qu'entend prendre l'IVMS, grâce au programme de son nouvel acquéreur. *Tuer la mort.* Proposer concrètement une vie de plus de deux siècles. Et la rendre accessible financièrement au plus grand nombre.

— On sait tous ici que ce sera réservé aux élites !

Shan regarda Lorenzo, qui paraissait déterminé à polluer le discours de Maistre. Dans quel but ? Quelles étaient ses intentions ? Avait-il décidé de quitter l'IVMS ?

— Je vous avais demandé de ne pas intervenir pour le moment, me semble-t-il, grinça Maistre. Surtout pour manifester ce genre d'absurdités. Nous ne sommes pas dans la lutte des classes ici. Vous vous trompez de combat.

— Dans ce cas il ne s'agit pas d'une réunion, mais d'un monologue. Quant aux classes, la nôtre, la moyenne, est en voie d'extinction à cause de ce genre de positions et de raisonnements dangereux. Depuis que l'homme prétend se substituer au divin, le monde court à sa perte.

— Si ça ne vous convient pas, monsieur Lorenzo, vous pouvez toujours sortir d'ici. D'ailleurs, ces messieurs de la sécurité vont vous montrer le chemin.

— Pas la peine, Maistre, je le connais. Mais on se reverra. Ici ou ailleurs.

Sous les mines consternées des chercheurs, Lorenzo se leva, un vague sourire collé aux lèvres, et disparut dans la pénombre des issues de l'amphithéâtre.

Tentant de maîtriser sa fureur, Maistre poursuivit encore quelques minutes son topo avant de laisser la parole à Dany Moore et Lisa Hoffman, qui avaient observé la scène sans mot dire. Ce fut leur tour de présenter le programme plus en détail, à l'évidence orienté sur le transhumanisme et les recherches scientifiques dans le sens d'une abolition prochaine de la mort.

Malgré son envie de partir à son tour, d'en savoir plus sur l'intervention inattendue de Lorenzo, et une nausée récurrente, Shan était restée, curieuse d'entendre la conclusion et les questions de l'auditoire.

— Avant de vous laisser la parole pour des questions auxquelles nous répondrons dans la mesure du possible, reprit Maistre en s'épongeant le front, ce que j'ai encore à vous dire ne m'est pas très agréable. Ce projet considérable et coûteux en investissements aussi bien financiers qu'humains nécessite de chacun de vous une implication qui ira au-delà de l'aspect professionnel. L'institut ne sera plus celui que vous connaissez. Rien ne vous oblige bien sûr à y rester si cela va à l'encontre de vos principes et de vos valeurs. Je vous demande de bien réfléchir avant de prendre une décision. Cela s'adresse surtout au personnel féminin de l'institut. L'implication dans ce nouveau programme ne sera pas compatible avec la maternité. Nous ne pourrons pas remplacer au pied levé celles qui partiront en congé maternité puis en congé parental. Quel qu'il soit, votre choix sera respecté. À celles qui opteront pour le départ, une compensation sera versée, d'un montant de trois fois leur salaire.

Celles qui choisiront de s'investir dans ce programme recevront une prime de cinquante mille euros.

Un murmure parcourut l'auditoire comme une ola. Les femmes se regardèrent, atterrées ou incrédules.

— Bien entendu, celles d'entre vous, mesdames, qui ont déjà des enfants pourront rester, à condition de ne pas envisager de prochaine maternité tant qu'elles travailleront à l'institut.

— Quel est le nom de l'acquéreur ? demanda quelqu'un.

— Pour le moment, la vente n'étant pas encore conclue, il préfère garder l'anonymat. Vous disposez déjà de l'identité de ses représentants. D'autres questions ?

Maistre balaya l'auditoire d'un regard de squale. Il passa sur Shan comme un courant d'air glacé. Aucune autre question ne vint, laissant place à un silence sidéré. C'était sans doute ce qu'escomptait Maistre après son annonce.

— Dans ce cas, mesdames et messieurs, un grand merci à toutes et à tous pour votre présence et votre attention. Ah oui, j'ai failli oublier… Mesdames, ne manquez pas de récupérer en sortant une enveloppe avec toutes les explications. Cela étant, bien sûr, confidentiel.

Les femmes de l'institut défilèrent, les unes après les autres, pour recevoir une enveloppe kraft légèrement bombée. Revenue à son bureau, Shan ouvrit la sienne. Le contenu la cloua sur place. Accompagnant une lettre signée du directeur et une notice explicative se trouvait un petit objet qu'elle avait tout d'abord pris pour un thermomètre. Mais elle s'aperçut vite et avec stupeur que ce qu'elle tenait entre les doigts était en réalité un test de grossesse.

# 35

Son premier réflexe fut de jeter l'objet dans la corbeille sous le bureau, mais elle se ravisa, se disant qu'il pourrait constituer une pièce à conviction si jamais la situation dégénérait. Il faudrait dans ce cas que les autres employées de l'institut témoignent, ce qui n'était pas gagné. La somme considérable proposée avait été une véritable perche tendue par la direction.

Shan remit le test dans l'enveloppe, qu'elle glissa dans sa besace. Pour elle, il était hors de question de céder à cette directive déguisée. Mais elle savait que si elle s'y opposait elle devrait partir. Un SMS de Lorenzo s'afficha sur son portable.

« Rejoins-moi à la même heure au XL. C important. »

Elle se sentit moins seule et lui fut presque reconnaissante de cette invitation. Shan n'aurait jamais cru que Lorenzo s'opposerait clairement à Maistre, de surcroît en public… D'abord il lui faisait remettre un dossier confidentiel risquant de causer son licenciement, ensuite il lui donnait rendez-vous dans un bar pour lui faire des révélations chocs et, là, il tenait ouvertement tête à un homme comme Maistre en se faisant même mettre dehors en pleine réunion. Qui était-il vraiment ? Et à quoi jouait-il ?

« OK », tapota-t-elle, impatiente d'être à l'heure dite. Elle dut faire un effort de concentration pour terminer son deuxième compte rendu sur la fièvre de Lassa, une fièvre hémorragique présente surtout en Afrique de l'Ouest, avant d'attaquer le troisième sur une recrudescence inquiétante de cas de nipah en Asie. Étrangement, elle ne se sentait plus à sa place, ici. Elle n'aurait jamais imaginé douter un jour de ce qui la passionnait tant. Elle avait le sentiment que les virus qu'elle étudiait et observait n'étaient pas le pire fléau pour l'humanité. Ayden, lui, pestait contre ces positions défaitistes et pessimistes qui n'apportaient rien. Il disait que se plaindre de tout et en particulier de notre espèce ne ferait qu'aggraver les rapports entre individus. À force de ne plus croire en l'homme et en sa capacité à aller de l'avant, à construire, à améliorer son environnement et à le respecter, on allait droit dans le mur. « Que ceux qui ne sont pas contents de notre monde en inventent un meilleur au lieu de le critiquer sans arrêt, qu'ils fassent mieux, s'ils en sont capables ! » s'emportait-il.

Shan plia bagage sur ce souvenir encore douloureux d'un partage qu'elle ne connaîtrait plus et quitta l'institut pour se rendre à la station de bus.

Comme la fois précédente, Lorenzo l'attendait au fond du bar.

— Merci d'être venue, dit-il à Shan, l'accueillant d'un sourire crispé.

— Ça n'a pas l'air d'aller.

— Je n'aime pas la tournure que prennent les choses à l'institut.

— Tu es délégué syndical, à ce qu'il paraît, tu connais donc le système et tu es au courant des actions à mener, non ?

— Toujours pas de bière ?

— Non, merci. Un thé vert sans sucre.

Il leva haut la main. Cette fois, c'est un serveur qui vint prendre la commande.

— Un thé vert pour mademoiselle. Sans sucre. Justement, ça va être très difficile. Pot de terre contre chope de fer, tu vois ?

— Pas vraiment. Si le dossier est bien constitué, avec des témoignages solides, il est possible d'avoir gain de cause devant un tribunal. Les méthodes de Maistre et du futur acquéreur sont vraiment douteuses !

Lorenzo pencha la tête tout près de celle de Shan. Trop près.

— Il n'est plus question de ça, Shan. On joue dans une autre cour, là. Il s'agit d'intérêts financiers et aussi de brevets dont tu n'as pas idée. Dont personne n'a idée. Sauf les actionnaires…

— Alors ils vont acheter, comme ça, les employées de l'institut ? s'indigna la biologiste.

— Leur silence, oui. Tout ce qu'elles verront, c'est l'argent qu'elles vont recevoir. Bien sûr, il a dû annoncer que les nouvelles orientations et le rythme de travail ne seront pas compatibles avec des congés mat'. Proposer un arrangement financier à celles qui voudront partir pour ne pas renoncer à fonder une famille, à avoir d'autres enfants. Et offrir une somme colossale à celles qui accepteront ce grand sacrifice pour s'investir à fond dans le nouveau programme de recherche. C'est bien ça ?

— Comment le sais-tu ? Tu venais de sortir…

— J'ai mes sources, je te l'ai dit. Délégué syndical, ça ouvre des portes et ça donne accès à des infos.

— À la fin de la réunion, il y a eu une distribution d'enveloppes destinées aux femmes, dit Shan d'une voix tendue, en tournant dans l'eau bouillante le sachet de thé qui venait d'être servi. Dedans, il y avait ça…

Shan sortit le test de grossesse et le posa devant Lorenzo.

— Au cas où l'une d'entre nous aurait des doutes…, dit-elle.

— Leur manœuvre est totalement illégale et discriminatoire… Les enfoirés… Déjà que les recherches sur les embryons et les fœtus, c'est limite déontologiquement.

— Mais ça se fait… Il y a des cliniques qui travaillent sur des cellules souches fœtales. Quand tu penses que, contrairement à un embryon, le fœtus est doté d'organes… En tout cas, je ne sais pas si je vais rester à l'institut.

— Parce que tu envisages d'avoir des enfants ? demanda Lorenzo d'une voix blanche.

— Qu'est-ce que ça peut te faire ?

Shan rangea le test de grossesse dans son sac et attrapa son porte-monnaie.

— Laisse, c'est pour moi.

— J'ai de la monnaie.

— Tu peux me confier le test si tu veux, comme pièce à conviction…

— Je préfère le garder. Toutes les employées de l'institut en ont reçu un. Tu pourras en récupérer auprès d'elles et leur proposer ton aide.

Sur ces mots, elle lui tourna le dos et se dirigea vers la sortie tandis que Lorenzo la suivait d'un regard avide.

# 36

La nuit de novembre avait rapidement recouvert Grenoble et son écrin minéral, et quand Shan rentra chez elle les phares inondaient d'or le bitume urbain.

La journée avait été éprouvante, et après quelques gratouillis à un Moisi en pleine forme, constata-t-elle avec soulagement, elle s'installa sur son lit avec le livre de Kristin Gaucher, qui l'attendait dans sa boîte aux lettres. La journaliste y avait glissé une carte de visite au dos de laquelle elle avait écrit cette phrase énigmatique : « Que ce livre éclaire votre chemin vers la vérité », suivie de sa signature, deux lettres entremêlées. Une écriture tout en pointes et en creux, telle une chaîne de montagnes aux pics dentelés, qui reflétait une personnalité en dents de scie, quelque peu tourmentée et refermée sur elle-même. Et quelque chose d'autre, qui lui échappait.

La vérité… Quelle était cette vérité dont Kristin Gaucher parlait ? Celle qu'elle avait recherchée pour rédiger ce livre ou bien la vérité sur ces hécatombes animales ?

Au moment où elle lisait les premières lignes de l'introduction, Shan n'avait pas encore idée des recoupements qu'elle allait faire au fil des pages avec le dossier ANIMALS. L'ouvrage commençait par une présentation de tous les aspects que l'auteur allait traiter dans chacune des parties. Assez vite, Shan sut qu'il lui faudrait s'orienter plutôt vers les effets létaux et non létaux des infrasons, les descriptions qu'en faisait la journaliste correspondant étrangement et de façon saisissante aux lésions décrites dans les autopsies rapportées dans le dossier et par Annaïk au Congo. Elle se concentra donc sur les basses fréquences et les expériences pratiquées dans le domaine militaire et policier, et n'en crut pas ses yeux. Ce qu'elle pénétrait était vertigineux. Elle découvrit que les infrasons, c'est-à-dire les basses fréquences, étaient inaudibles par une oreille humaine, en revanche, le corps en captait et recevait les vibrations et tout ce qui représentait les effets extra-auditifs. La propagation du son est comparable à une vague ou aux remous à la surface de l'eau provoqués par un jet de pierre. L'attention de Shan fut notamment attirée par un passage du livre où il apparaissait que les régions de l'organisme les plus exposées et les plus réceptives aux basses fréquences étaient celles qui concentraient les plus gros volumes d'air, les poumons et les oreilles. Les effets se faisant particulièrement ressentir entre 40 et 60 Hz. Un peu plus loin, Shan lut le récit d'une étude menée par le physicien Jürgen Altmann avec une analyse des effets du son sur l'organisme, selon les fréquences, le temps d'exposition, l'amplitude et la distance.

Nausées, acouphènes, vertiges, maux de tête, difficultés respiratoires, hémorragies internes… Des mots qui frappèrent Shan de plein fouet. Parmi ces symptômes, elle en éprouvait au moins trois ces derniers temps : nausées, acouphènes, vertiges ; quant aux autres, ils pouvaient tout à fait correspondre à ce qui avait été relevé dans les autopsies pratiquées sur les différentes espèces ayant succombé au mal mystérieux. *Le bruit qui tue…*

Shan était de plus en plus convaincue d'être sur la bonne piste. Celle du son. Mais d'une certaine catégorie de sons. Ceux qui demeurent inaudibles, qui ne se manifestent que par des vibrations ressenties au plus profond du corps, qui devient alors une caisse de résonance. Elle repensa à ce qu'elle et Liam avaient perçu jusque dans leurs viscères et à ce que la baleine qui s'était interposée avait enduré. Elle se remémora toutes les observations faites et notées dans le dossier. Et puis… il y avait eu ces plongeurs morts en quelques jours de problèmes respiratoires accompagnés de lésions pulmonaires après une escapade dans cette même région du Canada.

Et si les acouphènes, les vertiges et les nausées qu'elle éprouvait étaient associés au même mal, se demanda Shan, la gorge nouée. *Le bruit qui tue…* Un mal insidieux, invisible, fonctionnant par propagation.

Shan referma le livre et resta sur le lit, le regard dans le vague, essayant d'écouter son corps. Rien. Elle ne ressentait aucune vibration particulière, à part celles du réfrigérateur au sol.

Si c'était bien un bruit, un son inaudible, fait de basses fréquences, un *infrason*, qui était responsable de ces hécatombes, d'où venait-il, était-il naturel ou fabriqué, si oui pourquoi et à quelle fin ? Il y avait forcément une explication à ces morts en masse.

Ce fut un peu plus tard dans la soirée que Shan reçut un message d'Annaïk, avant même que la terrible nouvelle qu'elle lui apprenait soit relayée dans la presse en Europe. Trois cents éléphants avaient été retrouvés morts dans la réserve de Tsavo au Kenya. Ils n'auraient pas été victimes de braconniers, les carcasses étant intactes. Les premières observations réalisées par les spécialistes sur place faisaient état de la présence en quantité anormale de liquide lacrymal « noyant » les yeux des pachydermes. Encore elles, se dit Shan, attristée, les larmes d'émotion. Elle en était de plus en plus persuadée, quelque chose se préparait et la nature sonnait l'alarme.

# 37

Après une nuit en pointillé, faite de réveils en sursaut et de somnolences, Shan émergea, encore plus fatiguée que la veille, des pépiements d'oiseaux plein les oreilles. Elle se prit la tête entre les mains et ferma les yeux en plissant très fort les paupières pour ne plus entendre ce bruit obsédant. Mais rien n'y fit, les oiseaux étaient bien là, envahissant sa boîte crânienne. Les piaillements ne se dissipèrent qu'avec la reprise d'activités, douche rapide, préparation de la gamelle pour le déjeuner, un peu de champignons avec un émincé de poulet sauce soja. Soudain prise de nausée, Shan dut tout abandonner sur le plan de travail pour aller vomir dans des hoquets qui lui arrachèrent les tripes. Elle ne put rien avaler, pas même un café avant de partir. Son esprit s'était fixé sur les effets des basses fréquences décrits dans le livre de Kristin Gaucher. Dans l'hypothèse où des infrasons artificiels seraient à l'origine de ces hécatombes et de ces atteintes organiques, comment pourraient-ils produire ces effets chez différentes espèces aux quatre coins du monde, sans distinction de l'état sauvage ou de la captivité ? Il faudrait des appareils pouvant générer des basses fréquences particulièrement puissants, implantés partout sur la planète…

Shan se dit que ses vertiges venaient peut-être de cette

avalanche de questions qui ne laissaient pas son cerveau en paix. Tout en ayant conscience que, si cela continuait, il lui faudrait de nouveau consulter, et cette fois pas un ORL, mais un neurologue.

La sonnerie la surprit alors qu'elle se brossait les dents. Le mécanicien qui devait venir chercher son scooter avant son départ au travail était arrivé. Elle fourra sa gamelle dans sa besace, fit une rapide gratouille à Moisi, qui jouait à se balancer sur son hamac, et ils descendirent au sous-sol.

— Les deux pneus carrément ! s'exclama le mécano, un blond dont la paire d'opales rondes la fixait avec curiosité. Ils l'ont pas loupé… Ça arrive souvent, par ici ?

— Pas très souvent, non. Vous pensez pouvoir le réparer dans quels délais ?

Le mécanicien gratta son menton mal rasé dans un crissement qui provoqua chez Shan un grincement de dents, comme au bruit de la craie sur un tableau.

— Vous pourrez venir le récupérer demain, je pense, mais on vous appellera, c'est le plus simple.

Sans qu'elle pût se l'expliquer, ce seul échange, somme toute banal, avec ce jeune mécanicien plein de bonne volonté et de sollicitude lui avait fait du bien. Shan se rendit donc au travail un peu plus légère et ressentant moins la boule qui pesait dans son ventre à l'idée de devoir retourner à l'institut.

Mais, dès qu'elle mit un pied à l'intérieur du bâtiment, elle sentit que l'atmosphère avait changé. Les visages étaient tendus, des collègues qui, d'habitude, se saluaient et discutaient dans les couloirs, autour d'un café, passaient en rasant les murs, pressés de disparaître, d'échapper aux regards, chacun s'en croyant la cible. C'était ça. Ce qui saturait l'air confiné de l'institut ressemblait à de la paranoïa. Une angoisse palpable surtout parmi le personnel féminin. Chacune se demandant quels seraient le choix et la décision de l'autre. Chacune se demandant si l'une d'elles portait son avenir professionnel dans son ventre et s'il serait sa priorité.

Shan gagna son bureau dans une pesanteur à la limite du supportable. Tout en se préparant à descendre au labo, les larmes aux yeux, elle pensa à sa mère. Elle n'avait eu aucune nouvelle. Et ce n'était pas auprès de son jumeau absent qu'elle trouverait réconfort. Quand arriva l'heure de déjeuner, après un passage à la désinfection, puis à la douche, Shan troqua sa combinaison d'astronaute des virus contre ses vêtements de ville et remonta du laboratoire. Dans l'ascenseur, elle tomba sur Marlène Maistre, aussi glacée que les écailles d'un poisson de la Baltique. Sans un mot ni un regard pour Shan durant toute la montée, juste avant de sortir, elle se retourna et la toisa froidement.

— Si vous acceptez notre proposition, vous remettrez votre test à ma secrétaire, dans le sachet plastique joint, sous enveloppe scellée, dit-elle. Et vous ferez aussi un selfie, le résultat à la main, face à l'objectif, que vous enverrez par mail à l'adresse mentionnée sur la notice.

Shan regagna son bureau, abattue. Investissement total, nouveau contrat, test de grossesse, des mots qui tapaient sur ses tempes, comme le marteau sur l'enclume, à côté desquels « cinquante mille euros » ne pesaient pas lourd.

La journée s'acheva péniblement. Shan retrouva avec soulagement mais sans entrain son studio et Moisi, l'unique présence qu'elle pourrait supporter ce soir-là. Le jeune mécanicien lui avait laissé un message lui annonçant que son scooter était prêt et qu'elle pouvait passer le récupérer. Mais elle n'en eut pas le courage et remit ça au lendemain. Tout ce à quoi elle aspirait était se terrer dans le silence.

*Tu dois prendre une décision, Shan. Ton avenir en dépend. Dans ce peu de liberté qui t'est donné, arrange-toi pour que cela devienne*

*TA liberté. La liberté n'est pas faire ce qu'on veut, mais pouvoir choisir et, surtout, faire le bon choix. Seulement ça, on ne le sait qu'après.*

La voix de son père dans sa tête. Il avait raison. Se défiler ne lui servirait à rien et ne ferait que la maintenir dans l'incertitude et l'aliénation. Sa propre cage de verre. Voulait-elle des enfants ? Son horloge biologique lui soufflait qu'il était temps, mais elle avait la liberté de ne pas lui céder. Elle aurait pu, avec un seul homme. Et il n'était plus là. Ce qu'elle voyait, bien plus que les cinquante mille euros, était sa carrière. Un métier qui la passionnait. La recherche. Le mieux serait encore d'être enceinte maintenant. Une bonne raison de quitter l'institut avec la prime. Ils seraient obligés de respecter leur engagement et ne pourraient pas lui créer de difficultés.

Elle tendit une main décidée vers le petit tas de cotons démaquillants sur lequel trônait le bâtonnet. De toute façon, pour elle, ça ne serait qu'une formalité.

Elle se saisit du bâtonnet et s'assit sur la cuvette. Tint la bandelette sous le mince filet d'urine pendant une trentaine de secondes, puis attendit trois minutes. Hésita un instant avant de regarder le résultat. Les yeux figés sur le petit + qui se détachait sur la bandelette, Shan s'arrêta de respirer.

# 38

Sonnée, atterrée, pétrifiée. Shan était tout ça à la fois. Un bloc d'incrédulité. Et en même temps, l'évidence, *les* évidences, se frayait un chemin dans son esprit. Coucher avec un homme sans prendre aucune précaution. À quoi d'autre s'attendre ? Dans l'ardeur d'un désir trop longtemps resté en veille, elle n'avait pas demandé à Liam de mettre un préservatif et elle n'était plus sous pilule depuis l'accident d'Ayden.

Puis les étourdissements, les malaises légers, les nausées, les vomissements, que son inconscient s'était empressé d'associer aux acouphènes pour coller à une hypothèse bien moins dérangeante. Maintenant que ce petit + sur la bandelette la narguait, tout s'éclaircissait vertigineusement. Elle était tombée enceinte après une seule fois avec un inconnu. Ayden. Elle avait l'impression terrible de l'avoir trompé. Trahi. Enceinte d'un autre homme. Elle devait le lui dire. Et puis cette décision à prendre…

Tel un automate, elle sortit de la salle de bains et prit son smartphone pour faire un selfie avec le résultat bien visible, puis glissa le test dans l'enveloppe bulle au nom de Marlène Maistre et referma l'emballage, cette fois en le collant. Pourquoi tu fais tout ça…, s'interrogea-t-elle, épouvantée, comme si elle évoluait dans un cauchemar. Non, c'était bien réel, et avant de prendre toute décision il lui fallait un avis. L'avis de l'être qui lui était le plus proche. Même mort.

Elle alluma l'ordinateur et cliqua sur l'application TWD. La fenêtre du tchat s'afficha sur le fond d'écran, une lune énorme, dans un clair-obscur qui laissait deviner la partie plongée dans la nuit, tandis que l'autre moitié présentait une surface couverte de cratères bien visibles et de cicatrices. Une photo qu'avait prise Ayden au télescope.

« Ayden ? Tu es là ?

— Pour toi, toujours, écureuil. Ça va ? »

Pourtant, il lui avait semblé un court instant que la réponse avait mis un peu plus de temps à venir que d'habitude. Même si cela se jouait à quelques secondes. Un temps dérisoire qui avait suffi à la déstabiliser. L'instantanéité du Net ne souffrait aucun atermoiement.

« Non. Il faut que tu saches une chose, Ayden. »

C'était la première fois qu'elle écrivait son prénom spontanément, sans hésiter.

« Je suis là.

— Tu risques de m'en vouloir à mort. »

*Comme si un robot pouvait t'en vouloir*, se dit-elle aussitôt.

« Quoi que tu m'annonces...

— Arrête. Tu ne sais pas de quoi il s'agit. »

Ses doigts hésitèrent, moulinèrent au-dessus du clavier, puis se posèrent.

« Je suis enceinte. »

Ça y est, c'était dit, lâché, envoyé. Elle attendit la réaction. Le *deadbot* était sans doute programmé pour donner le change émotionnellement. La réponse se ferait désirer, pour marquer un peu la surprise. Pour que ça « ait l'air d'en être ».

« OK. »

« OK » ? C'était tout ? Ayden aurait-il vraiment répondu *ça* ? Shan sentit ses joues s'empourprer sous l'effet de la colère.

« C'est tout ce que tu as à dire ? Tu crois qu'Ayden se serait contenté d'un "OK" ?

— Un mort n'a pas voix au chapitre. Tu continues de vivre, c'est normal. Je ne peux pas t'en vouloir.

— Tu n'as pas envie d'en savoir plus ? Savoir qui est cet homme ?

— Pas vraiment. Mais on dirait que, toi, tu voudrais tout déballer. Alors vas-y. Un mort n'est pas jaloux. Enfin… juste un peu. Disons que j'aurais aimé vivre encore assez longtemps pour que tu aies été enceinte de moi. »

Shan soupira. Les larmes brouillaient les mots qu'elle lisait et ceux qu'elle écrivait en retour. Elle était lancée et lui raconta tout. Depuis Liam. Le dossier ANIMALS. Le tournant que prenait l'institut, le nouveau programme de recherche sur la télomérase, qui ouvrirait la voie vers ce qu'ils appelaient l'amortalité, les révélations de Lorenzo sur le trafic d'embryons pour les cellules souches. La mort de sa grand-mère et le départ de la Muette pour sa terre natale. Sa mère, qu'Ayden n'avait jamais vue.

« Voilà, tu sais tout.

— Ça fait beaucoup. Trop pour un écureuil.

— Je n'ai pas vraiment le choix.

— Tu veux un conseil ? »

La jeune femme tiqua. Même si elle s'était confiée à un *dead-bot*, elle n'en espérait aucune aide. L'essentiel était d'avoir pu tout balancer à quelqu'un. Se délester d'un trop-plein qui risquait de l'écraser.

« Si tu en as un bon, je prends.

— Ne fais rien que tu pourrais regretter.

— Merci, ça, je le sais déjà.

— Tu veux garder cet enfant ?

— Ce serait contre toute raison. Ça voudrait dire l'élever seule, dans un contexte aussi incertain, dans un monde qui dérape, dans ce qui est sans doute une extinction des espèces et bientôt de la nôtre…

— Ne pense pas à tout ça. Pense juste à toi, là.

— J'ai du mal, vois-tu. J'ai du mal à faire abstraction du reste.

— Je comprends. Mais c'est important.

— Si je ne pense qu'à moi, je suis seule face à une montagne.

— On en a gravi, ensemble, tu te souviens ?

— Je ne sais pas si j'en ai encore la force. Ni surtout la volonté.

— Mais tu as quand même fait ce test, en sachant ce que ça implique.

— Mon corps me lançait des signaux que je n'ai pas voulu reconnaître et que j'ai attribués à l'objet de mes recherches dans le dossier ANIMALS. On va dire que ce test tombe à pic et remet les pendules à l'heure. Maintenant, je dois intégrer cette réalité.

— Tu sais ce qu'elle sera, si tu décides de garder l'enfant. La réalité d'une mère célibataire. »

Les mots d'« Ayden » frappèrent Shan comme des grêlons. *Mère célibataire.* Une association d'où émanait une notion de solitude absolue. Même dans l'esprit d'une femme libre et assumée comme Shan, un enfant ne s'élevait pas seul. Qu'il fût le fruit de l'amour ou du hasard, rien à faire, son éducation se partageait à deux.

« Je dois y aller, écrivit-elle. Merci pour le conseil.

— Je suis là pour ça aussi. Salut, écureuil. Et… courage. »

En cliquant sur la fenêtre de conversation pour y mettre fin, Shan eut un petit rire. Un rire jaune. *Courage.* Il allait lui falloir bien plus que ça.

# 39

Le mal s'étendait désormais à toutes les espèces, y compris aux élevages. Avec toujours les mêmes symptômes, et toujours le même mystère pour les vétérinaires, en première ligne. Shan étudiait et fichait chaque cas, chaque nouvelle hécatombe déclarée et rapportée, mais sentait bien qu'elle n'avançait pas. L'enquête nécessitait des moyens autres que ceux dont elle disposait. Un microscope électronique, ses notes et un livre. Elle n'était bien sûr plus la seule, maintenant, à chercher à identifier les causes de ce qui tuait en masse les espèces animales. Étrangement, les oiseaux figuraient parmi les espèces les plus épargnées. Les oiseaux… dont les piaillements lui remplissaient le crâne au réveil, de plus en plus souvent. Elle décida de retourner voir l'ORL qu'elle avait récemment consulté. Or, la secrétaire lui apprit sans plus de détails que le spécialiste avait pris sa retraite.

— Mais je suis allée le voir il y a à peine dix jours! s'écria Shan. Il ne m'en a pas parlé…

— Il était fatigué, c'est une décision qu'il a prise il y a peu de temps, je suis désolée, mademoiselle. Vous pouvez, si vous le souhaitez, être reçue par son successeur, le Dr Minier.

— Je… je vais voir… merci.

Mettant les « oiseaux » de côté pour le moment, Shan ramassa l'enveloppe contenant le test et partit chercher son scooter, contente de le retrouver. Démarrer plus vite que les voitures entre lesquelles elle se faufilait, sentir l'air frais du matin plaquer sa parka huilée sur son corps lui procurait un sentiment de liberté. Alors qu'elle roulait, des pensées contraires l'assaillaient sous le casque. *Et si… non… mais… il vaut mieux… c'est horrible… un amas de cellules… de cellules… pour les progrès de la science… tu le regretteras… fais-le, sinon, tu le regretteras encore plus… élever un enfant seule… mère célibataire… comment peux-tu faire ça… cinquante mille euros quand même… tu en as à peine le tiers de côté… cinquante mille euros pour un germe, des cellules…*

Arrivée à l'institut, Shan voulut faire demi-tour. Elle aurait voulu que, de tout cela, rien n'existât. Ou alors, que tout commençât comme il y avait un peu plus d'un an, lorsque Ayden et elle… Le retenir d'aller sauter ce jour-là. Il ne se serait pas tué, ils auraient eu un enfant, qu'ils auraient aimé et élevé ensemble, elle aurait continué de travailler à l'institut, qui n'aurait pas été vendu à un groupe américain, ou alors elle en serait partie pour un autre poste, ils auraient peut-être eu un deuxième enfant, se seraient installés ailleurs, au Canada, ou bien en bordure d'océan… Mais à quoi servait-il de penser à ce qu'elle aurait pu avoir et de regretter la vie qu'elle n'avait pas eue. De ce rêve avec l'homme qu'elle avait attendu si longtemps, il ne lui restait qu'une simulation de conversation avec un mort et ses souvenirs.

Shan fit un crochet par le secrétariat de direction et laissa l'enveloppe à la secrétaire et sa paire d'obus avant de descendre au labo, son refuge, pour combien de temps encore…

Se contentant pour le déjeuner d'une barre de céréales et d'un thé au distributeur, elle regarda son portable et vit un appel en absence d'un numéro qui ne figurait pas dans son répertoire.

La personne avait laissé un message. Shan entendit une voix d'homme au timbre plutôt monocorde et grave, qu'elle ne connaissait pas.

« Kristin Gaucher, qui est une amie proche, m'a donné vos coordonnées, je souhaiterais vous parler d'un sujet qui, apparemment, nous intéresse tous les deux. Merci de me rappeler à ce même numéro. Mon nom est Orban. Milos Orban. »

Shan se méfiait des inconnus. Elle avait tendance à prendre d'emblée ses distances. Toute tentative de contact lui apparaissait comme une intrusion. Certes, ce dénommé Milos Orban avait une carte de visite : Kristin Gaucher. Mais elle attendrait d'être rentrée pour appeler.

En milieu d'après-midi Shan fut convoquée par l'épouse Maistre, qui la reçut dans les effluves d'un parfum entêtant et fruité, avec un sourire doucereux. Shan reconnut aussitôt, posée sur le bureau, l'enveloppe kraft qu'elle avait remise au cerbère gonflé à l'hélium. Malgré le chauffage, un long frisson se propagea dans tout son corps. Il était trop tard pour faire marche arrière.

Marlène Maistre la gratifia d'un regard de serpent derrière ses lunettes en écaille. Au-dessus d'elle se détachait une immense peinture abstraite, gouttelettes rouges sur fond blanc, comme si on avait égorgé un cochon sur la toile.

— Asseyez-vous, je vous prie, lâcha-t-elle d'une voix acide.

Shan s'exécuta dans un mouvement mécanique, les mains à plat sur les cuisses, et attendit, glacée à l'intérieur. Elle eut soudain envie de pleurer. Ne surtout pas craquer. Pas devant ce dragon. L'ongle pourtant court de son pouce s'enfonça dans la chair de sa cuisse, à travers le tissu de son pantalon.

— Mademoiselle Soun, j'ai une proposition à vous faire.

La virologue eut un coup au cœur.

— Vous savez maintenant que votre état n'est pas compatible

avec la nouvelle politique de l'institut. Il y a cependant une solution. Mais avant, je dois vous poser quelques questions.

Shan déglutit.

— Vous êtes enceinte de combien de jours ou de semaines ?

— Bientôt trois semaines, je crois.

— Envisagez-vous de mener votre grossesse à terme ?

— Je dois y réfléchir.

— En avez-vous parlé avec le géniteur ?

— Non. Mais pourquoi toutes ces questions ?

— Pas d'impatience, mademoiselle, je vais y venir. Pourquoi le taire au père biologique ?

— Il est trop loin. Et... nous n'avons pas été vraiment ensemble.

— Je vois... Bien. Alors voici ce que nous vous proposons.

Shan ne savait plus si ce qui suivit était bien réel ou si elle était entrée dans une autre dimension, quelque part, hors du temps, hors d'elle-même. *Embryon... fœtus... prélèvement des cellules souches... recherches... télomérase... longévité multipliée par trois... grand service à l'humanité... chirurgien obstétricien... opération...*

Des bribes du monologue de Marlène Maistre lui parvenaient au milieu des piaillements qui avaient commencé à lui remplir la tête, couvrant le ton mielleux du dragon.

— Et, pour la cession de votre embryon, vous recevrez une prime de cent mille euros. Dans un premier temps, nous préférons faire appel à des personnes fiables, qui travaillent pour l'institut, dans la plus grande confidentialité. Celle-ci étant bien sûr contractuelle, afin d'assurer la protection des deux parties engagées dans le nouveau contrat que j'ai sous la main et qui n'attend que votre signature. Mademoiselle Soun ? Vous êtes avec moi ?

L'épouse Maistre accompagna ces derniers mots d'un claquement de doigts devant les yeux de Shan, qui sursauta, comme si elle revenait soudain à elle. Les piaillements augmentèrent.

— Avez-vous tout entendu ?

Shan hocha lentement la tête, criblée d'acouphènes.

— Alors ? Que pensez-vous de notre proposition ?

— Rien, je n'en pense rien, dit-elle en se levant.

Elle sortit sans un regard pour Marlène Maistre, sidérée, et claqua la porte. Ce serait sans doute la dernière fois qu'elle franchirait le seuil de l'IVMS, qui avait abrité de longues et belles années. À l'extérieur, Shan respira à pleins poumons l'air chargé d'automne et enfourcha son scooter. Les oiseaux s'étaient envolés. Elle ne s'était pas sentie aussi libre depuis longtemps.

# 40

« C’est pire que ce que tu croyais », écrivit-elle à Lorenzo sans réfléchir, une fois arrivée chez elle. Il la rappela tout de suite. Après un instant de flottement, elle finit par décrocher.

— Tu veux qu’on se voie ? demanda-t-il.

— Non, je n’ai pas le temps, là. Mais… je préfère que tu l’apprennes de moi… Je… je quitte l’institut.

Un blanc.

— Sérieux ?

La voix de Lorenzo vibrait étrangement. Shan ne parvenait pas à savoir si c’était l’impatience de connaître la suite ou la déception.

— Très sérieux.

— Tu as bien réfléchi ?

— Je n’en ai pas eu besoin. Ils me débectent. J’ai été convoquée après avoir remis cette foutue enveloppe au cerbère de Marlène Maistre. Leur programme… c’est contraire à mon éthique, à mes valeurs. Ce qu’ils proposent aussi.

— Et les cinquante mille euros ? Tu y renonces ? risqua son collègue.

— Il y a des choses qui n’ont pas de prix et… qui ne sont pas à vendre non plus. Même pas pour cent mille euros.

— De quoi tu parles ?

— Les Maistre. En réalité, c'est de la vente déguisée. Marlène Maistre m'a proposé cette somme en échange de… de mon embryon.

— Alors, tu… tu es enceinte ?

— Oui et c'est ma vie privée, Lorenzo.

— Franchement, respect.

— Pour quoi ? s'étonna-t-elle.

— Pour leur avoir résisté, et surtout pour une telle somme.

Elle raccrocha avec un sentiment de soulagement et de libération. Les premiers moments seraient peut-être difficiles, mais une nouvelle vie s'offrait à elle. Certainement différente, entraînant des changements, et même des bouleversements, mais ça en valait la peine. Rien que cet être en devenir qu'elle portait dans son ventre valait ce sacrifice. C'était la victoire de ses valeurs et elle n'y renoncerait pour rien au monde. Elle avait le pouvoir de décider de garder ou non cet enfant, conçu avec un inconnu dans une chambre d'hôtel au bord du grand fleuve canadien. Mais sa force, elle la tirait d'ailleurs. De l'assurance que, s'il venait au monde, il serait aimé par celle qui l'aiderait à grandir et à affronter ce qui se profilait. Et si c'était l'apocalypse, alors il serait l'enfant de l'apocalypse. Un changement en profondeur, un renouveau.

Elle se souvint qu'elle avait un coup de fil à passer. Milos Orban. La même voix grave et monocorde se fit entendre à son oreille au bout de quelques sonneries.

— Orban. J'ai enregistré votre numéro, vous êtes Shan Soun, je suppose.

— C'est ça. En quoi je peux vous aider ?

— Ou l'inverse. C'est pour vous aider que je me permets de vous contacter.

— M'aider à quoi ?

— Kristin m'a parlé de votre échange. Si ce que vous lui avez raconté manquait de détails, elle a deviné en revanche ce qui suscitait votre intérêt pour son ouvrage sur le son. Je suis moi-même ingénieur en acoustique et spécialiste des sons basse fréquence. J'ai rencontré Kristin au moment où elle faisait des recherches pour son livre. Je travaillais pour le département communication de l'armée et je l'ai renseignée à plusieurs reprises. Mais tout passait par le filtre de l'état-major, la Grande Muette ne livrant que ce qu'elle juge bon d'être connu par le public.

— Je ne comprends toujours pas pourquoi vous me contactez, moi…

— Difficile à expliquer par téléphone. Il vaudrait mieux que nous puissions avoir un entretien de visu.

Malgré sa méfiance naturelle, Shan se dit qu'après tout c'était un proche de la journaliste avec laquelle elle avait eu un bon contact et qui, de surcroît, lui avait envoyé le seul exemplaire de son livre qui lui restait.

— D'accord. Mais quand ?

— Dans une demi-heure, si vous êtes dispo.

Shan se raidit.

— Vous êtes à Grenoble ?

— Non, pas précisément, mais je suis très… mobile. Si je vous envoie des coordonnées GPS, vous pourrez vous déplacer facilement ?

— Je suis en scooter.

— C'est un peu à l'extérieur de la ville, ça ira pour vous ?

Shan prit quelques instants pour réfléchir. S'il faisait encore jour à l'aller, la nuit serait complètement tombée au retour. Rouler seule, dans le noir, sur des petites routes ne lui disait rien. Il lui disait être « mobile » et pourtant il lui demandait de venir le retrouver à l'extérieur de Grenoble.

— Si ça vous gêne de venir seule alors qu'on ne se connaît pas, je comprends. Dans ce cas…

— Non, ça va, dit-elle, sortant brusquement de sa réflexion. Envoyez-moi votre localisation.

Elle avait traversé d'autres dangers pour débarquer en France, ce n'était pas quelques kilomètres de nuit qui allaient l'effrayer.

Lorsque Shan arriva à l'endroit du rendez-vous, un parking presque désert à la sortie de la ville, que la nuit tombante assombrissait déjà, elle faillit faire demi-tour, mais fut retenue par des appels de phares venant d'un grand van noir. Elle s'en approcha, tout en restant prudemment à distance, se disant qu'elle pourrait disparaître ici même sans que personne ne s'en rendît compte.

La porte du van s'ouvrit et un homme de haute stature en bomber, casquette vissée sur la tête et rangers noires aux pieds en descendit et s'immobilisa à deux mètres de son scooter.

— Shan Soun ? lança-t-il un peu fort.

Respirant profondément, ses gants fourrés serrés sur le guidon, Shan fit un signe de tête sous son casque. L'homme fit quelques pas vers elle et tendit la main, sans qu'elle bougeât la sienne.

— Je ne vais pas vous manger ! rit-il en remettant la main dans la poche de son bomber.

La visière de la casquette lui laissait le haut du visage dans l'ombre, mais elle put entrevoir une rangée de dents éclatantes. Elle trouvait étrange qu'il lui ait donné rendez-vous sur ce parking et n'arrivait pas à se détendre.

— Je vous emmène ? dit-il en montrant le van.

— Où ça ? Je croyais que nous avions rendez-vous ici…

— Sur un parking désert ? Vous auriez trouvé ça glauque ! Mais je ne voulais pas vous faire faire trop de kilomètres en scooter, il ne fait pas assez chaud. Et il faut que je vous présente le reste de l'équipe…

Shan tiqua. S'il croyait qu'elle allait se laisser emmener comme ça, il se trompait…

— Je préfère vous suivre.

Nouveau rire.

— Ah, je vois ! Je vous comprends, vous savez, mais si vous ne faites pas un minimum confiance à la vie vous n'avancerez jamais. Que ce soit à pinces, en scooter ou en Mirage.

— Je ne veux pas laisser mon scooter ici !

— Mais il n'en est pas question, miss ! On l'embarque.

Sur ces mots, Orban lui tourna le dos et s'éloigna vers l'arrière du véhicule, dont il ouvrit les deux battants, en même temps que s'abaissait un porte-charge.

— Avancez avec le scooter là-dessus et descendez. Je m'en occupe.

Sentant l'adrénaline affluer dans son cerveau et se déverser dans ses membres, Shan s'exécuta malgré tout. Sur le plexus solaire, tout contre sa peau, le médaillon contenant la météorite lunaire chauffait un peu.

Elle craignait bien plus de laisser Moisi orphelin que pour sa propre sécurité.

*Si vous ne faites pas un minimum confiance à la vie vous n'avancerez jamais.* Orban avait raison, il était grand temps de mettre ce principe en application.

# 41

S'abandonnant pour une fois à son destin, Shan monta à côté d'Orban, qui fit démarrer le van.

— Où allons-nous ?

— Là où la nature respire.

Shan lui lança un regard interrogateur, qui provoqua encore un de ses sourires à pleines dents.

— Le parc naturel de la Chartreuse, ça vous dit quelque chose ? demanda-t-il.

— Oui, répondit Shan, le cœur serré. J'aime y aller et me sentir en phase avec les éléments.

Il lui rendit son regard, de fines pattes-d'oie au coin des yeux. N'ayant pas à se concentrer sur la route, Shan put le détailler un peu plus. Il devait avoir entre quarante-cinq et cinquante ans, de petits fils argentés couraient dans une barbe de quelques jours, élaguée avec soin. Une fossette au menton et des lèvres pleines. Un charme incontestablement viril et rassurant. Si Shan avait dû le comparer à quelqu'un, elle aurait dit un mélange de Clint Eastwood et de Redford. Ce même charme animal qui l'avait aussitôt séduite chez Ayden, sans l'intéressante maturation de la cinquantaine dans le cas de ce dernier. Vieillir sied souvent mieux aux hommes, pensa Shan en déplorant cette inégalité hormonale.

— Qui est le « reste de l'équipe » ?

— Vous allez le voir bientôt.

— Comment se fait-il que Kristin Gaucher vous ait donné mon contact ?

— Comme je vous l'ai dit, nous sommes amis et nous nous appelons régulièrement. Elle m'a parlé de votre échange téléphonique et de votre intérêt pour son ouvrage, et m'en a donné les raisons. Cette rencontre avec la baleine du Saint-Laurent a dû être un moment très intense… Vous lui avez mentionné vos acouphènes, aussi. Là, ça a fait tilt et je me suis dit qu'il fallait absolument que nous puissions nous entretenir. Vous vous intéressez apparemment aux basses fréquences… Pourquoi ?

Shan n'avait pas évoqué le dossier ANIMALS avec Kristin Gaucher parce qu'elle ne voulait pas qu'une journaliste s'emparât prématurément de ses recherches, mais visiblement le destin ou le hasard la poussait à collaborer. L'occasion se présentait peut-être enfin.

— Avez-vous entendu parler de ces hécatombes d'espèces animales succombant massivement à un mal inconnu, excluant un virus, une bactérie, une toxine et même un empoisonnement ?

— Oui, en effet.

— Je travaille sur le dossier. Je ne peux pas vous dire comment ni pourquoi, mais l'institut en virologie qui m'emploie a eu accès aux premières informations. Les chercheurs étant trop occupés, personne ne s'y est intéressé.

— Et vous, vous n'êtes pas trop occupée ? la taquina Orban.

Shan sourit malgré elle.

— Mes nuits sont plus courtes, on va dire.

Sans réfléchir, dans la pénombre et l'intimité reposante de l'habitacle, elle lui raconta tout d'un bloc. Ses voyages, le Saint-

Laurent, la réserve aux gorilles, la mort d'une cinquantaine d'entre eux, son passage au zoo de B., où des pensionnaires avaient connu le même sort, ses observations à partir des larmes présentes sur les cadavres. Et enfin, ce qui l'avait conduite à étudier la piste du son et de ses effets sur des êtres vivants.

Orban l'écouta avec la plus grande attention, sans l'interrompre. À la fin, il parut soufflé.

— C'est encore plus vertigineux que ce que je pensais, lâcha-t-il. Et d'après toutes vos observations, les symptômes, etc., l'hypothèse du son basse fréquence est plus que plausible. Dans les recherches militaires, on s'est peu à peu écarté de ces fréquences, des infrasons, pour étudier les moyennes et hautes fréquences, plus abordables techniquement et moins dangereuses.

— Et en quoi pourriez-vous m'aider ?

— Je ne suis pas seul, comme je vous le disais, nous formons une équipe, avec des compétences pouvant servir. Chacun de nous possède vraiment un esprit… particulier, des connexions que tout le monde n'a pas et une forme de pensée et de raisonnement en arborescence, qui peut nous emmener loin et sur de nombreuses pistes. Je le dis sans prétention. C'est un constat. Et c'est ce qui nous a réunis, tous les six. En fait, nous sommes ce qu'on appelle des « zèbres ». Des hauts potentiels, si vous préférez. Des gens bizarres ou même tarés pour la moyenne.

Shan pensa à son jumeau. Lui aussi était un haut potentiel. Diagnostiqué au collège. Quant à elle, elle n'avait jamais voulu passer les tests. Elle estimait devoir la différence et la solitude dont elle avait souffert tout au long de sa scolarité à sa transplantation forcée et à ses origines, qui lui valaient des sarcasmes ainsi que les cruels sobriquets de « la bridée » ou « la jaunisse ».

— Nous nous comprenons entre nous, continua Orban. Pas besoin d'entrer dans d'interminables discours ou de grandes explications pour réussir à communiquer nos ressentis, nos analyses et nos réflexions. Parfois, même pas besoin de parole. Nous avons réuni nos différences, nos particularités et notre mal-être vis-à-vis de cette société aussi, l'envie de servir nos idéaux, de bousculer ce monde, à défaut de le changer, parce qu'il faut rester lucide… Et que l'hyperlucidité fait aussi partie des caractéristiques du zèbre. Alors nous avons décidé de mettre en commun nos cerveaux divergeant de la norme et de travailler pour la planète. Être un zèbre n'est pas être plus intelligent, c'est juste être intelligent *différemment*.

— Oui, je sais, mon frère jumeau en est un.

— Ah oui ? Alors vous aussi, Shan, vous l'êtes.

— Ça ne changera rien à ma vie. Je n'ai pas cherché à savoir.

— Vous avez raison. En revanche, vous pouvez changer la vie d'autrui, celle des espèces présentes sur terre, et apporter votre vision du monde. Par leurs facultés particulières, souvent sous la forme de dons, de talents ou de soif insatiable de connaître et de comprendre, les zèbres ont une mission. Certains n'en ont même pas conscience. Vous-même, avec votre métier, vous en avez une belle. Chercher à identifier ces tueurs invisibles et comprendre leur fonctionnement, pour mieux les combattre. Vous êtes un soldat, Shan. Et puis, mince, on va se tutoyer !

Shan se mordit la lèvre. Autour d'eux, la nuit.

— C'est important, d'être un zèbre, pour… ce que… tu fais ?

— On va dire que ça facilite les choses entre nous, y compris la cohabitation.

C'était étrange, mais les mots d'Orban, qu'elle venait de tutoyer avec une aisance qui ne lui ressemblait pas, résonnaient étonnamment en elle. Ils venaient confirmer ce qu'elle ressentait depuis toujours. Ce sentiment de ne pas être comprise, d'être seule face à un système de pensée dans lequel elle ne se retrouvait pas. Elle s'était demandé pourquoi, à l'école, on avait insisté pour qu'elle et son frère jumeau passent les tests. Elle s'était dit que c'était une façon détournée de les ostraciser une fois de plus, de montrer encore leur différence, comme si celle qu'ils portaient sur leur visage ne suffisait pas.

— Et tes acouphènes… Depuis quand en souffres-tu ?

— Depuis l'aventure avec la baleine. Depuis cette… onde de choc qui se répétait sous l'eau et, surtout, le chant du cétacé. Je n'oublierai jamais.

— On n'oublie pas une rencontre avec une baleine bleue. Tu as dit à Kristin entendre des piaillements d'oiseaux ?

— Oui, comme lorsqu'ils nichent par centaines dans un arbre. Sauf qu'au moment où je les entends il n'y en a pas.

Orban serrait les mains sur le volant, à s'en faire pâlir les jointures.

— Ça va ? s'inquiéta Shan.

— Ça va. C'est juste que ce que tu me décris est exactement ce dont souffre l'un d'entre nous. C'est, apparemment, un phénomène qui se répand dans toute la planète. Tu pourras en parler avec lui. Il s'appelle Deepak.

# 42

Ils prirent une petite route en lacets qui menait au parc naturel, roulèrent encore quelques kilomètres qui parurent interminables à Shan, avant d'arriver à destination. Un instant, la jeune femme crut qu'ils s'étaient trompés, en voyant un énorme camion noir sur lequel reposait ce qui ressemblait à un mobile home de la même couleur, dont les fenêtres dispensaient une lumière ambrée.

Repérant l'air surpris de sa passagère, Orban sourit en tirant le frein à main.

— Bienvenue dans notre palace ! dit-il.

— Vous vivez tous les six là-dedans ?

— Eh oui, miss… Je t'avais dit que j'étais très mobile. C'est chez nous.

— Sans votre famille ?

— Nous sommes une famille. C'est la mienne, et pareil pour chacun d'entre nous. Disons qu'il y a un couple, les quatre autres, dont ma pomme, sont célibataires. Viens, je vais te les présenter. Tu risques de te sentir observée, jaugée, mais il n'y aura aucune malveillance. Enfin, tu sais comment fonctionne un zèbre. On n'entre pas comme ça dans son univers.

Ils descendirent du van et se dirigèrent vers la porte du mobile home.

— Voici notre invitée! lança Orban, assez fort pour être entendu jusqu'au fond du véhicule.

Les cinq occupants arrivèrent, faisant un léger signe de tête en direction de Shan.

— Alma, commença Orban. Black, lesbienne et gauchère, elle cumule les différences et les talents. Ancienne championne de kickboxing, reconvertie à une activité qui nous est très utile, pilote de drones. Elle nous donne aussi des cours de krav-maga.

Alma, la tête couverte de petites nattes noires et orange, vêtue d'un pantalon de treillis, de Timberland montantes aux pieds et d'un blouson en cuir, des yeux jaune d'or cerclés de vert, un plug lui écartant chaque lobe d'oreille, s'approcha d'elle, la main tendue.

— Deepak, dont je t'ai parlé, poursuivit Orban sans transition. Astronome et rêveur, le contemplatif de service, ça fait du bien et ça donne une autre ouverture, ajouta-t-il avec un clin d'œil.

Shan vit se dessiner devant elle un homme de type indien, aux iris d'une couleur indéfinissable, plutôt grand, mais pas autant qu'Orban, presque maigre, les joues creusées et le visage baigné d'une tristesse qui la frappa aussitôt. Était-ce de scruter les planètes et les astres dans l'immensité du ciel qui flanquait le blues?

— Le couple de l'équipe, Dav et Chris, deux tourtereaux qui font plaisir à voir, tous deux bioacousticiens. Ils t'expliqueront la richesse de leur métier, très complémentaire avec le mien.

Les tourtereaux, la cinquantaine bien tassée et la peau tannée, l'amour ou la passion de leur métier les ayant clonés aussi bien physiquement que vestimentairement, saluèrent en chœur la nouvelle venue.

— Et enfin, le petit dernier, notre geek de service, fraîchement arrivé, comme le poisson…

Alors que s'avançait vers elle le « poisson » en question, Shan se pétrifia.

— Julian ? Que… qu'est-ce que tu fais ici ?

— Vous vous connaissez ? s'écria Orban, stupéfait.

Le geek eut un petit sourire gêné.

— C'est beaucoup dire, souffla-t-il en rougissant, j'ai fait récemment un stage à l'IVMS, où travaille Shan.

Des retrouvailles dont la jeune femme se serait volontiers passée, souhaitant oublier tout ce qui émanait de l'institut.

— Je n'y travaille plus, corrigea-t-elle.

— Tu es partie pour un autre job ? demanda Orban, subitement très intéressé.

— Non. J'ai l'intention de me consacrer entièrement à mes recherches sur le dossier ANIMALS.

Tous se regardèrent avec connivence, sans en exclure Shan. Au contraire, comme le lui avait dit Orban, ils la jaugeaient, en tant qu'élément nouveau, sans aucun rejet.

— Je te fais visiter avant de prendre un verre avec l'équipe ? proposa Milos.

Shan approuva d'un hochement de tête. Encore sous l'effet de la surprise et de toutes les interrogations qu'engendrait la présence de l'ancien stagiaire, elle suivit l'ingénieur, qui lui montra le moindre espace, comme pour une future acquisition.

— Chacun a son intimité, ici, c'est assez grand pour ça, il y aurait même assez de place pour une septième personne. Les couchages sont au fond, avec la douche et les toilettes, mais commençons par le labo. On a même installé une chambre anéchoïque ou chambre sourde, si tu préfères. En moins grande, bien sûr, que celle d'Orfield, à Minneapolis, qui absorbe les sons presque à 100 %, à tel point qu'on entend battre son cœur, le sang circuler dans les artères et même les poumons craquer. Une expérience incroyable. Comme si tu ne devenais que bruissements, écoulements, crissements. Mais notre petite chambre est assez réussie. Si tu veux essayer…

— On continue la visite et je verrai si j'ai le temps.

— OK, comme tu veux.

Ils passèrent donc directement au laboratoire, où se trouvait tout le matériel acoustique, ainsi que les ordinateurs, véritables machines de guerre, apparemment le royaume de Julian. Shan traversa la longueur du mobile home derrière son guide dans une sorte d'irréalité, se demandant pourquoi elle avait accepté aussi facilement de venir, elle qui n'était habituée qu'à sa bulle. Chez elle et au laboratoire, dans son scaphandre, à manipuler tubes, lamelles, pipettes, microscope et portes de réfrigérateur. Toujours les mêmes gestes mesurés et assurés, un de trop ou un de moins pouvant être à l'origine d'une catastrophe. Tout ça était fini pour l'instant. Retrouver un poste dans un autre laboratoire nécessiterait des recherches assidues et des entretiens, alors qu'elle ne voulait se consacrer qu'au dossier ANIMALS. C'était à tout cela qu'elle réfléchissait, les paroles d'Orban lui parvenant comme à travers de la ouate. Elle avait à peine regardé les *espaces de sommeil*, comme les appelait son guide, par discrétion, mais surtout parce qu'elle était ailleurs.

— Et, bien sûr, nous fonctionnons en complète autonomie pour ce qui est de l'eau et de l'électricité, en utilisant des panneaux solaires. Nous recyclons l'énergie avec le moins de pertes possible.

Ce fut le seul commentaire auquel Shan prêta vraiment attention.

— Comment se fait-il que vous vous soyez posés précisément à cet endroit ? demanda-t-elle avec méfiance.

— Une question que j'attendais, sourit Orban. C'est une affaire criminelle qui nous a conduits jusqu'ici. Ça s'est passé dans la Drôme voisine, il y a environ deux mois. Un homme a tué sa femme et ses trois enfants, parce que, selon ses dires, des voix le lui ont ordonné. Nous sommes convaincus, contrairement aux psys sollicités pour cette affaire, qu'il ne s'agit pas de psychose, genre schizophrénie, mais que ce pauvre gars souffrait d'autre chose.

— « Pauvre gars » ? Alors qu'il a tué toute sa famille ? S'est-il au moins donné la mort après ? s'indigna Shan.

— Non. La police l'a retrouvé hagard, sur le chemin de sa maison, les vêtements en sang, les mains plaquées sur les oreilles, criant : « Arrêtez, arrêtez ça, laissez-moi tranquille ! Que le *hum* cesse, par pitié ! »

— Le *hum* ?

— Le Bruit, en français. En as-tu déjà entendu parler ?

— Non.

— On l'appelle aussi le Bourdonnement de Taos, du nom d'une ville du Nouveau-Mexique, où le *hum* est apparu, dans les années 1990, avant de cesser, puis de reprendre pour s'étendre partout dans le monde. En Grande-Bretagne, en Allemagne, en Suisse, au Danemark, mais aussi en Europe centrale. En France, des gens s'en plaignent, notamment à Paris, au Havre, à Toulouse, Brive, Pau, Clermont-Ferrand et Valence, dans la Drôme. Tout le monde ne l'entend pas. Notre gars, en revanche, l'entendait chaque jour résonner dans sa tête. Et, ironie du sort, il se trouve qu'il était acousticien architectural.

— C'est-à-dire ?

— Qu'il optimise l'acoustique d'un espace, en choisissant les matériaux appropriés. Son orthophoniste, que nous avons consulté depuis, avait enregistré des cas de *hum* de plus en plus nombreux dans la région. Tu as l'impression d'avoir en permanence un moteur de camion allumé dans le cerveau ou un réfrigérateur, alors que ce n'est pas ça, bien sûr.

— Vous êtes ici pour étudier ce cas, alors. Et vous avez trouvé ce que c'est ?

— Peut-être. Le projet HAARP, ça te dit quelque chose ?

Shan reconnut son ignorance.

— Kristin n'en parle pas dans son livre, parce que c'est ultrasensible et que ça nourrit les thèses complotistes les plus folles, aussitôt démontées par des individus obtus ou crédules gobant tous les mensonges d'État, ou par les éternels sceptiques, alors que la vérité est parfois dans le juste milieu. Situé à Gakona, en Alaska, le projet HAARP est une antenne géante, qui capte les fréquences radio, dirigée vers la haute sphère dans le but de mimer le Soleil. Cette onde, orientée vers l'ionosphère, heurte les particules d'atmosphère, provoquant une augmentation brutale de la température de milliers de degrés. Comme le Soleil. Ce qui peut provoquer des changements climatiques.

Shan pensa à la tempête sur la réserve congolaise, accompagnée de chute de grêle en plein mois de novembre.

— Émettant des signaux à très basse fréquence, ce qui permet une meilleure pénétration dans la terre et dans l'eau, poursuivit Orban, HAARP est utilisée dans la détection de mines d'or, de pétrole, de missiles ennemis, également dans la communication avec des sous-marins indétectables par les outils traditionnels. Par ce signal sonore particulièrement intense, il est possible de provoquer des tremblements de terre. Entre de mauvaises mains, HAARP pourrait devenir une arme de destruction massive, physique ou psychique, en rendant une partie de la population mondiale malade ou psychotique, ou, pire, en la maintenant dans la peur.

— Mais cette destruction n'est-elle pas le but de HAARP ? Ce n'est pas une arme militaire qui serait employée par une puissance contre d'autres ?

— En cas de guerre uniquement, et encore à manier avec

précaution. Il y a une législation et des accords internationaux sur les armes militaires. À part le *hum*, on ne connaît pas encore tous les effets ni les conséquences de HAARP sur la planète. C'est un programme ultrasecret.

— Dont tu as néanmoins connaissance, rétorqua Shan, qui commençait à douter de la véracité de ce discours et à se demander si elle n'était pas tombée sur une bande d'illuminés.

— C'est vrai, j'en ai connaissance parce que, lorsque j'étais dans l'armée, avant de prendre la direction de la cellule communication, j'ai travaillé sur HAARP, avec les chercheurs américains. Et je sais combien un projet noble peut vite devenir diabolique et même échapper à son créateur.

# 43

Orban et Shan retournèrent auprès de l'équipe pour prendre un verre. Refusant l'alcool pour pouvoir rentrer en scooter, elle se rabattit sur un soda. Sous le coup des révélations qu'elle venait d'entendre, la participation d'Orban au programme HAARP et l'homme devenu meurtrier sous l'emprise du *hum*, Shan parlait peu et se contentait de répondre aux questions. La présence de l'ancien stagiaire de l'institut la mettait mal à l'aise et elle esquivait ses regards autant que possible. Elle se demandait où Orban voulait en venir en lui ayant proposé cette rencontre.

— J'ai expliqué à Shan pourquoi nous sommes ici, dit Orban à ses coéquipiers, assis dans un espace salon très cosy, avec canapé Chesterfield et petits fauteuils crapauds recouverts de plaids douillets.

Une bouteille de bière à la main, Alma la fixait la mine insondable, comme si elle se demandait en quoi ce bout de femme taciturne pourrait être utile à leurs investigations et à leur mission.

— Dav, Chris, vous voulez bien parler un peu de votre métier ? suggéra l'ingénieur en décochant un sourire étincelant à ses comparses. Allez, qui s'y colle ?

La quinquagénaire regarda son compagnon d'un air suppliant.

— Ça va, j'ai compris, grogna-t-il dans sa barbe. En fait, Chris et moi nous nous complétons. Elle est dans la dimension artistique de la prise des sons de la nature et, moi, plutôt scientifique. Elle est donc ce qu'on appelle une audionaturaliste, c'est-à-dire qu'elle travaille à restituer l'atmosphère sonore musicale de la nature, tandis que mon boulot, la bioacoustique, est l'étude de la diversité des sons du vivant, de la façon dont ils sont produits et reçus, en tenant compte de l'anatomie et du système nerveux, que ce soit chez l'homme ou les autres espèces animales.

— Mais écouter et enregistrer l'eau qui s'écoule dans le tronc d'un arbre ou bien les murmures nocturnes d'une forêt reste merveilleux et échappe à toute science, intervint Chris. C'est de la musique, orchestrée par la nature.

— Oui, tout comme la stridulation chez certains insectes, les criquets, les sauterelles ou les grillons. Sauf qu'en bioacoustique on ne s'arrête pas à la beauté ou à l'esthétique de ces sons, on observe et on découvre. Que, par exemple, pour les sauterelles, la réception sonore se passe au niveau des pattes et, pour les criquets, de l'abdomen. Que l'araignée émet un cri… Des sons inaudibles à l'oreille, que nous sommes capables de scanner.

— Toutes ces raisons pour lesquelles votre travail nous est précieux, mes amis, déclara Orban en levant son verre.

Son regard accrocha celui de Shan, qui presque aussitôt se détourna, troublée.

— Shan m'a parlé de ses acouphènes. Tu veux bien les décrire à l'équipe ?

— Des pépiements d'oiseaux, comme s'il y en avait des milliers. Dans ces moments, je les entends piailler, c'est… l'enfer !

Deepak se leva tout à coup et sortit du mobile home dans la nuit froide de la Chartreuse.

— J'ai dit quelque chose qu'il ne fallait pas ? s'inquiéta Shan.

— Tout ce que tu décris, il connaît, soupira Orban. Il en souffre depuis quelque temps et son fils aussi. Mais sa femme, Norma, qui est pourtant médecin, l'a pris pour un fou qui lui cachait sa maladie mentale et a décrété que leur fils de sept ans prétendait entendre les oiseaux pleurer à cause de la mauvaise influence de son père, chez qui ça virait à l'obsession. Enceinte de quatre mois, elle a demandé le divorce. Ils avaient quitté l'Italie, où Norma était née, pour s'installer en Chine, dans une ville où était mené un projet expérimental de lunes artificielles, le projet Moonlight. En tant qu'astronome, Deepak ne voulait pas rater ça. Jusqu'alors il avait observé la vraie Lune et voulait voir comment la technologie pouvait rivaliser avec la nature dans un mimétisme qui changerait radicalement nos sources d'énergie. Norma est retournée vivre en Italie avec leur garçon, et Deepak est rentré en France, à Paris, où il vivait avant de rencontrer Norma. C'est encore très difficile pour lui, surtout quand quelque chose lui rappelle son fils. En tout cas, il est loin d'être fou. Sinon, tu le serais toi aussi, Shan.

— Je vais le chercher, annonça Alma en s'éclipsant à son tour.

— Je me suis demandé plus d'une fois si je ne commençais pas à dérailler, avoua Shan, à entendre des… voix. Mais l'ORL n'a pas eu l'air inquiet sur ma santé mentale. C'est lui qui m'a parlé du livre de Kristin Gaucher.

— Ah oui ? Comment s'appelle-t-il ?

— Dr Berger, à Grenoble.

— Pourras-tu me donner ses coordonnées ?

— Il est parti à la retraite, entre-temps.

Orban tiqua.

— Ah bon ? Comme ça, en plein exercice et en cours d'année ?

— Il n'était plus tout jeune, l'excusa Shan.

— Y a-t-il quand même un moyen de le contacter ?

— Peut-être par sa secrétaire, qui est encore là. Mais… pourquoi ?

— Déjà, parce qu'il t'a recommandé le livre de Kristin. C'est plutôt rare, il n'est pas très connu du grand public.

— Je suppose que pour un ORL c'est possible.

— Justement… surtout s'il est de la région voisine de la Drôme et de Valence, il a peut-être eu d'autres cas… d'acouphènes atypiques et même de *hum…*

— L'oiseau a une forte symbolique et une dimension spirituelle, intervint Chris, il peut représenter le lien entre la terre et le ciel mystique, une sorte de messager divin venu chanter aux humains des chants dans une langue qui leur échappe.

— Chris…, souffla Dav gentiment en tapotant la main de sa femme.

— Eh bien quoi ? Ah toi, dès que ça sort du champ scientifique, ça ne compte plus !

— C'est pas ça…

— Bien sûr que c'est ça ! À chaque fois, ça te défrise…

— Pas de chamailleries de vieux couple devant notre invitée, hein ! rit Orban. Un autre verre, Shan ?

— Non, merci… Je ne vais pas tarder. J'ai encore du travail et quelqu'un qui m'attend à la maison.

Orban leva un sourcil.

— Ah ? Ton petit ami ?

— Presque…, sourit Shan. Mais un peu trop petit quand même. C'est… Moisi, un singe vert que j'ai sauvé des expériences en laboratoire.

Le visage d'Orban s'éclaira.

— Bravo ! On t'applaudit pour ça !

— Bravo, oui, renchérit Julian.

L'ancien stagiaire n'avait pratiquement pas prononcé un mot, sentant une distance évidente chez Shan. Elle ignora d'ailleurs son commentaire.

— Je dois vraiment y aller, dit-elle à son hôte.

— On ne te retient pas à dîner alors… Sans être des fous furieux, on est tous végés ou pescétariens, mais peut-être pas toi ?

— Non, en effet, merci quand même !

— Une prochaine fois, alors.

Shan hocha la tête évasivement et se dirigea vers la porte après un bref salut, suivie d'Orban.

— Je dirai au revoir de ta part à Deepak et Alma, promit-il en montant à bord du van.

Le retour se fit en partie dans une sorte d'embarras mutuel. Orban fut le premier à rompre le silence.

— Ça a dû te faire drôle de revoir Julian dans ces circonstances…

— Un peu, oui. Le monde est parfois aussi grand qu'un mouchoir de poche. Et vous, comment l'avez-vous connu ?

— Par des amis communs. Après le stage à l'institut, il cherchait du boulot, alors je lui ai proposé de se joindre à nous. Il touche sa bille en informatique et c'est ce qu'il nous faut, pour certaines recherches. Bon… à ce propos… ça te dirait de faire partie de l'équipe, toi aussi ? Si j'ai bien compris, tu as quitté ton job… Ça te permettrait de te consacrer entièrement à ton dossier.

— Pourquoi moi ?

— Tu es une passionnée comme nous, et on est, je crois, sur la même piste. Sauf que tu as commencé par ce qui touchait les animaux et nous, les humains. Mais ça se rejoint. Et, accessoirement… parce que ça me ferait vraiment plaisir de te compter parmi nous. La septième place dans le mobile home, dont je parlais en te faisant visiter, est pour toi. Tu y réfléchis et tu me dis ?

— Je… je ne pense pas pouvoir.
— Mais pourquoi ?
— Il y a Moisi, mon studio… Ma vie est à Grenoble…
Orban ralentit et la regarda.
— Tu sais, je les connais, ces prétextes, on s'en trouve toujours, par peur de se lancer, de changer ses habitudes. Par peur de ce qui peut nous attirer, aussi.
Shan baissa les yeux.
— Prends ton temps pour y réfléchir. On reste ici quelques jours. Nous voulons faire d'autres enregistrements, des prises de son pour essayer de capter et mesurer la résonance du *hum* dans la région, et sa fréquence. Tu as mon numéro.
Ils arrivèrent au parking sans que Shan ait répondu. Elle remercia Orban et, une fois le scooter sorti du van, prit la direction du centre de Grenoble. Il était presque 23 heures. Orban avait proposé de la ramener directement chez elle en van, mais elle avait refusé. Seuls sa mère et quelques livreurs avaient son adresse. Même son jumeau ne savait pas où elle habitait depuis qu'elle avait quitté l'appartement qu'elle occupait avec Ayden.
Sur tout le trajet du retour, elle se repassa le film de cette rencontre, qui finalement était peut-être un signe du destin pour la faire enfin bouger. En garant son scooter au sous-sol elle était sur le point de prendre sa décision, dans les escaliers celle-ci se précisait nettement, mais, lorsqu'elle vit avec effroi sa porte entrouverte et qu'elle la poussa, son monde s'effondra.

## 44

À l'intérieur du studio, une vision de chaos. Toutes ses affaires avaient été retournées, la bibliothèque renversée, le futon crevé de coups de couteau, son ordinateur avait disparu et, le pire qui pouvait arriver, la cage de Moisi était vide.

Elle avait encore appelé, en vain, espérant que le petit singe se serait réfugié quelque part, dans la salle de bains ou sous le sommier, lors de la visite de son studio, ou plutôt de sa violation. Mais elle avait dû se rendre à l'évidence, Moisi avait bel et bien disparu, qu'il se soit sauvé ou qu'il ait été volé, comme son ordinateur.

Le premier choc passé, elle releva le siège de bureau renversé et s'assit, les coudes sur les cuisses, la tête entre les mains, hébétée. Elle ne devait pas se laisser emporter par la vague de chagrin qui menaçait de la submerger, Moisi n'était pas encore condamné et il lui fallait en premier lieu réfléchir. Elle se redressa et se leva comme un automate. Le visiteur avait tout retourné, or c'était son ordinateur qui était visé. Son *handpan*, un instrument qui valait pourtant cher, avait été épargné.

Elle se connaissait assez pour savoir qu'après cette intrusion, dont la seule idée lui était insupportable, elle ne pourrait plus habiter ici. Surtout, si elle se retrouvait seule, sans son petit compagnon auquel elle s'était attachée. Après ce qui s'était passé à l'institut et la rencontre de ce soir, c'était peut-être le troisième signe qui lui était envoyé pour qu'elle se décidât enfin à bouger et à prendre sa vie en main. Elle n'avait plus rien à perdre. Choisir n'était pas forcément *renoncer*. Et elle venait d'avoir une proposition en or. Rejoindre une équipe brillante au service de la même cause qu'elle. *De la même cause…*

« LE SALOPARD ! » s'écria-t-elle. Elle y voyait soudain clair. Mais oui, bien sûr… et se maudissait d'avoir été aussi naïve et stupide. Tout défila dans sa tête, depuis la veille et avant encore. Ce contact inattendu qui surgissait de nulle part, le rendez-vous, suivi de la visite et des présentations, un embobinage en règle et, en guise de cerise sur le gâteau, presque une déclaration. Et, pendant ce temps, les complices qui s'occupaient de son studio emportaient l'ordinateur et Moisi. Qui sait ce qu'ils lui avaient fait…

Elle sortit son portable de sa poche et s'apprêta à rappeler le dernier numéro qu'elle avait joint, celui de Milos Orban. Puis se ravisa. Non, il ne fallait pas éveiller les soupçons. Plutôt y retourner, dès le lendemain matin, à la première heure et lui demander des explications. Ou d'abord prévenir les flics.

Elle arpentait les trente mètres carrés de son studio à grands pas rageurs, lèvres et poings serrés. Son ordinateur était presque toute sa vie. Les photos et les vidéos d'un bonheur intense mais de courte durée, des portraits de son amour, des clichés numérisés de son enfance, ses parents, Lân… Elle n'avait sauvegardé que le dossier ANIMALS sur une clé USB. Tout le reste était parti dans les limbes informatiques… peut-être déjà supprimé. Et elle n'avait pas consenti à céder aux incitations commerciales et à prendre un abonnement au *nuage*, la fameuse bibliothèque virtuelle dans laquelle toutes les intimités, écrites ou en images, étaient conservées.

Mais quelle idiote j'ai été, se tançait-elle en agitant fébrilement les mains, dire que j'allais accepter la proposition de cette ordure ! Il m'a bien eue… Et mon adresse, Julian a très bien pu l'avoir trouvée en fouinant dans mes papiers au bureau…

Tout en fulminant, Shan donnait des coups de pied dans les tabourets de bar à terre, se baissait pour ramasser une lampe et des livres éparpillés, son regard balayant les objets épars, en quête de morceaux de verre brisés à jeter avant de se couper, et même d'indices. Brusquement, alors qu'elle soulevait un magazine, elle sentit l'espace tournoyer autour d'elle et tomba à genoux, la main prête à saisir un petit boîtier en métal travaillé, représentant des rouages de machine, surmonté d'un tube. La cigarette électronique de Lorenzo.

Shan étouffa un cri dans la manche de son pull péruvien. Lorenzo… C'était bien sa cigarette, qu'il avait tout le temps sur lui et qu'elle avait vue au XL, posée sur la table. Il avait dû la perdre en s'adonnant à ce saccage. Et Moisi… Il savait que la disparition du petit singe affecterait Shan plus que tout le reste. Mais elle détenait ce que la police appelait une pièce à conviction.

Elle prit un mouchoir propre pour ne pas mêler ses empreintes à celles du coupable et enveloppa la cigarette électronique. N'ayant pas la force de le faire tout de suite, elle irait porter plainte dès l'ouverture du commissariat le lendemain et la présenterait aux policiers en disant qu'elle connaissait bien son propriétaire, qui l'avait harcelée durant des mois pour qu'elle lui cède, mais avait échoué. Tout se tenait… Lorenzo avait bien préparé son coup. Il devait surveiller ses allées et venues. Les pneus crevés de son scooter… Le recoupement avec son ex-collègue lui glaça le sang. Il avait encore essayé de l'amadouer, de gagner sa confiance et, se rendant compte qu'elle allait lui échapper malgré toutes ses tentatives et que, de surcroît, elle était enceinte, il s'était abandonné à sa haine et à sa rancœur en cherchant à l'atteindre là où ça lui ferait le plus mal. Dans sa vie, dans son espace et dans son intimité.

En un sens, que l'initiateur de cet acte ignoble ne soit pas Milos Orban la soulageait. Shan laissa son regard errer dans l'unique pièce et, soudain, se tendit, fixant le lit où le matelas gisait en travers, éventré. Juste à côté, par terre, se trouvait, à moitié déchiré, son livre d'enfant, *Sinoun, la petite Cambodgienne*, dont le sourire avait été arraché. Son cœur se gonfla à éclater. Cela l'atteignait plus encore que le vol de son ordinateur. À la place des photos et des vidéos que contenait son PC, elle avait ses souvenirs. En revanche, ce livre en miettes, elle ne pourrait pas le reconstituer. Dans sa solitude d'enfant différente des autres, trop souvent à l'écart, ce livre avait été son refuge et son monde à elle. Réunissant les morceaux qui en restaient, elle se mit à sangloter doucement. La goutte d'eau venait de faire céder la digue. Être heureuse lui était-il interdit ? Parce que ses parents avaient trahi leur pays en le quittant ? Parce qu'en réalité elle n'était pas la bienvenue ici ? Ou bien parce qu'elle se l'interdisait elle-même ?

Puis, une main sur ce ventre qui se tordait de chagrin, elle se rappela… Ce germe de vie qu'elle portait… Un amas cellulaire… Et qui, pourtant, lui montrait le chemin. Vers l'avenir, et non pas en arrière. Il était temps de regarder devant. Les morts, les siens, appartenaient au passé et ne l'empêcheraient plus d'avancer. Sa mère, la Muette, était retournée à ses racines. Shan avait perdu les siennes. Elle était libre. Et surtout, elle n'était plus seule.

« Qui que tu sois, je t'élèverai et t'aimerai de mon mieux », murmura-t-elle, en se caressant le ventre. Au même moment, comme en écho, un *ding* lui annonça l'arrivée d'un message sur son smartphone. Le nom de Lorenzo s'afficha, ainsi qu'une photo. Celle de Moisi, dans une cage, un collier métallique autour du cou, prostré, accompagnée de ces mots : « Ton singe en échange de ton embryon. »

# 45

Terrassée par l'épuisement, Shan finit par sombrer dans des cauchemars largement inspirés des événements qu'elle venait de vivre et dans lesquels elle se voyait poursuivie par des singes armés de couteaux, qui voulaient la dépecer et lui arracher ce qu'elle avait dans le ventre. «Ton singe en échange de ton embryon!» hurlaient-ils, grimaçants et entourant leur prisonnier, qu'elle reconnut avec un déchirement au cœur : Moisi. Elle se réveilla la tête pleine de piaillements, qui disparurent dès qu'elle quitta le canapé.

Après trois tentatives vaines pour joindre Lorenzo, Shan décida de se rendre au commissariat de quartier, à dix minutes à pied de chez elle, dès l'ouverture de l'accueil. La jeune policière, une jolie brune au teint mat, qui devait enregistrer un centième cambriolage en deux mois, l'écouta d'abord d'une oreille distraite, mais son attention fut enfin captée lorsque Shan montra la fameuse pièce à conviction dans un sachet de congélation et signala, les larmes aux yeux, la disparition de son petit singe. Elle ne parla pas du message reçu en fin de soirée depuis le portable de Lorenzo, ce qui aurait certainement entraîné les enquêteurs sur la piste de l'institut, avec tout ce que cela impliquerait pour Shan. Même si elle avait renoncé aux cent mille euros en échange de l'embryon, elle comptait bien négocier son départ. Il n'était donc pas question d'attirer les soupçons de la police sur les nouvelles activités de l'IVMS.

— Votre ex-collègue vous harcelait, c'est bien ça ?

— Oui, j'avais déjà déposé une main courante auprès d'un de vos collègues, il y a un peu plus d'un an. Mais il n'y a pas eu de suite…

— Vous savez, les mains courantes, c'est surtout pour qu'il y ait une trace au cas où il y aurait récidive.

— Ou un mort, lâcha la biologiste.

— N'allez pas trop loin non plus, prévint la policière, irritée.

— C'est pourtant vrai, insista Shan, ça se passe toujours comme ça. Mon singe a disparu, sans doute a-t-il été enlevé, mais ça aurait pu être moi, à sa place.

La fliquette leva les yeux au plafond.

— Bon, à part la cigarette électronique, vous n'avez pas d'autres preuves qu'il s'agisse bien de l'homme que vous accusez ?

— C'est déjà une sacrée preuve de son passage chez moi, vous ne trouvez pas ?

La policière toisa Shan avant de se lancer.

— Pas suffisante dans le cadre d'une enquête. Vous êtes collègues et, en plus, vous semblez vous voir en dehors du travail, puisque vous venez de m'expliquer l'avoir rejoint récemment dans un bar, où vous auriez vu à quoi ressemblait sa vape. Celle qu'il aurait « fait tomber », selon vous, lors d'une intrusion dans votre domicile, ce qui reste aussi à prouver de façon un peu plus concrète que sur le seul élément que vous nous apportez.

— Dites aussi que je suis une menteuse, s'indigna Shan, à fleur de peau.

— Ce n'est pas ce que je dis, madame. C'est une hypothèse que nous ne pouvons pas négliger. Tous les jours, on a ici des femmes qui portent de fausses accusations de harcèlement sexuel contre des hommes. C'est plus courant qu'on ne le pense, vous savez.

— Dans mon cas, c'est plutôt l'inverse.

— Écoutez, je vais appeler mon supérieur et vous allez tout lui raconter. Vous verrez qu'il vous dira la même chose.

— Alors, je perds mon temps et je vous fais perdre le vôtre. Au revoir. Et… merci, dit Shan, excédée, en reprenant la cigarette électronique.

— Non, attendez, madame ! Si votre histoire se tient, une enquête sera ouverte, qui permettra de connaître les motivations réelles de votre ex-collègue. Pouvez-vous nous laisser son numéro de téléphone et son adresse, si vous l'avez ?

Shan n'avait jamais eu l'adresse de Lorenzo. Elle ne donna donc que le numéro qu'elle avait mémorisé, se gardant bien de fournir sa ligne professionnelle, qu'elle assura ne pas se rappeler, ne l'appelant qu'en interne.

— Sachez que, s'il y a investigation, mes collègues devront aussi enquêter sur vous, prévint la policière, qui récupéra la vape.

— Je n'ai rien à me reprocher.

— Dans ce cas, vous serez sûrement convoquée prochainement.

Shan ressortit, dégoûtée de voir comment, de victime, on pouvait aussi facilement passer à l'état de suspecte, mais avec le sentiment d'avoir malgré tout fait le nécessaire. Elle essaya de nouveau de joindre Lorenzo, en vain. *Il a dû couper son portable, le salaud.*

Tout en marchant sous une petite pluie fine de novembre, la capuche rabattue sur la tête, elle réfléchissait au moyen de contacter Lorenzo et décida d'appeler directement une chercheuse de l'institut, qui partageait un bureau avec lui. Sans vraiment la fréquenter, Shan était plutôt en bons termes avec elle. N'ayant pas son numéro personnel, elle passa par le standard de l'IVMS et demanda à parler à Sophie Marcoud.

— Bonjour, Sophie, c'est Shan Soun. Excuse-moi de te déranger mais, ayant perdu mon portable, je n'ai plus le numéro perso de Lorenzo et, comme il ne répond pas à son poste, je voulais te demander si tu pouvais lui dire de me rappeler.

— Je ne l'ai pas vu ce matin, en effet. Il a dû prendre sa journée. Et toi ? Ça va quand même ?

À ce qu'elle perçut dans la dernière question, Shan comprit que Lorenzo avait mis Sophie au courant de son départ. *Il n'a pas pu s'en empêcher*, pesta-t-elle en silence.

— Très bien.

— Ah bon ?

— Pourquoi, je devrais te répondre que ça ne va pas ?

— C'est-à-dire que… j'ai appris que tu quittais l'institut.

— Encore Lorenzo, j'imagine…

— On partage le même bureau, s'excusa Sophie. Ça encourage les confidences.

— De toute façon, tu l'aurais appris tôt ou tard, soupira Shan. Désolée pour le dérangement.

— Pas de souci, je lui dirai de te rappeler quand je le verrai.

En raccrochant, Shan se sentit vide et contrariée. Elle pensa tristement à la soirée passée avec Orban et son équipe. Puis, à ce qu'elle avait trouvé en rentrant. *Peut-on faire confiance à quelqu'un aujourd'hui ?* se demanda-t-elle, un nœud dans la gorge. Sa propre mère l'avait, d'une certaine façon, trahie. Au moins, elle était sûre que l'ingénieur, ne la sachant pas enceinte, n'était pas impliqué dans cet ignoble chantage à l'embryon. Elle ne pouvait pas envisager d'habiter encore son studio après ce qui s'était passé. Chaque coin, chaque objet le lui rappellerait tous les jours. Même le carré de ciel dans le Velux.

Elle ressortit son téléphone de sa poche et cliqua sur le fil d'appels. Aucun n'émanait de Lorenzo bien sûr, en revanche elle reconnut le numéro d'Orban. Son doigt appuya sur l'écran et la voix de Milos l'accueillit avec une joie audible.

— J'ai bien réfléchi, dit Shan, c'est d'accord pour moi, si ta proposition tient toujours.

# 46

C'est ainsi que Shan quitta l'institut, son studio, sa ville d'adoption, pour partir sur les routes avec l'équipe de Milos Orban, non pas pour découvrir la vérité, disaient-ils, mais le mensonge. Car, pour prétendre connaître le vrai, il faut d'abord savoir repérer le faux. Une quête dans laquelle Shan se retrouvait, parce que ça faisait aussi partie de son travail et de ce qui la passionnait.

Les trois jours précédant son départ furent terribles. Shan ne cessait de penser à Moisi et à ce qu'il avait éprouvé, enfermé dans cette cage, comme au laboratoire de l'institut. Et soudain, une flagrance frappa son esprit. Justement, cette cage… il y en avait de semblables au labo. Lorenzo aurait donc ramené Moisi là-bas… Se pouvait-il vraiment qu'il fût aussi ignoble et cruel ? s'interrogeait Shan, qui n'avait toujours pas de ses nouvelles. Elle avait espacé ses appels au maximum, dans le cas où la police se saisirait du portable de son ex-collègue et viendrait lui demander les raisons de toutes ces tentatives d'appel alors qu'elle avait déposé plainte contre lui.

Elle avait rangé ce qu'elle avait pu, jeté, surtout, ce qui n'avait pu être réparé ou recollé après ce déferlement de haine. Pour elle, Lorenzo avait probablement été pris d'un coup de folie en apprenant qu'elle était enceinte et qu'elle quittait l'institut. Mais pourquoi ne se manifestait-il pas, ne serait-ce que pour connaître sa décision concernant son chantage à l'embryon ? Le voulait-il seulement pour se venger ou bien l'idée de la somme à laquelle Shan renonçait lui avait-elle fait perdre la tête ? Envisageait-il d'empocher les cent mille euros en vendant l'embryon à Maistre ou, pire encore… travaillait-il pour lui ? Toutes ces questions ne laissaient guère de répit à Shan, pour qui les minutes et les heures qu'elle passait dans l'incertitude relevaient de la torture.

Elle en profita pour faire le tri dans ses affaires, garder seulement l'essentiel. Dans le lavabo de la salle de bains finissaient de se consumer les restes de son livre d'enfance, avec le sourire de Sinoun, qu'elle avait préféré brûler, lorsqu'elle reçut un appel de Sophie Marcoud.

— Lorenzo a disparu, lui annonça-t-elle d'une voix altérée par l'angoisse.

Shan sentit son estomac se soulever.

— Comment ça ?

— Ce matin j'ai cru qu'il avait pris sa journée, mais ensuite j'ai su que non, alors j'ai pensé qu'à cause des tensions avec la direction il s'était mis en congé maladie. Mais sa femme a appelé, morte d'inquiétude, parce qu'il n'est pas rentré depuis deux jours et qu'elle tombe directement sur sa messagerie.

Le cœur de Shan fit un bond.

— Attends, dit-elle, sa femme ? Lorenzo était marié ?

— Il ne portait pas d'alliance, mais oui, depuis trois mois. Avec une chercheuse de l'institut, tu ne savais pas ?

Deuxième coup de poignard. Lorenzo avait bien caché son jeu. Shan se demandait qui pouvait bien être cette chercheuse, arrivée aussi récemment dans l'existence de Lorenzo.

— Il a peut-être décidé de changer de vie…, suggéra-t-elle en dissimulant son trouble.

Ce qu'elle venait d'apprendre sur sa disparition la confortait dans ses craintes. Lorenzo avait perdu pied. Et, même s'il savait qu'il tenait Shan avec Moisi, il ne pouvait être sûr à cent pour cent qu'elle n'irait pas trouver la police. Il se cachait sûrement quelque part.

— Il n'aurait tout de même pas abandonné son foyer comme ça, répliqua Sophie Marcoud d'un ton outré. Il a dû lui arriver quelque chose.

*Si tu savais*, pensa Shan.

— Il faut espérer que non, se contenta-t-elle de répondre avant de raccrocher et de laisser libre cours à sa stupeur.

*Lorenzo marié.* Qui se comportait comme un célibataire, séduisant tout ce qui bougeait ou presque. Lui faisant croire qu'il ne désirait qu'elle... Et qu'il avait même rompu avec sa Vietnamienne pour se rendre libre en apprenant que Shan se retrouvait seule.

Quand bien même elle n'avait rien envisagé avec lui, en plus d'une angoisse grandissante quant au sort de Moisi, Shan sentit la morsure sournoise de l'amour-propre. Elle le rappela malgré son écœurement, mais la messagerie était pleine. Cette fois, elle commença à trouver le silence de son collègue quelque peu étrange, pour un maître-chanteur. Et s'il s'agissait d'autre chose ? Si Lorenzo avait réellement disparu après avoir peut-être même été enlevé ?

Un tintement lui signala la réception d'un SMS. Elle attrapa d'une main tremblante son smartphone posé sur le bureau. C'était Lorenzo. Elle ouvrit le texto en claquant des dents. Le message s'afficha sous ses yeux : « Alors, tu as réfléchi à ma proposition ? », avec une nouvelle photo de Moisi, amaigri et le regard éteint, toujours dans sa cage.

— Espèce d'ordure..., cria-t-elle entre ses dents, et en plus tu disparais dans la nature parce que tu n'as pas de couilles !

« Va te faire foutre ! » écrivit-elle. Shan avait conscience de signer peut-être l'arrêt de mort de Moisi, mais elle se disait, dans un calcul périlleux de probabilités, que, voyant sa détermination à ne pas céder au chantage et comprenant qu'il ne réussirait pas à l'atteindre avec ses menaces, il renoncerait à faire du mal à son singe, puisqu'il n'obtiendrait rien d'autre en retour que la haine de celle qui l'obsédait.

En apnée, elle attendit la réponse, dont l'avertit un second tintement. « Tu sais ce qui arrivera à ton macaque si tu t'obstines ? » Oui, elle le savait et le redoutait plus que tout. Alors, que valait-il mieux ? Étouffer une vie encore à l'état de germe dans sa matrice ou bien entraîner la mort d'un être vivant qui lui avait tant donné par sa seule présence, qui l'avait aidée dans les pires moments de solitude et lui vouait une confiance absolue ?

Tombant à genoux, les épaules secouées de sanglots, Shan frappa le parquet de ses poings. « Aidez-moi, s'il vous plaît… aidez-moi… », gémit-elle sans savoir vraiment à qui elle s'adressait. Dans ses pleurs, elle entendit à peine la sonnerie de son portable, qu'elle avait gardé en main.

C'était de nouveau Sophie Marcoud. Mais, cette fois, elle semblait défaite.

— Shan, c'est Lorenzo… Sa femme vient d'appeler… Le corps de Lorenzo a été découvert sur les rives du Drac et, d'après les premières conclusions, il se serait jeté d'un pont. Elle est dévastée.

Shan fut saisie d'une sensation d'irréalité et dut s'asseoir. Dix minutes avant la nouvelle, elle avait reçu les deux SMS de Lorenzo. Il ne lui avait pas donné l'impression de vouloir en finir. Bien au contraire, il paraissait même très déterminé à mettre sa menace à exécution. Alors si le suicide était confirmé, qu'est-ce qui avait pu provoquer ce revirement soudain ? Tout à coup, une sueur froide lui plaqua les cheveux sur les tempes et la nuque. Si le rapport du légiste concluait à un meurtre par noyade, et que le portable de Lorenzo tombât entre les mains de la police, comme ce serait probablement le cas, grâce à leurs échanges de SMS, les enquêteurs remonteraient forcément jusqu'à elle et feraient le recoupement avec son dépôt de plainte, dans lequel elle s'était bien gardée de parler du chantage. Ayant un mobile parfait, elle ferait une suspecte idéale et devrait sans doute expliquer son « oubli ».

— Shan ? Tu es là ?

La voix de Sophie la rappela à leur conversation.

— Oui… Je suis juste… C'est brutal. Il n'avait pas l'air dépressif, pourtant.

— Entre l'air qu'on a et ce qu'on est vraiment, il y a parfois un gouffre, rétorqua la collègue de Lorenzo.

Ce n'était pas Shan qui allait la contredire. Elle ne répondit rien.

— Bon, je te laisse, dit Sophie, il va certainement y avoir une enquête. J'imagine que la police va interroger ses proches. Pauvre Lorenzo, mais je pense surtout à sa femme, qui est enceinte.

# 47

Les jours suivants se déroulèrent dans un tourbillon. Shan avait désormais la certitude de ne pas revoir Moisi vivant. Lorenzo avait dû garder tout ça pour lui, y compris l'endroit où il cachait le petit singe. Apprendre que non seulement Lorenzo était marié, mais que sa femme, une chercheuse de l'institut, était enceinte entraînait la biologiste dans des hypothèses vertigineuses. C'était peut-être pour cette raison qu'il avait voulu la faire chanter sur ce qui lui était le plus insupportable. La savoir elle-même enceinte. Mais aussi, obtenir d'elle ce que la nouvelle direction de l'IVMS convoitait le plus dans le cadre du programme de recherche sur la télomérase, en faisant croire aux Maistre que c'était l'embryon de sa femme – qui avait sans doute dû, elle aussi, passer le test –, et ainsi empocher la prime. Pris de remords, Lorenzo s'était peut-être réellement suicidé en se jetant de ce pont. Pourtant, d'après ce qu'elle connaissait de lui, Shan n'y croyait guère.

Parmi tout ce à quoi elle devait renoncer pour gagner sa liberté, Shan fit une croix sur d'hypothétiques indemnités de licenciement. Elle trouva, d'ailleurs, dans sa boîte aux lettres un avis de courrier recommandé, lequel se révéla être, comme elle s'y attendait, un préavis de licenciement pour faute grave.

Mais peu lui importait. La jeune femme avait pris sa décision et appelé Milos Orban pour tout lui raconter. Elle ne se joindrait pas à eux en traînant des casseroles. Orban lui avait conseillé de ne rien dire aux autres pour le moment. Lorsqu'elle téléphona à Laurent-Lân, son jumeau, pour lui annoncer qu'elle quittait Grenoble et qu'elle lui enverrait son nouveau numéro de portable, mais que, si la police l'interrogeait, il ne savait rien et n'avait pas été prévenu du départ de sa sœur, Shan était déjà en possession de nouveaux papiers au nom de Stéfanie Legendre, et même d'une carte bancaire. Un changement d'identité que les contacts d'Orban avaient permis de réaliser rapidement et à moindre coût.

Quelques heures après, le camion mobile home, conduit par Orban, précédé du van que pilotait Deepak, s'apprêtait à quitter les environs de Grenoble, où il ne fallait désormais plus s'attarder.

En même temps que son électroménager et son téléviseur, Shan avait vendu son scooter et s'était acheté un ordinateur. Passé le tsunami des derniers événements, elle s'était aperçue que ses tchats avec « Ayden » lui manquaient, qu'elle aurait même eu besoin de lui confier tout ce qui s'était produit avec Lorenzo, l'intrusion chez elle, l'enlèvement de Moisi, le chantage ignoble, le licenciement qui se profilait. Elle aurait aimé, pourquoi pas, des conseils, même d'un défunt virtuel. Mais il lui fallait attendre d'avoir son nouvel espace dans le mobile home.

Avant de refermer, pour la dernière fois, la porte de son studio avec la clé qu'elle devait laisser dans la boîte aux lettres, Shan avait jeté un ultime regard à la pièce qui avait été son refuge durant tous ces mois, depuis la disparition d'Ayden. Là où Moisi et elle avaient, chacun à leur façon, tenté de guérir leurs blessures. Seulement, son petit compagnon avait retrouvé la cage d'où elle l'avait sorti, alors qu'elle roulait vers sa nouvelle vie. La mort de Lorenzo avait tout précipité et elle avait conscience de ne pas avoir eu le choix pour Moisi, même si devoir partir sans lui réduisait son cœur en miettes. Dès son arrivée au camion, Deepak lui présenta spontanément ses excuses pour sa réaction à l'évocation de ses acouphènes et les autres l'accueillirent chaleureusement. À leur attitude, Shan comprit qu'elle était déjà intégrée à cette famille de zèbres aux profils si différents de ceux qui avaient fait son quotidien jusque-là.

L'« espace de sommeil » était bien sûr plus petit que son studio mais, si elle en avait besoin, l'immensité était à l'extérieur et à portée de regard. Elle avait emporté son *handpan*, dont la forme en disque bombé, qui sur son dos évoquait encore plus une carapace de tortue, avait suscité la curiosité de tous.

Ils quittèrent le parc naturel de la Chartreuse pour établir leur campement à proximité, dans le Vercors, en Drôme du nord. Derrière deux pics rocheux visibles de la petite route se trouvait une vallée entourée de montagnes, une sorte de cirque verdoyant accueillant des troupeaux de vaches et de moutons. Un décor naturel somptueux dans cette chaîne du Vercors qui, autrefois, avait été le refuge de quelques groupes de résistants, et où, encore avant, Buffalo Bill serait venu avec des Indiens donner quelques spectacles équestres dans un parfum de poudre à fusil et de Far West.

Là, ils seraient tranquilles, officiellement pour se rapprocher de la zone où le Bruit serait perçu de certaines oreilles plus sensibles. Orban, le seul à tout savoir de ce qui était arrivé à Shan, y voyait également un moyen de soustraire leur nouvelle recrue à d'éventuelles recherches lancées par la police, dans la mesure où elle figurerait parmi les suspects.

Au terme d'une petite heure de trajet, ils atteignirent l'entrée du village de Beauregard, au-delà duquel se trouvait une combe à franchir avant de pénétrer dans la vallée nichée dans les contreforts de la montagne de Musan.

La route du village serpentait entre les maisons silencieuses et son église romane jusqu'à la montagne, terrain de jeu escarpé des chamois et des bouquetins. Par les fenêtres du mobile home, ils aperçurent les deux pitons rocheux signalant l'entrée de la combe, penchés l'un vers l'autre à leur sommet, comme deux géants prêts à se heurter, figés dans leur élan. La lumière rosée du soleil levant irradiait sur les rochers.

*Il est, parfois, des merveilles ignorées à deux pas de chez soi*, se dit Shan. Comme cette montagne qui abritait jalousement son trésor. Le convoi roula encore sur quelques kilomètres dans la vallée, qui se révélait peu à peu au cœur d'un océan d'herbe, avant de ne plus pouvoir avancer, la route devenant trop étroite pour le camion et les accotements menaçant de se dérober sous son poids. Deepak au volant du van et Orban conduisant le mastodonte communiquaient par radio.

— Il faut prendre à droite, dit l'astronome dans son micro. Le camion pourra passer.

— Ça marche, fit Orban avec un clin d'œil à Shan, sur le siège passager.

Mais Deepak avait mal évalué l'espace et la taille du camion, lequel commença à pencher dangereusement. À l'intérieur du mobile home, quelques livres et revues glissèrent des étagères et des tables. Heureusement, les verres et les assiettes étaient dans leur placard fermé à clé par précaution. Par chance aussi, Orban en avait conduit d'autres, à l'armée, et parvint à redresser le monstre avant que son poids ne l'entraînât dans le fossé, évitant la catastrophe. Shan était encore agrippée aux accoudoirs.

— Ah là là, souffla Orban, en sueur sous sa casquette militaire, voilà ce que c'est de faire estimer les distances sur terre par un spécialiste des objets célestes !

Un peu plus loin, Deepak avisa une plateforme naturelle assez grande pour y faire tenir le van et le camion avec sa charge. L'endroit était désert en cette saison, parfait pour ce qu'ils avaient à y faire. Le camion, garé sur la longueur, et le van prêt à décoller de là en cas d'urgence, tous purent descendre dans la fraîcheur se dégourdir les jambes en buvant le café préparé par Chris.

Tout autour d'eux, s'élevant vers le ciel dans des drapés gris et fauves, formant à certains endroits des orgues minérales sur lesquelles le vent jouait sa symphonie, les montagnes se réveillaient, résonnant déjà du cri strident des aigles planant avec grâce. À la vue de cette splendeur baignée d'or, les yeux de Shan se brouillèrent de larmes. Mais, alors qu'elle se sentait de façon inattendue déjà loin du cauchemar et à l'abri, son smartphone vibra à l'arrivée d'un message.

Croyant que c'était son jumeau, elle regarda aussitôt. À l'écran venait de s'afficher, implacable et terrible, la vue d'un petit singe vert gisant dans sa cage, la gorge tranchée.

# 48

Avec le café qu'elle venait de se renverser dessus, Shan, au bord des larmes, se brûla les mains en réprimant un cri de douleur. Alma lui tendit un mouchoir et lui versa de l'eau fraîche sur la peau.

— Merci, haleta Shan en soufflant sur ses doigts et sur le dos de ses deux mains.

— Ça va ? demanda Orban, qui s'approcha, intrigué.

— Oui, oui, je suis parfois maladroite avec les gobelets…

Elle lui montrerait plus tard la photo qu'elle venait de recevoir, lorsqu'elle le verrait seul. Ce qu'elle venait de comprendre était juste monstrueux. Lorenzo n'étant plus en mesure de lui envoyer quoi que ce fût, c'était donc quelqu'un d'autre qui adressait tous ces messages à Shan, quelqu'un qui était entré en possession du portable de son ex-collègue en en faisant disparaître le propriétaire. Lorenzo n'était pas à l'origine du chantage ni de l'intrusion dans l'appartement de la jeune femme, ce qui confirmait aussi qu'il avait sans doute été victime d'un meurtre. Et Shan avait son idée là-dessus, un nom clignotait en rouge dans son cerveau : Maistre. Le couple Maistre. Elle posa la main sur son ventre, sur lequel le café brûlant avait coulé. Heureusement, sa parka l'avait protégée.

— Tu es sûre que ça va, Shan ? insista Orban. Tu veux aller te reposer un peu ?

— Non, merci, répondit-elle, un peu irritée.

Elle avait horreur d'être maternée. Surtout par un homme qui, de surcroît, lui plaisait. S'il continuait, il risquait d'attirer l'attention des autres sur son état et elle n'avait pas envie que ça se sache pour l'instant.

— Écoutez les aigles…, dit Chris, en les suivant avidement du regard. Une petite prise de son serait pas mal, non ?

— On n'est pas là pour les aigles, grogna Dav en aspirant un fond de café.

— Vieux grincheux ! lâcha-t-elle avec un coup d'œil en coin. On peut attendre le *hum*, mais ça fait un moment qu'on n'a rien.

— C'est pour ça qu'on a bougé, Chris, dit Orban en tirant sur un cigarillo, ce qui ajoutait à sa ressemblance avec Eastwood. En nous rapprochant de Valence, j'ai meilleur espoir d'avoir quelque chose.

— Et pourquoi ne pas aller à Valence ? s'étonna Shan, remise de sa brûlure grâce à la crème à base de calendula que lui avait prêtée Alma.

— Tu as la réponse devant toi, répliqua Orban, qui désigna du menton le van et le camion. Nous avons un camion de régie, mais nous ne tournons pas un film. Et nous ne sommes pas non plus un cirque, sauf quand Dav et Chris se chamaillent. » Il accompagna sa vanne d'un clin d'œil bienveillant. « Il y a plus discret que notre monstre… Tout le monde a fini son café ?

Le groupe acquiesça.

— Alors, on va se mettre au travail. Pendant que vous préparez le matériel, j'explique à Shan deux, trois choses et on vous rejoint.

Au regard qu'il lui jeta, Shan devina qu'en réalité Orban

voulait en profiter pour lui parler seul à seul. Et peut-être lui donner l'occasion de lui expliquer ce qui venait de se passer.

Tandis que les cinq autres s'attelaient aux préparatifs, chacun s'occupant de son matériel propre selon son domaine de compétence, Orban prit Shan à part dans l'espace salon du mobile hum, comme ils appelaient tendrement leur logement itinérant.

— Tu as reçu une mauvaise nouvelle ? demanda Orban avec douceur.

Pour toute réponse, Shan sortit son smartphone et lui montra la photo de Moisi sans la regarder.

— C'est ton singe ? Celui qu'on t'a volé ?

Shan baissa la tête. Elle avait l'impression qu'elle n'avait pas le temps de faire le deuil des êtres qui lui étaient proches. Les événements s'enchaînaient, inexorablement, tel un courant qui l'emportait.

— Seules des ordures peuvent faire ça, lâcha Orban, ému. Tu n'y es pour rien, Shan. Je sais que c'est simple à dire, mais il faut laisser ça derrière toi. Estime-toi heureuse d'avoir eu cette occasion de partir et de leur échapper. Ils ne reculent devant rien. Et ils essaieront de te retrouver. D'ailleurs, tu aurais dû changer de portable. En attendant, éteins le tien et retire la carte SIM. Je t'en donnerai un prépayé. J'espère juste qu'ils n'ont pas eu le temps de te localiser.

— Je suis désolée de vous faire prendre des risques et…

— Je suis le seul au courant et j'en prends toute la responsabilité. Si, un jour, quelqu'un doit rendre des comptes à l'équipe, ce sera moi. Et ils comprendront, parce que chacun, ici, aurait fait la même chose. On va se concentrer sur nos recherches communes, enchaîna l'ingénieur. Tes observations t'ont menée sur la piste du son et, plus précisément, des basses fréquences. En lisant le livre de Kristin, tu as découvert aussi leurs effets potentiels sur l'organisme. D'après tes descriptions, les corps autopsiés des animaux marins du Saint-Laurent et de la baleine bleue présentent des dégâts similaires.

— C'est ça. Mais… pourquoi Kristin Gaucher ne travaille-t-elle pas avec vous ?

La question sembla le prendre au dépourvu.

— En fait… c'est un peu délicat de répondre. Mais il est normal que tu le saches. Depuis la parution de ce livre, Kristin a reçu des menaces de mort. Elle est obligée de vivre cachée, sous protection.

— Qui lui en veut ?

— Les services secrets, l'armée…

— Pourtant, l'armée a collaboré avec elle, c'est ce que tu m'as laissé entendre…

— C'est vrai. Plus exactement mon département. Mais tout le monde n'était pas d'accord avec cette collaboration et sur le fait de lui donner tous ces renseignements et ces documents, dont certains classés secret-défense, qui dataient d'ailleurs des années 1950. Donc a priori, il y avait prescription, puisque toutes ces expérimentations avaient été stoppées. Du moins, officiellement.

Shan vit passer une ombre dans les yeux clairs d'Orban.

— Officiellement ?

— On pense qu'en réalité les recherches militaires sur les basses fréquences n'ont jamais vraiment cessé. Notamment sur le « rayon de la mort », tu en as déjà entendu parler ?

— Non.

— Un projet d'arme de destruction massive inventé par Nikola Tesla, un pur génie, disparu en 1943, à côté duquel Einstein fait pâle figure. Ce rayon était en fait un faisceau électrique, généré par un accélérateur de particules et qui, projeté dans les airs, aurait pu détruire « dix mille avions à quatre cents kilomètres de distance ». C'est, du moins, ainsi qu'on le présente. Pour Tesla, c'était une arme dissuasive, qui, dans la mesure où chaque État aurait été en sa possession, aurait assuré la paix mondiale. Une sorte d'équilibre par la terreur. On peut dire qu'il est mort juste au bon moment… Mais selon certaines hypothèses, les Russes auraient réussi à élaborer cette arme, qui serait à l'origine de la catastrophe de la Toungouska, en 1908, en Sibérie. Une onde sonore, libérant une énergie mille fois plus puissante que Hiroshima des années plus tard, aurait détruit toute une forêt sur un rayon d'une vingtaine de kilomètres. Un truc monstrueux, attribué officiellement à un phénomène naturel comme la chute d'une météorite. Comme toujours en Russie, on ne saura jamais ce qui s'est réellement passé. Nikola Tesla avait baptisé son arme *Téléforce*. Quand il est mort, dans un hôtel aux États-Unis, la CIA a envoyé des hommes faire le ménage ; or, ils n'ont rien trouvé. Ni documents ni plans de son arme. Et, comme Tesla semblait souffrir de quelques troubles psychologiques, il n'est pas impossible que *Téléforce* n'ait en réalité jamais existé ailleurs que dans sa tête. » Orban s'interrompit, semblant tout à coup absent. « Kristin s'est mise en danger pour le reste de sa vie…, souffla-t-il.

À sa manière de parler de la journaliste, Shan comprit soudain que leur lien était ou avait été plus fort qu'une amitié, même profonde, et en éprouva un pincement au cœur.

— Les principaux objectifs de l'Homme sont de conquérir, asservir, se reproduire et survivre, poursuivit-il sans transition. Pour ça, depuis la nuit des temps, il invente et fabrique des armes de plus en plus sophistiquées. Nikola Tesla a imaginé une arme de destruction massive, bien avant les camps de concentration et Hiroshima, une arme qui utiliserait l'énergie électrique. Ce fut un échec. Mais ses théories ont ouvert des voies. Il y a eu la bombe atomique. Explosion, champignon, souffle, onde de choc d'une puissance inouïe et radioactivité.

Puis on s'est orienté vers des armes de plus en plus silencieuses et indétectables. Et on a découvert aussi les infrasons, un son paradoxalement silencieux. C'est un acousticien français, Vladimir Gavreau, qui a mis au jour leur nocivité, probablement en 1967. Il était en train de travailler dans son bureau en compagnie d'un ingénieur, quand ils furent pris de maux de tête et de malaises. Pourtant, dans leur environnement, il n'y avait rien d'autre qu'un ventilateur à grandes pales, fixé au plafond. Eh bien… le ventilateur générait des sons inaudibles, reposant sur de basses fréquences. Ils n'entendaient rien, en revanche leur corps encaissait. Si l'onde sonore inaudible avait été produite par un générateur plus puissant, ils seraient sans doute morts. C'est ce qui a pu arriver aux animaux marins du Saint-Laurent et à la baleine bleue que tu as vue agoniser. Leurs organes ont implosé sous des effets semblables. Et tu dis que le seul survivant du groupe de jeunes gorilles de la réserve au Congo était sourd… Selon Gavreau, la fréquence spécifique de 7 Hz peut affecter les facultés cognitives et empêcher toute réflexion et tout travail intellectuel. Rien que ça, c'est une arme redoutable. Tu imagines, Shan, toute une population subissant cette basse fréquence en permanence… Incapable de penser, perdant tous ses moyens psychiques… Une vraie lobotomie par le son. Une chirurgie du cerveau invisible, invasive et massive. » Le regard d'Orban brûlait d'un feu intérieur. « Déjà, entendre dans sa tête un bruit en permanence… c'est à devenir fou. Viens, je voulais te montrer quelque chose. »

L'ingénieur acousticien se leva, suivi de Shan, encore secouée par ce qu'elle venait d'entendre. Lorsque Orban s'arrêta devant, elle reconnut la porte noire de la petite pièce qu'il lui avait désignée. La chambre anéchoïque. Là où ne parvenait aucun son de l'extérieur. La chambre sourde.

— Avant que tu en fasses l'expérience, il faut que je te dise une chose sur les vraies raisons de la présence de cette chambre. Je t'ai parlé du *hum*, le fameux Bruit de Taos, l'objet de nos recherches, qui est un bruit externe que certaines personnes peuvent percevoir… eh bien… c'est seulement ici, dans cette chambre, que je trouve enfin la paix. Parce que je fais partie de cette minorité dans le monde qui entend le Bruit.

# 49

Assise au centre de la chambre anéchoïque, seule, Orban l'y ayant laissée avec la consigne de lui dire, par caméras interposées, si elle se sentait bien, Shan ressassait les dernières paroles de l'ingénieur.

*Parce que je fais partie de cette minorité dans le monde qui entend le Bruit.*

Il devait vivre un enfer, se disait-elle, et pourtant rien de cela ne se voyait sur son visage, ni dans son comportement. Sans doute ces intervalles hors du monde et du temps dans la chambre sourde lui permettaient-ils de gérer au mieux un phénomène qui en avait rendu fou plus d'un.

Plus les minutes s'égrenaient, plus Shan, malgré un malaise grandissant, se félicitait de ne pas être claustrophobe. Surélevée et entourée d'une coque de béton, également assise sur des blocs en néoprène, la chambre anéchoïque n'était pas plus grande qu'une salle de bains. Hérissées de dièdres en mousse et fibre de verre pour absorber tout son et tout écho, ses parois, dans une illusion d'optique, donnaient à Shan l'impression qu'elles allaient d'un instant à l'autre se rapprocher et l'écraser.

Il ne lui fallut que quelques secondes pour sentir le silence s'insinuer dans ses pores et quelques minutes pour percevoir les bruissements internes de son propre corps. Encore cinq minutes et Shan quitta la pièce insonorisée. Sa tête commençait à bourdonner et la biologiste ressentait une pression sur ses tempes, comme si le silence allait la broyer.

— Impressionnant, souffla-t-elle en réapparaissant.

— C'est là qu'on se rend compte qu'en réalité le silence absolu n'existe pas, sourit Orban. Ça va quand même ?

— Oui, mais je n'aurais pas supporté d'y rester plus longtemps...

— Alors que pour moi c'est une vraie libération, soupira l'ingénieur acousticien.

— Et... ça fait longtemps que... tu entends le Bruit ?

— À peine sept mois. Au début, j'ai cru que c'était un bruit de moteur, là où je me trouvais. Un bourdonnement continu de machine. Et j'ai dû me rendre à l'évidence. Le Bruit me suivait. En revanche, mon entourage n'entendait rien. Alors j'ai consulté pour écarter tout problème d'acouphènes ou autre pathologie de l'audition. Le Bruit n'était pas dans ma tête. Et je l'entendais plus ou moins fort selon les endroits. J'ai commencé à souffrir d'insomnies, d'étourdissements, de véritable stress. J'ai cru devenir fou. Entre autres hypothèses, les recherches que j'ai faites et certains contacts que j'avais gardés du projet HAARP m'ont mené au *hum*. Ce n'est pas encore une certitude absolue, mais il y a de fortes probabilités pour que ce que je perçois et le *hum* soient la même chose. Peut-être dans le but de produire des effets volontairement nocifs...

— Pourtant, en ayant travaillé sur ce projet, tu devais le savoir, non ? objecta Shan.

— Il y a beaucoup de choses sur lesquelles on travaille sans en connaître ne serait-ce que la moitié des objectifs. Toi, par exemple, tu fais des recherches sur les virus, en toute bonne foi et en toute intégrité, au nom de la science et pour permettre de mieux les combattre. Mais tu ne sais pas si, derrière, il n'y a pas un dessein criminel, qu'il soit politique, militaire ou terroriste. Pour moi, ça a été pareil. C'est en grande partie la raison pour laquelle j'ai quitté l'armée. Et aussi parce que Kristin a été menacée.

— Il y a autre chose qu'une amitié, entre vous…

Au moment où elle prononçait ces mots, sa propre audace la surprit.

— Il y a eu, oui. Et nous sommes restés amis. Sans ambiguïté. Mais… allons-y, les autres doivent nous attendre, dehors.

— Quelles sont les autres hypothèses sur l'origine du Bruit, Orban ?

— Eh bien, à part une hyperacousie quelconque, ce serait les ondes électromagnétiques, sauf qu'on rejoint, là encore, HAARP.

— Mais… émettre des ondes gravitationnelles ou électromagnétiques à grande échelle… ce serait dans quel but ?

— Rendre les gens fous, Shan. Les empêcher de dormir, de penser, de réfléchir. En faire des automates. On y va ?

Sur le papier, tout ça ressemblait fortement à une théorie du complot et à des délires d'illuminés, se dit Shan, mais le témoignage d'Orban, qui concordait avec les autres, achevait de la convaincre de l'épaisseur du mystère et du caractère assurément étrange de ce *hum* et de ses effets sur le cerveau. Elle en aurait bien touché deux mots à « Aydenbot », mais elle n'avait pas encore téléchargé l'application sur son nouvel ordinateur et il fallait déjà partir en expédition pour mesurer le Bruit dans la montagne.

Tous, sauf Julian, qui restait surveiller le convoi, étaient équipés d'un sac à dos avec des bouteilles thermos, de bonnes chaussures de marche et de vêtements thermiques, ainsi que de bâtons télescopiques. Shan n'avait que sa besace, sa doudoune, un bonnet et des baskets. Ici, le vent soufflait plus fort et était froid. Ils partirent sous le soleil de 9 heures, par une sente escarpée dans le prolongement du petit plateau où les véhicules étaient garés. Elle avançait aux côtés d'Orban, qui ne semblait pas disposé à la laisser à ses comparses, et sentait, de temps à autre, le regard de Deepak peser sur ses épaules. Il éprouvait sans doute le besoin de venir lui parler, certainement de leur point commun, les fameux pépiements d'oiseaux. Tandis qu'ils grimpaient se dessinait sous leurs yeux un décor digne d'un western. Dans leur dos une barre de rochers calcaires en arc de cercle, dont les reliefs et les failles se révélaient au soleil, comme un haut rempart protecteur donnant libre cours à la valse des aigles, et devant les collines verdoyantes traversées de sentiers en lacets et bordées de petits bois. La nature, ici, semblait à l'état pur, vierge de toute exploitation ou invasion humaine. Seuls les troupeaux de vaches et de moutons signalaient la présence d'une ferme, à l'entrée de ce Colisée naturel.

— Où allons-nous ? demanda Shan en soufflant un peu dans la montée.

— Là où nous serons sûrs de trouver le silence, répondit Orban. Ce qui nous permettra de faire des prises de son. Nous allons en quelque sorte écouter la terre au stéthoscope et, pour ça, il nous faut une bonne caisse de résonance.

— Et en ce moment, tu entends le Bruit ?

— Parfois il s'atténue, ou au contraire, comme à présent, il s'intensifie. Sans explication.

— Mais ça va quand même ? Tu vas pouvoir continuer ?

— Si ça devient insupportable, j'ai ce qu'il faut dans mon sac. Un casque antibruit pour pilote d'avion. Ça devrait aller. Merci, ajouta-t-il, touché de cette attention.

Ils grimpèrent encore un dénivelé d'environ sept cents mètres, avant de s'arrêter aux abords d'un refuge en rondins, que les gens du coin nommaient « la fuste ». Le cabanon était à l'abandon, mais il arrivait que des jeunes viennent y faire la fête, l'été, ainsi qu'en témoignaient les vestiges d'un foyer et quelques canettes froissées.

Le refuge surplombait la vallée sauvage et ses reliefs, à côté d'une petite source dont le chuintement tranquille parvenait à leurs oreilles dans le calme de la montagne. Chacun prépara son matériel, Dav et Chris à la prise de son, le drone d'Alma prêt à décoller et Deepak à la réception des images sur sa tablette. Shan lançait des coups d'œil discrets à Orban, guettant le moindre changement d'expression ou une tension naissante sur son visage. S'ils avaient décidé de venir jusqu'ici, c'était sans doute dans l'idée que leurs appareils capteraient le Bruit avec plus d'acuité qu'en pleine ville, même si Valence, située à une vingtaine de kilomètres, faisait partie des lieux où le *hum* était perceptible par ceux qui y étaient sensibles. Le type qui avait massacré sa famille l'entendait en permanence, alors qu'il habitait dans les environs de cette commune. Orban risquait donc de le ressentir avec plus de force lui aussi.

Au signal, Alma fit décoller le drone dans un vrombissement de scarabée et Deepak se concentra sur la tablette posée sur ses genoux.

— On a quelque chose? demanda Orban au bout de deux minutes.

— Non, rien d'anormal. En revanche, le drone a l'air d'intéresser les aigles.

— OK, alors, Chris et Dav, on attaque. Alma, c'est bon, fais-le redescendre.

Dans le silence de chacun, l'enregistrement commença, des micros plats posés à même le sol. Shan se tenait immobile, tendant l'oreille. Orban, les yeux rivés au sonomètre dans sa main, retenait son souffle.

— Il y a quelque chose, dit-il soudain. Les courbes remontent.

Tous écoutèrent, mais rien n'était audible à l'oreille nue. Shan vit les traits de l'ingénieur se déformer, tandis qu'il portait les mains à ses tempes.

— Orban ? Ça va ?

— Je crois que je dois mettre mon casque… c'est… c'est un truc de dingue.

Une fois protégé, le visage de nouveau détendu, il put continuer à prendre les mesures des vibrations et des fréquences. Lorsqu'ils estimèrent avoir assez de matière, on sortit les thermos et le café encore chaud coula dans les gobelets. Pris d'une envie d'aller pisser, Deepak disparut derrière le chalet.

— Hé, venez voir ça ! l'entendirent-ils crier.

Les autres le rejoignirent et regardèrent ce qu'il leur montrait, peint en rouge sur le mur de la fuste. Un triangle, dont le sommet tourné vers le haut était barré d'un trait.

— C'est l'air.

Les regards se tournèrent vers Dav, interrogateurs.

— Ce symbole est celui de l'air, l'un des quatre éléments.

— On le prend en photo, suggéra Orban, qui ne négligeait aucun détail au cours de leurs recherches, et on rentre. Hâte de voir ce que Julian nous a préparé à déjeuner et, surtout, d'écouter nos enregistrements.

Ils rangèrent leur matériel, Alma exprimant un léger sentiment de frustration de ne pas avoir eu plus de temps pour explorer ces montagnes avec l'œil de son drone, et repartirent vers les véhicules qui les attendaient sur le plateau.

En passant de nouveau près d'un des troupeaux de vaches, quelque chose attira leur attention. On les aurait crues sculptées dans du bois. Elles étaient figées dans une immobilité surprenante, même leurs veaux semblaient transformés en statues.

— Vous avez vu ça ? s'exclama Alma.

— Bizarre, en effet. Elles ont la tête baissée et pourtant elles ne paissent pas.

Pour Shan, pas de doute, cet état de prostration était similaire à celui dont souffraient de plus en plus d'espèces dans le monde. Et, là-haut, la courbe du sonomètre avait indiqué des basses fréquences très fortes, au point qu'Orban avait été obligé de garder son casque.

— Ce serait bien si Alma pouvait envoyer le drone en reconnaissance, dit-elle tout à coup.

Orban la dévisagea avec curiosité.

— C'est trop près de la ferme, on la distingue déjà, en contrebas. On n'a pas vraiment d'autorisation de droner aussi près des habitations.

— On va dire que j'ai laissé l'autorisation au mobile home, intervint Alma.

— Et tu penses qu'ils vont te croire ?

— Je me demande bien à quoi je sers, ici, grogna la jeune femme.

— Le troupeau a un comportement étrange, insista Shan.

— OK, on s'arrête quelques instants et Alma tu envoies le drone. Peut-être nous restituera-t-il des images plus précises, trancha Orban. J'imagine que tu penses à ce qui se répand mystérieusement chez les animaux, Shan… Cet état de prostration avant la mort…

Shan acquiesça tristement.

— J'espère me tromper.

Mais, une volée de minutes plus tard, les premières images arrivèrent, éloquentes, sur l'écran de la tablette que tous regardaient avec anxiété. Un gros plan sur l'une des vaches permit de distinguer nettement des larmes qui coulaient en abondance du coin de ses yeux.

— C'est la même chose à chaque fois…, souffla Shan, du ciment plein l'estomac.

Alors que le drone bourdonnait au-dessus du troupeau, celui-ci se ramassa brusquement sur lui-même et, bientôt, il n'y eut plus d'espace entre les vaches et leurs veaux, pressés contre leurs flancs. Sidérés et impuissants, les cris des génisses et des jeunes veaux leur parvenant de plus en plus assourdis, les membres de l'équipe se rendirent compte trop tard de ce qui était en train de se passer sous leurs yeux.

— Bon sang… C'est pas possible…, lâcha Dav, la main crispée sur sa nuque, leurs veaux… elles… elles sont en train de les étouffer.

# 50

Était-ce le vrombissement du drone qui avait provoqué ce mouvement de panique dans le troupeau ou autre chose, une chose invisible, imperceptible ? Les questions se pressaient dans l'esprit des membres du groupe.

Le temps qu'ils retournent aux véhicules et que leur convoi redémarre, le pré était jonché de cadavres, et les jeunes bovins encore vivants, mais dans un état déplorable, finissaient de s'écrouler, dans un dernier râle. Quant aux vaches, elles s'étaient peu à peu éloignées les unes des autres, tremblantes et secouant la tête comme les petits chiens ornant la plage arrière des voitures dans les années 1970.

— On devrait peut-être prévenir l'éleveur, suggéra Deepak, lorsqu'ils passèrent à hauteur de la ferme.

— Il ne faut pas attirer l'attention sur nous, rappela Orban dans son micro, d'un ton sévère.

— On n'a qu'à dire qu'on ne faisait que passer, proposa Alma.

— Quelqu'un a peut-être vu le van et le camion près du troupeau. Dans le doute, on ne peut pas prendre le risque.

— Eh bien, moi je le prends, riposta Dav. Arrête-toi, Deepak, s'il te plaît, un peu plus loin si tu veux. Si on prévient le fermier, on peut éviter un autre massacre. Je ne sais pas ce que ces vaches ont, ni quelle mouche les a piquées, mais on a tout vu et on ne peut pas partir comme si de rien n'était. Et, Orban, lança-t-il en haussant la voix pour être entendu dans l'oreillette, je te rappelle gentiment que personne, dans l'équipe, ne donne d'ordres. C'était la règle dès le départ et ça l'est toujours.

Le visage cramoisi, Dav descendit du van sous le regard approbateur de sa compagne et rebroussa chemin à pied en direction de la ferme. À cet instant, Shan se rappela l'anecdote de Kristin Gaucher sur les vaches devenues « folles » à cause d'une trop grande proximité avec des éoliennes.

— Ça me fait penser à une histoire que j'ai entendue…, dit-elle, en se gardant bien d'évoquer la journaliste envers laquelle Orban nourrissait encore des sentiments ambigus, elle en était persuadée.

Elle lui en fit le récit alors que Dav atteignait sa destination.

— Sauf que ce qu'on cherche ne provient pas de champs d'éoliennes, qui, d'ailleurs, se trouvent à côté de l'autoroute entre Valence et Lyon, à environ soixante kilomètres d'ici.

La remarque venait d'Orban. Au même moment, le portable de Chris vibra.

— Dav ? Il y a un problème ? » Malgré un caractère bien trempé et optimiste, son inquiétude était palpable. « On doit le rejoindre à la ferme, souffla-t-elle. Il n'a pas voulu m'en dire plus.

Ils retrouvèrent Dav devant le bâtiment, composé d'un corps principal tout en pierres de la région et de deux dépendances, plus un hangar et l'étable, d'une capacité de soixante têtes de bétail. Il semblait désemparé.

— Leurs voitures sont là, j'ai frappé, mais personne ne répond, annonça-t-il en leur montrant une Clio et un Duster. J'ai essayé de jeter un œil à l'intérieur, mais tous les volets sont fermés. Les capots des deux voitures sont froids.

— Ils sont peut-être partis dans un autre véhicule, dit Chris.

— Je sais pas, je sens un truc qui cloche.

Orban frappa du poing à la porte à trois reprises.

— Ça sent fort le fumier, en tout cas…

— Les bonnes odeurs de la campagne ! chantonna Chris, histoire de détendre un peu l'atmosphère.

— Personne, constata Orban. Bon, si on n'a personne à alerter, je suggère de rentrer. Sans donner d'ordre, bien sûr…

Dav accueillit la vanne avec un rictus.

— Tu n'as pas envie d'en savoir plus ? Ces vaches, je les ai trouvées en piteux état, sur les images. Comme si elles étaient dehors depuis un moment. Même s'il ne neige pas encore, il ne fait tout de même pas très chaud.

Sans prévenir, Orban prit son élan et se jeta de tout son poids contre la porte, épaule la première. À la réception, il grimaça de douleur, mais il avait réussi à pulvériser la serrure. Shan admira en silence cette montagne de muscles, ainsi que le résultat.

— Après vous, mesdames », lança-t-il à l'intention des trois femmes du groupe. Mais, lorsqu'elles firent mine d'entrer, Alma en tête, il s'interposa. « Je plaisantais, bien sûr. Allons-y, messieurs, on ne sait jamais ce qu'on peut trouver à l'intérieur.

— Tu crois qu'on est trop sensibles, ou bien qu'on ne saurait pas se défendre ? railla Alma.

— Je ne parlais pas de toi, souffla Orban en jetant un coup d'œil furtif à Shan.

L'échange fut aussitôt interrompu par l'odeur pestilentielle qui les prit à la gorge dès qu'ils pénétrèrent dans la maison. L'entrée donnait directement dans le salon, avec une cuisine ouverte derrière un comptoir rustique en bois massif. Une pièce vaste, confortablement meublée, un téléviseur à écran incurvé, les murs décorés de trophées de chasse, des têtes de sanglier, de cerf, de biche et même d'ours brun, auxquels le travail du taxidermiste avait rendu une ultime dignité après le meurtre dont ils avaient été les tristes victimes. Un renard, babines retroussées sur l'éternité, semblait avertir le visiteur de ne pas s'approcher trop près. Et, au milieu de ce tableau de chasse mural et des fleurs du papier peint, un Christ sur sa croix, pour rappeler, peut-être, que même celui qui prend du plaisir à chasser d'innocentes proies porte aussi la sienne et peut faire preuve de piété.

Shan crut se trouver mal et dut sortir un Kleenex de sa poche pour se protéger le nez et la bouche. Une odeur entêtante, nauséabonde, de charogne flottait dans toute la pièce.

— Ça sent mauvais, dit Chris. Dans tous les sens du terme.

— Oh Dieu !

L'exclamation de Deepak leur fit tourner la tête vers ce qu'il fixait avec effroi au sol. Quatre corps sans vie, dont trois alignés côte à côte, un homme, la soixantaine, une femme à peine plus jeune et une autre, entre vingt-cinq et trente ans, enceinte, tous les trois en pyjama et chemise de nuit. Ils avaient perdu tellement de sang que celui-ci avait totalement imbibé les tissus, et les avait cartonnés en séchant. Le quatrième cadavre, le plus éloigné des autres, était celui d'un homme d'environ trente-cinq ans, un pistolet dans la main gauche, la gorge ensanglantée et un trou dans le crâne, d'où s'échappait la cervelle par petits morceaux, sur lesquels les mouches bleues avaient déjà commencé leur ponte.

Le point commun entre les trois corps précipita Dav vers l'extérieur, où il se vida dans des hoquets furieux. À la place du visage, ils avaient un cratère béant, où se concentrait une bouillie de chairs attaquées par les diptères et les asticots. Chris alla rejoindre son compagnon et lui donna un peu d'essence de menthe. Alma demeurait impassible, comme étrangère à elle-même, tandis qu'Orban et Deepak, les traits défaits, cherchaient à comprendre ce qui avait pu se passer. Shan, qui avait vu des animaux de laboratoire se faire dépecer presque vivants ou inoculer les pires virus pour les « progrès » de la science et de la médecine, tint le coup malgré l'horreur de la scène. Les relents de putréfaction lui étaient plus difficilement supportables. Un fusil de chasse, fin et élancé, reposait contre un des fauteuils en cuir du salon.

— Bordel…

C'est tout ce que trouva à dire Alma à son tour, comme revenue à elle, une main plaquée sur le nez.

— Bon, ce qui paraît évident, c'est que c'est une tuerie en famille qui me rappelle vaguement une autre affaire pas loin d'ici, attaqua Orban, un genou à terre, l'avant-bras calé sur la cuisse. Après avoir tué ses parents ou beaux-parents au fusil de chasse, un 12 magnum semi-automatique Matrix, le gars s'est fini au pistolet, un classique 9 mm. Il ne les a pas loupés, mais ne s'est pas loupé non plus, contrairement au type de l'autre massacre.

— On dirait même qu'il a fait un petit tournage, fit observer Deepak, en leur montrant un caméscope sur pied devant le téléviseur, l'objectif orienté vers l'endroit où la scène avait dû se dérouler.

— Fais-nous voir ce que ce caméscope a à nous dire. Sachant qu'on est en train de surveiller une scène de crime.

Deepak, les mains protégées par des gants, connecta l'appareil au poste TV et toucha deux ou trois boutons, manœuvre qui permit à la vidéo d'occuper tout l'écran. Ils virent l'homme le plus jeune, le regard halluciné, tourner le caméscope vers les trois autres, qu'il tenait en joue, tremblants et blêmes, l'homme le plus âgé soutenant sa femme.

« Éric… tu n'es pas obligé de faire ça…

— Ta gueule ! hurla le futur meurtrier, les mains crispées sur le fusil. Tu l'ouvres encore une fois et je t'en colle une en pleine tête !

— Ton… ton père… veut juste t'aider… mon chéri…, balbutia la femme.

— Toi aussi, tu vas la fermer ! Vous n'avez pas voulu me croire, vous avez voulu me faire interner même ! Ah, elle est belle, la famille !

— Mon amour… je t'en prie, notre bébé… il… il va bientôt arriver…, sanglotait la jeune femme blonde.

— Tu m'as trahi, sale garce ! Comment t'as pu me faire ça ! Avec la complicité de mes propres parents ! Alors tais-toi ! » Puis, se tournant vers l'œil de la caméra, comme s'il s'adressait à un spectateur invisible : « Je vais le faire, j'ai les couilles pour le faire, tu seras fier de moi ! Je vais les sacrifier pour toi, tous les trois. Peut-être que tu accepteras de partir, hein ? Peut-être que tu me laisseras enfin tranquille… Ils… ils ont pas voulu me croire… Ils disaient que c'était un burn-out, que ça arrive à beaucoup de cultos… Y a des suicides à la pelle dans le métier ! Un par jour ! Je suis pas fou, ça non… C'est vrai que je t'entends tout le temps… Mais eux, y me croient pas ! Ma famille, ma femme, elle me croit pas et me prend pour un taré !

— Éric… fiston…

— Rhaaaaaa, ta gueule, je te dis ! »

La balle 12 magnum partit en plein visage du père, qu'elle déchiqueta. Le fermier s'écroula, inerte, aux pieds de sa femme et de sa belle-fille, qui se mirent à hurler.

« Taisez-vous ! Vous allez pas la fermer un peu ? Du silence ! Je veux juste du silence ! »

L'homme tira coup sur coup et les deux balles atteignirent leur cible au visage, qu'elles arrachèrent comme un masque. Les deux femmes allèrent rejoindre le cadavre du fermier gisant sur le sol maculé et luisant d'un rouge sombre poisseux. Puis le meurtrier posa le fusil contre le fauteuil, l'air hagard.

« Je… je voulais pas… je voulais pas le faire comme ça. Je

suis qu'un nul, un raté, ils avaient raison… Faut m'enfermer, hein, faut m'enfermer », beugla-t-il avant de coller sur sa gorge l'extrémité du canon d'un pistolet qu'il venait de sortir de sa poche et de tirer.

Le caméscope, n'ayant plus personne pour l'arrêter, continua de tourner sur le silence qu'avait enfin trouvé l'éleveur.

— Eh bien…, soupira Orban, le Bruit poursuit son œuvre.

# 51

Ils avaient quitté les lieux, laissant l'horreur derrière eux. Après en avoir débattu ensemble, ils avaient pris cette décision rapidement. Avertir la police n'aurait fait qu'attirer l'attention sur eux. Même s'ils n'étaient pas des criminels, ils préféraient garder l'incognito et ne pas perdre un temps précieux à aller témoigner. Orban avait sans doute posé le bon diagnostic, mais seule l'enquête montrerait si le meurtrier présentait déjà des antécédents psychiatriques ou si son acte était lié, comme dans l'autre affaire, aux effets du Bruit. Il n'y avait pas assez de cas de ce genre pour pouvoir établir une relation directe avec le *hum*.

Avant de regagner le van et le camion, que Julian était resté surveiller, ils avaient pris soin de nettoyer les traces qu'ils avaient pu laisser à l'intérieur ainsi que leurs empreintes qui marquaient le sol sablonneux à l'entrée de la ferme. Ils empruntèrent ensuite le chemin inverse, traversèrent de nouveau le village, puis, au bout de quelques kilomètres sur une petite route cernée de noyeraies, repérèrent un endroit où se poser et où manger un morceau. Durant le trajet, Orban raconta à Julian leur macabre découverte à la ferme.

Ce fut Julian qui prépara le déjeuner, une tartiflette au reblochon sans lardons, arrosée d'un vin de Savoie. La devise

« l'appétit vient en mangeant » se vérifia sur les membres de l'équipe, encore bien secoués par ce qu'ils venaient de voir. Alma était sortie à l'instant où tous passaient à table, décidés à s'octroyer ce moment de répit avant de reprendre le sujet lors de la réunion prévue en début d'après-midi.

— Alma ne déjeune pas avec nous ? s'étonna Shan.

C'était le premier repas qu'ils prenaient tous ensemble depuis son arrivée. Ses coéquipiers se regardèrent.

— Tu ne la verras jamais au moment de manger, dit Orban. C'est une adepte du *sungazing*. Elle t'en parlera mieux que moi. Pour faire court, elle nourrit son corps autrement.

Le talent culinaire de l'ancien stagiaire de l'institut finit par l'emporter et, en fin de déjeuner, commencé dans un silence lourd de questions pour tous, des rires de connivence bruissèrent doucement.

— Réunion dans dix minutes, annonça Orban au café. On peut la faire à table, si vous voulez.

À l'unanimité, la réunion aurait lieu dans la foulée, une fois les assiettes débarrassées. Mais avant, profitant de ces dix minutes récréatives, Shan rejoignit Alma dehors.

— Il paraît que tu ne manges pas comme nous, dit-elle, regardant l'ancienne championne se rouler un joint.

— Ouais.

— Je vois que tu es vegan jusqu'au bout des doigts.

La pilote de drones leva ses grands yeux sur elle, prêts à l'avaler.

— On ne dirait pas comme ça mais, l'air de rien, t'es une marrante, toi. T'as raison, c'est le soleil qui me nourrit. Sa lumière. Son énergie. T'as jamais entendu parler des « mangeurs de soleil » ?

— Non.

— En fait, une pratique très ancienne inspirée d'une

médecine indienne, ayurvédique. Fixer le soleil pouvant rendre aveugle, dans cette pratique, on fait ça dans l'heure qui suit le lever du soleil ou bien celle qui précède son coucher. Le principe est de stocker sa lumière et son énergie, qui seront recyclées en nutriments par l'organisme, ce qui te dispensera de manger comme tout le monde. Ça permet de guérir de beaucoup de maladies et de connecter ton corps à la source, la Terre-Mère. Il vaut mieux, dans la mesure du possible, le faire pieds nus. On commence par regarder le soleil… dans l'œil dix secondes chaque jour pendant un mois, puis on augmente le temps, jusqu'à quarante-cinq minutes au bout de neuf mois. Et là, tu te demandes où t'es tombée. » Alma aspira une bouffée de chanvre dans un clignement de paupières. « Une taffe ?

— Non, merci.

— Tu devrais, ça détend.

— Tu ne manges plus du tout alors ?

Alma éclata de rire.

— J'en suis pas là ! Pas encore. Mais de là à bouffer une tartiflette… Rien de tel pour faire baisser ton taux vibratoire.

— C'est pour ça que tu te lèves si tôt, le matin, et que tu disparais quand le jour décline…

— Bien observé.

— J'ai observé aussi qu'il y a des tensions dans votre groupe. Notamment avec Orban.

— Oh, ça ? Rien que du normal. On cohabite depuis des mois. Impossible de ne pas se friter de temps en temps. En plus, ce serait pas drôle. Pour Orban, c'est un peu de la déformation professionnelle. Le mec, il a fait l'armée, quand même, avec des gars sous ses ordres. Il y a des restes. Bon, on y va, à cette réunion ?

Les deux femmes prirent place avec les autres dans une complicité toute fraîche.

— Si c'est vraiment le Bruit, dans quel but ce serait ? demanda Alma. On a déjà eu le virus. Ils nous ont fait vivre trois confinements, prétendument pour nous protéger, renforçant plus que jamais la notion d'État providence et d'État sauveur. Un prétexte tout trouvé pour casser les mouvements sociaux, les gilets jaunes, la réforme des retraites et compagnie. Ça a marché. Sans parler de l'affaire des masques contaminés. Alors, que veulent-*ils* de plus ?

— À une époque, je t'aurais répondu « nous tuer », lança Orban. Parce que trop nombreux sur la planète, blablabla. Et si un virus avait été délibérément lâché dans la nature, ça aurait été pour exterminer massivement, donc ça aurait été genre la peste ou le choléra. Aujourd'hui, les recherches se tournent vers le non-létal. En tout cas en matière d'armes sonores. Ce qu'*ils* veulent, c'est non plus décimer, mais affaiblir. Maintenir les populations dans un état de soumission, donc de peur permanente et de malaise. Que fait-on quand on est affaibli ? On se tourne vers celui qui va nous protéger, nous apporter la sécurité, l'aide, la force. C'est la stratégie des régimes totalitaires, qui se multiplient à travers la planète. Parce que plus les technologies évoluent et sont sophistiquées, plus ceux qui sont au pouvoir ont intérêt à asservir ceux qu'ils gouvernent. Car elles peuvent tomber entre n'importe quelles mains… Quoi de mieux qu'étourdir la population ? Au moyen de basses fréquences bombardées en permanence, et je sais de quoi je parle. Je l'ai dit à Shan.

— Mais as-tu dit à Shan que nos avis divergent à ce sujet, précisément ? intervint Chris.

— Pas encore, c'est justement l'occasion de le faire. Je t'en prie.

Chris tourna ses grands yeux d'eau douce vers Shan, sans se départir de son sourire.

— C'est la différence qui fait la richesse, déclara-t-elle. Et nous l'expérimentons presque chaque jour dans notre petit cercle. Pour la moitié de l'équipe, à commencer par Orban, le fameux *hum* est une pure production humaine, dans un but précis, comme il vient de l'expliquer, et serait à l'origine du Bruit. Mais pour moi et Dav, aussi scientifique soit-il, le Bruit est celui de la terre. D'une planète en souffrance qui nous en retransmet les échos douloureux.

Deepak hocha la tête.

— Oui, Deepak, je ne voulais pas parler en ton nom, mais tu partages en effet notre position. Après avoir réalisé des centaines, des milliers d'enregistrements sonores de la nature en plus de trente ans de carrière, nous en sommes arrivés à ce constat. La terre n'a jamais vibré de cette façon. Et pourtant, je persiste, cela reste un bruit naturel. C'est juste que nos activités polluantes en tout genre, les ondes et les basses fréquences, dont la terre est bombardée en permanence, l'amplifient. Comme une sorte de boomerang qui nous reviendrait en pleine face. Or, il faut savoir que les basses fréquences les plus puissantes sont d'origine naturelle. Les séismes, les volcans, les tsunamis, les océans, le vent. Tout cela produit des ondes auxquelles les animaux sont particulièrement sensibles, avant même que l'humain s'en ressente. Mais lorsque ça arrive, il est en général trop tard.

— Une théorie qui se défend tout autant que l'autre à laquelle j'adhère, reconnut Orban. Qu'en penses-tu, Shan ?

— La plupart des virus sont issus de la nature, et pourtant certains ont tué des millions de personnes. Plus que des guerres. Je ne sais pas si on peut dire que c'est la terre ou la nature qui se défend de l'invasion humaine qu'elle subit depuis plus de deux millions d'années, mais les résultats et les faits sont là. Et ces deux théories se complètent. On peut prendre des éléments dans chacune pour en élaborer une troisième. Une sorte de mix dans lequel une élite partisane d'un nouvel ordre utiliserait certaines ressources de la terre pour parvenir à ses fins et inversement.

— Au moins, tu sais mettre tout le monde d'accord, sourit Orban en lançant à Shan un regard admiratif. Mais les convictions ont la peau dure. Il va falloir prouver ce qu'on avance. Remonter les pistes…

— Moi aussi, j'ai quelque chose à vous dire. Orban est le seul à être au courant et je le remercie d'avoir attendu que je vous en parle.

Shan, qui venait de prononcer ces mots, devint soudain le centre d'une attention particulière. Qui s'intensifia au fur et à mesure de ce qu'elle leur dévoilait dans un flot continu, comme si, en s'interrompant, elle craignait de ne plus jamais avoir la force de reprendre. Les changements à l'institut, les nouveaux objectifs, son entretien avec les Maistre, puis avec Marlène Maistre seule après le test de grossesse, le chantage depuis le portable de Lorenzo, qui s'était terminé par la mort atroce de son petit singe, et enfin le meurtre de son ex-collègue.

— Tu es donc enceinte…, lâcha Alma, les yeux humides.

— Je n'ai fait qu'un seul test, mais je crois bien, oui.

— Et… tu comptes le garder ? demanda Chris.

Curieusement, les hommes se taisaient.

— Je… oui. Ça pose un problème ?

— Non, bien sûr que non.

— Mais je suis vraiment désolée que ma présence ici vous ait fait prendre des risques à votre insu. Je voulais aussi vous remercier pour l'accueil. Vraiment.

— Nous sommes heureux de le faire, sourit Chris. En plus, tu n'arrives pas seule…

— Je veux juste que vous sachiez une chose, poursuivit Shan. Même si ça m'a effleurée, je ne fais pas partie de ceux qui pensent que c'est une folie de mettre un enfant au monde avec tout ce qui se passe dans celui-ci. Ce n'est pas pour autant que l'espèce humaine doit arrêter de se reproduire. Au contraire. Alors oui, je vais garder cet enfant, quoi qu'il advienne.

Les joues en feu, Shan se sentait animée d'une force et d'une détermination qu'elle ne se connaissait pas. Peut-être les devait-elle à ce qu'elle venait de traverser, peut-être était-ce les effets de ce merveilleux pouvoir, celui de donner la vie.

## 52

— Ils font donc des recherches sur l'immortalité…, dit Chris, pensive, le menton appuyé sur une main.

— L'amortalité, plus exactement, corrigea Shan, soucieuse de précision.

— Oui, ça, c'est parce qu'ils savent bien qu'atteindre l'immortalité est encore impossible, alors ils optent pour ce qui est juste en dessous et plus à la portée de la science aujourd'hui. En tout cas, vu ce que tu nous as raconté, Shan, ils ne reculeront devant rien. Déjà, impliquer leurs propres employées dans ce trafic d'embryons et de fœtus…

— Ça t'étonne d'un laboratoire privé qui brasse autant de fric, au point de racheter un institut de recherche public, et qui plus est américain ? grogna Dav.

— Julian, je voudrais que tu fasses des recherches sur un truc. Regarde, on a trouvé ce dessin sur les hauteurs, dans la montagne de Musan, et d'après Dav ce serait le symbole de l'air, dit Orban en montrant au jeune homme la photo sur son smartphone, tandis qu'un éclair lui traversait l'esprit. La montagne… Alma, tu pourrais nous remontrer les images du drone prises dans le massif de la Chartreuse ?

Les images défilèrent sous les yeux du groupe. Shan, comme

si on lui pressait le cœur pour le vider de toute sa substance, reconnut les endroits où elle avait marché avec Ayden et même celui où il lui avait décroché la lune. Un petit plateau rocheux où ils se seraient crus à la proue d'un navire.

— Attends ! s'écria Orban. Tu peux faire un arrêt sur image pour ces trois dernières séquences ?

Sans qu'il en ait eu une vision précise, quelque chose l'avait alerté dans le défilement d'images. Une sorte de grain de sable dans le paysage. Quelque chose qui était censé se fondre dans le décor, mais qui sonnait faux.

— Là... ralentis... stop ! Zoome encore. Encore... stop. Regardez ce pic...

Ils n'en croyaient pas leurs yeux. La pointe rocheuse que désignait Orban, coincée entre deux montagnes, formait un triangle si parfait qu'il était impossible que ce fût l'œuvre de la nature seule et de l'érosion. Ils restèrent là, sans réagir, pendant quelques instants, à intégrer cette nouvelle découverte qui ne faisait qu'épaissir le mystère.

— Qu'est-ce que cette structure géométrique fait là-bas, dans la montagne ? Et depuis quand y est-elle ?

— On dirait qu'elle est taillée dans la roche, fit observer Dav.

— On ne peut pas dater cette construction à partir d'une simple vidéo, il faut retourner sur place. On a encore le temps avant la tombée de la nuit. Qui reste ici à surveiller le camion ?

— J'ai commencé, je continue, proposa Julian.

— Même avec le van, on ne passera pas incognito.

Les têtes se tournèrent vers Deepak.

— Qui a dit qu'on allait le prendre cette fois ? fit Orban avec un clin d'œil.

Une dizaine de minutes plus tard, Shan contemplait, stupéfaite, les trois quads mouchetés de boue séchée qu'Alma, Dav et Orban venaient de sortir du camion, ronronnant et prêts à partir.

— On prendra par Corrençon, les petites routes jusqu'au parc de la Chartreuse. Il y en a pour une bonne heure, dit Orban en mettant un casque et en tendant l'autre à Shan, à qui Alma avait prêté un cuir, plus protecteur que sa parka huilée.

Ils arrivèrent à destination peu après 15 heures et, se référant à la vidéo, ne tardèrent pas à tomber sur les deux éminences naturelles qui encadraient l'édifice triangulaire. Laissant leurs quads à l'abri dans la végétation, au détour d'un rocher surplombant un lac, ils découvrirent d'abord son reflet puis, levant les yeux, le virent, immense, puissant et discret géant de pierre.

— De là où nous sommes, on ne peut pas y accéder, ou alors à la nage, constata Orban.

— Que veux-tu voir de plus qu'un triangle en pierre ? lâcha Alma. Si ça se trouve, c'est une œuvre contemporaine pour le parc.

— Il faudrait en avoir le cœur net. C'est juste que le jour commence à décliner et je n'aimerais pas rentrer de nuit en quad. Et ce n'est pas pour moi que je dis ça. Alma, tu as pris ton drone ?

— *Yes !*

— Et tu penses pouvoir aller voir derrière la structure ?

— Comme si c'était fait !

La pilote, trop contente d'avoir une nouvelle occasion de faire voler son engin, le prépara, chaussa ses lunettes Fatshark Dominator lui renvoyant des images vidéo d'une très haute définition, et le fit décoller. Dans un bourdonnement, le drone s'éleva dans les airs à la verticale, fut en une fraction de seconde au milieu du lac, prit encore de la hauteur, se dirigea au-dessus de la pyramide, puis disparut.

— Tu vois quelque chose ?

— Rien pour le moment, souffla Alma, concentrée.

Tous retenaient leur respiration.

— Nom de Dieu…, fit Dav.

— Qu'est-ce qu'il y a ?

— On a la réponse sous les yeux ! Regardez !

Ils s'exécutèrent.

— Il n'y a que la structure et son reflet, intervint Chris.

— Justement ! Le triangle en pierre et son reflet dans le lac, un triangle à l'envers ! Le symbole du feu et celui de l'eau ! Et le triangle barré sur la fuste, symbole de l'air…

— Ce n'est peut-être pas une coïncidence, en effet…, convint Orban, pensif.

Un craquement dans la végétation l'interrompit. Il dressa l'oreille. Un nouveau craquement retentit.

— Je n'aime pas ça. On se tire.

Alma eut tout juste le temps de récupérer son drone et de le ranger dans son sac avant que le convoi de quads ne démarrât en trombe.

Ils quittèrent le parc entre chien et loup, alors que la pénombre crépusculaire enrobait déjà les montagnes d'un drapé sombre pour la nuit, et filèrent aussi vite qu'ils purent, rejoignant la petite route par laquelle ils étaient venus. Mais, dans leur fuite, personne n'avait remarqué le SUV noir qui, équipé d'un moteur hybride, les suivait à bonne distance et en silence.

# 53

De toute sa carrière, Patricia Derain n'avait jamais vu pareille horreur. Il est vrai qu'elle ne travaillait pas à Paris ou à New York, où les crimes les plus barbares étaient devenus presque une banalité. Elle menait une vie plutôt tranquille dans les environs de Valence, où, mère de famille, la quarantaine, originaire de Die dans la Drôme, elle occupait le poste de capitaine de gendarmerie depuis une dizaine d'années. Mais là…

Trois mois après qu'un homme avait massacré femme et enfants dans leur maison au pied du Vercors, voilà qu'ils avaient reçu un appel pour une affaire du même genre, survenue à une dizaine de kilomètres à peine. Alertée par la sœur du présumé coupable, un jeune éleveur qui s'était apparemment donné la mort après avoir tué ses parents et sa femme enceinte, la brigade envoyée sur place avait été obligée de mettre des masques tellement l'odeur de décomposition était insupportable.

— Votre frère souffrait de désordres psychologiques ? De dépression ? Drogue ?

La voix fêlée de Patricia Derain résonna dans la cuisine. En face d'elle était assise, ou plutôt avachie sur une chaise, la sœur de l'éleveur, complètement sonnée.

— Pas que je sache. Drogue, non, ça c'est sûr. Même si c'est très difficile aujourd'hui pour les jeunes dans ce métier et s'il y a beaucoup de suicides, mon petit frère…

Elle se mit à sangloter.

— Respirez… à votre rythme. Alex, un verre d'eau pour madame. Et des mouchoirs.

Le plus dur qu'elle ait eu à traverser avec des proches d'une victime avait été d'annoncer à des parents la découverte du corps de leur gamine de douze ans, entre Valence et Romans-sur-Isère, après une fugue du domicile à vélo. Un chauffard alcoolisé l'avait renversée et avait pris la fuite. Mais ça…

Et, malgré toute l'empathie dont une âme comme celle de Patou – ainsi la surnommait-on depuis toute petite – était capable, aucun mot ne semblait à la hauteur de la douleur qui habitait cette femme éplorée. Elle fit donc l'économie de ces mots dérisoires, les remplaçant par des gestes. De tout petits gestes, qui auraient pu paraître eux-mêmes dérisoires, mais qui eurent sur la sœur du meurtrier un effet apaisant. Un verre d'eau et des mouchoirs suffirent à lui montrer qu'elle était comprise dans l'expression de son accablement, qu'elle n'était ni pathétique ni ridicule, à s'effondrer ainsi au milieu d'une phrase, et que ses larmes étaient respectées, même si on lui donnait quelque chose pour les essuyer.

— Ça va mieux ? demanda doucement Patricia.

— Oui, merci.

L'illusion d'un mieux, même l'espace d'un instant, était pour la capitaine la possibilité de recueillir de précieux renseignements.

— Éric allait toujours de l'avant. Le loup, qu'on trouve maintenant aussi dans la région, avait décimé presque tout son troupeau de brebis, mais il s'est pas laissé abattre.

— Il élevait aussi des ovidés ?

— Pardon ?

— Des brebis… justement.

— Ah oui… En plus de ses vaches, parce que le lait de brebis est bien meilleur pour la santé, mais il y a moins de rendement, alors… il s'est lancé dans le bio…

— On n'a pas vu les vaches…

— Oh, elles doivent être au pré. Il n'a pas dû les rentrer avant de…

Nouvelle crise de larmes. Et ce serait comme ça jusqu'à l'enterrement et encore après, pendant des semaines, se disait Patricia. Pourtant, elle avait envie de dire à cette femme qui vivait cette horreur de perdre à la fois son frère et ses parents dans une violence inouïe de tenir, pour elle, pour ses propres enfants, si elle en avait. Et que la vie reprend toujours le dessus, même sur les terres les plus arides. Ainsi la nature est-elle programmée, et les hommes aussi.

— On va vous laisser vous ressaisir et on va faire un tour jusqu'au pré.

— Ne me laissez pas toute seule ici ! s'effraya la pauvre femme.

— Ne vous inquiétez pas. Le brigadier va vous tenir compagnie. Merci, Alex. Et n'hésitez pas à lui parler, quand vous pourrez.

Patricia se leva, malgré la tonne de plomb qui la lestait, et rejoignit le reste de la brigade au salon, en pleine discussion avec le légiste.

— Le meurtrier est bien cet homme à terre, sans aucun doute, dit-il en la voyant approcher. Il a encore des traces de poudre sur les vêtements et je pense qu'on en trouvera dans ses cheveux. Si vous regardez son index gauche, il est encore marqué par la crispation extrême au moment où il a appuyé sur la queue de détente.

— Je lirai le rapport à tête reposée, soupira Derain. Les gars, on va voir ce qui se passe au pré. Les vaches n'ont pas été rentrées depuis qui sait quand…

— De toute façon, la vidéo tournée avec ce caméscope est sans équivoque, précisa le légiste. Cadeau du meurtrier suicidaire aux enquêteurs ! Avec la date en bonus. C'est arrivé il y a trois jours.

— Reste à savoir ce qui lui a fait péter les plombs de cette façon.

— Je dirais que, vu ce qu'on fait subir aujourd'hui à la filière agricole, ça peut s'expliquer.

— De là à dézinguer ses parents et sa compagne enceinte…, lança Patricia par-dessus son épaule.

Le légiste, un grand maigre à la silhouette de roseau, d'un âge indéfinissable, le genre vieux avant d'avoir été jeune, regarda s'éloigner ce morceau de femme qui devait lui arriver au nombril, mais finalement aussi appétissant qu'un tournedos, avant de se replonger dans son inspection macabre, lunettes chevillées au nez et estomac bien accroché.

Le bonheur n'est pas toujours dans le pré, ce que purent vérifier les gendarmes devant le spectacle qui leur était réservé dans celui de Cinq Sous. Tout autour d'une trentaine de vaches prostrées, resserrées en un noyau bicolore hérissé de cornes, des cadavres de veaux piétinés, éventrés à coups de sabot, gisaient tristement, festin inattendu et apprécié de milliers de mouches déjà agglutinées dans les orbites évidées, autour et à l'intérieur des naseaux.

— Ce n'est pas l'œuvre d'un loup, ça…, lâcha Patricia entre deux hoquets. Il faut appeler les vétérinaires du coin pour qu'ils examinent ces vaches et déterminent ce qui a pu se passer.

— Regardez, mon capitaine… J'ai bien peur de deviner qui leur a fait ça…

Suivant des yeux ce que l'index du brigadier lui montrait, Patricia aussi eut peur de deviner. Pourtant, l'évidence était au bout de ce doigt, et surtout à la pointe de ces cornes d'où pendaient des lambeaux de chair d'un rose pâle et de pelage sable. La couleur des veaux.

— Elles se seraient acharnées sur leurs petits jusqu'à les tuer ? Massart, pensez-vous que ce soient des cas de vache folle ? Ça fait des années qu'on ne parle plus de cette affaire…

— Je peux demander à mon oncle, il est vétérinaire de campagne.

— Ah oui ? Dans le coin ?

— Pas très loin, vers Tain-l'Hermitage.

— S'il peut venir rapidement, je veux bien.

Mariée à un urgentiste de l'hôpital de Valence, Patricia Derain savait combien il est utile et précieux de compter un soignant parmi ses proches.

— Il y a des traces de pneus juste là ! signala un des gendarmes, penché sur la terre en bordure du pré. Elles sont assez profondes, là on dirait des traces de pneus de camion, et là sans doute des empreintes de fourgonnette. Vu le sens des chevrons, on dirait qu'elle s'est arrêtée ici en descendant par la petite route. À voir la fraîcheur et la netteté des traces, le passage est récent.

— Bon, on va monter nous aussi. Voir d'où venait ce véhicule et s'il a un lien quelconque avec ce qui est arrivé à ce troupeau.

Patricia Derain et ses gars – dont une femme quand même, une jolie blonde qui avait su s'imposer dans ce groupe d'hommes – récupérèrent leurs deux fourgonnettes et suivirent le même chemin que l'équipe d'Orban avait emprunté, quelques heures plus tôt, jusqu'au cabanon.

# 54

— C'est magnifique, par ici… ces montagnes… Je retiens l'endroit pour une prochaine rando avec les enfants ! s'exclama Patricia en sortant du véhicule de gendarmerie, ébahie. Dire qu'il y a des coins de ma propre région que je ne connais même pas…

— La camionnette a dû s'arrêter ici. Les mêmes empreintes crénelées. Ils ont pris ce chemin…

— « Ils ont » ?

— Des empreintes de semelles différentes, ils devaient être quatre ou cinq.

— Bien observé, Baptiste, approuva Derain. On monte ! ajouta-t-elle en élevant la voix.

Les six membres de la brigade, leur capitaine en tête, commencèrent à grimper.

Arrivés près du cabanon, ils se dispersèrent, les yeux rivés au sol, à la recherche des mêmes traces de semelles, qu'ils trouvèrent sans mal.

— Ils sont bien venus jusqu'ici, fit le dénommé Baptiste.

— Des randonneurs… il y a aussi des marques typiques de bâtons de marche, dit la gendarmette blonde.

— Des randonneurs artistes ? lança un autre gendarme depuis l'arrière de la fuste.

— Pourquoi ?

— Venez voir…

Tous le rejoignirent et regardèrent le symbole tagué sur lequel était tombée l'équipe d'Orban.

— Un triangle barré en haut…

— On dirait un signe cabalistique, lâcha le gendarme Massart.

— À mon avis, ce sont des gamins qui sont venus s'amuser ici, il y a les restes d'un feu de bois, des mégots et des canettes froissées.

— Bon, on a terminé ? RAS ?

Tous acquiescèrent. Alors qu'elle était sur le point de faire demi-tour, l'attention de Patricia Derain fut captée par quelque chose par terre, qui ressemblait à un petit serpent noir. Intriguée, elle se baissa et le ramassa de sa main protégée par un plastique.

— Une tresse…

— Une extension. La copine de mon gamin s'en est fait poser, dit Massart.

— On trouve ça sur les Africaines surtout, j'imagine.

— Oui, mais pas que. Il y en a pour toutes les teintes de cheveux. Même du rouge.

— OK… Je la garde, on ne sait jamais.

— Ça doit appartenir à une fille qui faisait partie de cette bande de jeunes.

— Probablement, mais on ne doit rien négliger dans le périmètre. Et ça nous donnera peut-être une indication sur les randonneurs, s'il se trouve que c'est à un membre de leur groupe.

À peine eut-elle fini sa phrase qu'elle porta les mains à ses tempes en grimaçant.

— Un problème, mon capitaine ?

— Non, Massart, un début de migraine…

— Je connais ça depuis quelque temps… Si vous voulez, j'ai un antalgique.

— Ça va aller, merci.

Ils redescendirent vers la ferme. Patricia retrouva Alex et la sœur du meurtrier devant la maison, tous deux ayant eu besoin de prendre l'air.

— Merci, Alex, je prends la relève, dit la capitaine. Comment ça va, madame ? demanda-t-elle.

— À peine mieux. C'est dur… J'ai… j'ai dû sortir respirer un peu.

— Ne vous excusez pas. Vous avez bien fait. Rien ne vous est revenu à propos de votre frère ? De son comportement ces derniers mois, semaines ? Vous le voyiez souvent ?

— J'habite à quinze kilomètres. Éric et moi étions très liés. Il ne m'a pas parlé de difficultés particulières dans son activité. Sauf une chose… c'est vrai… Lui qui ne se plaignait jamais, il me disait avoir une sorte de moteur dans la tête. De bourdonnement constant.

Patricia Derain inspira profondément.

Il était le seul à l'entendre ?

— Oui. Les parents lui disaient que c'était dans sa tête et qu'il devrait aller voir un spécialiste.

— Et… il avait consulté ?

— Je… je ne sais pas. Il n'allait jamais chez le médecin. Il aurait fallu que ce soit une urgence vitale.

— Apparemment, ça l'était, répondit la capitaine plus sèchement qu'elle n'aurait voulu.

La jeune femme la regarda curieusement.

— C'est-à-dire ?

— Ce bruit qu'il entendait sans cesse a peut-être contribué à ce qui s'est passé.

— Comment ça ?

— Ce que vous me dites à ce propos est un élément capital pour l'enquête. Merci de votre concours, j'en ai fini avec les questions pour le moment, vous pouvez y aller, mais restez tout de même joignable.

Patricia Derain sembla tout à coup plus nerveuse. En réalité, elle n'aspirait qu'à une chose, se retrouver seule, au calme. Si tant est que cela fût possible. Elle était le socle, le pilier de la gendarmerie, et les sollicitations étaient constantes. Personne ne songe un instant à la fatigue d'un pilier sur lequel repose toute une structure.

— S'il n'y a plus rien à trouver ici, on y va, dit-elle plus fort à ses équipiers. Avec tous les éléments qu'on a déjà, l'enquête sur les faits sera vite bouclée. Restera à découvrir le motif de cette tuerie familiale. En attendant, direction la casbah !

Pour tout autre que Patricia, « à la casbah » aurait été synonyme de retour à la maison. Mais pour elle, il s'agissait de son bureau au premier étage de la gendarmerie. Là où elle demeurerait jusqu'au maximum du décent et du supportable aux yeux de ses deux enfants. Un fils et une fille. Son mari, que son métier mobilisait énormément, déplorait que leur progéniture ait deux parents absents, mais n'envisageait pas pour autant de renoncer à sa carrière.

À l'issue d'une journée éprouvante, Patricia s'enferma donc dans son bureau après avoir porté la petite tresse aux pièces à conviction sans trop savoir pourquoi. Elle écoutait souvent son intuition, qui la trompait rarement. Sa fille Natacha et son fils Andrea la regardaient en souriant, depuis un coin de son bureau, à droite de l'ordinateur. Pas de photo de Gabriel, son mari. S'être rencontrés au collège et n'avoir connu qu'un seul amour était rassurant et confortable. Ils se pratiquaient depuis presque trente ans sans se poser de questions. Tout roulait, chez les Derain, peut-être même trop. Jusqu'à récemment.

C'était ici qu'elle se sentait le mieux, depuis quelque temps. C'était ici, chez elle. Parce que ici, dans le silence de son bureau, lorsqu'elle se retrouvait seule une fois les locaux peu à peu désertés, personne ne la prenait pour une folle, personne ne lui demandait de comptes sur ses moments d'absence, de plus en plus fréquents. C'était ici qu'elle se sentait le mieux, depuis que ce bruit lui vrillait la tête jour et nuit.

# 55

Après sa découverte dans le parc de la Chartreuse, l'équipe d'Orban rentra au mobile home dans le froid crépusculaire et retrouva Julian devant la télé, absorbé par les nouvelles qui venaient de tomber, plutôt atroces.

— Que s'est-il passé ? questionna Orban, intrigué par l'état de tension de l'ancien stagiaire.

— Les pourritures… Je me demande comment on peut faire ça.

— Mais quoi ?

— Des chevaux… Ils ont été retrouvés à différents endroits, énucléés, le cœur percé d'une pointe, les organes génitaux prélevés et la langue coupée. Ça s'est passé à Vézelay, Notre-Dame-de-la-Salette et au roc de la Miséricorde à Sainte-Baume.

— Vézelay… la colline éternelle ?

— C'est ça.

— Bizarre, ces trois lieux sont des lieux saints, constata Chris.

— Ah oui ? Tu connais ?

— Mon passé de marcheuse. Il y a un départ de Vézelay pour Saint-Jacques-de-Compostelle.

— Moi je leur ferais la même chose, à ces ordures, lâcha Alma, les larmes aux yeux.

— Ça a toutes les apparences d'un sacrifice rituel. Le choix des lieux n'est pas anodin, dit Orban, écœuré. Ce monde devient fou.

— En attendant, les sacrifices, c'est vieux comme Hérode, répliqua Dav. La religion aussi en a généré, des fous fanatiques. Et ça continue.

— Avec ce qui touche les animaux, et ça commence à se savoir un peu partout, ce n'est peut-être que le début. Des sectes apocalyptiques et autres allumés peuvent penser que ça y est, les prédictions auxquelles ils croient et qu'ils sont les premiers à relayer se réalisent enfin, et qu'après les animaux ce sera au tour de l'humanité entière.

— Ce qui n'est pas si absurde. On sait bien que sans les animaux dans la chaîne l'espèce humaine s'éteindra.

— Pas l'extinction totale, dit Orban. Plutôt un effondrement, qui entraînera un changement en profondeur. Ils ont déjà essayé de le faire en utilisant la pandémie de 2020. Sauf que, là, ce ne sont pas les mêmes. Les premiers étaient les dirigeants, à la solde de l'oligarchie, aujourd'hui ils se fondent dans le décor, insaisissables, anonymes, et peuvent frapper n'importe où.

— Ce qui arrive à ces chevaux est atroce, déclara Shan. Mais pas plus que les cinq cent mille requins sacrifiés pour la course au vaccin contre le covirus.

— Quoi ? s'écrièrent-ils presque tous en même temps. Un demi-million ?

— Et encore, c'est le chiffre officiel. Le foie de requin produit une substance puissante, le squalène, déjà utilisé comme adjuvant dans un vaccin antigrippal commercialisé en 1997. Le principal « fournisseur » est le requin chagrin.

— Qui porte bien son nom…

— Sa particularité est qu'il nettoie son milieu naturel en se nourrissant des poissons malades ou qui se déplacent lentement.

— Une sorte d'éboueur des mers.

— C'est ça, et déjà très prisé par l'industrie cosmétique pour son importante production de squalène. Mais également par l'industrie pharmaceutique. Un gros laboratoire a fourni aux fabricants de vaccins plus d'un milliard de doses d'adjuvant à base de squalène. Alors ces pauvres chevaux, c'est terrible, bien sûr, pour leurs propriétaires et pour eux, mais on sacrifie déjà massivement les animaux pour notre bien-être et notre santé.

— Et s'ils étaient justement là pour ça ?

Tous se tournèrent comme un seul homme vers Julian, abasourdis.

— Wowowo... Ne me regardez pas avec cet air ! Je m'explique : on peut tout à fait imaginer un plan complètement issu de la nature, dont nous ne serions que les exécutants, programmés pour ça. On a tous mangé de la viande et, à part Deepak et Alma ici, on continue à en manger encore et partout sur la planète. Combien de milliards d'animaux sont sacrifiés pour notre seul plaisir gustatif ? Parce que, si c'est simplement pour se nourrir, il existe d'autres possibilités, sans mettre pour autant notre santé en danger. Alors oui, on se nourrit d'animaux élevés dans ce but, alors que là il est question d'exterminer une espèce de requin. Cependant, si on part du principe que la nature est un immense réservoir, on pourrait imaginer que l'être humain fait partie intégrante du plan, en étant le premier prédateur de la chaîne, et que c'est ainsi, qu'on le veuille ou non. Ce serait juste l'ordre naturel des choses.

— Ouais, surtout pour s'acheter une bonne conscience et se déculpabiliser, rétorqua Alma dans une moue d'écœurement.

— Je ne sais pas comment tu peux penser de cette façon..., renchérit Chris.

— L'être humain sur terre n'est pas un accident, désolé. Pas plus que les espèces animales. Et l'humanité ne peut pas porter sur ses épaules en permanence cette culpabilité d'être le plus grand prédateur de la planète, de surcroît doté d'une intelligence qui lui permet de survivre aux autres espèces. C'est justement à force de ne pas assumer qu'elle risque de s'éteindre aussi.

— Eh bien, personnellement, je préférerais ce scénario, lâcha Alma avant de sortir respirer, en quête des derniers rayons d'un soleil qui, déjà, disparaissait.

Interpellée par sa réaction, Shan la rejoignit dehors.

— C'est moi ou bien on dirait que tu as parfois du mal avec Julian ? demanda-t-elle.

— Ouais… mais bon… son cynisme a une excuse.

— Laquelle ?

— D'après ce que je sais sur lui, c'est-à-dire peu de chose, sa mère est partie alors qu'il avait quelque chose comme quatre, cinq ans, en le laissant, lui et son petit frère, mort plus tard, à treize ans, d'un lymphome. Le pire, c'est que tout ce qu'il a dit, là, à propos de l'être humain et de ce plan… eh bien, je crois qu'il a raison.

À l'heure du dessert pour les uns, du café ou d'une bière pour les autres, une fois Alma et Shan de retour, la conversation dévia sur les symboles découverts dans la région et l'intensité inhabituelle et particulièrement élevée des basses fréquences enregistrées à proximité du refuge dans le cirque montagneux. Deepak alla se coucher, anticipant un réveil prématuré, la tête pleine de piaillements d'oiseaux, tandis que tous s'attardaient encore un peu à table.

— Ce Bruit… C'est peut-être tout simplement l'effet de cette caisse de résonance naturelle, suggéra Julian.

— Non, l'enregistrement porte sur une basse fréquence dans le sol, répondit Dav.

— La couche terrestre a pu l'absorber et faire tampon.

— C'est possible.

— Mais dans ce cas, pourquoi Milos a-t-il été obligé de mettre son casque ? demanda Shan.

Tous la dévisagèrent. Plus surpris qu'elle ait appelé Orban par son prénom que par la question elle-même.

— Le Bruit, que j'entends en permanence, a sans doute été amplifié par la montagne.

— Mais il serait d'origine naturelle ?

— Contrairement à Chris et Dav, je ne le pense pas.

— Il y a une carrière dans les parages. C'est peut-être tout simplement ça, supposa Alma, après une gorgée de bière.

— Non, elle est à l'abandon, dit Orban.

— Tu connais le site ?

— Je me suis renseigné. Ils ont dû la fermer parce qu'elle mettait en péril la stabilité de la montagne.

— Elle sert peut-être à autre chose… Ce serait bien d'aller y faire un tour.

— Parfait, on a déjà notre programme pour demain, alors, sourit Orban. Qui se dévoue cette fois pour garder le mobile hum ?

— Deepak voulait rester, je crois, se risqua Shan. Il n'avait pas l'air dans son assiette.

— À voir avec lui. Bon… Ce n'est pas que je m'ennuie, mais la journée a été chargée et le sommeil est le bienvenu, déclara l'ancien militaire en mimant une courte révérence.

Chris et Dav lui emboîtèrent le pas, seuls restèrent à table Shan, Alma et Julian.

— C'est quoi, exactement, cette histoire de programme de recherche sur l'immortalité ? fit la pilote de drones, sortant tout à coup d'un silence pensif. Vous avez travaillé tous les deux à l'institut, vous devez être au courant…

— Je suis parti avant le changement de propriétaire, se justifia Julian.

— Je n'en sais pas plus, dit Shan. Ah, au fait, ajouta-t-elle, se tournant résolument vers l'ex-stagiaire, pourquoi m'as-tu remis ce dossier à moi ?

— Je ne sais pas. C'est ce qu'a demandé Lorenzo.

— Sans donner de raison ?

Julian secoua la tête.

— Je pense qu'il te faisait confiance. À toi seule.

— Se savait-il en danger ?

— Vraiment, je l'ignore. Je suis tombé des nues quand tu nous as parlé de… de ce qui lui est arrivé.

— Il ne t'avait rien dit de particulier ?

— Ce n'était pas vraiment son genre et je n'étais qu'un stagiaire de passage.

— Sa femme aussi était en danger…, souligna Shan. Ils convoitent les embryons et les fœtus. Si on n'accepte pas leur proposition, ils procèdent autrement.

— Et tu n'as pas accepté…, sourit Alma en regardant Shan droit dans les yeux.

— C'est pourquoi ils ont tué Moisi. Et Lorenzo, qui leur a tenu tête.

Sa voix se brouilla.

— Tant que tu le garderas, tu seras en danger toi aussi.

Sans quitter Shan des yeux, Alma, qui venait de parler, porta machinalement la main à sa tête, se disant qu'elle y était allée un peu fort, et s'immobilisa, l'air surpris.

— Zut, j'ai perdu une extension…

— Peut-être à cause du casque ?

La pilote de drones se mit à rire.

— J'ai dit quelque chose ? s'étonna Shan, confuse.

— Non, ça me rappelle juste un truc… La dernière fois que j'en ai perdu une, ça a causé une rupture.

Shan et Julian écarquillèrent les yeux.

— Ben ouais, pas la peine d'avoir ces yeux de merlan qui vient de croiser une sirène ! Je sortais avec une nana… super canon, mais elle était mariée… à une meuf qu'elle trompait avec moi, entre autres. Sa meuf était en déplacement, je suis allée chez elles, on s'est envoyées en l'air dans le lit conjugal… Elle n'a pas changé les draps et, quand l'autre s'est radinée, elle a découvert une natte dans le pieu et c'était la mienne, hahaha ! Le lendemain, elle demandait le divorce.

— La vache… Et toi dans tout ça ? dit Julian.

— Moi ? Ben depuis, je suis autosexuelle et je bouffe du soleil.

Ce qu'Alma se garda bien de préciser était qu'elle avait volontairement glissé la petite natte dans le lit avant de partir. Histoire de punir celle qui n'avait pas voulu quitter sa femme pour elle.

— Oh merde…

Le stagiaire avait les yeux rivés à sa tablette, dont il ne se séparait pratiquement jamais.

— Qu'est-ce qu'il y a, Julian ?

— Un quatrième cheval a été retrouvé. Cette fois dans les environs de Rocamadour. Encore un lieu de pèlerinage. Tué exactement selon le même mode opératoire que les autres.

# 56

— Un cheval blanc, un cheval fauve, un cheval noir et un cheval gris. Ça ne vous dit rien ?

Julian avait passé la moitié de la nuit à rassembler le peu d'éléments déjà disponibles sur les meurtres équins. Ce qu'il avait trouvé lui suffisait à construire une explication plausible. Tous s'étaient réunis pour le café du matin avant de se préparer à aller sur le site de la carrière, à quelques kilomètres de là.

Orban avait dû s'enfermer dans la chambre sourde pour calmer le Bruit, qui s'était étrangement intensifié dans ses oreilles. Le lien assez clair entre le *hum* et cette deuxième tuerie familiale l'inquiétait sur son propre état. Et s'il finissait comme ce jeune éleveur ? Avec tous les symptômes d'un état psychotique, en tout cas, un accès de démence qui le pousserait à tuer… Il n'osait imaginer le scénario. Lui dans le rôle du meurtrier fou, éliminant un à un ses coéquipiers, y compris Shan… La seule femme à l'avoir troublé depuis Kristin. Non, il ne pouvait pas craquer. Alors il était allé voir Deepak, à l'insu des autres. « Si je commence à péter les plombs, si mon comportement change, lui avait-il dit, promets-moi, jure-moi que tu feras ce qu'il faut. Tu devras me tuer, Deepak. Parce que je ne supporterai pas d'être interné ou enfermé et ce sera pire. Ce sera une mort lente, atroce, qui me fera regretter de ne pas vous avoir tous dézingués. » À contrecœur, mais comprenant le caractère vital et essentiel de cette demande, Deepak le lui avait juré sur la tête de son fils. Tel était le pacte secret qui liait les deux hommes et que Deepak portait en lui, en plus des oiseaux dans sa tête.

— Les quatre, avança Julian.

— Les quatre quoi ?

— Les quatre cavaliers de l'Apocalypse. Ces quatre chevaux pourraient les symboliser.

— Pourquoi ne pas avoir tué les cavaliers aussi alors ? objecta Alma, un peu tendue.

Elle avait passé une heure à chercher sa natte, en vain. Elle n'aimait pas du tout l'idée de l'avoir perdue ailleurs. Au terme de ses recherches infructueuses, énervée, elle avait enlevé toutes ses extensions, laissant apparaître ses vrais cheveux, crépus et courts, qu'elle se teignit en rouge. Changement radical accueilli par des exclamations, mais sans aucune question, dans un respect total des choix de chacun et de la vie privée.

— Sans doute parce qu'il est plus facile de s'en prendre aux animaux et pénalement moins risqué. Mais ça aura plus de portée dans l'opinion publique, désormais de plus en plus sensible à la souffrance animale. Les associations de protection des animaux vont monter au créneau. Cette série inquiète déjà le syndicat des éleveurs. Mais à mon avis, si c'est bien ce que je pense, ça s'arrêtera là.

— Et qu'est-ce que tu penses ?

— Que le sacrifice est fait. Cette nuit, je me suis documenté sur la signification exacte de ces quatre cavaliers. Ils sont en quelque sorte des anges exterminateurs envoyés sur terre pour détruire l'humanité, chacun étant chargé d'en exterminer un quart. Avec les quatre, c'est donc la totalité de la planète qui est visée.

— Jusqu'à maintenant, l'humanité a tout connu, dit Chris. Les conquêtes, les guerres, les famines, les épidémies et la mort. Tout ça aurait dû la détruire depuis longtemps, selon ce qui est annoncé dans l'Apocalypse.

— Sauf que, privés de leurs montures, pour ceux qui y croient, les cavaliers ne peuvent rien faire, ils ne sont plus rien.

— Je crois qu'on se trompe dans les interprétations diverses des prédictions, intervint Deepak. On se plaît à se faire peur en imaginant une éradication totale de toutes les espèces vivantes, à commencer par la nôtre. Et, comme si ça ne suffisait pas, on tremble à l'idée de la chute d'un astéroïde qui pulvérisera la Terre. Cette perspective finale nourrit un imaginaire fertile dans les fictions qui ont pour sujet l'apocalypse, alors qu'en réalité il ne s'agit pas d'une destruction ou d'une désintégration totale de la planète, mais de pire encore. Si un jour on a vraiment accès à l'immortalité, si un jour on est capable de tuer la mort, alors oui, ce sera l'apocalypse. Lorsque l'humanité détiendra les clés de l'immortalité, elle connaîtra une destruction sans fin. La fin du monde sera en réalité son éternel recommencement.

Un silence qui respirait le respect et l'approbation se fit dans toute l'équipe.

— Je suis d'accord avec Deepak, dit Orban, dont les prunelles brillaient d'émotion. C'est ça, leur projet d'immortalité. Un nouveau monde dans lequel on repousserait les limites dans tous les domaines, l'âge, la mort, avec, forcément, une nouvelle vision de l'être humain. Mais ça ne sera pas donné à tous, comme *ils* veulent le faire croire, d'après ce que nous a rapporté Shan. C'est techniquement impossible, à moins d'élaborer un vaccin qui rendrait immortel. Ce privilège, vivre deux cents ou trois cents ans en se régénérant, sera réservé à une élite, comme toujours. Une élite qui gouvernera un monde sans Dieu ni âme, façonné à son image.

— C'est ça, l'apocalypse. La révélation d'une humanité sans fin, approuva Dav.

— Je trouve ça bien plus angoissant que d'envisager la disparition pure et simple de l'espèce humaine, dit Chris. Ça me fait froid dans le dos rien que d'y penser.

— Personne n'acceptera encore une énième inégalité, gronda Alma en levant les yeux au plafond. On voudra tous vivre plus longtemps.

— Ou pas.

— Rester jeune, en tout cas.

Alors que Deepak était sur le point de répliquer, des coups résonnèrent à la porte du mobile home. Tous se regardèrent, saisis d'inquiétude et frémissants. Orban se leva sans un mot pour aller ouvrir. La présence de son arme de poing dans le creux de ses reins suffisait à calmer sa nervosité. Il s'attendait à tout moment à voir débarquer ceux qui cherchaient Shan.

Une silhouette féminine encadrée de deux autres en uniforme se tenait devant lui.

— Bonjour, capitaine Derain, de la gendarmerie de Valence. J'aimerais vous poser quelques questions.

# 57

Sans laisser entrer les gendarmes, Orban leur fit comprendre qu'il était prêt à leur répondre et qu'il serait leur interlocuteur. Sa silhouette massive occupant toute l'embrasure de la porte, les représentants de l'ordre ne pouvaient voir l'intérieur du mobile home. En revanche, l'équipe entendait tout de l'échange.

— Nous sommes à la recherche de témoins dans le cadre d'une affaire criminelle qui s'est passée dans la région, se lança Patricia, après avoir évalué en un regard l'homme qui se tenait devant elle.

Certainement pas un touriste. Peut-être un marcheur. Et encore.

— Vous frappez à la mauvaise porte alors.

— Quelque chose me dit que non. Ou plutôt, un détail.

— Ah… je suis un fan des détails. Je vous écoute.

— Le van noir, à côté du camion, il est aussi à vous ?

— Affirmatif.

Un simple touriste n'aurait pas utilisé ce mot, se dit-elle, intriguée.

— Les traces de pneus retrouvées dans les parages du meurtre correspondent plutôt bien aux chevrons des pneus de ce véhicule.

— Coïncidence.

Orban sentit une tension se propager du bas du dos jusque dans sa nuque. Le Bruit sourdait dans ses tempes. Il aurait besoin de quelques minutes encore de silence absolu dans la chambre anéchoïque.

— Ça tombe bien, j'aime les coïncidences, rétorqua la capitaine. Parce que si on creuse un peu, souvent, elles deviennent des évidences.

— Désolé, mais vous perdez votre temps.

— Ça, c'est à nous d'en juger. Vous n'êtes pas seul, dans ce mobile home, je suppose.

— En effet. Ça pose problème ?

— Ça dépend. Je voudrais parler aux personnes qui vous accompagnent.

Patricia Derain avança un pied, mais Orban ne bougea pas.

— J'imagine que vous n'avez pas de mandat, dit-il, sinon vous seriez déjà à l'intérieur.

— Pouvez-vous les faire venir alors ? À moins que vous ne préfériez que la suite de la conversation se passe entre quatre murs, à Valence…

— En quel honneur ? Sommes-nous suspectés de quelque chose ? Et quelle est cette affaire criminelle ?

— Une tuerie familiale. Avant de se donner la mort, un éleveur a tué ses parents et sa femme enceinte à quelques kilomètres d'ici, dans leur ferme. Outre les traces de pneus en bordure du pré, nous avons relevé des empreintes de semelles et de bâtons de randonnée devant la ferme, et plus haut, autour d'un refuge. Les vaches, que quelque chose ou quelqu'un a visiblement effrayées, ont écrasé et piétiné leurs petits. Ça ne vous dit rien ?

Orban simula une réflexion intense avant de répondre :

— Non, mais la peur ne suffit pas à provoquer un tel comportement chez les bovidés, dit-il. Et si vous êtes sûre que cet homme s'est suicidé après avoir tué les siens, ça veut dire que vous avez la réponse et ne recherchez pas de suspects pour meurtre, non ?

— Reste à savoir pourquoi et comment ça a pu arriver. Par ailleurs, vous êtes immatriculé en Suisse, que faites-vous dans la région ?

— Si je vous dis « du tourisme » et que j'aime la neutralité, vous n'allez pas me croire.

— En effet.

— Et vous aurez raison. Nous sommes une équipe de scientifiques, d'ingénieurs du son et acousticiens, assistés d'un pilote de drones professionnel et d'un informaticien. Nous effectuons des prises de son et des relevés dans le coin.

— Dans quel but ?

— Évaluer les nuisances sonores des basses fréquences produites par les éoliennes.

Se tournant vers ses équipiers, Patricia fit une moue suspicieuse.

— Pourtant, elles se trouvent bien après Valence, en direction de Lyon.

— Le son voyage. Surtout celui que personne n'entend, ou presque.

À ces mots, Derain devint aussi pâle que la pierre calcaire de la région.

— Vous êtes allés dans la montagne ? Jusqu'au refuge ? Pour s'y rendre, on doit passer à côté de la ferme et du pré.

— Non, mais nous comptions justement nous y rendre. Il paraît que c'est magnifique.

— Attendez quelques jours, que les techniciens scientifiques aient fini leur travail. En revanche, vous ne pouvez pas rester ici. Le camping sauvage est interdit.

— Bien sûr, nous allons bouger.

Sur le point de faire demi-tour, Patricia Derain hésita.

— Et… ce son qui voyage et que personne n'entend ou presque, comme vous dites… d'où il vient ?

— C'est ce que nous essayons de savoir.

— Mais… vous parlez d'un son que tout le monde n'entend pas. Pourquoi cette différence entre les gens ?

— Une question de sensibilité au bruit, sans doute. D'hyperacousie, déjà. Vous connaissez quelqu'un qui en souffre ?

— L'auteur de cette tuerie était le seul à entendre un bruit en permanence, m'a confié sa sœur. Il est possible que ce soit à l'origine de son acte.

Orban en frissonna. Même si la première affaire entrait dans leurs statistiques sur les victimes du Bruit et ses conséquences les plus graves, cette deuxième tuerie le ramenait forcément à son propre cas.

L'officier de gendarmerie tourna un instant la tête, révélant un profil d'aigle en même temps qu'un bouchon auriculaire jaune, enfoncé en boule dans le pavillon de son oreille. Étrange, ces bouchons en pleine cambrousse, se dit Orban, pensant aussitôt à son premier réflexe qui avait été d'en mettre aussi, croyant se protéger du Bruit, avant de se rendre compte qu'il n'en était rien.

— Je vous laisse ma carte, pour en parler plus en détail, si ça vous intéresse, lui dit-il d'un air de connivence.

Derain la prit, se tapota l'index de l'autre main avec et la mit dans sa poche.

— N'oubliez pas d'aller dans un camping, j'insiste, les contraventions sont salées.

— Tout va bien, Orban ?

Alma s'approcha de l'ingénieur, son regard croisant celui de Patricia Derain, qui la scruta attentivement, s'attardant sur le rouge de ses cheveux. Cette couleur… plutôt inhabituelle, songea-t-elle. Quelque chose l'intriguait, sans qu'elle sache quoi exactement. Puis, tout à coup, elle comprit. Cette femme avait changé sa coiffure dans la précipitation, n'ayant même pas pris le temps de nettoyer sa peau de la teinture qui débordait légèrement sur le front par endroits.

Sa question adressée à Alma allait partir quand son portable personnel sonna. Le prénom de son mari s'afficha à l'écran. Il ne l'appelait jamais la journée. Saisie d'un mauvais pressentiment, elle s'éloigna de quelques pas.

— C'est Natacha…, commença son mari d'une voix étranglée. Elle est arrivée aux urgences pour arrêt cardiaque, elle est en réanimation.

## 58

Il est des jours qu'on voudrait effacer. Comme si ça allait changer quoi que ce soit à ce qu'on est tenté d'appeler « destin ».

— Je dois y aller, se contenta de lancer la capitaine, les jambes aussi molles que du chiffon.

Si elle ne revenait pas tout de suite à son véhicule, elle n'était pas certaine de pouvoir rester debout. *Natacha*, *arrêt cardiaque*, *réanimation*, des mots qu'elle n'aurait jamais pensé entendre un jour, se pressaient dans son cerveau. Un arrêt cardiaque à dix-sept ans. Patricia Derain craignait le pire. Natacha était censée avoir dormi chez sa meilleure amie.

Tenir bon, s'accrocher au volant et à la route jusqu'à Valence. Massart lui avait proposé de la conduire à l'hôpital, elle avait refusé. C'était sa vie privée, son affaire. Elle n'avait besoin de personne. Surtout pas d'un de ses équipiers. Même le meilleur. À ses craintes pour Natacha se superposait ce que ce type, Orban, venait de lui dire. « Le son voyage. Surtout celui que personne n'entend, ou presque. » Voulait-il parler de *ce* qu'elle *entendait* depuis quelque temps ? De *ce* qui l'isolait de plus en plus, au point de passer à côté de sa propre famille ? Elle imaginait déjà le regard de Gabriel, rempli de reproches silencieux. *Pourquoi l'as-tu laissée aller chez sa copine, alors que, pour une fois, tu étais rentrée tôt, hier soir ?* Une question face à laquelle elle n'avait aucune explication valable.

Gabriel n'avait pas voulu lui en dire plus au téléphone. Elle pensa aussitôt à une prise de drogue qui aurait provoqué l'arrêt cardiaque. Une overdose d'héroïne ou de crack. C'était forcément ça. *Ma fille se drogue.* Patricia serrait les mains sur le volant de sa Mégane de fonction et les dents à s'en faire péter l'émail. Comment avait-elle pu en arriver là ? Pas Natacha, elle-même. En arriver à ce que son enfant se retrouve dans une telle détresse. Par ailleurs, le covirus et ses conséquences sur la société avaient fragilisé les esprits. Chacun avait fait comme il avait pu pour lutter intimement contre la peur ambiante et continuer à avancer dans un monde qu'il ne reconnaissait plus. Sa fille n'y avait pas échappé.

Elle laissa la voiture devant la porte des urgences et courut jusqu'en réanimation. L'apercevant dans le couloir, Gabriel vint à sa rencontre, les cheveux en désordre, le visage luisant de sueur.

— Natacha est au bloc, dit-il.

— Mais pourquoi ? Que s'est-il passé ?

Il semblait à Patricia qu'elle marchait à côté d'elle-même.

— J'ai eu le fin mot de l'histoire par Mélanie, chez qui elle n'a pas dormi. Elle est au bloc pour une… courte intervention, mais nécessaire, vu ce qu'elle…

Les mots restèrent dans la gorge de Gabriel, dont les yeux s'embuèrent.

— Quoi, Gabriel ? demanda sa femme doucement, tout en demeurant à distance.

Il lui était impossible d'avoir un contact physique avec lui, ne serait-ce que de l'effleurer, tant qu'elle ne saurait pas.

— Elle… elle a voulu relever un de ces défis stupides et dangereux en vogue sur les réseaux et s'est enfoncé un tampon imbibé de gin pour une montée plus rapide. C'est… c'est ce qui se pratique, chez les jeunes. Comme ça, l'alcool passant directement dans le sang par les muqueuses, l'état d'ébriété est fulgurant. Elle n'a pas dormi chez Mélanie parce qu'elles se sont disputées à cause de ça. Mélanie refusait de le faire, alors Natacha l'a plantée en disant qu'elle allait rester à cette soirée et que Mélanie n'avait qu'à rentrer. Mais comme Mélanie savait ce qu'elle allait faire, elle n'a pas voulu s'en aller…

— Elle est où, Mélanie, là ?

— Elle est ici, en salle d'attente.

— Je veux lui parler.

— Je ne sais pas si…

— Tout de suite.

Patricia était en ébullition et la cocotte prête à exploser. Elle trouva la meilleure amie de sa fille prostrée sur un des sièges en plastique de cet espace où l'attente, insupportable, pouvait durer des heures. Mélanie était déjà venue dîner et dormir à la maison. Les deux lycéennes se connaissaient depuis l'école et étaient comme deux sœurs.

— Je… je suis désolée…, pleura l'adolescente en voyant Patricia. J'ai essayé de…

— Je veux les noms de ceux qui l'ont entraînée là-dedans.

— Je… je les connais pas.

— Réfléchis bien, Mélanie. Ce n'est pas la mère de ta meilleure amie qui te parle, là, mais l'officier de gendarmerie. Et elle est très, très en colère. L'énerver davantage ne serait pas raisonnable.

L'adolescente leva vers elle des yeux larmoyants. Elle semblait sincère.

— Je vous jure, Pat… Mais ce que je sais, c'est qu'ils ne l'ont pas entraînée. C'est l'inverse…

— Quoi ?! Qu'est-ce que tu racontes ?

Il était difficilement concevable pour des parents que leurs enfants fussent les instigateurs de ce genre d'actes pouvant mener à l'irréparable. Jusqu'où irait cette jeunesse sans limites…

— C'est la vérité… On s'est engueulées à cause de ça… Et voilà maintenant…

La voix de Mélanie se perdit en sanglots.

— Ça va aller…, lui dit Patricia, une main sur l'épaule de la jeune fille. Tu as fait ce que tu as pu.

Oui, ça irait, parce que, prise à temps, Natacha allait s'en sortir. Mais, après… Que se passerait-il après… Comment pourrait-elle lui faire confiance ? Et ce bourdonnement incessant dans son crâne…

Patricia se prit la tête entre les mains et se massa les tempes.

— Ça va ? demanda Mélanie avec inquiétude.

— Oui, oui. Juste un début de migraine. Je vais aller prendre un café au distributeur. Tu veux quelque chose ?

— Un Coca.

Une fois réveillée de l'anesthésie, Natacha fut déclarée tirée d'affaire. Elle devait cependant rester en observation quarante-huit heures. Gabriel étant de nuit, Patricia avait la soirée devant elle, et s'installa sur le lit, son ordinateur portable sur les genoux, la carte de visite que lui avait donnée Orban dans une main. Elle tapa Milos Orban dans le navigateur et obtint trois occurrences qui ne l'éclairèrent pas davantage. Étrange…, se dit-elle en prenant son téléphone.

— Alex ? C'est toi, d'astreinte ce soir ?

— Affirmatif, mon capitaine.

— Tu peux me faire une recherche sur un dénommé Milos Orban ?

Elle raccrocha et poursuivit ses investigations sur le Net sans grand succès. Une demi-heure plus tard, son portable sonnait.

— Alors ?

— Ton homme était dans l'armée, à la cellule com, après avoir combattu en Irak et en Afghanistan sous le grade de commandant.

— Il était sacrément jeune pour avoir atteint ce grade à l'époque… il a quel âge exactement ?

— Soixante-sept ans.

Patricia n'en crut pas ses oreilles. Orban en faisait vingt de moins. La prochaine fois qu'elle le verrait, elle lui demanderait la marque de sa crème anti-âge.

— Mais ce n'est pas tout, mon capitaine…

— Vas-y.

— Comme c'est calme, ce soir, j'ai creusé un peu… Il a participé à un programme de recherche comme volontaire.

— Un cobaye humain ?

— C'est ça…

— Tu en sais plus sur ce programme ?

— Orban est l'un des sept volontaires sur lesquels les essais ont donné le plus de résultats probants. Des recherches sur l'immortalité. En gros, votre homme est parti pour vivre très longtemps.

# 59

La gendarme et ses gars étaient repartis assez précipitamment, mais elle avait paru troublée par ce qu'il avait dit sur le Bruit, avait songé Orban en rentrant dans le mobile home. Elle avait même pris sa carte de visite.

— On doit bouger.

— On va vraiment aller dans un camping ? demanda la pilote de drones.

— Tu m'as bien vu ? Comme on a prévu d'aller à la carrière, je vous propose de nous en rapprocher et de trouver un coin là-bas.

La suggestion fut validée à l'unanimité et, dans l'heure qui suivit, le convoi s'ébranla à travers une petite brume glacée. Pour le camion chargé du mobile home, une dizaine de kilomètres relevaient déjà d'une expédition, surtout sur ces petites routes à travers champs et noyeraies, qui remontaient vers la chaîne du Vercors. Un paysage aussi riant sous le soleil que sombre et triste dans la grisaille de novembre. Bientôt, ils aperçurent les plaies béantes dans la montagne. Shan la compara aussitôt à une baleine dont on aurait entaillé la chair. L'activité de la carrière à ciel ouvert d'où étaient extraits kaolin et silice semblait avoir été stoppée net.

Ils avisèrent un terrain plat où garer les véhicules, un peu trop visibles au goût d'Orban.

— Ce serait bien que quelqu'un reste surveiller le mobile home, pendant notre visite, dit-il.

— Ça tombe bien, j'ai des calculs à faire pour une observation du ciel cette nuit, déclara Deepak.

— Merci à toi. Rendez-vous dans vingt minutes et prêts à partir.

Bien que les règles du groupe aient été claires dès le départ sur le fait que chacun pouvait, à tout moment, prendre les commandes et l'initiative, Orban s'était naturellement posé en meneur principal. On a beau penser un modèle social ou politique sans leader, dans la pratique, tout groupe a besoin d'un moteur et de directives pour un meilleur fonctionnement.

Comme lors de leur petite reconnaissance jusqu'au refuge, ils s'étaient équipés des pieds à la tête et emportaient leur matériel de mesure sonore. L'exploitation de kaolin s'étendait sur une bonne longueur dans la roche. Il leur fallut marcher un peu en côte avant d'y arriver. Plus ils se rapprochaient du flanc de la montagne creusé en plusieurs points, plus, là encore, le Bruit s'intensifiait dans le crâne d'Orban. Tout en avançant, il dut sortir son casque et le caler sur ses oreilles.

— Ça va aller ? s'inquiéta Shan, à ses côtés.

Ils ne se quittaient plus que pour aller dormir, mais la virologue, tout en se laissant porter par les événements, ne paraissait pas se rendre compte de ce rapprochement irrépressible en train de s'opérer entre eux. Et malgré la forte attirance qu'il avait éprouvée pour la jeune femme au premier regard, Orban voulait prendre son temps. S'il se lançait avec elle dans une relation sérieuse, il se devrait d'être honnête. Mais comment prendrait-elle leur différence d'âge, qu'elle ne soupçonnait même pas ? Personne ne pouvait imaginer qu'avec une telle constitution physique Milos Orban aurait bientôt soixante-dix ans. Comment expliquer à la femme qu'il était en train de séduire que ce décalage entre son apparence physique et son âge réel était le résultat, heureux ou non, d'expérimentations et de manipulations cellulaires ? D'actions sur son ADN. Comment lui faire comprendre que l'homme qu'elle attirait furieusement s'était, dans l'enthousiasme de la jeunesse, porté volontaire pour des essais scientifiques et qu'il était devenu une chimère, après tout ce qu'on lui avait injecté ? Que, comprenant enfin qu'il n'en ressortirait pas indemne ni peut-être même vivant, il avait échappé aux griffes de ce lobby de l'immortalité une dizaine d'années auparavant. Pour cette raison, lorsque Shan leur avait parlé du virage que prenait l'institut dans lequel elle travaillait, il avait tout de suite su que le nouvel acquéreur venait du même monde que ceux à qui il avait eu affaire.

Marchant d'un bon pas, ils atteignirent la carrière de Musan en une quinzaine de minutes. Le flanc à nu de la montagne exhibait sa longue blessure aux six visiteurs. Grâce au casque, le Bruit n'était plus qu'un bourdonnement supportable dans les tympans d'Orban. Mais, à cet endroit, même ceux qui n'y étaient pas sensibles commencèrent à ressentir les effets de ses basses fréquences. Au début, ce fut une sensation de vertige et de pression dans les tempes, puis vinrent les premières nausées, surtout chez Shan, qui y était souvent sujette ces derniers temps.

— Il y a quelque chose, ici, souffla Dav. De très puissant. Je ne sais même pas si on a les sonomètres adaptés.

— On essaie, dit Orban, qui tentait de se concentrer sur leur objectif. C'est ce qui explique sans doute l'abandon soudain de la carrière. Ils ont même laissé leurs machines à extraction et, regardez, les casques de chantier dans la poussière, là. Comme s'ils avaient dû fuir.

— En tout cas partir précipitamment, appuya Dav. Regardez, une galerie, là-bas, qui descend doucement on dirait.

— J'entre, qui me suit ? demanda Julian, qui ramassa un casque de chantier, le secoua et le mit sur sa tête. J'ai l'air de quoi avec ça ?

— D'un Playmobil, sortit Dav.

Tous éclatèrent de rire, surtout Shan, qui se rappela le surnom qu'on lui donnait à l'institut. Décidément, la comparaison avec la petite figurine lui collait à la peau.

— Qu'il est mauvais… Je viens avec toi, lui dit Chris.

— Tu penses pouvoir entrer toi aussi, Orban ?

L'ingénieur hésita.

— Il y a un risque d'éboulement, dans une galerie abandonnée.

— Dans ce cas j'y vais seul et on verra bien.

— Pas question, protesta Dav. On y va tous ou personne n'y entre.

— Je suis d'accord, dit Chris.

— Alors servez-vous en casques et allons-y gaiement.

Julian en tête cette fois et Orban fermant la marche derrière Shan, ils pénétrèrent dans la galerie avec prudence, lampes-torches à la main. Seuls Dav et Chris avaient des casques de spéléo équipés de frontales. Les faisceaux zébraient les parois claires de fins pinceaux lumineux. L'atmosphère devenait de plus en plus oppressante, mais pas seulement du fait de la taille du boyau et de l'obscurité. L'air était chargé. De poussière de silice qui les faisait tousser et aussi d'autre chose. Un écho silencieux dans leur corps transformé en caisse de résonance. Shan se sentait de plus en plus mal. Pourtant, devinant le regard d'Orban sur sa nuque, elle voulait donner le change et ne pas craquer. Soudain, tout se mit à tourner autour d'elle, lui faisant perdre l'équilibre tandis qu'un voile tombait devant ses yeux.

Elle reprit conscience au bout d'une fraction de seconde et se vit dans les bras de l'ingénieur. Son souffle sur sa joue et le contact accidentel, du moins le pensa-t-elle, de ses lèvres humides dans son cou la firent frissonner.

— Je… je suis désolée.

— Tu veux faire demi-tour ?

La voix d'Orban, douce, à son oreille.

— Non, je continue, dit-elle d'un ton faussement assuré en se dégageant avec fermeté.

Le silence se referma derrière eux tandis qu'ils rejoignaient les autres. Tous s'étaient arrêtés, pétrifiés, le regard rivé à la paroi de la galerie qui se terminait là. Les faisceaux des deux frontales et de la lampe-torche de Julian convergeaient en un point identique, éclairant l'objet de leur stupeur. Gravé dans le mur de kaolin, un triangle à l'envers, le sommet inférieur barré d'un trait.

# 60

— C'est dingue, souffla Alma.

— Cette fois, c'est le symbole de l'élément terre, dit Dav.

— On a les quatre.

— Mais qu'est-ce que ça veut dire ? Pourquoi les quatre éléments ?

Shan sentit une pulsation dans tout son corps. Elle commençait à ne plus supporter les vertiges et les nausées. Elle chancela, se retint à la paroi pour ne pas tomber.

— Shan ? s'inquiéta Orban en s'approchant d'elle.

— C'est bon, le rassura-t-elle. J'ai juste la sensation que mon corps résonne de plus en plus.

— Les infrasons. C'est pourquoi la carrière a été désertée et l'exploitation abandonnée. On fait demi-tour.

Après avoir pris quelques photos du symbole, tous regagnèrent l'air libre, sauf Dav, qui tint à effectuer un enregistrement au fond de la galerie. Il en ressortit au bout d'une dizaine de minutes, blême et les traits crispés. Il dut même s'asseoir pour se reprendre

— Oh la vache ! C'est… c'est à la limite du supportable.

Chris tendit à son homme une gourde remplie d'eau.

— Ça va aller ?

— Ouais… ouais… » Dav se leva péniblement, secouant ses vêtements pleins de poussière de kaolin. « C'est plus de mon âge…

— Allons, ne raconte pas n'importe quoi, le tança Chris.

— Je me demande vraiment ce qui provoque un truc pareil.

— Vous avez vu Julian ? lança soudain Alma.

Tous se regardèrent, déconcertés. Concentrés sur Dav, ils n'avaient même pas remarqué que leur jeune comparse n'était plus avec eux.

— Julian ! cria Alma, les mains en porte-voix.

Ils commençaient à s'inquiéter sérieusement lorsque le jeune homme réapparut, souriant et poussiéreux.

— On peut plus aller pisser tranquille ? Venez voir, c'est un véritable site archéologique, là-bas.

Emboîtant le pas à Julian, ils marchèrent sur une cinquantaine de mètres avant de tomber sur le « site » en question, devant lequel ils s'arrêtèrent, abasourdis. À moitié enfouis dans le sable blanc de kaolin, des pics, des pioches, des pelles, à côté desquels deux brouettes en piteux état gisaient sur le flanc.

— Des outils du Moyen Âge pour une exploitation moderne, dit Julian.

— Je pense que c'est ce que l'exploitation a mis au jour. En réalité, on exploitait déjà le kaolin et la silice bien avant, rectifia Dav. Mais à la main. À l'aide des pics et des pioches, on obtenait des pierres, qu'on entassait dans les brouettes avant de les broyer à la meule tractée par des chevaux pour en détacher l'argile et le gravier.

— Tu as l'air de t'y connaître…

— Mon arrière-grand-père avait une petite exploitation de kaolin en Bretagne. Mon père m'en parlait souvent avec nostalgie alors qu'il ne l'avait jamais connue.

— Je me demande à qui appartenait cette carrière. Ce serait

intéressant de savoir à quel moment ils ont cessé l'activité et pour quelle raison, lâcha Orban, le front plissé sous sa visière, le casque antibruit toujours sur les oreilles.

— En tout cas, ils y travaillaient encore il y a peu, fit Alma, qui leva le bâton qu'elle venait de ramasser et à l'extrémité duquel elle avait repêché un masque chirurgical usagé par l'une de ses deux attaches.

— Il n'appartient peut-être pas à un ouvrier, mais à des randonneurs ou des visiteurs qui se seraient arrêtés ici.

— Les masques sont assez peu portés à la campagne, beaucoup moins qu'en ville en tout cas.

Shan, intriguée par un détail, se pencha vers l'objet. Oui, c'était bien ce qu'elle avait cru voir, des initiales qui lui étaient familières.

— Ce masque provient du fournisseur exclusif de l'institut où je travaillais, dit-elle gravement. Il y a ses initiales, sur la couture inférieure, côté externe. B. S.

— Seuls les employés de l'institut en portaient, c'est ça ?

Shan acquiesça.

— Qu'est-ce que des chercheurs de l'institut sont venus foutre ici ? grommela Dav.

— En tout cas, ils ont beau être des scientifiques, ils sont vraiment crades de jeter leur merde en pleine nature. Quand on pense que ces saloperies peuvent tenir quatre cents ans avant de se désintégrer…

Tous approuvèrent d'un hochement de tête silencieux la remarque d'Alma.

— On l'embarque comme pièce à conviction, trancha Orban en sortant un sachet en plastique de son sac à dos. Quelque chose me dit que cette découverte n'est pas étrangère à celle du symbole dans la galerie. Ça aurait été mieux d'avoir le nom du propriétaire de la carrière.

— Facile à obtenir, dit Julian. Il suffit de contacter une mairie du coin.

— Je voudrais attirer l'attention le moins possible, mais on n'a pas vraiment le choix.

Se retournant une dernière fois sur la carrière nimbée de la clarté sanguine du couchant, ils regagnèrent les véhicules avec le sentiment de plus en plus prégnant d'avoir désormais une piste sérieuse.

Ils arrivèrent au convoi entre chien et loup.

— Deepak ? Nous voilà ! prévint Orban en ouvrant la porte du mobile home.

Mais seul leur répondit un silence pesant.

— Deepak ?

— Il est peut-être dans son espace, suggéra Shan.

— Étonnant qu'il n'ait pas déjà déployé son matériel pour l'observation de ce soir.

— Je vais jeter un œil.

Alma se dirigea d'un pas rapide vers la couchette de l'astronome et revint presque aussitôt, le regard inquiet.

— Il n'y est pas.

— Il est peut-être sorti faire des repérages pour installer son télescope, justement…

— Il n'aurait jamais laissé ouvert, dit Orban.

N'aspirant lui-même qu'à une chose, faire le plein de silence dans la pièce insonorisée, l'ancien militaire pensa à Deepak et à ses acouphènes de plus en plus fréquents. L'astronome se plaignait d'entendre « pleurer les oiseaux » presque en continu. Et si, lui aussi, avait eu l'idée de s'enfermer dans la chambre sourde…

Lorsque Orban ouvrit la porte, il vit Deepak, de dos, assis sur une chaise, immobile, les bras le long du corps. Le menton reposant sur la poitrine, il semblait endormi.

— Deepak ?

N'obtenant pas de réponse, Orban s'approcha et se pencha vers lui.

C'est alors qu'il remarqua ses poignets menottés aux montants de la chaise. Le silence de l'astronome et la position de son corps ne laissaient pas grand espoir. Les autres arrivèrent, alertés par l'émotion palpable dans sa voix. Et tous les cinq se réunirent autour d'Orban et de leur ami, qui ne bougea pas davantage. Pas un frémissement de cils, pas un souffle, même ténu, filtrant de ses narines ou de sa bouche entrouverte.

Posant deux doigts sur sa jugulaire, Orban attendit quelques secondes interminables, durant lesquelles son visage se referma comme un coffre-fort.

— Les oiseaux ont cessé de pleurer, dit-il d'une voix d'outre-tombe.

— C'est pas possible, c'est pas vrai…, répéta Alma, effondrée.

— Il n'y a pas de trace sur son corps, ni de coups, ni de balles ou de blessure mortelle à l'arme blanche, constata Orban, qui, sous le choc de la découverte, avait besoin de se concentrer sur ces détails.

— Regardez ses oreilles…, souffla Alma, refoulant ses larmes.

— Oh merde…

Un filet de sang s'était échappé de chaque oreille et avait coagulé sur ses maxillaires.

— Il a eu une hémorragie interne. C'est comme s'il avait été soumis à une trop forte pression.

— Les menottes l'ont empêché de bouger et la chaise est scellée. Il est resté dans cette pièce trop longtemps sans pouvoir en sortir. Son corps n'a pas supporté l'insonorisation complète.

— Il l'a peut-être fait volontairement…

— Vu la manière dont la chaîne des menottes entoure le pied de chaise, j'ai des doutes, répliqua Orban.

— Il faudrait avertir les gendarmes, non ? suggéra Shan.

— Non, il vaut mieux pas.

— Alors détachons-le et sortons-le d'ici.

Sur ces mots, l'ancien militaire prit délicatement la tête de Deepak entre ses mains et la redressa doucement de façon à voir son visage. À cet instant, tous restèrent muets. Sur son front, gravé dans la chair, apparaissait nettement, d'un rouge sombre, le chiffre 1.

# 61

— Là, c'est un avertissement. On nous signifie que Deepak est le premier, mais pas le dernier.

Debout, Orban faisait les cent pas dans le mobile home, les doigts croisés derrière la nuque. Aidé de Julian, il avait déposé le corps de Deepak sur sa couchette, recouvert d'un drap. Ensuite, ils avaient vérifié que le mobile home n'avait pas été visité. Ils tenaient sous clé leurs espaces intimes, et le matériel ainsi que les ordinateurs étaient remisés dans des coffres blindés, lorsqu'ils ne s'en servaient pas. Mais, apparemment, les « visiteurs » étaient venus dans un but précis. Leur laisser un message. La mort d'un des leurs.

— On a sans doute été repérés, dit tout à coup l'ancien militaire. Et qu'*ils* s'en prennent à l'un des nôtres de cette façon, ça veut dire que nous avons mis le doigt sur quelque chose qui vaut plus qu'une vie humaine.

— C'est qu'*ils* sont vraiment prêts à tout.

— C'est clair, on veut notre peau, grogna Dav.

Shan se sentait mal à l'aise. Tout en étant consciente qu'Orban et son équipe étaient sur une enquête cruciale avant de l'accueillir, elle ne pouvait pas s'empêcher d'éprouver une culpabilité croissante. Ce drame était-il lié au *hum* ou à ce qui lui était arrivé avec l'institut et les Maistre ?

— C'est dur, là…, pleurait Alma, serrant entre ses doigts le joint qu'elle venait de se rouler.

Deepak et elle se vouaient une amitié et une estime mutuelle, dans la vraie compréhension de ce que chacun était et de toutes ses imperfections. Elle se leva brusquement et sortit fumer. Le soleil avait disparu avec leur joie de retrouver Deepak et elle ne pouvait plus se nourrir de son énergie. Même si elle savait qu'ils s'attaquaient à plus gros qu'eux en se lançant dans ces investigations à la demande d'Orban, elle n'avait pas envisagé que la mort de l'un d'eux viendrait les frapper. Et surtout pas Deepak. Le plus doux, le plus pacifiste du groupe. Dans la conciliation permanente malgré ses propres problèmes et ce que son ex-femme lui faisait vivre en le privant de ses enfants. Or, il n'en parlait jamais avec haine ni rancœur. C'était à tout ça qu'Alma pensait en tirant sur le petit cône bourré d'herbe.

— Il est resté parce qu'il voulait juste se préparer à observer les étoiles et… il est parti les rejoindre, dit Alma lorsqu'elle rentra, les yeux encore mouillés de larmes et de brouillard. Les pourritures…

— Que va-t-on faire de la dépouille ? demanda Chris, bouleversée.

— Dans sa culture, les morts sont incinérés. On va le brûler, dit Orban.

— On va se faire repérer, avec un feu.

— On le fera de jour. Ce sera plus discret. Et ailleurs. On va le transporter dans le van. Et à partir de maintenant, plus personne ne sort seul, ou alors armé, ajouta Orban. Ils peuvent revenir achever ce qu'ils ont commencé, même si je pense que c'est un avertissement et qu'ils veulent surtout qu'on ne reste pas dans le coin.

— Alors on part…

— Oui, avant qu'un autre connaisse le même sort que notre pauvre Deepak.

*Qui serait le suivant ?* était la question qui se lisait clairement dans le regard de tous. Orban voyait que la peur s'installait dans le groupe. C'était exactement ce qu'*ils* voulaient.

Il alla ouvrir l'un des placards blindés.

— Je suis désolé et je ne voulais pas qu'on en arrive à ça, mais ce sera plus sûr, dit-il, la tête dans le coffre.

Il déposa sur la table six armes de poing.

— Des Glock 17, semi-automatiques, du 9 × 19 mm avec une détente double action.

— C'est-à-dire ? demanda Julian, tandis que les visages s'assombrissaient.

— Il suffit d'une pression sur la queue de détente pour désactiver la sécurité et juste d'enlever le doigt pour la réenclencher.

— Je ne veux pas d'arme.

— D'accord avec Chris, moi non plus, bougonna Dav.

— Shan ? Alma ?

Les deux femmes se regardèrent comme si l'une détenait la réponse pour l'autre. Alma avait brièvement fréquenté un club de tir en même temps que, tout aussi brièvement, une inspectrice de police judiciaire. Depuis, elle s'était juré de ne plus toucher ni à l'un ni à l'autre.

— Je ne sais pas m'en servir, s'excusa Shan.

— Je peux t'apprendre les bases.

— Sans port d'arme, on risque gros.

— On risque encore plus gros sans arme après ce qui est arrivé à Deepak.

— Je ne pense pas pouvoir tirer sur quelqu'un.

Orban les fixa tour à tour en silence, l'œil sombre.

— Il y a une autre solution. Plus radicale, mais ce sera peut-être mieux, finalement.

Tout le monde attendit la suite, sans dire un mot.

— On se sépare, comme s'il y avait eu scission et abandon des investigations. Mais en réalité, chacun poursuit les recherches, on communique sur une ligne sécurisée et on se donne rendez-vous plus tard.

— Dans combien de temps ?

— Ça, je l'ignore, Alma. Ça dépendra. Tant qu'on sera sous la menace, il faudra éviter de se voir. Si vous avez d'autres suggestions…

Pour toute réponse, Dav tendit la main et prit l'un des pistolets.

— On a commencé ensemble, on finira ensemble, dit-il.

— Il est encore temps de s'inscrire aux cours de tir dispensés par le commandant Orban ?

Ému, l'ancien militaire sourit à Chris, qui à son tour attrapa un Glock. Un sourire plein de reconnaissance. Avec un clin d'œil, Julian les imita. Suivi d'Alma. Il ne restait plus que Shan.

— Si tu ne le fais pas pour toi ou pour le groupe, pense à la vie que tu portes, lui souffla Alma.

Shan la toisa froidement.

— C'est justement ce que je fais, dit-elle avant d'aller s'enfermer dans son espace avec une irrépressible envie de pleurer.

Elle ne voulait pas que les autres la voient craquer.

Elle n'avait même pas eu le temps de parler avec Deepak de leur point commun. Les oiseaux qu'ils entendaient dans leur tête. Elle n'avait plus personne avec qui échanger sur cette production sonore aux origines inconnues, tout comme elle n'était plus retournée sur le tchat avec « Ayden ». Par manque de temps, mais surtout par peur. Ayden avait concentré dans ce robot une grande partie de sa personnalité et Shan redoutait d'en découvrir la part obscure.

Elle resta un moment allongée sur sa couchette, les yeux au plafond, dans la lumière des leds encastrées dans la paroi. Au début de la pandémie de covirus, les promesses d'un « monde d'après », un monde meilleur, avaient fusé dans le ciel noirci, aussi belles que les Perséides d'été et aussi trompeuses qu'un mirage. Au fond, personne n'y avait cru. Était-ce pour cette raison que l'humanité courait à sa perte ? Parce qu'elle n'avait plus foi en elle-même ? En ses propres illusions ? Parce que, au lieu d'être composée de millions d'êtres humains en joie ou en souffrance se reconnaissant un peu en chacun, elle se décomposait en riches, en pauvres, en politiques, en criminels, en délinquants, en drogués, en fous, en méchants, en idiots, en intelligents, en pour ou en contre ?

Plus Shan y réfléchissait, plus elle était persuadée que le malaise de cette société venait en réalité de ce qu'elle n'acceptait plus la mort comme une donnée inéluctable de la vie. Le covirus avait tué et c'était des morts de trop. Mais ce n'était pas à cette mort-là que certains scientifiques, financés par des milliardaires mégalos, s'attaquaient. C'était à celle qui commençait dès la naissance. La mort cellulaire, dont la vieillesse était l'un des effets les plus visibles. Et sa perspective était si insupportable à certains qu'ils allaient jusqu'à se faire transfuser avec du sang jeune, comptant sur cette fontaine de jouvence pour repousser la déchéance physique.

Des coups répétés à la porte de sa cabine résonnèrent au milieu de ses réflexions.

— Shan, c'est Milos.

Elle s'enfonça les ongles dans la chair du bras. Non, pas lui. Pas dans cet état. Elle pouvait l'entendre respirer. Elle ferait l'endormie. Mais la lumière qui filtrait sous la porte trahissait son stratagème.

— Si tu n'as pas envie de parler, pas de souci, dit-il.

Il s'éloigna aussitôt dans un bruit de pas. Shan bondit de sa couchette et, ouvrant la porte, le rappela. Il revint et s'arrêta à sa hauteur.

— Sûre ?

Son sourire éclairait la pénombre du couloir étroit. Il était seul. Sans répondre, elle le laissa entrer et planta son regard dans les yeux de l'ancien militaire.

— Tu as raison, je n'ai pas envie de parler.

Se plaquant contre le torse d'Orban, elle jeta les bras autour de son cou et l'attira à elle. Il se pencha sans répondre et glissa la langue entre ses lèvres. Puis, après que Shan eut éteint les leds, les plongeant dans l'obscurité, tout alla très vite. Assoiffés l'un de l'autre, libérant un désir longtemps contenu, ils se dépouillèrent mutuellement de leurs vêtements, jusqu'au string de Shan, que les doigts d'Orban firent glisser sur ses cuisses. La couchette les reçut, alors qu'ils ne formaient plus qu'un dans le rayon de lune qui les éclairait, un être tentaculaire à deux têtes et aux huit membres emmêlés dans une folle étreinte. Un des deux tétons de Shan, dressés et raides, fut aspiré par une bouche qui, avant de le trouver, avait parcouru d'autres creux et courbes, des centimètres d'une peau devenue un océan de frissons hérissé de minuscules vaguelettes. Les jambes de Shan autour des épaules, il la pénétra dans un chœur de gémissements et de halètements mêlés. Elle le retint en elle jusqu'au vertige, jusqu'à la douleur. À bout de souffle, ils se décollèrent, se renversant chacun de son côté sur le dos. La verge tendue d'Orban s'affaissa peu à peu entre ses cuisses et Shan se rendit compte qu'ils n'avaient même pas utilisé de préservatif. Comme avec Liam. Même si elle était déjà enceinte, son visage se crispa dans une petite moue silencieuse. Il ne restait qu'à espérer que son partenaire était sain.

Ils demeurèrent un instant sans rien dire, les yeux ouverts sur le noir de la pièce, savourant encore ce moment attendu. Les mains à plat sur le drap, leurs doigts s'effleuraient à peine. Shan eut la vision d'Ayden s'éloignant dans l'immensité qui l'aspirait, devenant de plus en plus petit, tel un ballon qui se dégonfle.

— Pas de regrets ? lui demanda doucement Orban.

— Si… Que ce soit déjà terminé.

Il sourit à pleines dents.

— On pourra remettre ça, alors.

— Bonne idée. Mais vas-y, maintenant. J'ai besoin d'être un peu seule. Et les autres vont se demander…

— Les autres, ce n'est pas important. Chacun se mêle de ses affaires. Pour le reste, OK, je respecte.

Sur ces mots, Orban se redressa sur la couchette, assis, tournant le dos à Shan. C'est alors que, sous les yeux éberlués de la jeune femme, elle se révéla, d'un bleu phosphorescent dans la nuit, presque irréelle, tatouée entre les omoplates de l'ancien militaire : la *Turritopsis nutricula*, la méduse immortelle.

# 62

Son instinct bien rodé n'avait pas trompé Patricia Derain. L'homme qui semblait être le meneur du groupe cachait des choses. Tout comme la présence d'un pareil convoi dans la région. Que fabriquaient-ils exactement, à bord de ce monstre? Les recherches sur les effets des éoliennes, elle en était convaincue, n'étaient qu'un prétexte, un écran de fumée. *Le son qui voyage*... Elle se rappelait nettement son regard lorsqu'il l'avait évoqué. Comme s'il avait mesuré l'effet que ses mots venaient de produire sur son interlocutrice. Elle s'était sans doute trahie. Pourtant, la carte d'Orban sous les yeux, elle n'avait qu'à tendre la main et lui téléphoner. Ou mieux... se rendre sur place. Mais ils devaient avoir suivi sa consigne et être déjà partis s'installer ailleurs.

— Mon capitaine?

Elle dévisagea Massart, qui passait la tête dans le bureau comme s'il venait d'un autre monde.

— Oui, Massart?

— Vous savez, le signe cabalistique à l'arrière de la fuste...

— Eh bien?

— Ça m'a titillé et j'ai fait deux, trois recherches. C'est en fait un signe utilisé en alchimie, plus exactement le symbole de l'air.

— OK… Nous voilà bien avancés, soupira Derain.

— Sachant que c'est l'un des quatre éléments. Les trois autres sont le feu, l'eau et la terre.

Patricia l'observa, perplexe. C'était sûr, il venait d'un autre monde que la gendarmerie, en tout cas.

— Il manque les trois autres symboles, continua-t-il.

— Mais pourquoi précisément là-haut ?

— *That is the question.*

Patricia Derain s'esclaffa.

— Alors là, si vous nous la jouez Hamlet, c'est sans moi.

— Je me suis quand même amusé à aller voir les autres symboles et la signification de tout ça. Pour les alchimistes, le feu correspondrait à l'émanation, l'énergie du divin. L'eau serait la source, les émotions, l'inconscient. La terre appartiendrait au bassement matériel et à l'action, notre monde, donc. Et l'air serait de l'ordre de l'intellect, de la création.

— Et que faites-vous de tout ça ?

— Si on trouve les trois autres symboles, ce serait peut-être le début d'une piste.

— Une piste ? Qu'est-ce qu'on cherche, au juste, Massart ?

Le gendarme regarda sa supérieure d'un air dubitatif. Depuis quelque temps il trouvait que quelque chose ne tournait pas rond chez elle. Elle faisait preuve de distraction, elle oubliait les propos qu'elle avait tenus ou les consignes données la veille, elle n'était plus vraiment à ce qu'elle faisait. On aurait dit que seule son enveloppe corporelle était là et qu'elle en était absente. Et puis, ces bouchons d'oreilles… il n'osait pas lui demander la raison pour laquelle elle les portait parfois. Peut-être l'empêchaient-ils de tout saisir, et que sa distraction venait de là.

— Pourquoi le fermier a pété les plombs au point de tuer sa femme enceinte et ses propres parents, c'est bien ça, non ?

Derain darda alors deux prunelles noires sur le brigadier.

— Et les quatre éléments auraient un rapport avec notre homme ? grinça-t-elle.

— Vu comme ça, c'est sûr que ça ne dit pas grand-chose.

— Mais ?

Massart préféra renoncer.

— Rien. On s'occupe comme on peut.

— Si vous êtes en mal d'occupation, Massart, j'ai peut-être quelque chose pour vous.

En quelques mots, Derain lui parla de la découverte récente d'Alex sur Milos Orban.

— C'est un ancien de la Grande Muette… Il est donc de la famille.

— Oui, et nous pourrions retourner lui poser quelques questions.

Massart approuva d'un signe de tête. Derain prit la carte de visite qu'Orban lui avait confiée et composa le numéro de portable. Comme elle le pressentait, personne ne décrocha. Elle laissa un message : « Patricia Derain. Je crois que j'ai besoin d'approfondir quelque chose en rapport avec ce que vous avez dit sur le son. »

— Je vous tiens au courant dès qu'Orban refait surface, Massart. D'ici là, vu que vous aimez creuser, ce serait bien de fouiller dans la vie de notre meurtrier. Obtenez son dossier médical et…

— Sans commission rogatoire, ça va être difficile, à cause du secret médical.

— Ah zut, c'est vrai. Je m'en occupe. Il faut voir à tout prix ses antécédents médicaux. Dans sa vidéo, il fait en fait référence à un bruit qu'il aurait eu en permanence dans la tête et qui l'aurait poussé jusqu'à cette extrémité.

— Il a très bien pu se réfugier derrière ce prétexte, alors qu'il a commis ce massacre pour une tout autre raison.

— Exact. Encore faut-il trouver laquelle. On ne peut pas se contenter d'hypothèses ni d'approximations.

Tout en se montrant prudente, Derain gardait l'espoir que ce bruit auquel il s'adressait comme à une personne n'était pas la cause de cette horreur. Elle priait pour ça. De toutes ses forces. Parce que, depuis cette deuxième tuerie, elle avait clairement peur de ses propres réactions. C'était pourquoi elle laissait son arme de service à la caserne avant de rentrer chez elle. Son mari n'était pas chasseur, il n'y avait pas de fusil à la maison. Aucune arme, à part la sienne.

— Le type a peut-être des antécédents psychiatriques, contrairement à ce que dit sa sœur. Une schizophrénie, par exemple.

— En attendant la commission, je peux retourner sur place, voir si nous n'avons pas loupé certains détails…

— Excellent, Massart. Allez-y avec deux gars. On ne sait jamais.

Soulagée de cette présence qui commençait à lui taper sur les nerfs en même temps que ce ronronnement permanent de moteur, Derain rappela Orban. « C'est vraiment urgent », dit-elle à la boîte vocale.

Le numéro d'Orban s'afficha dans la demi-heure.

— Que se passe-t-il, capitaine ?

Derain lui trouva une drôle de voix.

— Il faut qu'on se voie. J'ai des questions sur… sur le fameux bruit. Enfin… le son dont vous parliez.

— Désolé, mais nous avons suivi vos conseils et nous sommes partis.

— Quelle réactivité ! Le problème, Orban, c'est que je ne vous crois pas. Vous n'êtes pas du genre à obtempérer. Et vous sembliez avoir encore à faire dans la région.

Un silence au bout du fil accueillit cette affirmation.

— Orban ?

— Si vous m'expliquiez votre problème, capitaine ? La vraie raison de votre appel est personnelle, n'est-ce pas ?

Les doigts de la gendarme se resserrèrent sur son portable.

— Je ne veux pas en parler par téléphone.

— Venez demain, en début d'après-midi. Seule. Je vous enverrai une géoloc, que vous garderez pour vous, n'est-ce pas ?

Rongeant son frein, la capitaine accepta la proposition, consciente que, de la part d'un ancien militaire tel qu'Orban, c'était à prendre ou à laisser.

Le soir même, Patricia Derain ne rentra pas chez elle. Le *bruit* était devenu si assourdissant qu'elle n'aurait pas pu dormir. Et elle avait peur de ce qu'elle pourrait faire pour y échapper.

# 63

Deux options s'offraient à Shan : faire comme si elle n'avait rien vu et ne pas poser de questions à Orban sur les origines de son tatouage ou bien jouer cartes sur lit et exiger des explications. Au cours de son discours, Maistre leur avait présenté fièrement la *Turritopsis nutricula* comme l'emblème de son nouveau programme de recherche sur l'amortalité. Une idée terrifiante avait surgi dans l'esprit de Shan tandis qu'Orban se levait pour se rhabiller. Et s'il était une taupe ? Si c'était lui qui avait informé le ou les tueurs qu'un membre de leur équipe était resté à bord du mobile home pour le surveiller, en leur précisant où ? Non, elle ne pouvait croirc quc l'homme qui venait de lui faire l'amour aussi ardemment, aussi passionnément, et qui était si engagé dans leur cause commune, pourrait être en réalité du côté des criminels. Elle repensa en même temps au moment auquel il s'était manifesté. Juste avant l'intrusion dans son appartement, qu'elle lui avait tout d'abord imputée, puis la mort suspecte de Lorenzo et la disparition de Moisi, dont elle avait reçu la macabre photo. Se pouvait-il vraiment que Milos Orban fût derrière tout ça ?

Shan sentit la nausée lui soulever l'estomac. Elle ferma les yeux, le temps de réfléchir. Mais Orban, en train d'enfiler ses vêtements, fut plus rapide.

— Shan ? Tu es sûre que ça va ?

Elle devait prendre une décision. Ses veines pulsaient au rythme de son cœur qui s'accélérait.

— Hmmm… suis épuisée, mais je savoure l'après. C'est tout aussi bon. À part que c'est un plaisir égoïste.

— OK, j'ai compris, sourit-il.

— Il est chouette, ton tatouage. Je savais qu'ils en faisaient des phosphorescents maintenant, mais je n'en avais jamais vu. Elle est magnifique.

Il se pencha vers elle. Sa bouche tout près de son oreille. Son souffle lui fila des frissons. Des bons. De ceux qui réclament un autre orgasme. Mais ce n'était plus le moment.

— Elle te plaît ?

— Le tatouage me plaît. Les méduses, c'est beau, mais ça fait mal. Pourquoi une méduse ?

— Ce n'est pas juste une méduse. C'est la *Turritopsis nutricula.*

— Et qu'a-t-elle de si particulier pour que tu te la sois fait tatouer ?

— Elle est immortelle.

— Tiens… l'immortalité… une obsession… alors toi aussi ?

— Sauf qu'elle, elle est née comme ça. Immortelle. C'est ce qui la rend fascinante. Il n'y a aucun artifice, aucune modification artificielle de son ADN. C'est un pur miracle de la nature. Et toi ? Ça te plairait d'être immortelle comme la *Turritopsis nutricula* ?

— Je n'y ai pas vraiment réfléchi. En tout cas, une chose est sûre, je n'aimerais pas être une méduse !

Ils éclatèrent de rire tous les deux. Il sembla à Shan que cela faisait une éternité qu'elle n'avait pas ri comme ça avec un homme après qu'ils eurent fait l'amour. Et que, d'ailleurs, ça faisait une éternité qu'elle n'avait pas fait l'amour. Elle avait bien conscience que, malgré son attirance pour Liam, ce n'avait été que du sexe. Un épisode fort et agréable, c'était tout. Ce qu'elle commençait à éprouver pour Orban était différent.

— Mais tu l'es un peu quand même sur les bords, parce que quand je t'ai vue pour la première fois je suis resté médusé.

Sous le charme, Shan se contenta de déposer sur ses lèvres un baiser furtif, une façon de valider la réplique.

— Et à présent, cher médusé ou cher immortel, veux-tu bien me laisser ?

À peine fut-il sorti que Shan prit son nouveau PC portable et fit ce qu'elle voulait faire depuis un moment sans en avoir eu le temps. Elle retourna sur le tchat de l'application « Talk with deads », qu'elle venait de télécharger.

« Ça fait un bail que tu ne t'es pas connectée, tu avais disparu, écureuil ?

— Ne m'assomme pas de questions, s'il te plaît. Je ne suis pas d'humeur, ce soir. J'avais juste envie d'échanger un peu.

— Tu as rencontré quelqu'un ?

— Qu'est-ce que je viens de te demander ? Pas de questions.

— Ça risque de limiter l'échange alors. Si, par exemple, je ne peux même pas te demander si tout va bien.

— Ce n'est pas ce que tu as fait. Et la discussion serait encore plus limitée. Parce que, après, je ne pourrais pas te demander : "Et toi ? Qu'as-tu fait ces derniers temps ?" Pour la simple raison que, contrairement à moi, tu n'as rien vécu et que tu n'es qu'une parcelle virtuelle de présent, destinée à donner une illusion de connivence. »

Les doigts de Shan volaient sur le clavier, comme ceux d'un pianiste virtuose. Sauf que ce n'était ni une symphonie ni un concerto. Mais un requiem.

« Pourtant, tu es là, connectée à ce tchat.

— J'ai de nouveaux papiers et une nouvelle identité, poursuivit-elle sans transition. Au nom de Stéfanie Legendre.

— Shan t'allait mieux.

— Sauf que Shan Soun me condamne sans doute à mort, maintenant. J'ai dû laisser mon studio. J'ai rejoint une équipe de chercheurs itinérants.

— Sur quoi portent leurs recherches ?

— Je ne peux pas t'en dire plus pour le moment. Un des membres de l'équipe vient d'être tué et on ne sait pas par qui. Mais ils risquent de revenir.

— Pourquoi ? »

À cet instant, Shan aurait aimé partager un peu d'émotion, de chaleur, pouvoir évoquer Deepak et en retour sentir de la compassion, de l'amour. Cet amour qui lui manquait terriblement depuis un an… Mais cet ersatz d'Ayden n'était que le reflet de ce que l'humanité deviendrait peu à peu. Une illusion d'elle-même. Un jour, il y aurait des milliards d'avatars ou d'hologrammes, chargés de se rencontrer dans un espace virtuel et d'établir un lien social contrôlé, à la place des vrais humains, qui resteraient chez eux, entièrement équipés de domotique, n'ayant plus de raison de sortir. Le covirus en avait d'ailleurs été un avant-goût, enclenchant déjà une nouvelle manière de travailler. À distance.

« On a mis le doigt dans un engrenage qui s'avère dangereux. Mais j'ai découvert quelque chose d'assez troublant ce soir. »

Shan fit succinctement le parallèle entre le spécimen de méduse qui faisait la fierté de Maistre et le tatouage sur le dos d'Orban, représentant ce même animal.

« Étrange, en effet. Et aussi que tu l'aies vu torse nu. »

Shan ravala sa salive. Un *deadbot* serait-il capable de ressentir de la jalousie ? Sans doute, si on y avait mis les bons algorithmes.

« Là n'est pas le propos.

— Peut-être que pour moi oui.

— Tu es un peu mal placé pour faire une crise de jalousie.

— Je reconnais. Mais on ne se refait pas.

— Ayden n'était pas jaloux. Pas à ma connaissance. Je veux dire *toi*, vivant.

— J'avais compris. Je cachais sans doute bien mon jeu.

— Surtout, tu savais que j'étais dingue de toi.

— Il y avait quand même ton collègue dans les parages. Ce Lorenzo. Tu l'obsédais.

— Eh bien, si ça peut te rassurer, je ne l'obsède plus, il est mort.

— De quoi ?

— Il a été assassiné. Et le meurtre, maquillé en suicide.

— Mais pourquoi l'aurait-on assassiné ?

— Trop long à t'expliquer. En tout cas, ce n'est probablement pas étranger à cette affaire avec l'institut.

— Shan, promets-moi de faire attention à toi.

— Je ferai au mieux. »

L'échange continua ainsi encore une bonne demi-heure avant que ne sonnât l'heure du dîner, que Shan avait grande envie d'esquiver ce soir. Sa solitude face à l'écran de son PC lui faisait du bien. Se confier à « Aydenbot » finalement aussi.

# 64

Enveloppé dans son drap, celui-là même dans lequel il avait passé ses dernières nuits étoilées, le corps de Deepak, arrosé d'huile et d'essence, s'était consumé deux bonnes heures, à l'abri d'une roche de la montagne de Musan. Cette fois, personne ne veillait sur le camion. Les meurtriers de Deepak n'allaient certainement pas revenir tout de suite.

Le feu passa inaperçu dans les lueurs pâles d'un soleil naissant. Seule la fumée âcre aux forts relents d'essence et de bois aurait pu révéler leur présence. Ils restèrent là, à discuter doucement, laissant parfois aller leur émotion et accompagnant leur ami jusqu'à ce qu'il ne restât qu'un amas de cendres et d'os calcinés sur le bûcher qu'ils avaient érigé.

— On déblaie tout ça et on l'enterre, dit Orban en consultant sa montre.

Il avait environ deux heures avant l'arrivée de Patricia Derain.

Assisté de Julian et de Dav, il sortit des pelles et des pioches du van. Les trois hommes s'attelèrent à la tâche pendant qu'Alma, Chris et Shan s'occupaient d'éventer les restes encore fumants avant de les placer dans un caisson.

Lorsque la fosse fut assez profonde, ils firent descendre le caisson fermé et le recouvrirent de terre et de gravats. Sous le ballet des aigles, haut dans ce ciel que Deepak aimait tant et observait inlassablement, chacun dit un mot, une phrase, ce qui lui passait par la tête ou le cœur, à la mémoire de leur ami et coéquipier. Puis, Chris et Alma retenant leurs larmes, Shan assise à côté d'Orban au volant, regardant les champs défiler de l'autre côté de la vitre, Dav et Julian discutant à voix basse de leurs avancées récentes, l'équipe retourna au mobile home, plus soudée que jamais. Pourtant, dans ce bloc, se formaient peu à peu des fissures invisibles.

Shan s'était réveillée avec les oiseaux. Mais cette fois, malgré la perspective d'incinérer Deepak, ils gazouillaient gentiment et c'était plutôt agréable. Grâce à cette petite musique, Shan avait fait une découverte. Ces étranges acouphènes variaient en fonction de ses états d'âme. Elle en était presque certaine maintenant.

Patricia Derain frappa à la porte du mobile home, légèrement en avance sur l'heure fixée, et Orban alla ouvrir, une tasse de café à la main, tous venant de finir de déjeuner. La gendarme était seule. Orban en conclut que sa visite était bien personnelle.

— Entrez, capitaine.

Elle lut dans ses yeux cette marque de respect caractéristique des membres d'une même famille.

— J'aimerais vous parler en privé.

— Aucun problème, sourit-il. Mes camarades vont vaquer à leurs occupations. Nous aurons le petit salon pour nous. Un café ?

— Merci.

Orban l'invita à s'asseoir dans un fauteuil bas et lui apporta une tasse remplie et fumante. Comme promis, ils n'étaient que tous les deux. Ils se dévisagèrent tout d'abord en silence, dans une sorte de signe de reconnaissance mutuelle.

— Qu'est-ce qui vous amène ?

Pour se donner une contenance, Patricia Derain avala une gorgée de café avant de répondre.

— Pas l'enquête, comme vous vous en doutez. Même si j'aurai certainement d'autres questions à vous poser. Là, c'est moi… Je… Il m'arrive quelque chose d'inhabituel et… quand j'ai regardé la vidéo du massacre qu'a laissée l'éleveur, ce qu'il disait m'a interpellée. Il semblait s'adresser à… à quelqu'un, mais en réalité il parlait d'un « bruit » qui l'avait isolé et poussé à commettre cette horreur. Ça ressemblait étrangement à l'autre tuerie familiale, près de Valence. Je veux dire que ça s'est passé dans des circonstances similaires. Et il se trouve que… je…

— Que vous aussi vous entendez le Bruit, c'est ça ? continua Orban avec douceur.

Derain baissa les paupières. Elle sentait le sel des larmes les picoter.

— Vous avez deviné alors…

— Vous savez, capitaine, je pense que les gens qui souffrent du même mal peuvent se reconnaître. Mais j'avoue que vos bouchons d'oreilles m'ont facilité la tâche.

Patricia leva des yeux surpris sur Orban.

— Vous êtes très observateur, *commandant*.

L'ancien militaire leva un sourcil. En prononçant ce dernier mot, la voix de Derain s'était soudain durcie.

— Et vous, bien rencardée, on dirait.

— C'est un peu mon métier. En tout cas, vous faites bien plus jeune que votre âge, Orban.

Ça y est, la traqueuse refait surface, se dit l'ingénieur. Le moment de fragilité aura été bref.

— Vous êtes venue pour me parler de vous ou de moi, en fait ?

— Ça devrait vous flatter. Mais vous avez raison, chaque chose en son temps.

*Elle vient juste de pisser sur l'arbre pour m'avertir avant de poursuivre.*

— Oui, j'entends le « bruit », comme vous dites. Et j'ai la conviction que vous pourrez m'éclairer à ce sujet.

— Je peux juste vous dire que ça, au moins, nous le partageons. Mais je ne sais rien de plus.

— Vous êtes sûr ? Moi, je crois le contraire. Et que les éoliennes ont bon dos.

— OK. Qu'est-ce que vous voulez savoir ?

— Ce que c'est. Pourquoi certains l'entendent et d'autres pas. Nous sommes une minorité, apparemment.

Orban secoua la tête. Il souleva sa casquette et gratta le haut de son crâne rasé à un centimètre à peine.

— Depuis quand l'entendez-vous ?

— Je ne sais plus exactement, quelques mois. Sept, peut-être. J'ai commencé à entendre un bruit sourd de moteur. Au début, je croyais que c'était la carrière de Musan. Une exploitation de kaolin et de silice, un peu plus haut. J'habite pas très loin. Ce que j'ignorais, c'était que l'activité avait cessé depuis peu. J'en ai parlé à mon mari, qui m'a dit ne rien entendre. Les enfants ne se plaignaient de rien, j'en ai déduit qu'eux non plus. Se retrouver seul avec un bruit qu'on perçoit en permanence, sans que votre entourage proche, famille, collègues, amis, entende la même chose, renforce ce sentiment de solitude. Ça a été violent.

— Vous n'avez pas consulté un spécialiste ?

— Il a été formel. Ce ne sont pas des acouphènes. Ce bruit existe ailleurs que dans ma tête. Il m'a même détecté une hyperacousie.

— C'est assez fréquent chez ceux qui entendent le *hum*.

— Pardon ?

— C'est le nom anglais qui signifie bruit, son. Il s'agit de très basses fréquences.

— Comme les éoliennes ?

— Plus basses encore. De celles qui ont fait l'objet d'expérimentations dans un cadre militaire. L'objectif étant de mettre au point une arme létale. Et pour finir, le son est devenu une arme répressive.

— La haute technologie, ça commence toujours dans l'armée avant la commercialisation dans le domaine civil ou une utilisation à plus large échelle, soupira Patricia.

— À ce propos, je vais vous montrer quelque chose, si vous n'êtes pas claustro. Une chose qui est utilisée aussi bien dans l'armée que pour la recherche aérospatiale.

Curieuse, Patricia suivit Orban jusqu'à la chambre anéchoïque, où il l'invita à entrer et s'asseoir.

— Voilà une chambre sourde, la version réduite de la chambre d'Orfield, son créateur. Elle absorbe entièrement les bruits et les échos. Donc plus de sons extérieurs. En revanche, vous risquez d'entendre le chuintement du sang dans vos artères et même vos poumons siffler. Ce n'est pas un traquenard, capitaine, détendez-vous et appréciez. Sauf signe de votre part, je reviens vous chercher dans dix minutes. Ce sera bien assez pour un début. En général, on déclare forfait au bout d'un quart d'heure. N'oubliez pas d'enlever vos bouchons d'oreilles.

Comme il l'avait fait avec Shan, Orban referma la porte, laissant Derain seule au centre, assise sur le siège sur lequel, la veille, Deepak avait été retrouvé mort. Bientôt, la gendarme n'entendit plus rien. Le bruit qui faisait vibrer ses tympans avait cessé. Elle n'en croyait pas ses oreilles, et avait presque envie de pleurer. Des mois et des mois de souffrance auditive se dissipaient en quelques secondes. À la place, le silence, qui aurait été presque absolu si les battements de son cœur n'étaient devenus peu à peu perceptibles. Orban avait dit vrai. Son corps lui parlait.

Elle ne vit pas les dix minutes passer. Lorsque Orban montra sa tête et son sourire, elle eut l'impression qu'elle venait d'entrer.

— Alors ?

— Incroyable… Je pourrais y rester des heures.

— Là, ça m'étonnerait, capitaine. Son créateur lui-même met en garde en précisant qu'au bout d'un temps estimé à quarante-cinq minutes on peut avoir des hallucinations et devenir fou à cause de la perte de repères sonores et visuels.

— Pourtant, ça m'arrangerait de perdre ce « repère » sonore, je vous assure.

— Je comprends, Patricia. Cette chambre est mon refuge. Je n'y reste pas des heures, mais les quelques minutes quotidiennes me suffisent. Juste couper un peu le son.

Derain ne quittait pas Orban des yeux. Enfin quelqu'un qui connaissait, qui partageait son enfer. Quelqu'un qui pouvait la comprendre.

— Combien de temps encore ça va durer, Orban ? souffla-t-elle d'une voix tremblante.

L'officier de gendarmerie qu'elle était, à la fois à l'écoute et autoritaire, rompue aux faits divers plus ou moins sordides, redevenait tout à coup une petite fille qu'on venait d'appeler par son prénom.

— Le temps qu'il faudra pour trouver d'où ça vient. Mais maintenant je sais que vous allez nous aider.

# 65

Orban avait rapidement mesuré la nécessité de mettre dans sa poche un officier de gendarmerie au courant des deux principales affaires liées au Bruit. Son aide pouvait leur être précieuse. Aussi, après avoir fait mentalement un tri, lui raconta-t-il dans les grandes lignes ce qui s'était passé depuis le début, sans parler de Shan et des menaces dont elle avait été l'objet. En terminant par le meurtre de Deepak. Patricia Derain se sentit bouillir.

— Qu'avez-vous fait du corps ?

— Incinéré, comme le veut sa culture. Les restes ont été enterrés.

— Une dissimulation de corps et de preuves dans le cadre d'un meurtre, c'est grave, Orban.

Elle y allait néanmoins avec des pincettes, consciente qu'il lui faudrait désormais compter avec lui et son équipe pour espérer découvrir les origines de ce qui, à la longue, risquait de la rendre folle.

— Je sais, Patricia. Et je prends un risque en vous le disant. Mais nous sommes tous menacés et c'est le plus important, je crois.

— Sauf que l'autopsie est faite pour donner des éléments essentiels sur les circonstances du meurtre et même sur le ou les meurtriers, dans le cas où de l'ADN serait retrouvé sur le corps.

— Je peux vous dire sans autopsie de quoi est mort Deepak. Il n'y avait aucune autre trace sur son corps que celles d'une hémorragie interne. Il saignait des oreilles. Et ce n'était pas suite à un choc ou un coup. Je veux dire avec un objet. Déjà, si on est claustrophobe, comme l'était Deepak, rester dans la chambre sourde s'avère insupportable. En plus de ça, il souffrait d'acouphènes, des sortes de piaillements d'oiseaux. Il a dû être enfermé ici au moins une heure, attaché sur une chaise. La pression du silence a été tellement forte qu'elle a causé l'hémorragie. Ses organes ont sans doute été endommagés.

— L'autopsie l'aurait confirmé. Et on aurait peut-être retrouvé des traces d'ADN du ou des meurtriers.

— OK, capitaine. On a fait au plus pressé.

— Même si je comprends, Orban, le problème, quand vous m'avouez tout ça, est que je suis obligée d'en référer et de signaler ce meurtre.

— Je l'ai pris en photo. Vous pourrez déjà voir le corps de Deepak attaché sur la chaise et le 1 gravé sur son front, au couteau, je suppose.

Patricia Derain leva les yeux au ciel.

— Vous pensez vraiment que vos suppositions vont suffire ? C'est n'importe quoi, Orban !

La colère de la gendarme venait en réalité de ce qu'elle se trouvait en plein dilemme. Et ça, Orban l'avait très bien décelé et en jouait. Victime, elle aussi, du Bruit, en se confiant à l'ancien militaire, elle s'était mise à sa merci. C'était la raison pour laquelle Orban souriait malgré les remontrances.

Derain lui décocha un regard noir.

— Vous m'avez tendu un piège, c'est ça ?

— C'est vous qui êtes venue spontanément. Patricia, nous sommes tous tombés dans un piège. Un piège de grande envergure, quelque chose qui nous dépasse.

— Arrêtez avec votre théorie complotiste ! explosa Derain en se dirigeant vers la sortie du mobile home. Si ce sont vos bases et vos convictions, alors ce sera sans moi.

— Avant de partir, regardez au moins ça.

Orban attrapa son smartphone et accéda aux photos des quatre symboles, qu'il mit sous le nez de la gendarme. Elle les examina avec stupeur, puis son visage parut s'éclairer.

— Qui me dit que ce n'est pas vous et votre équipe qui avez dessiné ces symboles ?

— Bien sûr, sans oublier de tailler une roche ! Et c'est vous qui m'accusez de paranoïa ?

Derain détourna le regard et leva les yeux pour faire barrage à des larmes menaçant de s'échapper.

— Désolée, je suis un peu à cran, ces derniers temps. On piétine dans les deux enquêtes, j'ai le crâne prêt à imploser et ma fille a fait des siennes. Un peu de repos me ferait du bien, mais ce sera pour plus tard. Nous sommes montés avec mes gars à la fuste, le jour où nous nous sommes rendus à la ferme, alertés par la sœur du meurtrier. On y a vu le premier symbole. L'air. Apparemment, vous avez trouvé les trois autres. Ça m'a un peu agacée. Mais bravo. Vous avez une idée de ce que ça peut vouloir dire ?

— Pas une, plusieurs. Ce ne sont que des hypothèses. Il nous faudrait le nom du propriétaire de la carrière de kaolin. Il en saura peut-être plus que nous. Un autre café ?

— Volontiers.

— Retournons au salon.

Ils reprirent place sur les crapauds et Orban servit le café.

— Avez-vous déjà entendu parler de *transmutation* ? demanda-t-il.

— Pas vraiment.

— Pour vous la faire courte, en alchimie, ça voulait dire

transformer un des éléments en un autre élément. À terme, grâce à la pierre philosophale, les alchimistes auraient eu le pouvoir de changer des métaux non précieux en or et même de fabriquer un élixir de jouvence. Ce qui s'inscrivait dans le « Grand Œuvre ». Mais la physique nucléaire utilise également cette notion de transmutation, qui peut être un phénomène naturel ou provoqué artificiellement.

— Comment ça ?

— Par exemple, à l'aide d'un accélérateur de particules. Parmi les plus puissants au monde, il y a le LHC, le grand collisionneur de hadrons, au CERN, en Suisse, mis en service en 2008. L'objectif était de reproduire le big bang pour mieux comprendre les origines de l'Univers et son expansion. Il a aussi été question de produire des mini-trous noirs. Bien plus dangereux, si la machine n'était plus sous contrôle ou bien si elle passait entre de mauvaises mains.

— Il y a un accélérateur de particules à Grenoble, je crois. J'avais lu ça dans *Le Dauphiné*.

Orban marqua le coup.

— Grenoble, vous dites ?

— Oui. Inauguré en 1994.

— Bon sang…

— Un problème ?

— Non…

— Orban, si vous souhaitez une collaboration et une protection, ce n'est pas le moment d'esquiver.

— Vous avez raison, mais ce n'est pas si simple. Les basses fréquences dont je vous ai parlé, susceptibles d'être la cause du *hum* et des morts massives parmi les espèces animales, sont en principe générées par les champs électromagnétiques de gros transformateurs. Et, jusqu'à présent, les conséquences sanitaires observées ont été des tumeurs cérébrales et des dépressions. Il y aurait même un impact sur l'immunité. Alors imaginez ce que pourrait faire un accélérateur de particules qui s'appuie sur des énergies basses.

— Il faudrait établir une liste des accélérateurs qui existent dans le monde, suggéra Derain.

— Ou plutôt, s'intéresser à ceux dont le chantier a dû être abandonné.

# 66

Patricia Derain partit après lui avoir promis d'envoyer une équipe de surveillance, et Orban alla aussitôt retrouver Shan.

— Tu étais au courant de l'existence d'un accélérateur de particules à Grenoble ?

Shan le dévisagea comme s'il était tombé sur la tête.

— Le Facility, oui… Enfin, plus exactement, l'European Synchrotron Radiation Facility, l'ESRF. Pourquoi ?

Orban lui retraça sa conversation avec Derain, elle aussi victime du Bruit, et évoqua le lien qu'il avait fait, à l'évocation des quatre symboles découverts dans la région, avec la physique nucléaire.

— Sais-tu à quelles recherches sert le Facility ?

— Un ami qui y travaille m'en a vaguement parlé. En 2018, le Facility a été mis au repos plus d'un an. Il a repris à l'été 2020, bien plus performant qu'avant. Et il émet des rayons X dix mille milliards de fois plus forts que ceux qu'on utilise dans le domaine hospitalier. C'est ce qui m'avait impressionnée. Outre le fait qu'il englobe plusieurs disciplines. Mais si tu veux, je peux le contacter pour plus de précisions. Il fait partie de l'équipe française, sachant qu'une douzaine de pays y ont mis des billes.

— Ce serait bien, oui, merci, Shan. Je sais que le rayonnement synchrotron est utilisé dans plusieurs secteurs, en effet. En biologie, physique, chimie et même archéologie et géologie. Ce qui pourrait nous intéresser.

— En médecine aussi.

— Exact. Je te laisse appeler ton ami… Attends… Comment penses-tu lui présenter ton soudain intérêt pour le Facility ? Il ne faut éveiller aucun soupçon, au cas où.

— En fait, c'était un ami de mon… ex. Ça facilitera un peu les choses. Je ne fais que prendre des nouvelles.

Au moment où elle prononça ce mot, « ex », elle se mordit l'intérieur de la joue. C'était sorti malgré elle. Si Ayden était devenu son « ex », cela voulait dire qu'elle s'était libérée du deuil, du poids des regrets et des souvenirs, trop lourds à porter. Qu'elle s'était, d'une certaine façon, détachée de son amour et qu'elle était prête à en accueillir un autre. Et comment avait-elle pu le faire, si ce n'était grâce à ses sentiments naissants pour Orban ? Mais elle n'avait pas envie de parler d'Ayden, ni de sa mort accidentelle.

— Je reviens, dit-elle.

S'étant séparée de son smartphone pour prendre un prépayé, elle n'avait plus son répertoire et devait chercher les contacts soit dans sa mémoire, soit dans son carnet. Elle s'enferma dans son espace de sommeil et fouilla dans son sac.

— Franck Delmas… Franck… Te voilà…

Il y avait deux numéros associés au nom de l'ami en question. Un portable et un fixe. Elle composa le premier, mais un message automatique lui signifia que le numéro n'était plus attribué. Prise d'inquiétude, elle appela le fixe, qui était celui de son domicile. Une voix féminine se manifesta assez sèchement. Shan savait Franck marié, mais n'avait jamais vu sa femme.

— Franck n'est plus là. Il est parti tout de suite après notre divorce, dit-elle sur un ton cassant, lorsque Shan demanda à lui parler.

— Je suis vraiment désolée.

— Il n'y a pas de quoi l'être. Comment avez-vous connu Franck ?

— Par mon ami… enfin, l'homme avec lequel j'étais. Ayden, un grand ami de Franck. Vous… vous avez dû le connaître.

— Oui… La mort d'Ayden a été un véritable coup pour lui. Mais… c'est curieux, Franck ne m'a jamais parlé de vous.

— Je ne suis sans doute pas un sujet de conversation très intéressant. Franck travaille toujours à l'ESRF ?

— Non, il est parti vivre à l'étranger, au Texas.

— Y a-t-il un moyen de le joindre ?

Sans aucune question, elle donna un numéro à Shan.

— Merci. Savez-vous pourquoi il s'est expatrié si loin ?

— Il a postulé pour faire partie de l'équipe de chercheurs qui travaille sur un accélérateur de particules dans la région de Wax. Plus exactement, Waxahachie. Un projet délaissé par le gouvernement et réhabilité grâce à des fonds privés. Mais il vous en dira plus que moi. Si vous arrivez à le joindre. Il est toujours très occupé. Je peux vous demander pourquoi vous vouliez le contacter ?

— J'ai démissionné et je cherche un poste en biologie moléculaire ou en virologie. Je me suis dit qu'il pourrait peut-être m'aider.

— Bonne chance, alors.

À la fin de l'échange, l'ex-femme de Franck s'était radoucie, comme si les explications de Shan avaient levé un doute sur une chose qu'elle pouvait craindre de la part d'une autre femme. Était-ce par jalousie ou bien était-ce des soupçons fondés ?

En raccrochant, Shan évalua le décalage horaire avec le Texas pour ne pas risquer de tirer Franck du lit. Il était encore tôt mais, pour une bête de travail comme Delmas, sans doute déjà l'heure de boire son café avant de partir. Elle préféra malgré tout lui envoyer un SMS. « Rappelle-moi, c'est urgent. Shan », lui écrivit-elle. En attendant, elle se mit sur son ordinateur, histoire de vérifier quelque chose qui lui était revenu en mémoire, ainsi qu'un recoupement qu'elle venait de faire dans un éclair lumineux avec ce que lui avait rapporté Orban. Elle entra sur le site de l'ESRF et alla directement à la rubrique programmes et recherches. Tomba sur une publication consacrée à l'une des spécificités du Facility, dont la forme était celle d'un anneau géant de 320 mètres de diamètre posé au sol, entre les deux rivières Drac et Isère qu'elle connaissait si bien. Une merveille de conception. Un tunnel circulaire, où des électrons, générés par un canon, après un passage dans un accélérateur droit, arrivaient pour être boostés dans l'accélérateur à la vitesse de la lumière. À cette seule idée, Shan en avait le vertige. Les possibilités du Facility étaient incroyables et dépassaient même l'imagination. Son microscope électronique, le plus puissant au monde, avait été mis avec succès au service de la recherche sur le covirus.

Alors qu'elle parcourait les lignes, ses yeux s'arrêtèrent sur un mot. *Ribosome.* Composé de protéines et d'ARN, il synthétisait celles-ci en même temps qu'il déchiffrait les informations que contient l'ARN messager, une sorte de copie d'une partie de l'ADN. Shan avait lu quelque part qu'une découverte récente avait démontré que le ralentissement des ribosomes, machines cellulaires qui fabriquent des protéines, faisait ralentir le vieillissement. Dans le cadre de cette découverte, des chercheurs avaient eu recours au Facility de Grenoble. Franck faisait partie de l'équipe. Pourquoi, alors qu'il était en pleine ascension dans sa carrière et, peut-être, un sérieux candidat au prix Nobel, avait-il accepté ce poste à l'étranger ? Et d'autre part, une certaine concordance avec le nouveau programme de l'institut sur la longévité la troublait.

Alors qu'elle s'interrogeait sur tout ça, son portable sonna. Un indicatif lointain suivi du numéro qu'elle avait composé un peu plus tôt. Elle décrocha tout de suite.

— Franck ?

— Shan... Hé, quelle surprise...

La voix semblait enjouée, mais quelque chose, une vibration, un voile, venait contredire cette première impression. Shan le ressentit aussitôt.

— C'est... ton ex-femme qui m'a donné ton contact. Je suis désolée pour vous.

— Il n'y a pas de quoi, je t'assure. C'est la meilleure décision que j'aie jamais prise dans ma vie.

— Ah bon ? Meilleure que celle de partir travailler au Texas ?

Franck émit un petit rire crispé.

— Les deux vont de pair. Que me vaut ton appel ?

— Ce que j'ai dit à ton ex-femme. J'ai démissionné et je suis à la recherche d'un poste. En listant mes connaissances et contacts, j'ai pensé à toi et je me suis dit que tu pourrais peut-être me donner quelques pistes.

— Eh bien, on peut dire que la synchronicité existe... Si tu es prête à tout lâcher, il y a un poste, ici, qui serait à ta mesure.

— Je n'ai rien à lâcher, à part ma mère. Et mon frère jumeau. Mais je n'avais pas prévu de m'expatrier, alors que j'ai trouvé, en France, les racines que je n'avais plus.

— Je comprends... et je peux te demander pourquoi tu as quitté l'institut ?

— Avec le changement de direction, il a pris une nouvelle orientation avec laquelle je ne me sens pas en accord. Sinon, sur quoi tu travailles ? Toujours sur le ribosome ?

— Non, j'ai laissé tomber.

— Ah oui ? Pourtant tu étais sur la bonne voie pour un prix Nobel avec cette découverte. Je me souviens, tu m'avais expliqué à l'époque que manger moins ralentit le vieillissement, parce qu'en réduisant les calories on ralentit aussi la production de ribosomes, responsables du vieillissement cellulaire.

— Sauf que rien n'a vraiment été prouvé là-dessus. On a juste observé un lien entre les deux.

— Une telle nouvelle aurait signé la mort de l'agroalimentaire… Et le poste en question, en quoi il consiste ?

— On a besoin d'un biologiste pour une étude sur une possible mutation du virus de la rage. Les recherches dans ce domaine t'intéressent toujours ?

La rage. Shan sentit l'espace tournoyer autour d'elle. Dans d'autres circonstances, elle aurait dit oui sans hésiter.

— Je m'en suis éloignée. Trop de résonances et d'implications personnelles.

— Je comprends, mais… réfléchis-y. Et toi ? Tu as refait ta vie ?

— Encore trop tôt, je crois. Ah, j'y pense… Avec ton équipe, vous aviez bien étudié, grâce au microscope électronique de l'ESRF, l'activité d'un des récepteurs de la sérotonine ?

— Oui. Pourquoi cette question ?

Franck parut soudain sur ses gardes. Shan marqua un temps d'arrêt.

— Avant que je ne parte de l'IVMS, j'ai été chargée d'un dossier sensible sur une vraie menace d'extinction des espèces animales, à cause d'un mal inexpliqué. Les symptômes étaient tels que ça ressemblait étrangement à une forme de syndrome de dépression profonde conduisant à la mort. Parfois même à des suicides, surtout chez les grands singes et les mammifères marins. Ils présentaient également des lésions cérébrales et on a retrouvé du liquide lacrymal en quantité sur les corps. Ça m'a entraînée sur quelques pistes, dont une qui me paraît intéressante, impliquant justement la sérotonine. Plus précisément son taux anormalement bas constaté lors des autopsies. Je me suis demandé ce qui pourrait être la cause de cette anomalie chez des sujets sains, ne présentant aucune pathologie préalable. Trois causes majeures ont été observées : un stress chronique, une carence en soleil, une alimentation dégradée. Il y a eu une hécatombe chez certaines espèces africaines, donc la baisse de ce taux n'était pas due à un manque de soleil. Les vétérinaires et les scientifiques n'ont pas noté une alimentation particulièrement carencée. Restait le stress. Chez les animaux en captivité, je veux bien, mais pour toutes les espèces en liberté, à l'état sauvage, c'était moins évident. Ce détail m'a intriguée. Toute bactérie, tout virus ou toute toxine ayant été écartés, qu'est-ce qui avait pu causer un stress aussi bien parmi les espèces domestiquées, les animaux de compagnie ou en captivité, que parmi les espèces sauvages ? Ça venait forcément de quelque part. Au cours de mes recherches, je suis tombée sur une étude sur les éoliennes, qui m'a conduite à une piste insoupçonnée. Celle des basses fréquences. Ce bruit inaudible, ces ondes de choc qui peuvent provoquer de nombreux dégâts sur les organismes les plus sensibles. Or, la nature, les champs telluriques, les océans, les tsunamis émettent des basses fréquences, que les animaux sont les premiers à percevoir. Même s'ils sont de plus en plus nombreux avec le réchauffement climatique, ça n'explique pourtant pas un tel bond. Je me suis alors tournée vers l'activité humaine. Tout ce qui pourrait provoquer une augmentation des EBF, les extrêmement basses fréquences terrestres. Je n'ai rien trouvé de satisfaisant. Jusqu'à ce qu'un ami évoque récemment le Facility. Un accélérateur de particules est capable de simuler de mini-big bangs, des trous noirs… Toi-même tu m'avais dit qu'avec le Facility on pouvait reproduire une éruption volcanique et qu'il avait été question de reproduire celle du supervolcan, qui a eu lieu en Nouvelle-Zélande il y a vingt-six mille ans. Pourrais-tu m'éclairer là-dessus ?

Un tel silence s'était fait à l'autre bout du fil qu'un instant Shan crut avoir perdu son interlocuteur.

— Franck ? Tu es toujours là ?

— Oui… Et je suis impressionné. Vraiment, Shan, même si tu ne m'appelais pas exactement pour ça en réalité, tu devrais réfléchir à ma proposition. Tu es brillante et promise à une grande carrière, mais à part ce tuyau sur ce poste ici je ne peux pas t'aider. Si, un conseil d'ami, fais attention où tu mets les pieds. Mieux vaut laisser certaines choses là où elles doivent être. Désolé, mais je dois filer. Ravi de ton coup de fil et tiens-moi au courant de ta décision !

Delmas avait raccroché. « Mieux vaut laisser certaines choses là où elles doivent être. » Une phrase qui sonnait comme un étrange avertissement. Franck était-il au fait de choses qu'il ne tenait pas à partager ? Shan avait-elle mis le doigt sur un point sensible ? Tout en la plongeant dans la perplexité, la réaction de son ancien ami ne fit qu'aiguiser sa curiosité. Alors qu'elle était sur le point d'aller retrouver Orban et de lui rapporter cette conversation, son regard rencontra le livre de Kristin Gaucher, qu'elle avait ressorti pour le finir enfin. À cet instant lui sauta aux yeux un détail de la couverture, resté jusqu'alors dans l'ombre. Un détail qui aurait pu lui échapper encore longtemps, sans cette évidence qui la pétrifia. Non seulement elle avait devant elle, semblable à un simple ornement géométrique, l'illustration précise du cube de Métatron, identique à celui qu'Ayden lui avait offert et qui ne quittait pas sa table de nuit, comprenant, entre autres figures, les solides de Platon, mais surtout, se détachant du dessin, en quatre couleurs, les mêmes symboles que ceux qu'ils avaient découverts sur la fuste, dans le parc de la Chartreuse et au fond du tunnel de la carrière.

# 67

— Shan ?

La voix d'Orban de l'autre côté de la porte la fit sursauter.

— Je te rejoins plus tard.

Gagner du temps. Se ressaisir, soupeser cette coïncidence, si c'en était une, tout en faisant attention à ne pas sombrer dans la paranoïa, décider si elle devait en parler à Orban, un dosage délicat. Si le livre de Gaucher n'avait pas été lié à leur enquête, elle n'aurait même pas trouvé étrange la présence des quatre symboles réunis dans une représentation du cube de Métatron et ne l'aurait sans doute pas relevée. Pas plus que cette autre coïncidence qui lui faisait porter un regard nouveau sur le médaillon qu'Ayden avait oublié le jour de son accident. Ça faisait beaucoup et son cerveau reptilien s'était mis en alerte. Elle éprouva le besoin d'en parler *tout de suite* à « Ayden ».

Elle alluma son PC, se connecta au tchat, envoya un « Salut, tu es là ? » et attendit.

« Ayden » se manifesta au bout de plusieurs minutes cette fois, alors que Shan commençait à s'impatienter.

« Il me faut ton avis, si tu peux.

— À ton service, écureuil. »

Sans s'attarder sur la discordance de ces mots, Shan relata sa découverte en quelques lignes et le rapprochement qu'elle avait établi avec les symboles trouvés dans la région et le médaillon du Métatron.

« Qu'en penses-tu ? J'en parle à Orban ?

— Si tu veux un conseil, pour le moment, n'en parle à personne. Tu risques de t'exposer inutilement. Le Métatron est en lieu sûr ?

— Sur ma table de nuit. Pourquoi ?

— Je ne te l'ai jamais dit, mais c'est ma mère qui me l'avait donné, c'était elle qui les fabriquait. Il m'a toujours porté chance.

— Curieux que tu ne m'en aies pas parlé. Je dois te laisser. »

D'un geste nerveux, elle se déconnecta et se renversa sur son siège, les lèvres pincées. C'était maintenant qu'il trouvait le moyen de lui faire cet aveu, alors que, lorsqu'elle lui avait demandé ce que signifiait ce médaillon, il s'était contenté de lui donner un cours sur le cube de Métatron, sans un mot sur son origine, ni sur sa mère.

Elle prit le livre de Gaucher et fixa la figure géométrique à l'intérieur de laquelle étaient désormais clairement superposés les symboles des quatre éléments. Pourquoi apparaissaient-ils sur la couverture d'un livre dédié au son ? Plongée dans ses réflexions, sans quitter des yeux le Métatron, elle se sentit envahie d'un étrange pressentiment. Puis, le regard errant sur son écran, elle tomba sur un article consacré aux récentes mutilations des quatre chevaux, crimes qui les avaient tant émus l'autre jour.

Quatre, là encore. Quatre chevaux… Quatre éléments… Soudain, elle se tendit. À cet instant, Shan eut la certitude que les sacrifices des chevaux n'étaient pas étrangers à la piste qu'Orban et le reste du groupe suivaient. Pendant ce temps, ailleurs, une ombre souriait devant son ordinateur, plutôt satisfaite de la tournure que prenaient les événements.

# 68

Shan préféra rester seule ce soir-là et se dispensa d'aller dîner avec les autres. Elle parlerait à Orban de sa conversation avec Franck le lendemain. Sa mère et son frère lui manquaient et il n'était pas question d'essayer de les joindre. Pour un temps indéterminé, peut-être pour le restant de son existence, elle n'était plus Shan Soun mais Stéfanie Legendre.

Elle sortit l'instrument de sa housse et caressa la coque d'acier. Puis ses doigts effleurèrent les notes avant de rebondir, formant une cascade de sons frappés. Le chant du *handpan* se déploya dans l'espace de sommeil, traversa les parois en tôle, se répandit dans le mobile home, jusque dans la nuit de novembre. Ce fut un moment de grâce et de répit, où chacun, touché par la musique et ses vibrations, s'abandonna à ses émotions. Mais personne ne perdit de vue qu'ils pouvaient, un à un, finir comme Deepak. Chacun, au cœur de cette nuit froide où les étoiles brillaient comme des cristaux, eut une pensée pour leur ami, avant de sombrer dans l'infini des rêves. Les notes du *handpan* se fondirent dans le silence à peine troublé par les ronflements de Dav et ce qui était sans doute les hurlements des loups, auxquels les mois de confinement humain avaient permis de se reproduire et de proliférer.

Au réveil, Shan trouva un court message d'Orban. Une invitation sans détour à venir le rejoindre dans sa couchette. Mais elle fit la morte et ne sortit de son box qu'une fois prête pour la journée. Quand elle retrouva tout le monde, ou presque, au café, l'expression d'Orban était tendue. Il lui parla à peine. Attitude qui lui déplut, car elle estimait que nul n'était la propriété de personne. Elle alla malgré tout le voir, sa tasse à la main, et s'assit en face de lui, décidée à jouer cartes sur table.

— Je suis désolée, commença-t-elle. Il me faut un peu de temps. L'homme avec qui je vivais est mort l'année dernière dans un accident. Je… je pensais avoir avancé et être capable de me lancer dans une nouvelle relation. Et manifestement, c'est difficile. Mais ça ne change rien et je ne regrette pas ce qui s'est passé l'autre soir.

— C'est déjà ça, répondit Orban, un peu trop sèchement au goût de la jeune femme. Pourtant, tu es tombée enceinte et ce n'est pas de lui, apparemment.

— Écoute, Orban, je n'ai pas de comptes à te rendre. C'est arrivé, c'est tout. Je ne suis pas avec le père de cet enfant et il n'est même pas au courant.

— Et tu penses le lui dire ?

— Non, dit Shan en baissant la tête.

Milos se pencha vers elle et posa la main sur celle de la jeune femme.

— Excuse-moi… j'ai été maladroit. À ton rythme. Je sais être patient quand ça en vaut la peine.

L'intensité de son regard envahit Shan jusqu'aux extrémités comme une vague de chaleur. Elle éprouva le désir de son corps contre le sien et de ses bras autour d'elle, là, tout de suite. Sensation qu'elle dut écarter pour une autre urgence.

— J'ai eu le contact dont je t'ai parlé, hier, reprit-elle sans transition.

— Alors ?

Elle lui raconta en détail son échange avec Franck Delmas.

— Il a l'air d'en savoir plus qu'il n'a bien voulu t'en dire, fit Orban, dubitatif.

— C'est aussi ce que j'ai pensé.

— En tout cas, merci. C'est un nouvel élément qui peut faire avancer nos recherches. Le Desertron… intéressant. C'est un projet qu'on croyait avorté et, apparemment, il a quand même abouti. Un des accélérateurs de particules les plus puissants au monde.

— Tu connais ?

— Quand je travaillais aux États-Unis, ils recherchaient des ingénieurs pour ce projet. J'ai failli postuler. Mais une source m'en a dissuadé, me disant que ça sentait mauvais. Trop cher, trop compliqué, à cause de la partie sublacustre. J'ai renoncé et pourtant j'aime les défis, ajouta-t-il avec un clin d'œil.

— Tu as peut-être bien fait. J'ai l'intuition que ça sent toujours mauvais. Mais pour d'autres raisons.

— De mon côté, j'ai fait quelques recherches… Tiens, regarde. Deux de ces chantiers abandonnés ont retenu mon attention. » Orban sortit une feuille sur laquelle il avait griffonné des noms et la tendit à Shan. « Si tu arrives à déchiffrer mes hiéroglyphes…

— Le Sirocco, projet de synchrotron, Adra, Mauritanie et… l'Icetron, Islande.

— L'un en plein désert mauritanien, dans le désert des déserts, et l'autre sur « l'île de glace ». Maintenant que je sais que le Desertron est construit et en service, je me demande si c'est pareil pour le Sirocco et l'Icetron. Je n'ai réussi à trouver que d'anciennes photos de chaque chantier. C'est qualité photocopie, si tu veux jeter un œil.

Shan prit les deux photos pleine page que lui tendait Orban.

On aurait dit des parties émergentes d'un vaisseau spatial enfoui dans le sol. Ou les carcasses de monstres inconnus pris dans la glace.

— Ça fait trois accélérateurs de particules aux destins similaires, dit Orban.

— Le Facility de Grenoble n'a jamais été avorté, en revanche il devait être implanté en Alsace, à Strasbourg.

— Quatre AdP… comme les quatre points cardinaux.

— Et les quatre éléments, compléta Shan, qui pensa aussi aux chevaux sacrifiés.

— En combinant les quatre éléments par paires, on obtient la chaleur, pour le couple feu et air, l'humidité pour le duo air et eau, le froid pour l'eau et la terre, et le sec, la combustion, avec le mariage de la terre et du feu. Des qualités élémentaires pouvant correspondre à la chaleur du Texas, à l'humidité de Grenoble, à la sécheresse du désert mauritanien et au froid de l'Islande.

Shan regarda Orban d'un air intrigué.

— Par ce rapprochement, tu veux dire que les symboles qu'on a découverts auraient un lien avec ces quatre sites ? Qu'ils seraient une sorte d'indication ? Des balises ou des repères ?

— À mon avis, il faut creuser de ce côté, y retourner, mais avant, avertir tout le monde.

— Il y a autre chose, Orban…

« Aydenbot » lui avait déconseillé de le faire, mais Shan aurait eu l'impression de trahir son équipe, et surtout Milos. Tout en l'observant attentivement, elle lui raconta donc ce qui lui avait sauté aux yeux sur la couverture du livre de Kristin Gaucher. En revanche, elle ne lui parla pas du Métatron, qu'elle portait désormais sur elle, caché sous ses vêtements.

— Dire que je l'ai lu et relu, ce bouquin, sans avoir rien remarqué…, soupira-t-il en se passant la main sur le crâne.

— Normal, tu n'étais pas encore tombé sur ces symboles. Reste à savoir si c'est elle qui a choisi la couverture.

— Si ces symboles apparaissent dessus, ce n'est pas pour rien. Tu me la montreras, mais le mieux sera de le lui demander directement.

La sonnerie du portable d'Orban les interrompit.

— C'est Patricia Derain, dit-il en décrochant.

Shan le vit tout à coup blêmir. La communication terminée, il posa son téléphone et eut un moment de silence.

— Elle vient de me donner le nom du propriétaire de la carrière. C'est Alain Maistre qui l'a rachetée en 2001.

# 69

À l'appel d'Orban, chacun avala la fin de son café avec le bout grillé d'un toast à la confiture maison de Chris et vint s'asseoir autour de la table de réunion, qui était aussi celle des repas.

— Avec Shan, mais aussi grâce au capitaine Derain, attaqua Orban directement, nous avons de nouveaux éléments qu'il me semblait important de partager, afin que tout le monde soit informé et que nous puissions prendre des décisions en conséquence.

Assisté de Shan, Orban fit le récit des dernières découvertes en mettant l'accent sur les accélérateurs de particules, susceptibles de provoquer les basses fréquences probablement à l'origine du mal qui avait commencé par frapper les espèces animales et qui, semblait-il, s'aggravait.

— Les indices trouvés et les recoupements que nous avons faits m'amènent à penser qu'il y a un lien entre les symboles des quatre éléments, menant à la transmutation qui s'applique à la physique nucléaire et à la thermodynamique, et ce qu'on peut obtenir avec un synchrotron dans de nombreux domaines. S'il est possible de reproduire à moindre échelle à partir d'un accélérateur de particules des big bangs, des trous noirs et des éruptions volcaniques, il me paraît tout à fait plausible de produire des EBF artificiellement. Et le scoop de Patricia Derain, c'est que la carrière appartient à Alain Maistre, le directeur de l'IVMS de Grenoble. Bizarre, non ?

— Mais quel serait le lien avec une carrière de kaolin ? répliqua Alma en bâillant.

— Oh… toi, tu n'as pas dormi, cette nuit, la taquina Orban.

— Justement, il y en a un.

Tous les regards convergèrent sur Dav.

— Le kaolin sert précisément dans la fabrication du ciment géopolymère. Un ciment qui réunit plusieurs qualités, en plus de réduire considérablement l'empreinte carbone, ce qui est un des objectifs aujourd'hui dans les secteurs des transports et industriels. La température ambiante suffit à le faire durcir et il s'avère hyper résistant à toute agression extérieure, chimique, climatique, etc. Dans sa composition entrent des résidus volcaniques, miniers et le métakaolin. Et ce ciment, de plus en plus utilisé dans pas mal de types de constructions et dans le domaine offshore, sert aussi de base à quelles autres constructions ? Je vous le donne en mille…

— À la structure en béton des accélérateurs de particules ?

— Bingo ! Et pas seulement… Il existe même une théorie selon laquelle les pyramides égyptiennes auraient été bâties avec des pierres moulées en géopolymère. Un béton particulièrement résistant. Il y a un aéroport en Australie entièrement construit en béton géopolymère, le Brisbane West Wellcamp.

— Ça se tient, approuva Orban. Enfin une piste sérieuse ! Et je propose de retourner sur les lieux des symboles en se répartissant par équipes de deux. Je suis sûr qu'on a raté quelque chose et maintenant, avec ce qu'on sait, ce sera peut-être plus évident.

— Finalement, à part le Facility de Grenoble et le Desertron de Wax, on ne sait pas où se trouvent précisément les deux autres synchrotrons, souligna Alma.

— On sait juste dans quels pays ont commencé leurs chantiers.

— Ça ne veut pas dire qu'ils ont abouti, vu qu'ils ont été officiellement abandonnés.

— Et pour vérifier, encore faudrait-il savoir où ils se trouvent, dit Chris. En Islande, ça ne devrait pas être trop difficile, en revanche, dans le désert de Mauritanie, autant chercher une aiguille…

— J'ai ma petite idée là-dessus, lâcha Orban. Je veux dire sur le moyen de les retrouver. En tout cas, aucune source officielle ni aucun article ne fait état d'une remise en service quelconque, contrairement à celui de Wax. Le Sirocco et l'Icetron sont considérés encore aujourd'hui comme des projets avortés et leurs chantiers comme non réhabilités.

— Regardez ça, intervint Julian, jusque-là silencieux, en tournant sa tablette allumée face à eux après avoir cliqué sur une vidéo.

Des images se succédèrent à l'écran, celles d'animaux morts, probablement en Afrique, des troupeaux de zèbres décimés, de gazelles, des carcasses de rhinocéros sur l'herbe brûlée, des gorilles, aussi, visions qui émurent tout le monde et en particulier Shan, dont les pensées voyagèrent jusqu'au Congo, dans la réserve de Lesio-Louna. Elle recevait régulièrement des rapports d'Annaïk et des nouvelles de ses protégés. D'autres jeunes gorilles avaient succombé au mal, mais Yavan, le gorille albinos, se portait bien et poursuivait tranquillement sa croissance en liberté. Il était toujours avec sa nouvelle petite copine, atteinte elle aussi de surdité.

À la suite du reportage, l'antenne revint au présentateur du journal.

« Vous venez de voir les images terribles de ces hécatombes, un peu partout dans le monde, quoique avec une plus grande concentration sur le jeune continent, aux États-Unis, dans la région arctique, mais également en Europe, et particulièrement en France. Aucun scientifique n'a pu donner d'explication pour le moment. Un institut français, célèbre pour ses recherches de pointe en virologie, a mis tous ses moyens en œuvre, ainsi qu'une équipe spécialisée, pour trouver ce qui pourrait être à l'origine de ce mal. Au micro de notre correspondante à Grenoble, le directeur de l'institut, M. Alain Maistre. »

Un instant, Shan crut qu'elle allait manquer d'air et se mordit la lèvre, d'où jaillit une goutte de sang, chaude, au goût de fer.

— Tiens donc…

— Chut !

« Monsieur Maistre, merci d'avoir accepté de nous répondre. Vous avez été nommé à la tête de l'Institut de virologie moléculaire et structurale il y a deux ans. Aujourd'hui, du public, l'institut est passé dans le privé, avec, semblerait-il, plus de moyens pour la recherche ? En particulier sur cette deuxième catastrophe qui frappe, en peu de temps finalement, la planète entière, en commençant cette fois par les espèces animales. Peut-on parler d'épidémie ?

— Alors pour répondre d'abord à la première question, c'est clair que sans ce rachat l'IVMS était voué à sombrer, faute de moyens. Aujourd'hui, nous avons pu former une équipe entièrement dédiée à ce qui semblerait être en effet un virus. Peut-être un virus mutant de la rage. »

— Oh, le salaud ! Il sait très bien que non ! Je lui ai envoyé tous mes rapports ! s'écria Shan, hors d'elle.

Julian la toisa sans répondre, d'un air surpris.

— Écoutons la suite, se contenta-t-il de dire.

« La rage ? s'exclama la journaliste, devenue toute pâle. Mais dans ce cas ce serait transmissible à l'homme ?

— Nous n'avons pas assez de données pour en avoir la

certitude. Et surtout, aucune victime humaine à déplorer pour le moment.

— Souhaitons que ça en reste là, la situation est déjà bien assez préoccupante, enchaîna la correspondante. Mais l'IVMS a pris un nouveau tournant, en fait un virage à 180 degrés, avec un programme inédit en France, consacré à la recherche sur l'immortalité, c'est bien ça ?

— Je préfère le terme d'amortalité, un peu plus réaliste et réalisable. Nos équipes travaillent en effet à trouver le moyen d'ajourner scientifiquement et durablement la mort dans un premier temps, et à terme, sans doute, de la combattre. Nous avons bon espoir même de permettre à l'humanité future de ne jamais la connaître. Votre génération, par exemple…

— Mais un projet aussi ambitieux a forcément un coût, rétorqua la jeune journaliste. Ce sera sans doute réservé à quelques privilégiés. »

Maistre, dont le regard devint subitement orageux, garda néanmoins son sang-froid. *Du sang de reptile ou de requin*, pensa Shan, de plus en plus écœurée.

« Nous nous engageons à ce que le plus de monde possible puisse en bénéficier », grinça-t-il.

— Désolée, mais je ne peux pas…, souffla Shan, quittant la table pour aller se calmer dans le silence de son box.

Alors qu'elle inspirait et expirait profondément, encore tremblante de ce qu'elle venait d'entendre, se sentant comme trahie à la pensée de ces heures de travail perdues, ces nuits d'insomnie, ses vacances transformées en voyage professionnel, un mail s'afficha sur l'écran de son PC. Il venait justement de la réserve de Lesio-Louna, mais n'était pas signé d'Annaïk, cette fois. Il demandait qu'elle rappelle d'urgence à un numéro. Le cœur au bord des lèvres, Shan prit son portable et le composa. Ce fut une voix féminine à laquelle elle se présenta.

— Bonjour, c'est Benita. » Sa voix palpitait. « J'ai préféré vous le dire de vive voix, plutôt que vous l'apprendre par mail… Notre Mamma Afrika est morte cette nuit. Elle a été retrouvée dans sa tente, la tête et les mains tranchées, c'est… c'est affreux. Ce sont sans doute les braconniers. Ça s'était nettement durci, avec eux, ces derniers temps. Mais elle a eu aussi hier la visite de deux hommes, des Européens, qui lui ont posé des questions sur vous, ils insistaient et, comme elle n'a pas voulu leur dire où ils pouvaient vous trouver, ils sont repartis en lui promettant de revenir. Alors je me demande si ça n'a pas un lien avec son meurtre.

Malgré son envie de hurler, Shan se maîtrisa et demanda à la responsable de la nurserie, sans trop d'espoir, s'ils s'étaient présentés.

— Il n'y en a qu'un qui a donné son prénom, en disant qu'il vous connaissait, mais que vous aviez perdu contact et qu'il n'arrivait pas à vous retrouver, je crois que c'était quelque chose comme… Ayden. Oui, c'est ça, Ayden.

# 70

Shan venait enfin de comprendre comment sa mère, pour que son cri ne la déchirât pas à l'intérieur lorsqu'elle avait appris le décès de son mari, était devenue muette sur le coup. Pourtant Shan ne devint pas aphone, et ce qui s'échappa d'elle ne fut pas le hurlement qu'elle aurait pu pousser tandis qu'elle se disloquait, mais un filet de sang entre ses cuisses, en même temps qu'elle s'évanouissait, prise de violentes douleurs abdominales.

Lorsqu'elle revint à elle, le décor avait changé pour une blancheur aseptisée et ses yeux encore à peine ouverts tombèrent dans ceux d'un homme penché vers elle, coiffé d'une casquette américaine.

— Orban… Qu'est-ce que… Où je suis ?

Elle tenta de se redresser, mais retomba, épuisée, sur l'oreiller un peu rêche qui lui calait le dos.

— Tu es à l'hôpital de Valence. Tu as perdu conscience en faisant un début de fausse couche et tu as été prise en charge à temps. Il s'en est fallu de peu, mais tu n'as pas perdu le bébé… Seulement, tu dois te reposer. Ils vont te garder en observation quarante-huit heures et tu pourras sortir. Tu as une bonne étoile.

— C'est… Qui m'a trouvée ?

— En voyant dans quel état tu quittais notre réunion après

l'interview de Maistre et comme tu tardais à revenir, je me suis inquiété et je suis allé frapper à ta porte. Je t'ai trouvée inconsciente… perdant du sang. J'ai aussitôt contacté Derain, dont le mari est urgentiste ici. Tu es passée par la réa et, là, tu es en gynécologie-obstétrique.

— Alors, c'est toi, ma bonne étoile…

— Repose-toi, je reviendrai te voir.

— Merci, Orban, je crois que j'en ai besoin…

Il lui faudrait beaucoup plus de forces qu'elle n'en avait pour dire à Orban qu'un fantôme avait peut-être refait surface et la pistait, alors qu'elle le croyait mort et réduit en cendres. Si ce n'était pas un mauvais canular ou un piège, à qui, alors, appartenaient les cendres qu'elle avait dispersées ? Elle n'avait pas pu voir le corps… « littéralement déchiqueté par le choc sur le sol après une chute d'une telle hauteur », lui avait rapporté le binôme d'Ayden. Mais pourquoi ? Pourquoi lui avoir fait croire à sa mort ? Ayden était-il dans le coup ? Ou bien avait-il été enlevé et finalement libéré après tout ce temps… Et, bien sûr, s'il s'était mis à sa recherche, il ne pouvait pas savoir où elle était, ni par où elle était passée… Alors, comment avait-il su qu'elle avait des liens avec Annaïk au Congo ?

Flottant dans un brouillard épais, Shan ne voyait pour le moment qu'une réponse… Celle qui l'arrangeait le mieux. Ayden avait dû se rendre à l'institut, où quelqu'un lui avait parlé de son déplacement en Afrique. Pourtant, Benita semblait croire que la visite des deux hommes était liée au meurtre atroce d'Annaïk. Or, c'était impossible… Ayden serait incapable de tuer quelqu'un et, de surcroît, avec de telles mutilations. C'était davantage la sombre signature des braconniers, qui voulaient la mort de Mamma Afrika. Emportée par ce déferlement d'interrogations et d'hypothèses à rendre fou, Shan se sentait toute proche du point de rupture. Le baiser furtif d'Orban lui brûla les lèvres. Non, Ayden ne pouvait pas revenir dans sa vie, comme ça, pour reprendre un cours des choses aussi brutalement arrêté. Quelles explications recevables donnerait-il ? Quelles que soient les raisons, aucune ne serait valable pour Shan.

Elle se passa la main sur le ventre. Il n'avait même pas grossi. C'était encore trop tôt, mais de ce fait sa grossesse lui apparaissait abstraite. Parfois, elle n'y pensait même plus. Il avait fallu ça, un début de fausse couche, pour qu'elle mesure à quel point elle tenait à ce germe de vie tapi en elle. Tout en se caressant le ventre, elle se mit à sourire en dépit des événements et du choc. Oui, elle dépasserait tout ça pour lui ou pour elle, pour son fils ou pour sa fille, parce que cet être en devenir n'avait pas demandé à vivre dans un tel monde. Quant à Ayden, ce n'était qu'un fantôme et il le resterait, jusqu'à ce qu'il la retrouve et qu'elle le revoie. Là, seulement, elle saurait ce qu'il représentait encore pour elle dans la réalité. Et inversement.

Deux petits coups à la porte la tirèrent de ses projets d'avenir et apparut aussitôt une femme brune en uniforme bleu nuit, qui la salua d'un air attentionné.

— Capitaine Derain. C'est mon mari qui vous a prise en charge aux urgences.

— Oui, Orban m'a raconté…

— Comment vous vous sentez ?

— Fatiguée, mais ça va, merci.

— Après ce qui vous est arrivé, c'est bien normal. Je peux m'asseoir deux minutes ?

Shan acquiesça faiblement. Elle aurait préféré que la gendarme reparte tout de suite.

— Je suis désolée et le moment est sans doute mal choisi, mais je dois vous poser quelques questions.

— Allez-y.

— Ça fait combien de temps que vous faites partie de l'équipe de Milos Orban ?

— Je ne sais plus… quelques mois, mentit Shan.

— Et votre nom, c'est bien… Stéfanie Legendre, c'est ça ?

La gorge sèche, Shan hocha la tête.

— Vous êtes sûre ?

— Oui, pourquoi ?

— Eh bien, on va dire que j'ai d'autres infos.

Derain sortit une feuille d'un dossier et la mit sous les yeux de Shan, qui se vit en photo avec, juste en dessous, écrits en lettres capitales, ses prénom et nom d'origine.

— Ce ne serait pas plutôt Shan Soun ? Virologue et biologiste à l'IVMS de Grenoble ?

Shan ferma les yeux. À l'évidence, la gendarme avait enquêté sur elle et peut-être sur tous les membres de l'équipe. Alors qu'Orban lui avait fait confiance.

— D'après Milos, vous alliez collaborer avec nous, souffla-t-elle.

— C'est vrai, mais pour une meilleure collaboration je dois savoir avec qui je m'engage. Alors vous allez m'expliquer ce changement d'identité.

Le ton s'était durci et ne souffrirait ni mensonge ni dérobade.

— C'était mieux, pour intégrer l'équipe sans exposer tout le monde, après les menaces et le chantage dont j'ai fait l'objet auparavant, là où j'habitais. À Grenoble.

— Vous allez me raconter tout ça depuis le début.

Malgré l'épuisement, fouettée par une poussée d'adrénaline, Shan, encore une fois, s'immergea dans tout ce qu'elle avait vécu, sans toutefois évoquer Ayden et encore moins sa « résurrection ».

Derain la scrutait, à l'affût de la moindre hésitation.

— Vous avez déposé une main courante après le cambriolage de votre appartement mais, ensuite, vous n'avez pas porté plainte pour le chantage qui mettait la vie de votre animal en danger ? Et, lorsque vous avez appris la mort de votre collègue Lorenzo, que vous pensiez être l'auteur du cambriolage, pourquoi ne pas avoir tout de suite signalé que quelqu'un d'autre s'était fait passer pour lui en vous faisant chanter ? Une plainte contre X…

— C'était trop tard. J'avais déjà rejoint l'équipe d'Orban et on m'avait donné mes nouveaux papiers.

— Qui ça « on » ? Orban ?

— Oui.

— Et avez-vous une idée de l'identité de celui qui vous a menacée de tuer votre singe ?

— C'est arrivé dans la foulée de ma démission de l'IVMS. Je pensais que Lorenzo n'avait pas digéré que je refuse ses avances et qu'il était assez dérangé pour me vouloir du mal. Quand j'ai appris sa mort et compris que ce n'était pas lui, je me suis dit que quelqu'un de l'institut voulait m'intimider pour que je revienne sur ma décision concernant la vente de mon embryon dans le cadre des nouvelles recherches qu'ils mènent.

— Si vous pouvez le prouver, ils sont dans la merde. C'est du trafic humain totalement illégal. Pourquoi n'avez-vous pas averti la police en prenant un avocat ?

— Facile à dire… J'étais complètement seule face à une machine. Et c'était sous couvert d'indemnités ou de prime. Mais Lorenzo, qui était délégué syndical, avait déjà menacé la direction.

— Alain Maistre…

— Et sa femme, Marlène.

— Et il a été assassiné. Et vous avez été victime d'une violation de domicile et d'un chantage, à l'issue duquel votre singe a été égorgé. C'est grave, mademoiselle Soun, très grave. En plus, il y a un mort au sein de votre équipe.

Shan prit un air coupable sans répondre. Les antalgiques qu'elle recevait en perfusion l'avaient heureusement libérée de ses douleurs.

— À ce propos, est-ce que vous savez qui sont vraiment les membres de cette équipe ? Connaissez-vous leur passé ?

Cette fois, Shan regarda Derain avec surprise.

— Seulement ce que chacun a bien voulu m'en dire.

— Bien sûr. Vous ont-ils dit que la dénommée Alma a eu un passé dans la drogue, de junkie et dealer ? Que Chris et Dav ont eu une première vie digne de Bonnie et Clyde avec cinq ans de prison à la clé ? Qu'Orban, sorti d'un foyer pour entrer dans l'armée, a, plus tard, fait partie d'un programme en tant que cobaye volontaire dans les recherches sur la longévité, voire l'immortalité, et que, je ne sais pas s'il vous l'a confié mais, contrairement aux apparences, il a en réalité soixante-sept ans ?

Shan se décomposait. Elle comprenait mieux le tatouage sur le dos d'Orban. La *Turritopsis nutricula*.

— Seuls Deepak et le plus jeune de l'équipe, Julian Lefèvre, n'ont rien de la sorte à leur actif. Et vu votre tête, je doute en effet que vous sachiez tout ça.

Patricia Derain laissa la jeune femme avec tout ce qu'elle venait de lui apprendre. Mais en cette fin de journée, alors que la nuit se couchait déjà sur la Drôme, la capitaine de gendarmerie ne rentrerait pas chez elle. Ni ce soir-là ni les suivants. Son corps fut retrouvé le lendemain, près de son domicile, à côté de sa voiture, une balle dans la tête. Sur le front, tracé dans la chair où le sang avait coagulé, le chiffre 2.

# 71

Patricia Derain était partie avec tout ce qu'elle venait d'apprendre et ce qu'elle avait découvert sur Orban et son équipe. Et que personne d'autre qu'elle ne savait. S'isolant de plus en plus à cause du Bruit qui ne la lâchait plus, elle travaillait tard à son bureau, évitant soigneusement les Massart, Alex et compagnie. Elle avait chargé ses gars de se concentrer sur les meurtres de la ferme, afin de détourner leur attention d'Orban. Pour garder une chance d'identifier les causes de l'enfer qu'elle vivait et qui, peu à peu, l'éloignait des siens. Elle n'en avait pas eu le temps. Surgie de nulle part, une balle s'était logée dans son crâne. Elle était morte sur le coup, emportant une parcelle de vérité.

Son corps fut transporté à la morgue du centre médico-légal de Grenoble, endroit où elle-même avait assisté à quelques autopsies. Ce serait son tour d'être allongée sur l'acier froid de la table, prête à être disséquée comme un morceau de viande. C'est sans doute ce qu'on appelle l'ironie du sort.

Shan, remise sur pied, bien qu'encore faible, sortit le lendemain, apprenant la sombre nouvelle de la bouche du mari de Patricia, venu la saluer. En attendant que le corps soit rendu à la famille en vue des obsèques, il avait tenu à continuer à travailler, disant que ça l'aiderait à surmonter le choc. Même si, depuis le début, il était conscient des risques que comportait le métier de sa femme, il n'avait jamais envisagé un instant de la perdre dans de pareilles circonstances.

Ce fut donc Shan qui informa Orban de la mort de Patricia Derain, sur le trajet de retour de l'hôpital. Elle avait décidé qu'elle lui demanderait des explications plus tard sur ce qu'elle avait appris de la capitaine à son sujet. Massart et deux gendarmes étaient arrivés sur place entretemps pour interroger tout le monde à l'extérieur du camion. À cause d'un détail. Un détail qui reliait le meurtre de Derain à Orban et son équipe, ainsi qu'à la mort de Deepak. Le 2 gravé sur le front, post mortem, sans doute à la pointe d'une arme blanche. C'était ce que Massart avait déniché en consultant les dossiers de sa capitaine.

— L'homme qui faisait partie de votre groupe a été retrouvé mort lui aussi, avec un chiffre sur le front, dit Massart. Comment l'expliquez-vous ?

Les yeux encore rougis, il était déterminé à démasquer l'assassin de sa supérieure, une femme qui avait gagné tout son respect et même un brin d'affection. Et puis, à force de se côtoyer chaque jour, passant plus d'heures au bureau et sur le terrain que chez eux, ils formaient une sorte de famille. Shan et Orban prirent l'interrogatoire en cours et apprirent à cette occasion que Derain avait, elle aussi, eu le front scarifié.

— Je suis profondément navré de la mort brutale du capitaine Derain et vous présente mes sincères condoléances, commença Orban, mais c'est à vous d'apporter des explications à cette histoire de chiffres, il me semble. Nous en sommes au même point que vous. Dans l'ignorance de ce qui a pu arriver à notre ami et au capitaine Derain, malgré un lien évident. Et ce qui est peut-être une signature.

— Selon la capitaine, votre hypothèse était que la victime

était en réalité la première sur la liste. Une liste dont vous seriez les cibles.

— Comme vous dites, c'est une hypothèse. Et ce n'est pas à nous de la vérifier.

— Ouais, mais vous vous êtes dépêchés de brûler le corps !

— De l'incinérer, corrigea Julian.

— Ça revient au même ! tonna Massart, qui devint cramoisi. De ce fait, qui me dit que vous ne l'avez pas tué ? Et qu'ensuite, pour faire croire peut-être à un tueur en série, vous n'avez pas éliminé la capitaine Derain en lui gravant un 2 sur le front !

— Pendant que vous nous soupçonnez, le vrai tueur court toujours… Et bientôt, il y aura un numéro 3.

— Je pourrais vous faire placer en garde à vue pour dissimulation d'indices et de corps dans une affaire de meurtre !

— Vous perdriez votre temps, je vous l'assure.

Décontenancé, Massart se retourna vers ses coéquipiers. Orban lui en imposait malgré lui. À cet instant, il aurait aimé entendre encore la voix de Derain les motiver à aller sur le terrain, en dépit de la neige et du froid.

— Et moi, je vous garantis que je mettrai la main sur le meurtrier de notre capitaine, répliqua-t-il dans un sanglot étranglé.

— Je le souhaite comme vous, parce que ça voudra dire que nous saurons aussi qui a tué notre ami.

Massart les salua d'un signe de tête et tourna les talons, suivi de ses coéquipiers. Tous montèrent dans le 4 × 4 de la gendarmerie.

— Réunion de crise, annonça Orban en montant dans le mobile home.

Une fois que tout le monde fut installé autour de la table, Orban les dévisagea un à un avec une acuité inhabituelle, les traits tendus.

— Quelqu'un a une idée de ce qui se passe ? interrogea-t-il.

Tous se regardèrent, perplexes.

— Derain ne faisait pourtant pas partie de l'équipe et elle a connu le même sort que Deepak, à une balle près, grogna Dav dans sa barbe, qu'il laissait pousser.

— Elle s'apprêtait à collaborer avec nous, j'allais vous l'annoncer lors de la dernière réunion, mais il y a eu cette urgence avec Shan.

— Donc, personne à part toi n'était au courant, dit Chris.

— Orban me l'avait dit, avoua la virologue.

— Pourquoi mêler la gendarmerie à nos investigations ? s'étonna Dav.

— C'est peut-être vraiment un tueur en série qui sévit dans la région, fit Alma, qui finissait de se limer un ongle.

— On dirait plutôt que le ou les tueurs nous envoient un deuxième message, en éliminant Derain.

— Ça voudrait dire qu'ils savent que nous pouvions lui donner des éléments et la mettre sur le coup et ils ont voulu l'en empêcher, supposa Dav.

— Mais si Deepak était censé être la cible numéro 1, pourquoi ne pas avoir continué avec l'un d'entre nous ?

— Tu as raison, Alma, approuva Orban, sauf si le meurtrier sait que nous sommes armés. Ou bien s'il s'en doute. Nous devons accélérer le rythme avant d'y passer tous. Et à propos de Derain, il se trouve qu'elle entendait le Bruit. Voilà pourquoi je lui ai parlé de nos recherches. Un échange de bons procédés. On doit faire vite maintenant et retourner sur les lieux marqués par les symboles. Shan ne peut pas venir avec nous, il faut que quelqu'un reste avec elle ici.

— Je reste, dit Alma.

— Est-ce que j'ai mon mot à dire ? D'abord, je ne suis pas en sucre, Orban, et je me sens assez d'attaque pour vous accompagner.

— Elle a raison, parce que si elle reste il faut que quelqu'un soit avec elle et ça en fera deux de moins au lieu d'un, alors qu'on doit se répartir sur trois sites.

Après une courte délibération, il fut donc décidé que Chris et Dav se rendraient à la carrière de Musan, Alma et Julian retourneraient à la Chartreuse, et Shan et Orban à la fuste.

— Et qu'est-ce qu'on est censés faire, cette fois ?

— Trouver à quoi servent ces symboles, qui ne sont pas à ces endroits précis par hasard, répondit Orban. Il s'agit probablement de repères ou d'indicateurs, à nous de découvrir exactement de quoi.

# 72

Parvenus au refuge en quad, Shan et Orban se recueillirent quelques instants devant le symbole que Deepak avait été le premier à découvrir. Personne pour garder le camion, cette fois. Les caméras installées à l'intérieur et dehors depuis la mort de leur ami remplaceraient la surveillance humaine.

— Quel cauchemar…, murmura Shan, dont les oiseaux avaient de nouveau envahi la tête depuis son réveil mais, cette fois, de manière persistante.

— Pauvre Deepak, il n'a même pas pu revoir son fils et il ne verra pas son deuxième enfant, qui doit naître le mois prochain… Trouvons, pour lui, ce que ce foutu symbole fiche ici. Mais là, Deepak, il faut que tu nous aides.

Les yeux rivés au triangle barré en son sommet, Orban, qui avait dû remettre son casque antibruit, réfléchissait. Le soleil apparaissait et disparaissait derrière un défilé de nuages moutonnants, formant des ombres furtives et changeantes. Un instant, un rayon éclaira le triangle, qui fut de nouveau très vite dans l'ombre.

— Non, ça ne peut pas être un cadran solaire…, marmonna l'ancien militaire. Si c'est la pointe d'une flèche indiquant une direction, pourquoi est-elle barrée à son extrémité ?

— Tu as fait le lien entre les synchrotrons et les quatre éléments. Il faut donc aller dans ce sens. J'ai une idée, mais c'est peut-être un peu tiré par les cheveux…

— Toute cette histoire de dingues l'est depuis le début, alors vas-y.

— Lequel des quatre accélérateurs de particules qu'on a retenus pourrait correspondre, d'une façon ou d'une autre, au symbole de l'air ?

— Pas à un élément, plutôt à une combinaison de deux éléments.

— Sauf qu'ici il n'y a qu'un symbole.

Orban balaya les lieux du regard et s'arrêta sur le foyer éteint qu'ils avaient déjà remarqué en venant la première fois.

— Voilà le feu. Ou plutôt ce qu'il en reste, mais il y en a bien eu un. Air et feu, donc chaleur, pouvant correspondre au climat du Texas, c'est-à-dire au Desertron de Waxahachie.

— C'est peut-être une indication sur le Desertron. Sur l'endroit où il se trouve.

— Hmmm… Non, parce que pour le savoir il suffit d'aller sur Internet. Il est officiellement en service, comme le Facility de Grenoble, dont l'adresse n'est pas tenue secrète. Il y a même des visites guidées, en dehors du contexte Vigipirate. Ça indique forcément autre chose… mais je sens qu'on brûle.

Pendant ce temps, Chris et Dav venaient d'arriver à la carrière, où une mauvaise surprise les attendait. L'entrée de la galerie au fond de laquelle Dav avait découvert le symbole de l'élément terre avait été obstruée par un bloc de béton.

— Merde… J'y crois pas, grommela-t-il, furieux. Ça, c'est délibéré !

— Heureusement qu'on a pris le symbole en photo.

— Ça ne suffira pas à trouver ce qu'on cherche. Il devait y

avoir quelque chose, dans cette galerie. Une chose qu'on ne devait pas découvrir.

Dav s'approcha du bloc d'un gris clair et l'examina en passant la main sur la surface granuleuse.

— C'est du géopolymère.

De leur côté, Julian et Alma, après avoir garé le van dans le parc de la Chartreuse, avaient pris le chemin du lac et du triangle monumental qui le surplombait. Lorsqu'ils tombèrent dessus, le soleil tapait en plein sur la structure d'une teinte claire, lui conférant un aspect presque irréel.

— Si c'est une œuvre d'art, elle est minimaliste, mais c'est beau…, souffla Alma.

— L'eau et le feu…

— Lequel des deux a le dessus sur l'autre ?

— L'eau, forcément.

— Et tu t'es déjà demandé par quel processus ?

— Je l'ai lu quelque part, oui. L'eau déversée sur un incendie génère de la vapeur qui va bouffer l'oxygène dont le feu a besoin et ça l'étouffe.

— Sauf en Australie…

— Parce que, au-delà d'une certaine température, l'eau sous forme de gaz redevient du feu. Mais ça ne nous dit rien de plus que la première fois.

— On va chercher, Julian. Et on va trouver.

— Le Bruit… il est particulièrement fort, ici.

Malgré le casque, Orban en ressentait les ondes basses jusque dans les os de son crâne. Shan commençait aussi à éprouver des phénomènes bizarres à l'intérieur de son corps. Comme si ses organes s'étaient mis à vibrer en profondeur. Quelque chose se propageait dans l'air et sous la terre. L'atmosphère grésillait d'électricité, tandis qu'une masse blanche se formait dans le ciel au-dessus des montagnes. Gonflée de particules d'eau et se teintant de rose et de gris métal, elle prit l'allure du champignon atomique de Hiroshima. Soudain, des éclairs strièrent la toile céleste de plus en plus sombre. Le plus insolite était qu'au lieu d'avoir l'air de sortir des nuages ils paraissaient surgir de la chaîne montagneuse, crépitant comme des lasers.

— Tu as vu ? Un orage en novembre ! s'écria Shan.

— Peut-être fait-on fausse route avec ces symboles…, souffla Orban, les traits altérés, prêtant à peine attention au phénomène météorologique. Désolé… je… je dois m'asseoir.

— Rentrons, plutôt, sinon on va être rattrapés par l'orage, fit Shan.

Mais, prostré, l'ancien militaire avait les paupières closes et ne bougeait plus. Seules quelques larmes s'échappaient du coin de ses yeux et roulaient le long de ses joues, où s'écrasaient des gouttes de pluie d'une taille impressionnante.

À quelques kilomètres de là, Chris et Dav ne tardèrent pas non plus à ressentir les basses fréquences dans tout leur corps. Sans équipement, cela deviendrait vite insoutenable.

— Que se passe-t-il ? s'inquiéta Chris.

— Je… je ne sais pas, je vais essayer d'enregistrer.

— Non, Dav, on s'en va d'ici.

— Vu l'intensité, on les captera aussi au mobile home. Il va falloir lever le camp. Je fais juste une prise, appelle Orban, il voulait qu'on le tienne au courant.

Chris s'exécuta à contrecœur, tomba sur la boîte vocale et laissa un message. Elle n'en dit rien à Dav, mais en réalité elle avait, depuis quelques minutes, une drôle d'impression. Comme si on les observait à distance.

Au même moment, Julian et Alma assistaient, eux aussi, à un phénomène singulier. De la base de la structure triangulaire s'élevait une vapeur blanche qui recouvrit peu à peu tout le lac en même temps que des éclairs sporadiques illuminaient les environs.

— Qu'est-ce que c'est que ça ?

— De la vapeur d'eau. C'est marrant, on vient d'en parler.

Alma regarda Julian de travers.

— Tu trouves ça marrant, toi ? On se casse d'ici, ouais ! Ça donne l'impression d'être au bord du loch Ness et que le monstre va surgir d'un instant à l'autre… et ces éclairs… c'est pas normal.

— Je reconnais que c'est bizarre. Allez viens, on en a assez vu.

— Attends…

Malgré sa hâte de quitter cet endroit qu'elle trouvait de plus en plus glauque, Alma s'était arrêtée, en proie à une réflexion intense sous sa casquette.

— Les quatre éléments… et maintenant la vapeur… L'eau et le feu ne se combinent pas. Ils sont contraires, opposés… Et, au contact l'un de l'autre, forment cette vapeur d'eau, comme tu disais. Un gaz. C'est ça ! En alchimie c'est censé être l'éther, Julian ! La quintessence… Le cinquième élément. Le cosmos. Là où tout commence et où tout finit.

# 73

— Ça va, Orban ? Comment te sens-tu ?

Cette fois, c'était Shan qui, penchée sur Milos, allongé sur sa couchette, s'inquiétait de son état. Son immobilité au refuge l'ayant alertée, il n'était pas question qu'ils rentrent en quad. Elle avait appelé Chris, puis Dav, qui n'avaient pas répondu. Dans la foulée, elle avait tenté le portable d'Alma. Julian et elle s'étaient aussitôt mis en route pour le refuge, où ils étaient arrivés en une demi-heure et avaient récupéré Shan et Orban, à moitié inconscient. Une fois au mobile home, Shan s'était occupée de lui. Un peu d'eau et une serviette mouillée sur le front avaient réussi à lui faire reprendre ses esprits.

— Il faudra que je passe quelques minutes dans l'anéchoïque et ça ira mieux.

— Je vais t'aider à te lever.

— Chris et Dav sont revenus ?

— Pas encore, mais à pied ça fait une petite trotte.

Orban regarda sa montre.

— Ils devraient déjà être là. Ah, Chris m'a laissé un message, fit-il en sortant son portable sécurisé d'une de ses poches.

Alors qu'il écoutait, ses yeux prirent la teinte d'un ciel de tempête.

— L'entrée de la galerie a été bouchée volontairement. Il y a sans doute eu un problème, on doit aller voir.

Il essaya de se lever, mais un vertige le retint. Il était blanc.

— Repose-toi et retire-toi un peu dans la chambre, je vais demander à Alma et Julian d'aller les retrouver à la carrière.

— Non, j'y vais aussi.

— Orban, ce n'est pas sérieux… Tu m'avais dit de rester tranquille, maintenant c'est mon tour de te le demander.

— Après, je te le promets. Mais j'ai un passé militaire, Shan, et s'il y a un problème je pense être plus à même de le résoudre que Julian et Alma.

*Un passé militaire, oui…*, pensa Shan, *s'il n'y avait que ça. Et celui des autres, on en parle?* Mais elle se contint à temps. Elle attendait le bon moment.

— Il vaut mieux y aller tous les quatre et armés.

À part Orban, ils n'avaient pas toujours le réflexe de partir avec leur Glock.

Il se leva avec effort et il sembla soudain à Shan avoir, pour la première fois, un sexagénaire en face d'elle. Elle avait noté les larmes qui avaient coulé, là-haut, alors qu'il se trouvait en état de prostration. Elle était presque certaine que, si on lui faisait des analyses avec un dosage hormonal, on trouverait un taux de sérotonine plus bas que la normale.

— Pourquoi avoir condamné l'entrée de la galerie?

— C'est bien ce qui m'inquiète pour Chris et Dav, répondit Orban. Ils sont peut-être en danger, tout seuls, là-bas.

Ils trouvèrent Alma et Julian à la table du salon, se réchauffant avec thé et café, encore absorbés dans l'hypothèse de la quintessence, représentée par les particules de vapeur.

— Ça va mieux?

— Merci, Julian, ça va aller. On doit se rendre à la carrière retrouver Chris et Dav.

— Ils ont eu un problème ?

— La galerie a été bloquée par un bloc de béton. Il n'est pas arrivé là par hasard. Mais le plus inquiétant est que, la carrière ayant été rachetée par Maistre, qui n'est peut-être pas étranger aux menaces et au chantage dont Shan a fait l'objet, ni à la mort de ce Lorenzo qui commençait à être gênant, Maistre a très bien pu envoyer des hommes de main. Ils se sont peut-être aperçus de notre visite.

— Nous aussi, il s'est passé un truc bizarre, sur le lac.

Alma raconta l'apparition soudaine de la vapeur d'eau et finit sur son idée d'élément éthérique.

— L'élément originel, la quintessence, le vide…, reprit Orban d'un air pensif. On pourrait imaginer un synchrotron qui reproduirait ce vide, ce qu'il y avait avant même le big bang. Le grand collisionneur de hadrons au CERN en a la capacité, produisant dans ses tubes de circulation un vide d'environ $10^{-11}$ mbar, alors que la pression de l'atmosphère terrestre est d'environ $10^{2}$. Bon, on en reparle plus tard, le plus urgent est d'aller à la carrière. Tous. Shan, n'oublie pas ton Glock.

Ils montèrent dans le van et roulèrent en direction de l'ancienne exploitation de kaolin. À l'entrée de la galerie, ils découvrirent le bloc de béton, mais pas leurs coéquipiers.

— Ça sent mauvais…, dit Orban entre ses dents.

— Chris ! Dav ! cria Alma, les mains en porte-voix. Vous êtes là ? Ohé ! On est venus vous chercher !

— Allez de ce côté, avec Shan on part dans la direction opposée. Ils sont peut-être allés explorer les lieux.

— Chriiiiis ! Daaaav ! Ohé ! continuait Alma, dont la voix s'éraillait d'inquiétude.

— Regardez…

Ils se tournèrent vers Shan, qui leur présentait un bâton

télescopique conçu pour la marche, couvert de poussière de kaolin, et reconnurent celui de Chris, rouge vif.

— Allons-y, il faut les retrouver, vite…

Mais, après cette découverte, Orban non plus n'y croyait plus vraiment. Chris n'aurait jamais oublié ni abandonné son bâton de marche en pleine nature.

— Et là ! s'écria Alma en en brandissant un deuxième, presque identique à l'autre, mais noir, celui de Dav.

Le couple en avait fait une blague. Lorsqu'ils allaient marcher, ils chantaient « Et quand vient le soir, pour qu'un ciel flamboie, le *jour* et le noir ne s'épousent-ils pas… », en disant que leur ciel flamboyait toujours au soir de leur vie.

Orban avait le cœur compressé, et de moins en moins d'espoir de les retrouver. L'enlèvement ne faisait plus guère de doute. Chaque duo partit donc de son côté à leur recherche. La carrière à ciel ouvert s'étendait en longueur sur le flanc de la chaîne montagneuse, que les machines avaient creusé jusqu'à fragiliser l'ensemble. Lors de leur première visite, ils n'avaient pas poussé l'exploration si loin. Ils tombèrent sur deux machines à l'abandon, un broyeur et un concasseur.

Orban s'arrêta tout à coup, face à Shan.

— Je dois te dire quelque chose. J'ai contacté Kristin, sans lui parler des symboles sur la couverture de son livre. Histoire de lui demander où elle en est, si sa vie est encore menacée. Elle est toujours entre deux hôtels, avec des gardes du corps. Elle m'a questionné sur mes activités du moment et, sans entrer dans les détails, je lui en ai parlé, dans l'idée qu'elle pourrait peut-être nous aider. Elle m'a demandé de lui envoyer des notes, des rapports, et elle va voir parmi ses contacts dans le domaine scientifique. J'ai une entière confiance en elle, ajouta-t-il, percevant dans les yeux de Shan une pointe d'étonnement.

— Justement, moi aussi, je dois te dire quelque chose, Orban.

Renversant la tête en arrière pour le regarder, Shan prit une profonde inspiration, jusqu'au tréfonds de ses poumons.

— J'ai eu la visite de Patricia Derain à l'hôpital. Elle avait enquêté sur nous tous. Elle connaissait mon identité et m'a donné vos antécédents dans les grandes lignes. Je sais pour le passé d'Alma dans la drogue et le deal, et aussi que Chris et Dav étaient des « Bonnie et Clyde », a-t-elle dit. Ils ont fait des braquages, j'imagine. Seuls Deepak et Julian semblent clean.

Orban écoutait, roulant des maxillaires.

— Quant à toi, elle a découvert que tu as été cobaye volontaire dans un programme de recherche sur la longévité et que… tu es un peu plus âgé que ce que je croyais. Soixante-sept ans, c'est bien ça ? Si on n'avait pas couché ensemble, je me dirais juste que tu es un sacré menteur et je laisserais tomber. Là, je ne sais pas quoi penser, ni quelle insulte serait la plus appropriée.

— Un sacré connard. Tu peux le dire. Et… on n'a pas couché ensemble. Enfin, pas pour moi. On a fait l'amour.

— Tu deviens sentimental ?

— Avec toi, j'ai tenté. Sauf que ça n'avait pas l'air de marcher, alors j'ai laissé ça de côté, mais je le suis un brin, oui, même si ça peut sembler ridicule, venant d'un militaire.

Shan le scruta. Un visage de roche brune, taillé au burin. Beau et magnétique. Trop, peut-être.

— Non, ce qui est ridicule est que tu ne m'en aies pas parlé. Alors, la méduse immortelle, c'est donc ça ? C'est toi, l'homme qui vivra jusqu'à mille ans et qui est déjà né, dont parlait Maistre ? Tu as travaillé avec eux et tu ne m'as rien dit ?

— Shan…

Elle était un volcan sur le point d'entrer en éruption. Le portable d'Orban sonna.

— C'est Alma… On doit les rejoindre tout de suite de l'autre côté.

Lorsqu'ils parvinrent à l'endroit où Alma et Julian les attendaient, ce fut comme si le temps s'était figé dans du ciment. Ce même ciment encore frais dans lequel étaient pris, comme deux insectes, les corps inertes de Chris et de son compagnon.

— Il faut les sortir de là ! s'écria Alma en enlevant ses rangers.

Mais Orban la retint.

— Non ! Tu risques de t'enfoncer et de ne pas pouvoir ressortir. Le ciment se solidifie très vite. On doit malheureusement attendre qu'il soit complètement sec avant d'y aller.

— Et s'ils sont encore en vie ?

Orban et Julian se lancèrent un coup d'œil.

— S'ils l'étaient, souffla Orban, ils… ils appelleraient à l'aide.

— Alors on va rien faire, c'est ça ? Après Deepak, Chris et Dav ? cria Alma, hors d'elle.

Personne ne répondit. Parce que face à la mort il n'y avait rien à répondre.

Une fois le ciment solide, ce qu'Orban vérifia du bout d'un des deux bâtons de marche, ils s'approchèrent pas à pas du couple, dont seuls les visages et les mains émergeaient, et ne furent pas vraiment surpris de ce qu'ils découvrirent. Sur le front de Chris, encore d'un rouge vif, le chiffre 3, et sur celui de Dav un 4.

# 74

Le visage transformé par la rage, Alma pointait son Glock tour à tour sur Orban et Julian. Sans oublier Shan.

— Il y a forcément une taupe dans l'équipe ! hurla-t-elle. Quelqu'un qui tient les tueurs au jus, qui les informe de nos sorties, de tout ce qu'on fait ! Maintenant, c'est sûr que c'est ni Deepak, ni Chris et Dav ! Alors, c'est lequel de vous, hein ? Lequel ? Ou laquelle, hein ? Parce que jusqu'à ton arrivée, Shan, tout roulait et on était tous vivants ! Depuis que t'es là, c'est bizarre, les membres de l'équipe disparaissent les uns après les autres, sauf toi…

— Alma ! Tu es encore là toi aussi, me semble-t-il, et bien là ! Lâche ton arme et raisonne-toi ! Tu risques de faire une connerie… Nous sommes tous à cran…

— Allez, arrête, Orban ! Si ça se trouve, c'est toi ! Depuis le début… tu nous mènes en bateau dans ton propre intérêt !

— Tu fais fausse route, Alma. C'est exactement ce qu'ils veulent. Range ce putain de flingue ! dit Milos, d'une voix plus ferme.

Profitant de ce qu'Alma avait les yeux sur Orban, Julian sortit à son tour son pistolet et le braqua sur elle.

— T'entends ce qu'on te dit ?

Le ton qu'il employait n'était pas seulement menaçant, il était glaçant. Mais sans tenir compte de l'avertissement, d'un geste vif, Alma tourna son arme dans la direction de l'ancien stagiaire. Ils se tenaient désormais face à face, immobiles, prêts à tirer au moindre mouvement de l'autre.

— Vous allez arrêter vos conneries ? Oui, c'est moi, la taupe ! Forcément, avec la gueule que j'ai, hein ! Une taupe bridée ! Vous ne trouvez pas qu'il y a assez de morts comme ça ? Vous voulez rallonger la liste ? Ne vous gênez pas ! Allez-y, je n'ai pas d'arme sur moi !

Tous les trois regardèrent Shan, qui venait d'exploser.

— Et un peu de respect pour Chris et Dav, ça vous ferait mal ? poursuivit-elle, toute tremblante.

— Elle a raison, appuya Orban. Il nous reste encore assez à faire, au lieu de nous déchirer. Ils n'attendent que ça. Et nous tuer jusqu'au dernier aussi. C'est pourquoi on va avertir la gendarmerie, cette fois. Rangez vos flingues. Alma, je suis désolé, vraiment, si tu savais combien.

— Pas autant que moi, renifla la jeune femme en remettant dans sa poche son Glock, avec le cran de sécurité.

— Et toi, Shan, j'avais bien dit de prendre son arme.

— Eh bien, heureusement que je ne t'ai pas écouté, Orban. Parce que, là, il y aurait deux morts supplémentaires.

— Ça ne se reproduira plus, n'est-ce pas, Alma ? Julian ?

Un silence tint lieu d'assentiment, mais peut-être pas de promesse. Environ une heure après, le terrain de la carrière fut envahi de 4 × 4 et de fourgons de gendarmerie, auxquels s'ajoutèrent ceux des techniciens scientifiques venus de Grenoble, ainsi qu'une équipe de la section de recherches, que Massart avait contactée devant l'ampleur que prenait l'affaire du tueur aux chiffres, comme il l'avait nommée.

Tous les quatre furent interrogés séparément mais, leurs

versions concordant, ils purent rentrer, abandonnant deux êtres qui avaient partagé au quotidien leurs peines, leurs joies, et plus souvent leurs doutes. De retour au mobile home, Orban passa presque vingt minutes dans la chambre anéchoïque. Un peu plus tard, la soirée commença dans un mutisme lourd, puis, avec la bière, les langues se délièrent et fut abordé ce qu'Orban n'avait pas eu le temps de développer concernant la quintessence et le vide cosmique, qu'un accélérateur de particules aussi puissant que celui du CERN pouvait générer.

— Mais ce n'est pas le grand collisionneur qui est en cause, dit Orban. Ou alors, il est tombé entre les mains de malades. Non, si quelqu'un a voulu reproduire l'ultravide, il faut chercher ailleurs. On a dû rater quelque chose.

— L'utilisation de l'ultravide pourrait générer des basses fréquences ?

— C'est possible. Cela étant, pour toucher une zone aussi vaste que la terre, il faut une technologie nucléaire ou de l'énergie solaire. C'est pourquoi j'ai pensé que la piste des accélérateurs était plausible. Sans parler de tout ce qu'on peut faire avec. Si on parvenait à reproduire un big bang ou des trous noirs à taille réelle, on pourrait détruire la planète entière et d'autres avec. Un autre univers se formerait. Ça voudrait dire que même ceux qui en ont été à l'origine ne survivraient pas. Ce qui n'a aucun sens. Si un projet obscur existe, il est plus subtil, plus insidieux. Il pourrait même s'étaler sur des années. Et ses créateurs savent comment se protéger. S'ils ont prévu de nous éliminer, c'est parce que nous sommes sur une piste sérieuse et gênante.

— Comment le sauraient-ils, s'il n'y a pas de taupe au sein de l'équipe ? Et pourquoi ne pas nous avoir tous dézingués en même temps ? lança Alma, qui revenait de sa séance de *sungazing*.

— C'est beaucoup plus déstabilisant et angoissant de ne pas

savoir qui sera le prochain. Ils nous envoient des messages. Des avertissements dont on n'a pas tenu compte. Quant à la question de savoir comment ils sont au courant, c'est à nous de chercher et de trouver. Mais il n'y a pas de taupe ici.

— Je n'ai pas l'intention d'arrêter. Au contraire, je vais continuer, pour Deepak, Chris et Dav.

— Shan ?

— Je suis d'accord avec Alma.

Seul Julian n'avait rien dit. Orban le regarda.

— Toi, Julian ?

— Je vous suis.

Le pacte scellé dans la bière, Shan et Orban se retrouvèrent un peu plus tard, cette fois dans l'espace de l'ingénieur.

— Désolée, Orban, lui dit Shan en se dégageant doucement de son étreinte. Je ne peux pas poursuivre avec un homme dont je ne sais rien. Ou si peu.

Déçu mais résigné, Orban alla s'asseoir sur sa couchette.

— Je suis tenu au secret sur certaines choses de nature expérimentale, mais ce que Derain t'a dit sur moi est vrai. Sur mon âge aussi. Et je comprends que ça te rebute.

— Il n'y a pas que ça… Élever un enfant toute seule ne me fait pas peur. Mais si je dois lui donner un père, alors je dois penser à lui d'abord. Et un père qui est devenu une sorte… de produit expérimental, de cobaye de laboratoire, ça non. Je préfère donc qu'on en reste là, Orban.

Le regard qu'il posa sur elle à cet instant aurait fait fondre la banquise. Aussi se sentit-elle affreusement mal et sur le point de revenir en arrière. Mais il ne lui en laissa pas le temps.

— Je voudrais te dire une chose. Je n'ai aucun lien avec les Maistre. Quand tu m'as raconté cette histoire de rachat de l'institut, je me suis renseigné sur les nouveaux acquéreurs. Ce sont des concurrents américains du laboratoire pour lequel j'ai joué les cobayes. Et, crois-moi, je le regrette aujourd'hui. Parce que, si je ne fais pas mon âge et si je peux tromper l'entourage, je ne peux pas me donner le change à moi-même. Et je sais qu'avec les modifications que mon ADN a subies j'aurais pu aller jusqu'à deux cents ans, voire au-delà. Or, il se trouve qu'un gène s'est emballé et que mon organisme s'est mis à produire de la télomérase en excès. Tu sais qu'elle nourrit également les cellules cancéreuses que nous avons tous en nous, mais que nos bons petits soldats combattent régulièrement avec succès. Sauf que dans mon cas ça a provoqué l'inverse. Je suis condamné, Shan. Mes médecins m'ont donné quelques mois. C'est pourquoi je n'ai plus rien à perdre et je fonce, même si ça devient trop dangereux. En revanche, je ne veux entraîner personne avec moi. Et surtout pas toi. Alors pars, Shan. Pars pendant qu'il en est encore temps. Prépare-toi à l'une des plus belles choses dans la vie d'une femme et laisse-nous continuer à trois. En tout cas, ça a été un bonheur de t'avoir croisée en chemin et d'avoir pensé qu'un miracle était poss…

Ne le laissant pas terminer, Shan jeta les bras autour de ses épaules et se serra contre lui de toutes ses forces.

— Merci, Orban. Merci… Je suis tellement désolée de tout ça.

Elle relâcha son étreinte et s'écarta, prenant un air grave.

— Moi aussi, j'ai quelque chose à te dire.

Les yeux intensément plongés dans les siens, elle lui parla d'Ayden, de son métier d'astronaute, de la prochaine mission lunaire qu'il préparait et, enfin, du Métatron dont il ne s'était jamais séparé, sauf le jour fatal, et du rapprochement qu'elle avait fait, là aussi, entre les solides de Platon composant le cube et les quatre éléments. Elle n'omit pas non plus de lui raconter l'appel de Benita, avec le fantôme d'Ayden qui avait ressurgi et la cherchait jusqu'en Afrique.

Orban l'écoutait avec une attention particulière.

— Tu l'as ici, ce médaillon ?

Après une brève hésitation, se disant qu'elle tombait peut-être dans un piège, mais qu'il était trop tard pour faire marche arrière, Shan le sortit de sous son pull et le lui présenta sur sa paume ouverte. Le prenant entre ses mains, Orban l'examina sous toutes les coutures, le tournant et le retournant. Puis il tira de sa poche un couteau suisse et, choisissant une lame fine, il regarda Shan.

— Je peux ?

— Oui, mais vas-y doucement.

Avec une infinie précaution, il fit glisser la lame sur un joint aussi fin qu'un cheveu qui faisait le tour du médaillon en résine. En un mouvement du poignet, comme s'il ouvrait une huître, il sépara les deux parties collées, laissant apparaître non pas une perle, mais ce qui ressemblait à une microcarte SIM.

— Je m'en doutais, dit-il. Les astronautes qui participent à des missions spéciales ont accès à des données ultraconfidentielles. C'était sans doute le cas d'Ayden. Il se peut qu'il en ait, pour une raison précise, piraté quelques-unes qu'il gardait de cette façon sur lui. Ingénieux, en tout cas.

— Il était très geek aussi.

— En général, ça va de pair. On va voir ce qu'il en est ?

Une fraction de seconde, Shan s'imagina que la microcarte pouvait contenir des choses personnelles, voire intimes. Certaines de leurs photos qu'ils avaient faites et qu'ils s'envoyaient aussi. Mais peut-être était-ce une part plus sombre de l'homme qu'elle avait aimé presque aveuglément et que, finalement, elle l'avait bien vu avec le *deadbot*, elle ne connaissait pas autant qu'elle le pensait.

Ils s'installèrent devant le PC portable de l'ancien militaire, un Tornado F7W, une vraie machine de guerre habituellement utilisée dans l'univers des informaticiens, auquel il connecta un lecteur de micro-SIM, dans lequel il inséra la petite carte. Instantanément, un dossier s'afficha à l'écran, sous un titre mystérieux, LE DERNIER CHAMP.

# 75

— Qu'est-ce que c'est ? s'étonna Shan. Un roman qu'il aurait écrit ?

— Merde… je n'arrive pas à accéder au dossier. Il doit être crypté.

Ils étaient tellement concentrés sur l'écran qu'ils n'entendirent pas la porte s'ouvrir doucement derrière eux. Lorsque Orban sentit la piqûre sur sa nuque, il était trop tard pour réagir. L'anesthésiant se répandait déjà dans son organisme, qu'il neutralisa rapidement. Il en fut de même pour Shan, sans que ni elle ni Orban aient pu voir qui venait d'entrer et de leur enfoncer simultanément une aiguille à la base du crâne.

Lorsqu'ils se réveillèrent aux premières clartés de l'aube automnale et que leur vue brouillée s'adapta peu à peu à leur environnement, ils s'aperçurent avec effroi qu'ils se trouvaient exactement là où ils avaient découvert Deepak mort. Dans la chambre anéchoïque, attachés dos à dos, pieds et poignets menottés, à côté de la chaise scellée.

Shan releva la tête, essuyant comme elle pouvait, en se frottant le menton contre son épaule, un filet de salive qui avait coulé de sa bouche ouverte.

— Qu'est-ce… qu'est-ce qui s'est passé ? articula-t-elle mollement.

— Rien de bon.

— C'est toi, Orban… ? On… on est dans la chambre. Qui a pu faire ça ?

— Aucune idée…

— Alma… Julian… Où sont-ils ?

— Je ne sais pas non plus.

— On va finir comme Deepak, ici…

Leur voix était étonnamment claire et ils pouvaient percevoir chaque bruissement dans leur corps, chaque écoulement dans leurs artères.

— Je le crains, oui. HO ! IL Y A QUELQU'UN ?

Mais les parois tapissées de dièdres absorbèrent ses mots.

— Ça… ça ne sert à rien, Orban… On ne peut pas nous entendre.

— Je sais, mais on peut me voir avec les caméras et lire sur mes lèvres. Je veux leur signaler qu'on est réveillés.

— Possible qu'ils ne sachent pas, pour les caméras.

Les piaillements commençaient à envahir de nouveau la tête de Shan.

— Il n'y a peut-être plus personne.

La porte s'ouvrit, l'interrompant net. Et un visage apparut. Sombrement familier. Laissant Shan et Orban incrédules et atterrés.

— Julian ?

— Lui-même, dit l'ancien stagiaire avec un sourire mauvais. Mais ce n'est pas tout… Surprise !

Sur ces mots, Julian s'écarta, livrant passage à une femme. Apparition qui eut sur Milos l'effet d'une bombe.

— Kristin ? Toi ?

La femme s'avança, d'une maigreur effrayante qui tirait sur

l'anorexie. Son visage émacié, ressemblant presque à une vanité tant les yeux étaient enfoncés et les dents proéminentes, avait conservé les vestiges d'une beauté singulière et effrayante.

— Oui, Orban. « Moi ».

La voix, dure et un peu ébréchée, que Shan reconnut tout de suite, allait avec le physique.

C'était donc elle, Kristin Gaucher, la femme qu'Orban avait aimée, mais surtout l'auteure qui, menacée de mort, vivait cachée et se déplaçait avec ses gardes du corps.

— Je peux savoir ce que tu fais ici ?

Gaucher eut un petit rire intérieur qui ressemblait au raclement d'une cuiller au fond d'une casserole. Celui d'une fumeuse assidue.

— Je croyais que tu voudrais plutôt savoir ce que *tu* fais ici. Et ta nouvelle petite amie aussi.

— Ce n'est pas ma petite amie.

À l'évidence, Kristin Gaucher avait toujours un ascendant sur Orban, dont l'attitude de leader avait subitement changé.

— Dommage pour toi. Elle est ravissante. Heureuse de vous rencontrer, mademoiselle Soun. Ah... Vous le connaissez déjà, mais peut-être pas sous son vrai nom, voici Julian Maistre, le fils que j'ai eu avec Alain Maistre, il y a trente ans de cela. Une vieille histoire, dont j'ai gardé le meilleur.

Shan eut l'impression qu'elle venait de subir une séance d'électrochocs.

— Orban, tu le savais ?

— Non, je viens de l'apprendre... Avec Kristin, nous nous sommes rencontrés plus tard.

— Assez bavassé, le temps presse. Alors comme ça, vous vous intéressez à mon projet ? Que pensez-vous du nom, *Le Dernier Champ* ? C'est beau, non ? Et tellement plein de sens...

— Où est Alma ?

— Oh… elle a rejoint vos amis depuis un petit moment. Julian a mis ce qu'il fallait dans son verre de bière. Son corps est bien au chaud, sous terre…

— Tu as eu de la chance de boire à la bouteille, Orban, ricana Playmobil.

— Espèce d'ordure !

— *Et il n'en restait plus que… deux…*, chantonna d'un air lugubre Gaucher, qui tournait autour d'eux.

Un charognard autour de ses proies.

— Explique-nous, Kristin ! supplia Orban. Qu'est-ce qui justifie autant de morts ? Qu'a donc de si particulier ton projet pour le protéger en tuant ?

— *Antipode*, ça te dit quelque chose ?

Bien sûr que ça lui disait quelque chose… Une époque révolue, à laquelle ils avaient travaillé ensemble, où elle avait collaboré avec l'armée en vue d'écrire son livre sur le son et, entre autres, les basses fréquences. Une époque où il avait une entière confiance en elle. Et ce n'était pas si vieux.

— Nikola Tesla…

— Oui, ce génie serbe. Cet homme d'un autre monde. Ses études et ses recherches qui reposaient en grande partie sur les résonances de Schumann, ça aussi, ça doit te parler. La fréquence de la Terre, qui entre dans les EBF. Et avec laquelle les ondes cérébrales, sur la même fréquence, entrent en résonance. Une sorte de diapason universel. Magnifique… Magique. Par ailleurs, une idée géniale de Tesla, selon laquelle la cavité existant entre la surface du globe et l'ionosphère serait conductrice d'ondes et selon laquelle les orages amplifieraient le phénomène de résonance. Des ondes stationnaires présentes dans la cavité, que, selon Tesla, un oscillateur pourrait reproduire. Tu sais déjà que l'un de ses projets était de créer, à l'instar des orages, des perturbations électriques et des vibrations qui, tout en suivant la surface de la Terre, se déploieraient vers l'extérieur jusqu'à la circonférence la plus grande du globe et se rétracteraient vers l'intérieur, où elles atteindraient un point à l'opposé de celui du transmetteur, *l'antipode*. À partir duquel les ondes seraient renvoyées vers l'émetteur afin d'être amplifiées. Les champs magnétiques que génèrent les éclairs à l'intérieur de la cavité peuvent atteindre des fréquences qui se situent entre 7,14 et 26 Hz. Autrement dit très basses. Tu me suis, Orban ?

— Je crains que oui…

— Il est possible, à l'aide d'un générateur de 150 kW, de reproduire la résonance Schumann de 7,8 Hz. Et là, notre projet entre en scène.

— « Notre » projet ?

— Tu imagines bien que je ne suis pas seule à le mener. Heureusement, Julian est mon premier assistant et d'une aide formidable. Sans lui, *Le Dernier Champ* nous aurait déjà échappé et qui sait où nous serions… Parce que cet astronaute, Ayden, que vous connaissiez bien, je crois, mademoiselle Soun, avait réussi à entrer en possession du dossier. Par quelqu'un qui avait toute ma confiance et qui nous a trahis. Un certain Franck Delmas, travaillant à Grenoble, sur le Facility. Il est d'ailleurs parti et reste introuvable, heureusement pour lui. Mais je pense que tout ça l'a dépassé, qu'il a pris peur devant l'immensité du projet. Ou alors, il avait une idée derrière la tête. Toujours est-il que, ayant quelques soupçons, mon Julian est parvenu à pénétrer dans le système de son ordinateur professionnel et qu'il a trouvé des échanges entre lui et l'astronaute, qui nous ont alertés. Julian s'est chargé du deuxième en sabotant son parachute, après s'être inscrit dans le même club, mais ce salopard de Delmas a réussi à nous échapper. Il avait peut-être, lui aussi, une version du projet et il fallait à tout prix empêcher sa divulgation ou, au moins, en réduire les possibilités. D'autant que la NASA et, bien avant elle, les Russes se sont déjà penchés sur la fréquence terrestre, avec laquelle le cerveau des spationautes n'entre plus en résonance. D'où le mal de l'espace dont ils souffrent rapidement. Notre projet pouvait donc représenter un intérêt majeur. Avec l'élimination de l'astronaute, ça en faisait déjà un de moins. Et ça a été un bon avertissement pour Delmas.

Shan écoutait, presque en apnée, et commençait à ressentir la pesanteur de l'effet antibruit de la chambre. Sur le point de crier qu'Ayden était en vie et qu'il la recherchait, elle s'était retenue à temps dans son élan. Ne surtout pas évoquer l'éventualité que son compagnon fût vivant. Ce qui voudrait dire qu'il en avait miraculeusement réchappé, sans doute pris en charge par le Centre national d'études spatiales, à l'abri et sous étroite surveillance en clinique privée ou dans un hôpital militaire, et que, se sachant menacé, il avait préféré faire croire à sa mort, même à la femme qu'il aimait. Le *deadbot* était un moyen de garder contact avec elle. Oui, c'était ça ! C'était bien lui, vivant, à l'autre bout du fil de discussion. À cette idée, les larmes lui montèrent aux yeux. Mais une autre perspective altéra vite son émotion… Elle cernait désormais le personnage de Kristin Gaucher, un profil narcissique et mégalomaniaque, qui en faisait quelqu'un de hautement instable et dangereux. Elle n'hésiterait pas à les rayer de la carte, eux aussi, bien déterminée à aller au bout de son projet.

— Donc, pour en revenir au *Dernier Champ*, reprit Gaucher d'une voix glacée, sache, Orban, que j'ai été impressionnée par ton opiniâtreté. Julian m'informait régulièrement de vos faits et gestes. Et c'est grâce à lui si vous avez emprunté une fausse piste… celle des symboles, qui vous a menés aux accélérateurs de particules. C'était son idée. Lumineuse, efficace. Tout Julian ! Je te connais si bien, mon cher Orban… Pourtant, avec le projet HAARP, plus proche du nôtre, tu aurais pu découvrir la vérité plus rapidement. Mais les synchrotrons, tellement tentant ! Et trop mignon de ta part… Je me suis dit, ah, il ne change pas. Il lui faut du spectaculaire. Du romanesque !

— Parce que ton projet n'implique rien qui soit obtenu avec un synchrotron ? Vraiment ?

— Désolée de te décevoir, mon cher. Mais non. Il faudrait de sacrés fonds pour, comme tu le pensais, reprendre des chantiers abandonnés et les réhabiliter. Et encore plus pour faire tourner les machines.

— Alors, pourquoi avoir repris la carrière de kaolin sous le nom de Maistre, si ce n'était pas pour la construction d'un synchrotron ?

— Ça nous a permis d'extraire assez de matière pour fabriquer du béton géopolymère, nécessaire à la construction de la structure des générateurs. Ce que vous avez découvert sous une forme pyramidale dans le parc de la Chartreuse en est un. Nous en avons construit plusieurs dans le monde. Sept, au total. Ils reproduisent la résonance de Schumann exactement à 7,8 Hz. Mais amplifiée au moins huit fois.

— C'est donc ça qui produit ces basses fréquences à l'origine du Bruit, du *hum*, ce que certains, comme moi, comme Patricia Derain, capitaine de gendarmerie que tu as fait éliminer aussi, entendent en permanence, tout comme ces deux types qui ont massacré leur famille ?

Kristin Gaucher regarda Orban d'un air dénué d'expression et même de vie.

— Je crois que tu n'as pas bien compris… Mon grand-père maternel, Elija Weiss, physicien passionné par les découvertes en matière de champs électromagnétiques naturels, commença-t-elle, a rencontré Tesla en 1933, un an avant qu'il ne dise avoir mis au point le « rayon de la mort ». Mais il s'est discrédité par une certaine excentricité et, pour finir, personne n'y a cru. À sa mort, tous les plans et les dessins du fameux tube, pièce centrale du projet *Téléforce*, censé produire et envoyer un faisceau électrique dirigé sur un point précis de l'ionosphère en vue d'une destruction massive, ont disparu. Dans l'invention de Tesla, tu l'as, ton accélérateur de particules. Or, c'est mon grand-père qui a récupéré tous ces plans et ces calculs. Il s'était mis en tête de les vendre aux nazis ou aux Russes et il a fait monter les enchères. Rien n'est sûr, mais le dossier serait tombé aux mains des Russes et mon grand-père a disparu mystérieusement. Par chance, il avait fait des copies, que mon père a pu récupérer.

— Et tu as voulu marcher sur ses traces.

— Notre seul point commun, avec mon grand-père, est notre admiration pour Tesla et ses inventions. Le rayon de la mort n'entre pas dans nos plans.

— Mais ton but, en générant ces ondes néfastes pour les organismes, est bien, à terme, de détruire, non ? D'ailleurs, ça a déjà commencé, avec toutes ces hécatombes chez les animaux, qui présentent tous les symptômes d'une exposition aux EBF, étant les plus sensibles à ces fréquences. Et bientôt, ce sera notre tour.

— Il n'est pas question d'exterminer les espèces animales, mais de changer l'humanité en profondeur. Le fait est que, avec l'amplification de la fréquence terrestre et de la résonance, les rythmes alpha du cerveau humain ne sont plus réglés sur cette fréquence terrestre modifiée et trop forte, ce qui provoque une distorsion. Une sorte de disharmonie puissante, pouvant entraîner divers désordres, comme une baisse du système immunitaire, exposant l'humanité aux nouveaux virus ou à d'autres maladies. Une expérience réalisée en Allemagne par un chercheur sur des étudiants bénévoles isolés dans un bunker souterrain hermétique pendant quatre semaines, exempt de tout champ magnétique, a montré que, privés de la fréquence naturelle à

7,8, les étudiants se sont mis à souffrir de violents maux de tête et de dépression. Lorsqu'ils ont été reconnectés à la fréquence de Schumann, leurs troubles ont cessé. C'est, entre autres, ce qui m'a donné l'idée de jouer sur cette fréquence terrestre afin de provoquer des déséquilibres. Pour atteindre un équilibre parfait. « Il faut porter encore en soi un chaos pour pouvoir mettre au monde une étoile », disait Nietzsche. C'est ainsi depuis le commencement. Notre planète, l'Univers sont nés du big bang. Ce que nous voulons reproduire est un big bang silencieux. Le big bang d'où naîtra une nouvelle humanité. Franchement, Orban, tu ne trouves pas que c'est ce que mérite ce monde pourri ?

— Tu te crois meilleure que lui, Kristin ?

— Je vais te prouver que je le suis. Et c'est en partie grâce à toi. Tu m'as ouvert la porte de l'armée, de ses expériences sur le son et les fréquences. Fascinant.

— Et j'imagine que tu es au courant du nouveau programme que défend Maistre, à l'institut de Grenoble ?

— Sur l'immortalité ? Il faut bien qu'il s'occupe. Avec ça, il est comme un gamin avec un nouveau jouet. Et puis, lui aussi prépare le nouveau monde à sa façon. Un monde où on pourra vivre jusqu'à satiété. Mais ça, ça se mérite. Et, à l'heure actuelle, la planète est indéniablement trop peuplée. Alors, il faut préparer le terrain. Il faut l'aider un peu à se débarrasser de sa surcharge pondérale. Et de ses parasites.

— Tu es malade, Kristin. Ta mégalomanie t'aveugle et ronge ton bon sens. Qu'est-ce qui t'est donc arrivé ?

Gaucher afficha une grimace, entre sourire et rictus de mépris.

— Tu sais bien, quand on est condamné, on n'a plus rien à perdre. Car j'ai, comme toi, un cancer. C'est le crabe qui me ronge. Et je ne veux pas quitter ce monde sans avoir apporté ma modeste contribution à son amélioration. Je vais te montrer quelque chose. Julian, on les embarque.

Le fils Maistre disparut et revint presque aussitôt, suivi de quatre hommes de main, tout droit sortis de *Men in Black*. Pendant que les deux premiers et plus baraqués s'occupaient d'Orban, les deux autres soulevèrent Shan comme une plume. Ils les entraînèrent dehors, les pieds libérés de leurs attaches et les mains toujours menottées, jusqu'à un SUV noir, garé devant son jumeau. On fit monter Shan dans le premier et Orban dans le second.

Avec une pensée douloureuse pour Alma, Orban jeta un dernier regard au mobile home, avec le sentiment qu'il ne le reverrait plus jamais.

Alors que Shan passait devant Playmobil, celui-ci se pencha vers elle d'un air de confidence.

— On dirait que t'as bien aimé nos échanges, sur le *deadbot*. Dommage que ça s'arrête.

# 76

À l'arrière du SUV, derrière les vitres fumées, entre un molosse et Julian, Shan, encore tétanisée par ce que venait de lui révéler ce dernier, ne pouvait rien voir de la route, ni du paysage, à cette heure matinale à laquelle le brouillard ne s'était pas vraiment dissipé. En tournant la tête, elle pouvait juste distinguer les boules lumineuses des phares du 4 × 4 noir où se trouvait Orban.

Alors qu'elle n'avait pas voulu croire qu'Ayden avait réellement pu être à l'origine de ce tchat posthume, maintenant Shan ne pouvait accepter l'idée que Julian avait été derrière tout ça. Elle se disait que c'était encore un mensonge pour la déstabiliser. Que, d'une façon ou d'une autre, il avait fouillé son ordinateur, était tombé sur l'application avec le fil de discussion et se l'était appropriée. Que ce n'était que du bluff.

— Je te dois quand même la vérité, Shan Soun, dit Julian, sortant soudain de son mutisme, comme s'il avait lu dans ses pensées. Je t'ai entendue parler à Orban de ton mec, Ayden, qui te cherchait jusqu'en Afrique. Ce n'était pas lui. Tout simplement parce qu'il est bien refroidi. Je ne suis pas du genre à bâcler le travail. Désolé. On va dire que c'était pour approcher la primatologue, ta copine, Mamma Afrika. Une idée de ma mère.

— Qu'est-ce qu'elle lui voulait ?

— Ce qui lui est arrivé.

— Mais pourquoi ? Elle ne lui a rien fait !

— Elle a découvert l'un des sept générateurs, dans la réserve. Ma mère a été prévenue et elle a envoyé deux gars.

Les mots de Julian cognaient aux tempes de Shan.

— Pour le dossier ANIMALS… c'était toi, en réalité, la fameuse source de Lorenzo ?

— On ne peut rien te cacher.

— Pourquoi as-tu voulu me mettre sur cette piste avec ce dossier ?

— Une façon de comprendre et d'analyser les effets des EBF, déjà sur les animaux. Une sorte d'expérience in vivo.

— Et… mon appartement… les photos de Moisi… la mort de Lorenzo, c'était toi aussi ? demanda Shan d'une voix comprimée par la colère.

— On va dire qu'on a eu cette idée en famille. Avec… *maman* et *papa*.

Shan ferma la bouche, pour ne pas arracher celle de Julian avec les dents.

Le convoi filait sur la petite route. À peine une demi-heure plus tard, il entrait dans le parc de la Chartreuse. Par un chemin de pierres qu'apparemment eux seuls connaissaient, ils arrivèrent par l'autre côté, se retrouvant à l'arrière de la structure triangulaire qu'Orban et son équipe avaient découverte quelques jours plus tôt. À la surface du lac, aussi lisse qu'une plaque de métal, pas un frémissement, à part quelques insectes, presque aussitôt gobés par des grenouilles voraces.

Poussés sans ménagement hors des véhicules, Shan et Milos s'aperçurent en même temps qu'il existait une entrée dans le béton de la structure, sur le côté du triangle d'une épaisseur d'à peu près vingt mètres et dont la base en faisait environ soixante-dix.

À la vue et au toucher, Dav aurait reconnu tout de suite le géopolymère, de la même facture que le bloc venu boucher l'entrée de la galerie. En revanche, le haut de la structure était recouvert de feuilles de cuivre, ce qui, au soleil, lui avait donné cet aspect doré qu'Alma avait remarqué.

— Nous sommes arrivés. Je ne vous présente pas Fuego, que vous connaissez déjà pour y être venus récemment, lança Kristin, les yeux cachés par d'énormes lunettes de soleil qui lui donnaient l'air d'une mouche à taille humaine, ou d'une mante religieuse. Néanmoins, vous ignorez tout de ce qu'il a dans le ventre.

À l'intérieur, semblable à celui d'une cathédrale futuriste, telle une œuvre d'art protégée par un bloc de verre, un couple de cylindres géants entourés de fils serrés de cuivre et de laiton, dont l'un était coiffé d'une espèce d'anneau tubulaire en métal également, l'accélérateur de particules. Malgré la situation, Shan et Orban écarquillaient les yeux, sans pouvoir les détourner de l'installation.

— Tu l'as fait…, souffla Milos, impressionné.

— Mon premier bébé. Il y en a six autres, encore plus grands et plus puissants, ailleurs dans le monde. Un générateur Tesla revisité. Des années de recherches et de travail pour parvenir à une synergie parfaite entre le choix des matériaux et des composants, le bon kilowattage, le couplage entre la bobine primaire et secondaire, de façon à générer la résonance voulue et des éclairs dépassant largement leur hauteur.

— Il a fallu que tu sois bien assistée.

— Je le suis, dit Kristin avec fierté. Une équipe de physiciens, de chercheurs passionnés, ici et à l'étranger.

— Savent-ils au moins pour quelle cause ils ont travaillé ?

— Pas tous, bien sûr.

— Et où sont les six autres générateurs ?

— En sûreté. Avec tout l'art du camouflage.

— Comme celui-ci, qui a failli nous échapper, si nous n'avions pas eu les images du drone.

— Et celui qui se trouve dans la réserve de Lesio-Louna au Congo, que la primatologue avait récemment découvert, ce qui lui a valu d'être tuée par vos hommes !

— C'est en effet ce qui risque d'arriver à quiconque deviendrait une menace pour le projet, comme vous, Shan Soun. Avant de rejoindre feu vos amis, je vous propose une petite démonstration…

— Ne fais rien que tu pourrais regretter, Kristin.

Elle décocha à Orban un regard haineux.

— Il y a longtemps que je ne regrette plus rien, dit-elle. Julian, tu peux y aller.

L'ancien stagiaire disparut dans une petite pièce. L'instant d'après, dans un grésillement soudain, de l'anneau jaillit un premier éclair bleuté, suivi d'autres, qui allèrent frapper la bobine secondaire. Derrière la protection en verre, l'espace crépitait en même temps que se formait un arc électrique entre les deux cylindres.

Le spectacle était magnifique. Un orage reproduit à petite échelle, sans pluie. Seuls des impacts d'éclairs, entourés d'un halo bleu, l'énergie électrique à l'état pur. Vivante, déchaînée, vorace. Orban et Shan étaient comme hypnotisés. Kristin se régalait de les voir.

— C'est beau, n'est-ce pas ? Et ici, on échappe aux effets des basses fréquences. Bien sûr, ce n'est qu'un petit aperçu de la puissance de ce générateur. Il est en réalité prévu pour quelque chose de bien plus grand. Le 7 janvier, nous fêterons l'anniversaire de la mort d'un génie. Car, c'est aussi bien à sa mort qu'à sa naissance que nous devons *Le Dernier Champ*.

— Que se passera-t-il, le 7 janvier, Kristin ?

— Les sept générateurs, déjà programmés pour se déclencher

à cette date, à minuit une précisément, reproduiront la fréquence de 7,83 Hz au même moment. Ils entreront en résonance avec la cavité Schumann et l'amplifieront pour qu'elle atteigne une fréquence qui entraînera une vibration terrestre telle que cela provoquera un déséquilibre immédiat et profond dans le cerveau humain. Et là commencera la vraie purge. Merci, Tesla. Maintenant, toi et ta délicieuse Asiate, vous allez entrer pieds nus dans l'espace des bobines, dont le sol est également en cuivre, et vous pourrez ainsi mesurer la précision extrême des éclairs sur le métal de vos menottes. Le corps étant lui aussi un excellent conducteur, je vous laisse imaginer la suite.

Shan dut faire un effort pour ne pas s'écrouler. Et Orban sentit une sueur froide lui envahir la nuque. Désormais, il savait Kristin capable de tout. Leur mort ne serait pour elle qu'une formalité. Il devait absolument gagner du temps.

— Juste une question… Comment as-tu fait pour construire une telle structure en pleine réserve naturelle gardée comme la Chartreuse ? demanda-t-il.

Kristin eut un petit mouvement d'impatience.

— Si tu veux tout savoir, depuis la crise économique de 2020 qui a provoqué l'effondrement du secteur public, des hectares de parcs nationaux ont été rachetés par des sociétés françaises et étrangères et des entreprises pour leurs séminaires ou autres activités. Cet endroit fait à présent partie du patrimoine de l'institut. Enfin, depuis son récent rachat. Mais assez parlé… Julian ! appela-t-elle dans le crépitement continu, agacée de ne pas voir son fils déjà revenu de la petite pièce. Julian ! Que fais-tu ? Coupe ça, maintenant ! Qu'ils puissent entrer…

— Ne bouge pas, maman…

Faisant volte-face, Kristin se retrouva face à un canon pointé sur elle, surmonté d'un silencieux. Derrière le semi-automatique qu'il tenait à pleines mains, Julian lui souriait d'un air mauvais.

— Qu'est-ce que tu fais ? Tu es complètement fou !

— J'ai de qui tenir. Mais au moins, mon père est moins cinglé que toi ! Et lui n'est pas venu me chercher juste quand il avait besoin de moi… Alors que toi… toi tu t'es barrée sans te retourner, en me laissant derrière toi !

— Julian… mon chéri…

— La ferme ! C'est trop tard pour les gentillesses.

Face à la froide détermination de son fils, Kristin chercha d'un regard affolé les deux molosses qui les avaient escortés à l'intérieur, laissant les deux autres surveiller l'entrée, mais ne les trouva pas.

— Où sont-ils ?

— Là d'où ils ne pourront pas revenir.

La voix, familière, qui glaça Shan de la tête aux pieds, n'était pas celle de Julian, cette fois.

— Maistre ?

— Bonjour, Kristin. Ça fait plaisir de te revoir. Ça faisait si longtemps… Merci, fiston, d'avoir déblayé le chemin.

Les regards convergèrent sur Alain Maistre, accompagné de sa femme et d'hommes de main, plus nombreux que les molosses de Kristin.

— Qu'est-ce que tu fais ici ?

— Tu sais bien, je suis comme un gamin avec son nouveau joujou. Il se trouve que celui-ci me plaît beaucoup, mais je n'ai pas l'intention de le partager.

— Nous pourrions en discuter…

— Ta proposition arrive un peu tard, Kristin. La purge dont tu rêvais, nous allons nous en occuper avec Marlène. Julian m'a remis tout ce qu'il fallait. Les plans, la géolocalisation des générateurs. Quant aux chercheurs, on leur dira qu'il y a un nouveau directeur à la tête du projet.

Sur un signe de tête de Maistre, avant que Kristin Gaucher

ait pu réagir, deux types à l'air féroce la saisirent par chaque bras, la jetèrent dans l'espace des bobines et refermèrent la porte vitrée. Les paumes et le visage plaqués contre la paroi transparente, Kristin se mit à hurler après Maistre.

— Laisse-moi sortir d'ici, tout de suite ! cria-t-elle, les poings fermés, tapant sur la vitre.

— Avec plaisir ! Tu peux y aller, fiston.

Julian retourna à la salle des commandes et actionna l'ouverture automatique du haut de la structure, par lequel un rectangle de ciel bleu apparut.

— Non ! Ne fais pas ça ! Je t'en prie ! On peut repartir sur de bonnes bases !

Les pleurs de Kristin déchiraient le silence. Quand bien même aurait-il eu l'intention de bouger un doigt, Orban était cerné par les types armés.

Les grésillements recommencèrent, en même temps qu'un éclair surgissait de l'anneau en haut de la bobine principale, cherchant à se relier à un récepteur, la bobine secondaire étant inactive. À peine le premier éclair eut-il disparu que d'autres lui succédèrent pour former un arc. Le quatrième foudroya Kristin entre les omoplates, tandis qu'un cinquième lui vrillait le crâne, d'où sortit une fumée blanche. Les cheveux dressés sur la tête, soulevée du sol, Gaucher se mit à crépiter tout entière, les bras en croix. Shan détourna les yeux du spectacle. Orban, en revanche, regarda jusqu'au bout, assommé, se consumer la femme qu'il avait aimée follement, à en perdre tout discernement. En quelques secondes qui leur semblèrent plutôt des minutes, Kristin ne fut plus qu'une enveloppe vide, à l'intérieur de laquelle les organes avaient grillé. À la place des yeux, il ne restait que deux trous noirs. Quelques éclairs s'échappèrent encore, s'élançant haut vers le ciel. Ce qui subsistait de Kristin Gaucher gisait, calciné, au pied de son œuvre.

# 77

Au bruit des coups de feu en rafale qui leur parvinrent de l'extérieur, alors que le silence s'abattait au moment de l'arrêt de la bobine, Maistre saisit la main de sa femme et courut vers la petite salle des commandes, où il s'enferma.

— Couche-toi ! cria Orban à Shan, qui se jeta aussitôt à terre et ne bougea plus.

— Qu'est-ce qui se passe ? murmura-t-elle à côté de lui.

— Je n'en sais rien, mais apparemment ce n'était pas au programme.

Les hommes de main s'étaient précipités dehors, arme au poing, et il n'en restait qu'un seul pour les surveiller. Quant à Julian, profitant de la confusion, il s'était évaporé.

À l'extérieur, au bout d'une dizaine de minutes d'intense fusillade, tout bruit cessa. Puis la porte s'ouvrit et apparurent des gendarmes en gilet pare-balles, équipés de Sig Sauer et de HK G36, suivis de Massart et d'autres personnes en civil portant un brassard, dont deux femmes.

— Posez votre arme et mains en l'air ! aboya le chef du commando au type resté à l'intérieur, qui s'apprêtait déjà à tirer.

Trois gendarmes bondirent sur lui et le désarmèrent avant de le plaquer au sol sans qu'il tente de résister.

— Relevez-les, dit Massart à ses équipiers en désignant Shan et Orban, qui, l'instant d'après, furent débarrassés de leurs menottes, que l'un des gendarmes déverrouilla à l'aide d'un petit crochet.

— Merci ! souffla Orban en se secouant. Comment vous nous avez trouvés ?

— Oh, c'est une longue histoire, dit Massart avec un petit rire mystérieux. Mais vous pouvez remercier votre ange gardien…

— Julian… Il est parti ! s'écria Shan. Et les Maistre, ils se sont enfermés dans la pièce… là-bas !

— On s'en occupe. Il vaut mieux que vous sortiez rapidement, mes collègues de la SR de Grenoble vont vous prendre en charge. Et attendez-vous aussi à un interrogatoire. À qui appartient ce corps, au pied des bobines ?

— À une mégalo.

— Hé bé, vous nous raconterez tout ça.

Tandis qu'une partie de l'équipe prenait la direction de la sortie pour mettre Shan et Orban en sécurité dans l'un des fourgons et que les gendarmes se déployaient à la recherche du chaînon manquant, les autres tentaient d'ouvrir la porte blindée de la salle des commandes, où les Maistre se terraient sans donner signe de vie. Deux démineurs finirent par faire sauter la porte et tombèrent sur les corps inanimés du couple. Le pourtour de leurs lèvres était recouvert d'une écume blanche.

— Et merde…, gronda Massart.

Les trois dépouilles furent placées dans des housses et embarquées à bord d'un fourgon de l'institut médico-légal, arrivé de Grenoble.

Il n'avait pas encore le fin mot de l'histoire, pourtant, son instinct et son intime conviction lui disaient que la mort de sa supérieure était vengée. Mais il restait encore à mettre la main sur l'un des cerveaux du groupe. Le fils Maistre. Par où avait-il pu disparaître ?

— Il y a une trappe, ici ! cria un des gendarmes, rameutant le reste de l'équipe.

Pendant que deux collègues le couvraient, leur HK G36 pointé sur l'ouverture, le premier souleva la trappe lentement, s'assurant que personne ne s'y trouvait avec une arme pour les surprendre. Communiquant par signes, les uns après les autres, ils s'introduisirent dans ce qui devait les mener au fond d'un véritable labyrinthe sous-terrain, où ils durent redoubler de prudence pour ne pas se perdre. Ils découvrirent que la galerie, qui remontait à l'autre extrémité, conduisait au lac, que le fuyard avait dû traverser à la nage. Mais, malgré le déploiement des équipes sur le terrain ainsi que les brigades cynophiles envoyées en renfort, Julian Maistre demeura introuvable.

Bientôt, le triangle et tous les environs furent investis par la Scientifique. Le générateur en impressionna plus d'un, lorsqu'il fut remis en route pour une première reconstitution des événements.

Pendant qu'à Grenoble les corps étaient examinés et des analyses pratiquées après des prélèvements capillaires, sanguins et cutanés, comme le leur avait promis Massart, qui venait de les rejoindre, Orban et Shan furent soumis à interrogatoire, tels des suspects potentiels. Tout fut passé au crible depuis le début. Chacun livra son histoire. Le lien avec la mort de Lorenzo fut enfin établi et confirmé. Il restait encore beaucoup à découvrir et à vérifier du côté de Gaucher et des Maistre, mais le gros était fait. Ils apprirent également comment Massart, qui les avait fait mettre sous surveillance plus que sous protection depuis le meurtre de Chris et Dav, avait été prévenu par les gendarmes en planque qu'il se passait quelque chose d'anormal au mobile home, après l'arrivée de deux SUV noirs. Pressentant une affaire qui dépasserait rapidement la gendarmerie locale, Massart avait aussitôt appelé la SR de Grenoble en renfort, leur disant, d'après les indications qu'il recevait en temps réel de l'équipe qui avait pris les SUV en filature, où ceux-ci se rendaient. C'était ainsi que la brigade de Massart et la SR de Grenoble avaient été mobilisées au parc de la Chartreuse.

Orban l'informa tristement que le corps d'Alma avait dû être enterré par les gardes du corps de Kristin Gaucher dans les parages du camion.

Lorsque l'interrogatoire fut terminé, la nuit tombait déjà sur la ville, avec une épaisse couche de brouillard. À part à l'hôtel, ni Shan ni Orban n'avaient où aller, avant de pouvoir retrouver le van et le mobile home. Ce que Massart leur avait fortement déconseillé, tant que Julian Maistre était dans la nature. « Ce n'est qu'une question d'heures pour mettre la main dessus, avait promis le gendarme. Toutes les équipes sont mobilisées. »

— Pourquoi ne pas leur avoir dit, pour les six autres générateurs ? demanda Shan à Orban, une fois dehors.

— Parce que c'est nous qui pouvons les localiser et j'espère bien aussi retrouver ce petit salopard de Julian avant les gendarmes. Il se peut qu'il revienne au mobile home. Si ce n'est pas déjà fait.

— Et s'il ne revient pas, comment tu comptes faire ?

— Tu rappelleras ton contact, Franck Delmas. Ce sera notre seule chance.

— Tu ne crois pas que ce sont, malgré tout, les générateurs qui sont à l'origine du Bruit…

— Ça me paraît peu probable. Ils n'ont pas encore été lancés ensemble. Le grand final, ce sera le 7 janvier, elle nous l'a dit. Or, le Bruit est perçu par une partie de la population mondiale, pas seulement ici.

— Alors on n'a qu'un mois pour tous les localiser.

— Ou bien trouver comment les déprogrammer. Julian doit le savoir. Et je pense qu'il veut poursuivre le projet.

— Et le Bruit ? Tu as une idée ? Si ce n'est pas HAARP, qu'est-ce que ça peut être ?

— Je n'en sais foutrement rien. Tout ce que je sais, là, c'est que j'ai faim !

— Je n'ai rien sur moi… je veux dire pas un centime, ma carte bancaire est dans mon sac, resté dans le mobile home…

— Mais j'ai la mienne, toujours sur moi ! dit Orban en sortant sa Visa de la poche arrière de son treillis. Viens, je t'invite… et après, il y aura bien un petit hôtel charmant qui voudra nous héberger une nuit…

Ils partirent à la recherche d'un restaurant, côte à côte, leurs mains toutes proches. Shan ne disait rien. Les mots de Julian à propos d'Ayden lui étaient restés sur le ventre, mais, tout en marchant, leurs ombres allongées s'unissant à la clarté de la lune et sous les réverbères, pour la première fois depuis qu'elle avait quitté son appartement, elle se sentit bien.

# 78

Ils se réveillèrent chacun dans sa chambre, Shan ayant préféré pouvoir se reposer et être seule avec ses pensées. Elle n'avait pas beaucoup dormi, et le peu de sommeil qu'elle avait trouvé avait été traversé de météorites. Elle ne pouvait chasser de son esprit la vision de Kristin Gaucher grillant comme sur un barbecue. Elle avait déjà entendu parler de personnes foudroyées ou brûlées sous l'effet d'un arc électrique mais, le voir, c'était autre chose. Pour ce qui était d'Ayden, étrangement, même si imaginer Julian Maistre derrière le tchat lui donnait l'impression d'avoir été salie, savoir que, finalement, ce n'était pas une discussion virtuelle avec un défunt la soulageait.

Alors qu'ils prenaient un café dans la salle de réception, le portable d'Orban sonna, affichant le numéro de Massart.

— Les analyses sanguines des Maistre ont révélé la présence de strychnine, dit Orban après avoir raccroché. Et on a retrouvé dans la poche de Marlène Maistre une petite fiole avec un reste de poison. Faits comme des rats, ils se sont suicidés. Ils savaient déjà que, si ça tournait mal, ils ne se rendraient pas à la justice. J'hésite à attribuer un tel acte à du courage ou à de la lâcheté. Mais… une chose que je ne comprends pas… pourquoi est-elle venue avec lui ?

— Le bruit courait à l'institut que Marlène Maistre ne pouvait pas avoir d'enfants. Elle devait mal supporter que Maistre et Kristin en aient eu un ensemble et ne voulait peut-être pas rater la mort de Gaucher. Mais je sais que les Maistre respiraient et travaillaient ensemble, et ne se quittaient que pour aller aux toilettes.

— Ils sont d'ailleurs morts ensemble. Je vois le genre… Pas forcément de l'amour, mais un lien fondé sur des intérêts communs. Peut-être même plus fort que l'amour.

— C'est peut-être ça aussi, l'amour, sourit Shan.

Orban lui renvoya un sourire. Un peu voilé et triste.

Ils quittèrent l'hôtel et se rendirent à la gare attraper un train pour Valence, d'où ils prendraient un bus ou un taxi, pour regagner l'endroit où se trouvaient le van et le camion. Mais ils n'avaient plus leurs armes et seraient donc vulnérables, au cas où Julian les surprendrait là-bas.

— Massart a promis que Julian était activement recherché et il s'est personnellement engagé à ce que nous ne soyons plus en danger, dit Orban une fois dans le train, pressentant l'inquiétude retenue de Shan. Ça m'étonnerait qu'il traîne trop dans les parages. Il devait avoir prévu un moyen de locomotion pour une fuite éventuelle. Je ne sais pas quand Massart compte envoyer une équipe sur place exhumer le corps d'Alma. C'est peut-être déjà fait.

— Alma… la pauvre…

Shan regarda, de l'autre côté de la vitre poisseuse du wagon, le soleil étendre ses rayons matinaux sur les champs et les noyeraies, en abondance dans la région, et pensa à Alma qui se nourrissait de cette lumière, comme de la vie. Et ça lui suffisait à trouver cette force qui l'habitait.

— J'ai perdu tellement d'amis, de collègues, d'êtres chers…, dit Orban.

Shan vit ses cils se mouiller de larmes discrètes. C'était ce mélange de sensibilité et d'assurance qui la touchait chez Milos Orban.

Depuis la gare de Valence, ils prirent finalement un taxi. En arrivant devant les rubans jaunes délimitant ce qui était devenu une scène de crime comprenant le mobile home, ils relevèrent aussitôt l'absence du van.

— Ça m'étonnerait que ce soit Massart, dit Orban tout bas. Julian a dû repasser et récupérer le van. On avait tous un double.

Le taxi reparti, il arracha les marqueurs et, demandant à Shan de rester à distance, ouvrit doucement la porte en se tenant sur le côté, puis, n'entendant aucun bruit suspect, grimpa à l'intérieur, déjà fouillé par les gendarmes. Désarmé par les hommes de main de Kristin, Orban n'avait plus son Glock. En revanche, il gardait toujours une arme de secours cachée dans son box. Avec un peu de chance, elle y serait toujours.

— Shan ! C'est bon, tu peux venir !

Shan entra dans le mobile home avec un sentiment d'irréalité.

— Ils ont bien fouillé, je n'ai même plus mon arme de secours, pesta Orban en réapparaissant.

— Attends…

Juste avant l'arrivée de Kristin Gaucher, comme à chaque fois qu'ils n'allaient pas sur le terrain, Shan avait placé son Glock sous son matelas, coincé dans la housse. Une planque banale, sans grande inventivité, où elle avait peu d'espoir de retrouver le pistolet, après le ratissage en règle des gendarmes. Pourtant, quand elle souleva la couche, son visage s'éclaira.

— Tiens, cadeau ! dit-elle à Orban en lui mettant le Glock dans la main.

— Tu es formidable !

— Ils n'ont pas fait leur boulot à fond…

— Il va falloir que tu appelles Delmas. On n'a pas de temps

à perdre. On doit absolument trouver l'emplacement de ces six autres générateurs. De mon côté, je vais essayer de retrouver des enregistrements de Dav et de Chris, en espérant qu'ils sont toujours là. Peut-être qu'en les réécoutant je découvrirai des choses qui nous ont échappé. Parce que, après avoir vu un de ces générateurs, je ne pense pas, en fait, que le projet de Kristin et le Bruit soient liés. Il existe depuis bien plus longtemps que ça. Et s'il s'est intensifié et étendu à d'autres pays ces deux dernières années, il y a une autre raison. En théorie, les installations impliquées dans le projet amplifieraient de façon importante la fréquence terrestre et, donc, toutes sortes d'infrasons et d'EBF, comme peuvent le faire la foudre ou les ondes émises par nos technologies, mais au point de provoquer des phénomènes de masse aussi dévastateurs… j'ai comme un doute. Et s'il nous faut à tout prix localiser les générateurs et parvenir à les désactiver, ou même les détruire, c'est pour écarter cette éventualité une bonne fois pour toutes.

— OK, j'appelle vite Franck.

Pendant qu'Orban allait récupérer les bandes-son dans le box de Chris et Dav, Shan contacta Delmas, qui répondit presque aussitôt.

— Tu as réfléchi ? Alors ? dit-il avec empressement.

— Non, Franck, ce n'est pas pour ça que je t'appelle. Tu connaissais Kristin Gaucher ?

— Désolé, Shan, mais dans ce cas on va arrêter là, je n'ai pas le temps. J'ai cru que tu voulais me donner ta réponse et…

— Franck, écoute-moi deux minutes. Je sais que tu la connaissais. Et que, si elle t'avait retrouvé, nous ne serions pas en train de parler.

— Qu'est-ce que tu dis ?

D'une traite, Shan raconta ce qui s'était passé avec Gaucher, la découverte de son projet, y compris sa mort, la fuite de Julian

Maistre, qui s'était avéré être le fils de Kristin et de son ancien patron.

— Tu comprends mieux, maintenant, pourquoi j'ai besoin de ton aide ?

— Gaucher et Maistre sont morts, d'accord, en revanche leur fils court toujours et il peut vouloir finir ce qu'ils ont commencé. Et... même si j'ai changé de nom sur mes papiers, il est capable de me localiser.

— Mais qu'est-ce que tu perds à nous aider ? Je t'en prie, Franck... On doit localiser ces générateurs. Sinon, le 7 janvier, ils se déclencheront tous à la même seconde et qui sait quelles conséquences ces champs électromagnétiques et cette augmentation de la fréquence terrestre pourront avoir.

— Si ce sont uniquement les générateurs qui vous posent problème, sache que tout ça, en réalité, c'est du flan.

Shan s'arrêta un instant de respirer.

— Kristin Gaucher a tué des gens pour protéger son projet !

— Elle était complètement mégalo et paranoïaque. Au sens psychiatrique du terme. Elle a contracté le covirus, début 2020, et a déclaré une encéphalite aiguë, doublée d'un syndrome méningé. Depuis, elle n'était plus vraiment elle-même.

— Toujours est-il qu'on l'a vue traversée par l'arc électrique produit par le générateur Tesla et ça... ce n'était pas du flan !

— C'est sans doute mieux comme ça. Elle devenait trop dangereuse. Elle a réussi à entraîner là-dedans des chercheurs et des physiciens sérieux en mal de reconnaissance. Mais ces générateurs ne sont pas assez puissants pour provoquer ce que Gaucher ambitionnait.

— Et comment peux-tu en être si sûr, tu es parti...

— J'ai participé aux prémices du projet et j'appartenais à l'équipe qui a élaboré les accélérateurs de particules qui entrent dans la composition des générateurs. Celui de la Chartreuse a été le premier de la série. Et le seul à émettre de véritables champs électromagnétiques. Les autres, c'est juste du visuel. Un jeu de lasers. De la poudre aux yeux. Il n'y a rien d'autre. Ce que génèrent toutes les autres bobines que Kristin a fait construire aux quatre coins du monde n'est que de la lumière et des bruitages. En d'autres termes, nous avons saboté le projet. Elle ne les a vus fonctionner que sur vidéos.

— Pourquoi avoir fait ça ?

— Nous, c'est-à-dire les principaux chercheurs sur le projet, n'avons pas voulu jouer aux apprentis sorciers. Mais… comme nous étions très bien payés, nous avons rempli notre mission. Fabriquer les accélérateurs de particules.

— Tu me mènes en bateau, là…

— Non, Shan. Tu peux me croire. C'est pour ça que je suis parti juste après. Et… pourquoi aurais-je divorcé d'une femme que j'aimais profondément, si ce n'était pour la protéger ?

# 79

Avant de raccrocher, Franck Delmas avait promis à Shan de lui fournir par mail une carte détaillée situant chacun des six générateurs.

— Même si ce ne sont en quelque sorte que des *fakes*, il faut les localiser, approuva Orban à qui Shan avait aussitôt rapporté la teneur de leur conversation. J'activerai mes contacts dans l'armée pour envoyer des spécialistes sur place. Il vaut quand même mieux qu'ils soient détruits…

Orban s'interrompit, presque à bout de souffle.

— Tu te sens bien ? demanda Shan.

— Ça va… Je fatigue un peu. Et ce sera de plus en plus fréquent, je pense.

Shan garda le silence. Pourquoi les hommes qu'elle aimait ou avait aimés devaient-ils succomber sans qu'elle ait un petit espoir de faire un bout de chemin avec eux ?

— Bon, étudions plutôt ça…

Orban montra un des CD contenant les prises de son effectuées aussi bien par Chris que par Dav.

Tous deux, casques sur la tête dans le laboratoire des sons, écoutèrent, concentrés sur tout ce qu'ils pouvaient capter des bruits de la nature, que ce soit dans la montagne, la forêt, un champ ou au bord de l'océan, ou même dans le désert. Mais rien ne retint vraiment leur attention.

— Essayons encore celui-là, proposa Orban en lisant la pochette qu'il venait de découvrir, collée à une autre. Sabrina Keller, forage de KTB, Allemagne, 2017, profondeur 9,8 km. Creusé entre 1987 et 1995. *Pour Chris, du fond de la terre, avec toute mon affection. S. K.* Écoutons.

Ce qui résonna dans leur casque les laissa sans voix. Ce n'était pas le ronronnement sourd qu'ils venaient d'entendre sur les enregistrements précédents, mais une sorte de chant caverneux, très grave et profond. Comme un chant sépulcral, venu des tréfonds. Le souffle voilé d'un géant, qui dura à peine cinq minutes. Ils écoutèrent jusqu'au bout, envoûtés.

— C'est incroyable…, dit Orban, encore étourdi. Je n'ai jamais entendu une chose pareille.

— Pourquoi Chris n'en a-t-elle pas parlé ?

— Je ne sais pas. C'est vrai qu'elle était la seule ici à croire dur comme fer que la terre pouvait réagir à toutes les agressions que nous lui infligeons depuis des siècles, surtout deux siècles. Elle parlait même d'une sorte de plainte. Je comprends mieux. Elle a donc gardé ça pour elle. On aurait dû l'écouter, sans se moquer dès qu'elle évoquait le sujet. Je regrette sincèrement, Chris.

Shan posa la main sur celle d'Orban, les yeux sur une photo de la naturaliste imprimée sur l'une des pochettes.

— Ce n'est pas ta faute. Chacun ses convictions, ses croyances.

— Oui, mais ce n'est pas une raison pour démonter celles qu'on ne partage pas. Il y a un numéro de téléphone, on dirait, avec le mot de cette Sabrina. Je vais la contacter. Avant, regardons sur Google s'il y a quelque chose à propos d'elle.

Ce qu'Orban fit tout de suite sur l'ordinateur du laboratoire. Il obtint quelques liens au nom de Sabrina Keller, qui se trouvait être une artiste audionaturaliste, dont l'œuvre était marquée par un travail en étroite corrélation avec la nature et notamment les sons que celle-ci pouvait générer. Sa dernière œuvre avait été une musique expérimentale réalisée à partir d'une prise de son au fond d'un trou de forage en Allemagne, en 2017. À la suite de quoi l'artiste semblait n'avoir plus rien créé.

— On y est. C'est probablement la bande-son qu'elle a donnée à Chris. C'est bizarre qu'elle n'ait rien fait depuis. Tiens, il y a un reportage vidéo sur elle.

Orban ouvrit une fenêtre vidéo, dans laquelle apparurent un journaliste et une jeune femme aux cheveux d'un blond presque blanc et aux yeux translucides, tellement enfoncés qu'on avait l'impression de voir seulement deux billes, entourés de cernes noirs d'insomniaque à faire peur, le regard éteint, comme posé sur un monde invisible qu'elle seule pouvait capter.

« L'artiste acousticienne allemande Sabrina Keller n'est pas revenue indemne de son incroyable descente au fond du trou de forage de KTB en Allemagne, en vue de créer une œuvre musicale contemporaine au titre évocateur, *Breath of Earth*, en français *Le Souffle de la terre*. Peu de temps après, elle aurait contracté un mal étrange, dit "syndrome de la tête qui explose", dont les symptômes, généralement signalés en psychiatrie, sont des explosions assourdissantes et des bruits sourds qui se manifestent au moment de l'endormissement. Sabrina Keller a accepté de répondre en visio aux questions de Hugo Martens.

— Bonjour, Sabrina, merci de prendre ce temps pour nous faire part de votre expérience extrême dans le trou de forage le plus profond au monde où l'homme peut descendre, quelque part en Bavière, avoisinant les dix kilomètres. À vingt-neuf ans, assistée de scientifiques qui avaient participé aux études préliminaires, vous êtes descendue à neuf kilomètres huit cents exactement. Pas neuf cents mètres, neuf kilomètres, neuf mille mètres ! Rien que d'en parler donne le vertige… Tout au fond de ce gouffre artificiel, seule dans les ténèbres, avec votre matériel acoustique et votre détermination. N'est-ce pas, excusez-moi, de la folie ? N'êtes-vous pas un peu tête brûlée ?

— Au contraire, c'était pour m'extraire, l'espace de quelques heures, de la folie de ce monde que j'ai de plus en plus de mal à suivre. Écouter et capter le son émis par le manteau terrestre supérieur. Pouvoir ensuite l'analyser et voir s'il s'agit du fameux *hum* dont on entend de plus en plus parler. Et en faire une œuvre musicale. Je précise que le KTB n'est pas le plus grand trou de forage du monde, il y en a eu un autre, en Russie, profond de douze kilomètres, mais aujourd'hui condamné.

— Pourquoi avoir choisi ce titre, pour votre œuvre musicale, *Le Souffle de la terre* ?

— Parce qu'il s'agit vraiment de ça. Je me suis retrouvée à cette profondeur, tel un médecin avec son stéthoscope, à écouter la terre respirer. À écouter son cœur battre. Une étrange mélopée. Sonnant parfois comme un appel. C'était… fascinant.

— Et, d'après vous, peut-il y avoir un lien avec ce *hum* ?

— Je ne sais pas vraiment ce qu'est le *hum*, que seules certaines personnes entendent. Tout ce que je peux vous dire, c'est que ce que j'ai entendu est unique.

— Pourtant, c'est bien cela qui a causé le syndrome dont vous souffrez ?

— "La tête qui explose", oui.

— Et est-il exact que vous ne sortez plus de chez vous depuis deux ans ?

— Depuis que je suis remontée des profondeurs du manteau terrestre, en effet.

— À cause de ce que vous y avez vécu ?

— Non, parce que, en remontant à la surface, je retournais en enfer. »

La vidéo s'arrêtait là.

— Il faut que je parle à cette fille, déclara Orban. Qu'elle nous dise comment faire pour descendre dans ce forage.

— Tu as entendu ce que cela a déclenché après ? Une forme de stress post-traumatique et de dépression. Quoi qu'elle dise, ce qu'elle a vécu au fond de ce trou a dû la marquer à vie. Tu veux vraiment prendre le risque, Orban ?

— Il faut qu'on trouve, Shan. Qu'on sache ce qu'il en est.

— Je comprends que tu en aies besoin, mais ce sera sans moi, cette fois. Je suis décidée à être mère. J'ignore quelles conséquences pourrait avoir ce bruit des profondeurs sur le bébé.

— Je vais déjà la contacter et on verra, en fonction de ce qu'elle nous dira, d'accord ?

Orban prit son téléphone et composa le numéro écrit juste sous le nom de Sabrina. Une voix très douce se manifesta sans tarder.

— Sabrina Keller ?

— Oui ?

— Milos Orban. Je suis ingénieur acousticien, un ami de Chris Novak. Je… j'ai trouvé dans ses affaires un CD sur lequel vous lui aviez écrit un mot accompagné de votre numéro de portable.

— Pourquoi « dans ses affaires » ?

La voix de la jeune femme modula légèrement.

— Chris est décédée. Avec son compagnon, Dav. Vous le connaissiez aussi, peut-être ?

Un silence succéda à la nouvelle.

— Je connaissais surtout Chris, reprit Sabrina Keller. Comment est-ce arrivé ?

— Un accident. Si je me suis permis de vous contacter, Sabrina, c'est parce que je veux descendre dans le KTB et je voulais savoir s'il vous serait possible de m'y aider.

— En fait, pour vous, comme ça, ce sera compliqué, voire impossible sans mon aide, en effet.

— Mais j'ai vu une interview de vous et… je sais que vous souffrez d'un syndrome à la suite de cette expérience et que vous ne sortez plus de chez vous. J'imagine que vous ne voudrez pas descendre une deuxième fois ?

— Je n'attends que ça, seulement il me fallait une bonne raison. On dirait qu'elle se présente enfin.

# 80

Orban et Sabrina convinrent de se retrouver au forage deux jours plus tard, le temps pour le camion de rouler jusqu'à l'emplacement du KTB en Bavière. Orban et Shan arrivèrent à destination en fin de journée et choisirent un endroit où passer la nuit.

— C'est quand même mieux que l'hôtel, plaisanta Orban, que la perspective de cette descente excitait plus que Shan.

— Tu penses que c'est vraiment une bonne idée de descendre dans ce puits ?

— Je ne le ferais pas, si je ne le pensais pas.

— Mais avec… ce que tu as…

— Tu parles du Bruit ou de mon cancer ? Dans les deux cas, qu'est-ce que ça changera ?

— Si c'est vraiment le *hum* qui vient de ces profondeurs, tu risques de ne pas pouvoir le supporter.

— On verra bien… Mais, même si je n'ai pas besoin d'une maman, j'apprécie que tu t'inquiètes pour moi.

Ils se couchèrent tôt après un sandwich et une bière allemande pour Orban, chacun dans son box. Après ce qu'elle lui avait dit, même si elle en éprouvait le désir, Shan se voyait mal l'inviter dans son intimité. Ayant reçu un mail de Delmas avec la liste des six générateurs et des lieux où ils se trouvaient, elle le transféra à Orban en lui souhaitant bonne nuit. La sienne fut mauvaise, l'angoisse de ce qui pourrait arriver à Milos la tenait éveillée.

Le lendemain matin, à 11 heures, ils retrouvèrent Sabrina Keller au forage, attendant au volant d'un Combi Volkswagen vert et orange. Le contact passa aussitôt entre l'artiste et Orban, un peu moins avec Shan, refermée sur elle-même depuis leur départ pour le site de KTB.

Keller parlait français avec un accent prononcé, mais un bon français. Moins pâle et cernée que sur la vidéo, elle était dotée d'une poignée de main surprenante, venant de quelqu'un à l'allure plutôt frêle.

— Vous avez déjà fait de la descente en rappel ? leur demanda-t-elle en sortant son matériel.

— J'étais dans l'armée sur le terrain, alors oui, entre autres exercices. Shan ne vient pas. Mais… on va descendre sur neuf kilomètres en rappel ?

— Non, bien sûr ! dit Keller en éclatant d'un rire franc. Il y a une plateforme qui descend le long de la paroi et s'arrête à huit kilomètres. Il restera donc mille mètres à faire en rappel. Avez-vous du matériel adapté ?

— D'escalade, oui.

— Un casque ?

— Aussi. Et une frontale.

— Une piqûre de moustique dans cette obscurité. J'activerai les projecteurs. Mais elle pourra vous servir plus bas à condition qu'elle soit assez puissante. L'obscurité souterraine est plus dense que la nuit.

— On tient à combien sur le monte-charge ? demanda soudain Shan.

— Pas plus de quatre personnes, avec un poids maximal de trois cents kilos.

— Je viens aussi.

— Shan ? Tu es sûre de toi, là ? C'est peut-être risqué, non ?

— Moi non plus, Orban, je n'ai pas besoin d'une maman, en l'occurrence d'un papa, mais j'apprécie que tu t'inquiètes pour moi, lui lança-t-elle avec un clin d'œil.

— Un partout. D'accord. Tu as déjà fait du rappel ?

— Je resterai sur la plateforme.

— Depuis le virus, plus personne ne vient travailler ici, précisa Keller. Ça veut dire que nous serons seuls. Vous devrez donc suivre mes instructions à la lettre.

Quand tout fut prêt, ils se dirigèrent vers l'entrée du site, sur lequel ils pénétrèrent sans difficulté. Le terrain était un mélange de terre et de cailloux, parsemé de flaques éparses de la dernière pluie. Le paysage désert était d'une triste platitude, dans un silence à peine troublé par quelques corneilles en quête de nourriture. Shan se sentait oppressée et commençait déjà à ressentir des vibrations souterraines. Sous son casque antibruit, Orban avait l'air de bien tenir le coup.

Lorsqu'ils parvinrent au bord du trou, Shan eut un mouvement de recul. Devant eux, le sol s'ouvrait sur un vide vertigineux. D'un diamètre d'une vingtaine de mètres, le puits de forage, fait de strates, semblait vite se rétrécir dans une obscurité totale. Même Orban changea d'expression en même temps qu'il émettait un sifflement entre ses dents.

— Je comprends que tu n'y sois pas retournée…, dit-il à Keller.

— Il m'a fallu des mois pour me remettre de cette expérience. Ensuite, je me suis enfermée dans mon labo pour composer mon œuvre musicale à partir de ce que j'avais enregistré dans les profondeurs du manteau terrestre.

— Pourquoi le forage russe évoqué dans ton interview a-t-il été condamné ?

— Oh, je ne sais pas trop. Par manque de fonds, peut-être.

— Sabrina, tu peux nous le dire, tu sais. Nous sommes entre nous, ici. Réunis dans un même but.

— Ça vaut ce que ça vaut, mais à l'époque le docteur Azzacov, qui travaillait sur ce forage qu'on appelait le KSB, Kola Superdeep Borehole, avait utilisé ces termes : « Nous sommes convaincus d'avoir percé les portes de l'enfer. »

— Qu'est-ce qui lui a fait dire ça ?

— Ils auraient vu des choses étranges... et entendu des cris terribles, venant des profondeurs. Ceux de « millions de condamnés » de l'ère soviétique. Et ils auraient également vu « une créature ailée » sortir du Borehole. « Nous savons ce que nous avons vu et entendu », a-t-il affirmé. Azzacov et son équipe de scientifiques n'étaient pas des illuminés. Quoi qu'il en soit, ils auraient détecté une activité biologique intense ainsi qu'une saturation en eau dans des roches d'environ deux milliards d'années et ont pu voir également que la propagation des ondes sismiques se modifiait à partir de dix kilomètres de profondeur. Ça, c'est pour l'aspect scientifique. En tout cas, personne, jusqu'à maintenant, n'a pu atteindre le Moho, cette limite entre la croûte terrestre et le manteau supérieur, qui se trouve à trente-cinq kilomètres de profondeur.

— Et à part les cris, ont-ils entendu quelque chose ? Qui ressemblerait à ce que tu as pu capter ?

— Pas à ma connaissance. Mais chacun peut interpréter un son de façon différente, selon sa culture, ses croyances ou ses envies. Si, déjà, on tend à croire qu'il y aurait par exemple une vie intraterrestre, ça peut être un conditionnement.

— Eh bien, allons voir s'il y a une créature ailée là-dedans.

Le monte-charge les accueillit au bord du trou et, après que

Keller l'eut mis en marche, il s'ébranla avec son chargement humain dans un gémissement de chaînes à faire grincer des dents. Le jour s'éloignait de plus en plus, à vitesse modérée, jusqu'à ne devenir qu'un rond qui ressemblait à une lune pleine et claire. Mais déjà, les projecteurs, fixés à la plateforme mobile et le long des parois, avaient pris le relais, rendant la descente un peu moins angoissante que Shan ne le craignait. Pourtant, une question les tenaillait : qu'allaient-ils trouver au fond de ce gouffre ?

Au bout de longues minutes d'un silence proche du recueillement, la plateforme s'arrêta dans un claquement sec. Ils purent lire sur la paroi du puits, tracé à la peinture rouge : 8 km.

— À partir de là, nous n'aurons que la lumière de nos frontales, dit Keller, en enfilant son baudrier et ses gants. Tu es prêt à aller chatouiller le Moho sur les pas du professeur Lidenbrock ?

D'un air grave et concentré, comme un plongeur sur le point d'effectuer sa première sortie dans les fonds marins, Orban fit un petit signe de tête. Se penchant vers Shan, il lui déposa un rapide baiser sur les lèvres.

— Fais attention à toi, dit-il avant de se lancer dans le vide noir, comme une araignée au bout de son fil.

— Orban ! s'écria Shan.

Mais il avait déjà disparu dans les froides ténèbres de la terre.

Se sentant soudain horriblement seule, Shan s'affaissa, coincée sur ce monte-charge sinistre, ne sachant quand ils reverraient le jour. Sabrina Keller lui avait montré sur quel levier appuyer pour revenir à la surface, en cas de problème.

« Surtout, tu ne cherches pas à nous récupérer plus bas. Ici, pour le monte-charge, c'est le terminus, lui avait-elle répété en lui donnant un talkie-walkie. On pourra communiquer avec ça seulement, sauf une fois qu'on aura atteint le fond. »

Tout à coup, la lumière des lampes commença à faiblir, comme lors d'une baisse de tension. « Oh non, pas ça… », gémit Shan, collée au blindage, en apnée. Puis la lumière s'intensifia avant de se stabiliser. Mais Shan n'eut pas le temps de souffler que, cette fois, les projecteurs se mirent à clignoter en grésillant avant de s'éteindre brusquement, en même temps qu'un grondement effroyable remontait des profondeurs. On aurait dit le mugissement lugubre du vent sur la plaine. Ou un bouillonnement volcanique. Comme si un monstre allait surgir, gueule ouverte, d'un instant à l'autre.

Shan n'avait que son portable pour se donner l'illusion d'une clarté dans cette nuit souterraine. « Une piqûre de moustique. » Elle prit le talkie-walkie, appuya sur un bouton, parla et attendit. Puis réitéra. Au bout de quelques secondes, elle entendit enfin une voix, très lointaine. Celle de Keller.

— Tu me reçois ? Tout va bien, Sabrina ?

— Quatre sur cinq ! C'est dingue, ce bruit !

Elle devait crier pour se faire entendre.

— Et Orban ?

— Il est juste en dessous ! J'aperçois la lumière de sa frontale, mais il descend trop vite !

— Dis-lui de stopper !

— Je le rattrape ! Attends… Orban ! Non ! Non ! Ça va trop vite ! J'arrive ! Orban ! Orban !

— Qu'est-ce qui se passe ? Sabrina ! Tu me reçois ? SABRINA !

Mais Keller ne répondit pas. Seul un bruit sourd lui parvenait dans l'écouteur. Morte d'angoisse, Shan porta la main à sa bouche et se mordit les phalanges. La lumière de son portable éclairait à peine son visage, lui renvoyant l'immensité des ténèbres sous ses pieds. Qu'était-il arrivé ? Pourquoi Sabrina lui avait-elle dit d'attendre ? Attendre quoi… Elle eut envie de crier, de pleurer, comme si les larmes pouvaient avoir un effet protecteur… Elle attendit, encore et encore… Ne reçut aucun appel.

Regarda l'heure. Ça faisait presque une demi-heure qu'elle avait eu ce dernier contact avec Sabrina. Le souffle remontait, de plus en plus fort, faisant trembler le monte-charge sur ses câbles. Shan avait l'impression que son cœur tapait au fond de sa gorge, sèche et brûlante. Elle allait mourir ici, sous terre, à huit mille mètres de profondeur. Au lieu d'être restée tranquillement dans le camion, à attendre le retour d'Orban. Même si elle avait dû se morfondre, se consumer d'inquiétude, au moins, elle aurait été au chaud et pas dans ce noir… Pourquoi Keller avait-elle entraîné Orban là-dedans ? Dans son suicide, parce que, pour Shan, il s'agissait bien de ça. En plein état dépressif, souffrant d'un syndrome rare, pensant avoir atteint l'absolu, avoir réalisé son œuvre ultime, dans son cerveau d'artiste, il était logique qu'elle revienne ici mettre fin à sa vie. Dans ce qui l'avait happée… au point de lui enlever le goût d'exister là-haut, sur terre. Elle avait attendu une occasion pour se donner du courage. Ne pas y retourner seule. Orban en avait fait les frais. C'en était assez, maintenant. Jetant un regard par-dessus la rambarde du monte-charge, Shan reçut un courant glacé en plein visage. Elle recula brusquement contre le grillage du fond, et son épaule appuya sur le levier. Elle allait remonter quand elle entendit quelque chose juste en dessous. Comme des halètements…

— Shan !

Dressant l'oreille, elle se pencha un peu et n'en crut pas ses yeux écarquillés. Orban remontait, par le filin que Keller avait attaché à la plateforme à l'aide de gros mousquetons. Pensant être victime d'une hallucination, elle ferma les yeux et les rouvrit, s'attendant à ne voir qu'un trou noir. Mais le casque orange d'Orban remontait vers elle, grossissant à vue d'œil.

Quand il arriva à son niveau, Shan fut frappée par l'expression de son visage, tandis qu'il la regardait, hagard et au bord de l'épuisement, avec, dans ses prunelles, quelque chose qui ressemblait au vide. Mais il était là, vivant lui aussi. Dans un dernier effort, il se hissa jusqu'à la plateforme, enjamba la rambarde et s'écroula dans les bras de Shan en éclatant en sanglots.

— Sabrina ? souffla-t-elle.

Orban secoua la tête sans pouvoir prononcer un seul mot. Shan, qui avait compris, n'insista pas. Une fois qu'il se fut ressaisi, elle actionna la plateforme, qui les emmena vers la lumière du jour. Celle-ci leur parvint à travers un plafond de nuages, mais ils étaient vivants. Le monte-charge s'arrêta tout en haut. Ils n'avaient plus qu'à débloquer la porte et sortir.

Quittant le trou de forage, ils retournèrent au camion. Au passage, ils virent le Combi orange et vert de Keller, qu'elle ne conduirait plus jamais.

Ce ne fut qu'une fois douché et changé, et après une pause dans l'anéchoïque, qu'Orban put ouvrir la bouche. Shan l'écouta jusqu'au bout, sans rien dire, suspendue à son récit, avalant chacun de ses mots. Il était revenu des portes de l'enfer, lui aussi.

— Ce que Keller ne nous avait pas dit, mais le savait-elle... c'est qu'ils ont encore foré pour battre le record de profondeur. Et ça descend plus loin que les neuf mille mètres et quelques annoncés. Bien plus loin. Après m'avoir rattrapé, Keller a voulu descendre encore. Je l'ai suivie et j'ai vu, dans le cercle de ma frontale, treize mille mètres, écrit sur la paroi. Bientôt, on n'aurait plus eu assez de câble. Puis elle m'a dépassé et a disparu. C'était fou... Mais ce bruit était... envoûtant... Je ne savais plus si je me dirigeais vers l'intérieur de la terre ou quelque part dans l'espace. Le Bruit, il m'accompagnait... Malgré le casque, je l'entendais, de plus en plus puissant. Je le ressentais jusque dans mes artères. Tout mon corps résonnait. Mon corps n'était plus qu'un bruit. Le *hum*... C'était bien lui, Shan. C'est exactement ce que j'entends en permanence, en moins fort. Le bruit du Moho. Et tous ces forages, cette course humaine pour atteindre cet espace entre la croûte et le manteau terrestre, j'en suis sûr, ont libéré le Bruit et les extrêmes basses fréquences de l'intérieur de la terre. Nous sommes encore peu nombreux à le percevoir, mais pour les espèces animales c'est déjà trop tard. Je ne sais pas quelle est la vraie profondeur de ce puits mais, si Keller est passée dans le Moho, alors elle aura connu le souffle de la terre. Son œuvre même. Le dernier chant.

*7 janvier 2022, Tadoussac, rive du Saint-Laurent*

Assise sur une pierre plate, à côté des deux cairns recouverts de neige qu'elle avait fabriqués lors de son premier séjour ici, Shan repensait à tout ce qu'elle avait vécu ces derniers mois. À ces vies sacrifiées qui l'invitaient à se recentrer sur l'essentiel et sur la sienne, désormais consacrée à ce qu'elle abritait dans son ventre. Des jumeaux. Un garçon et une fille.

Orban et elle s'étaient quittés juste après leur retour du site de forage. Elle avait pris un train pour Paris, où elle avait retrouvé Lân, son jumeau, cette part d'elle-même qui lui manquait pour se sentir plus complète et plus forte. Ensemble, ils avaient pleuré leur grand-mère, regretté le départ de leur mère, qui avait écrit quelques lettres à Shan. Ils s'étaient rappelé leur enfance dans la cité Mistral, avaient trinqué à leur réussite et à la vie. Shan lui avait annoncé qu'il serait deux fois oncle dans quelques mois. « Des jumeaux, comme nous », avait-il souri. À son tour, il avait annoncé à Shan une chose importante, qu'elle était la première à savoir. Il était gay et lui présenterait un jour son compagnon. Shan avait à son tour souri. Puis, elle avait décidé de partir retrouver Liam, lui parler de sa rencontre avec Orban et de son équipe, de la découverte qu'ils avaient faite, sans doute à l'origine du mal qui avait provoqué ces hécatombes. *Le bruit qui tue*… La chamane avait bien vu. Mais la vraie raison de son retour à Tadoussac donnait déjà quelques petits signes de sa présence dans son ventre. Dire à Liam qu'il allait être père. Une vérité qu'elle lui devait. Le mensonge et la trahison avaient fait trop de dégâts dans sa vie pour qu'elle les fasse subir aux autres. Après, ils verraient.

De son côté, muni de la liste des générateurs et de leur localisation, Orban avait activé ses contacts dans l'armée et à l'étranger et, bien qu'elles reposassent en effet sur une imposture, toutes les bobines avaient été détruites. Ensuite, l'ancien militaire s'était occupé d'envoyer à tous les gouvernements et aux ministères concernés un rapport complet sur les origines présumées du *hum*, enregistrement à l'appui, le seul dont il disposait, celui de Sabrina Keller. Il avait été décidé d'abandonner tous les projets de forage dans un but de recherche pour les géosciences et, sur les conseils d'Orban, de les reboucher avec du béton géopolymère, afin d'atténuer le bruit du Moho, dont les extrêmement basses fréquences produiraient des effets néfastes à long terme. On espérait ainsi permettre à ceux qui en souffraient en permanence un retour à une vie normale, et à la terre de refermer les blessures infligées sous le prétexte du progrès et de la science.

Massart avait promis de les tenir au courant du sort de Julian Maistre, mais celui-ci demeurait introuvable.

Après avoir atterri à Montréal, dans le vent et la neige, par - 40 °C, Shan avait pris le bus pour Tadoussac, où elle était descendue au même hôtel. Averti de son arrivée, Liam était venu la rejoindre et ils avaient pris un verre au bar. C'était là qu'après le récit de Shan, qui ne lui avait pas encore dit qu'elle était enceinte de lui, dissimulant ses nouvelles formes sous un pull large en alpaga, Liam lui avait annoncé, radieux, son mariage au printemps. Les yeux de Shan s'étaient, un instant, brouillés, laissant croire à l'émotion qui la gagnait à cette heureuse nouvelle. Mais au fond d'elle elle venait de renoncer à lui dire cette vérité qu'elle lui devait. Ils s'étaient quittés sur une poignée de main timide et, un peu sonnée, elle était restée au bar, boire encore un dernier verre, puis avait décidé de se rendre en début d'après-midi sur la berge du Saint-Laurent, où elle avait retrouvé ses deux cairns sans trop de mal.

Et voilà, la boucle est bouclée, se dit-elle, peut-être avec une légère amertume, elle n'en était pas sûre elle-même. Le regard perdu au loin, un vague sourire à la fois déçu et soulagé aux lèvres, emmitouflée jusqu'aux yeux dans une écharpe en mohair et équipée contre les grands froids, Shan reçut un message écrit d'Orban, qu'elle laissa pour plus tard. Suivi de son appel, qu'elle ne daigna pas prendre. Ce n'est qu'en rentrant à l'hôtel, une heure plus tard, qu'elle ouvrit le SMS.

« Ma chère Shan, ce petit mot juste pour te dire qu'ils ont trouvé un traitement contre mon cancer et que j'ai de bonnes chances de m'en sortir, lut-elle en même temps que son visage s'illuminait. Je tenais à partager cette bonne nouvelle avec toi. Si, un jour, tu passes dans le Sud-Ouest, fais signe, qu'on fête ça. Ce sera l'occasion de te présenter ma petite maison dans les dunes. Milos. » Elle écouta à la suite le message vocal qu'il lui avait laissé. « En fait, ce n'était pas seulement pour fêter ma future rémission, c'était parce que j'ai très envie de te voir. »

Shan se sentit soudain plus légère et se prépara à aller se glisser sous la couette. Mais avant, elle échangea son billet de retour pour Paris, où elle comptait chercher du travail, contre un billet pour Bordeaux. Alors qu'elle s'apprêtait à éteindre son ordinateur, elle remarqua une pastille sur l'icône du *deadbot*, annonçant un message en attente. Elle n'avait même pas pensé à supprimer l'application. D'une main tremblante, elle finit par cliquer dessus, ouvrant le fil de la conversation. À la lecture des mots qui s'affichaient, ce fut comme si elle tombait dans un gouffre.

« Salut, écureuil, l'air de Tadoussac te va bien, tu descends prendre un verre ? Playmobil. »

## REMERCIEMENTS

C'est une fois tapé le point final d'un manuscrit que, en réalité, tout commence. Je parle de cette merveilleuse aventure qu'un auteur, sorti de la phase d'écriture, de préférence solitaire, partage avec toute l'équipe d'édition, pour livrer le meilleur au bout, à ses lecteurs, sur les bons conseils de leurs libraires. À tout cela, même ce qui ébranle le monde n'y aura rien changé. À peine un frémissement. Parce que aucune force terrestre, aucun virus, aucune mesure arbitraire ne peuvent rien contre la magie et la puissance du roman. Et il en va de même pour tous les arts. Pour toute la création. Sans ses acteurs et ses passionnés, lecteurs, amateurs, collectionneurs, elle resterait lettre morte et vouée à l'oubli. Ou pire, au néant. Mais si cette année, « blanche » pour beaucoup, cette année d'isolement, d'enfermement, de confinement, a révélé une chose, c'est que rien, aucune volonté, aucune politique, ne pourra tuer l'Art et la Littérature. Aujourd'hui, ils sont plus vivants que jamais, plus importants que jamais.

Puisse ce roman écrit au cours d'une période historique être une pierre à cet édifice.

Toute ma reconnaissance renouvelée à mon éditrice, Caroline Lépée, et à son accompagnement sans faille, à Dorothée Cunéo et son équipe, la « Denoël dream team », avec Cécile Gateff, toujours aussi précieuse et chère, Marguerite de Bengy, Marie Clerc, Tania Fouquet, pour leur confiance et leur soutien. À Stan Zygart pour ce magnifique habillage. À Gérard Collard pour sa fidélité et son enthousiasme.

Ma profonde gratitude à vous, à toi, qui refermez ce livre. À vous, à toi, qui le conseillerez et le défendrez.

Je ne remercierai jamais assez les libraires pour leur mobilisation et leur acharnement à porter le Livre, ainsi que les salons, auxquels je souhaite une belle reprise et une longue vie pour notre plus grand bonheur.

Merci à ma bonne étoile, qui ne me quitte pas.

Merci aux baleines de Tadoussac de m'avoir marquée à jamais de leur chant qui ne sera pas le dernier.

Merci à toi, chère vieille Terre, qui nous supportes depuis si longtemps.

## SOURCES

Juliette Volcler, *Le Son comme arme : les usages policiers et militaires du son*, La Découverte, 2011.

www.le-bruit.com

*Composition : Utibi.*
*Achevé d'imprimer par Grafica Veneta S.p.A.*
*à Trebaseleghe (Pd).*
*Dépôt légal : mars 2021.*

ISBN 978-2-207-16176-0 / Imprimé en Italie.

**371344**